Bibliothek der
phantastischen Abenteuer
Herausgegeben von
V. C. Harksen

Über dieses Buch Nach ›Zauberlied‹ (Bd. 2721), ›Einhorncodex‹ (Bd. 2725) und ›Bronwyns Fluch‹ (Bd. 2726) wird in ›Die seltsamen Taufgäste‹, dem 4. Band der Geschichten aus Argonia, berichtet, daß Prinzessin Bronwyn Jack, den Zigeuner, geheiratet hat und nun Prinzessin von Ablemarle geworden ist. Sie hat inzwischen noch drei Brüder bekommen, deren jüngster, Rupert, sie zur Taufe ihres ersten Kindes besuchen will.
Aber da erscheinen die Magier der Firma Mukbar, Maschkent & Mirza GmbH und berufen sich auf einen alten Vertrag, nach dem ihnen das Kind die ersten 15 Jahre seines Lebens übergeben werden muß, und sie nehmen es einfach mit. Nun ist guter Rat teuer.
Schließlich macht sich Bronwyns Kusine Karola mit Rupert auf, das Kind zu suchen. Mit Hilfe der verdächtigen Meerjungfrauen Lorelei und Cordelia sowie des hübschen, in Rupert vernarrten Drachenmädchens Grippeldix gelangt man zuerst übers Meer nach Frostingdung. In der Wüste dieses Landes liegt die Magierstadt Miragenia, wo die Firma M, M & M ihren Stammsitz hat. Leider werden Rupert und Karola dort geschnappt. Mademoiselle Mukbar, die Vorstandsvorsitzende von M, M & M, hätte Rupert gern als Gatten für sich und ihre neun Schwestern, bei Bewährung sogar im Außendienst des Hauses. Nur mit knapper Not entkommt Rupert diesem Ansinnen, erfährt, daß das Kind sich nicht mehr in der Wüste befindet, und folgt mit Karola der Spur ins Reich Blutquarz ...

Über die Autorin Elizabeth Scarborough schreibt eine ganz spezielle Sorte heiter-ironischer Phantasien. Wie keine andere versteht sie es, mit altbekannten Versatzstücken des phantastischen Genres zu jonglieren und daraus höchst originelle, neuartige Geschichten zusammenzusetzen. Sie wurde in Kansas City/USA geboren. Nach der Schule arbeitete sie fünf Jahre als Militärkrankenschwester, darunter auch ein Jahr als Sanitäterin in Vietnam. Neben ihrer schriftstellerischen Tätigkeit pflegt sie häusliche und musische Hobbies – weben, spinnen, Gitarre und Hackbrett spielen. Mit »Aman Akbars Harem« schrieb Elizabeth Scarborough einen rasanten Roman aus dem Orient der Legenden, der als Band 2706 in der Bibliothek der phantastischen Abenteuer erschien. Elizabeth Scarborough lebt heute in Fairbanks/Alaska.

Elizabeth Scarborough

Die seltsamen Taufgäste

Roman

Aus dem Amerikanischen
von Sylvia Brecht-Pukallus

Fischer Taschenbuch Verlag

Deutsche Erstausgabe
veröffentlicht im Fischer Taschenbuch Verlag
GmbH, Frankfurt am Main, Februar 1988

Die amerikanische Originalausgabe erschien 1985
unter dem Titel ›The Christening Quest‹
bei Bantam Books, Toronto, New York, London, Sydney

Umschlaggestaltung: Die Titelillustration von Claus-Dietrich Hentschel, Konstanz,
zeigt einen Ausschnitt seines Acrylbildes ›Eine Menschengeschichte‹
(1965; 90x115);
die Typographie besorgte Manfred Walch, Frankfurt am Main
Satz: Fotosatz Otto Gutfreund, Darmstadt
Druck und Bindung: Clausen & Bosse, Leck
Printed in Germany
ISBN 3-596-22734-8

Für David Michael Ruthstrom, Minstrel Extraordinär und Stallwart Questing Companion in unverbrüchlicher Zuneigung.
Ebenso für meine Eltern, Don und Betty Scarborough, meinen Bruder Monte Scarborough und Greg Herriford, Jeannie Jett sowie Charles und Karen Parr für ihre Hilfe und Anregung. Besonderen Dank auch Tania Opland fürs Zuhören und dem Liedermacher und Sänger für seine besonderen Kenntnisse der Zigeuner.
Ich möchte auch dankbar den schottischen Liedermacher und Sänger Archie Fisher erwähnen, dessen Song »Witch of the Westmereland« mich zu der ersten Begegnung von Rupert und Karola inspirierte.

Die Hauptpersonen

Rupert Eberesch	jüngster Prinz von Argonia
Bronwyn von Ablemarle	seine ältere Schwester
Jack von Ablemarle	Thronfolger von Ablemarle, Bronwyns Gemahl
Romania	ihr Töchterchen
Karola	Bronwyns Cousine
Timoteo	Jacks Vetter
Grippeldix	ein hübsches Drachenmädchen, vernarrt in Rupert
Mukbar, Maschkent & Mirza, Magische Artikel GmbH	florierendes Wüstenunternehmen für Zaubereibedarf, Propheten des Profits in der Stadt Miragenia
Mademoiselle Alireza Mukbar	Vorstandsvorsitzende des Unternehmens, eine dynamische Natur mit neun Schwestern
Rostie Killgilles	Edeldame, früher Piratin, zu Frostingdung
König Yagthra	der Löwe, Herrscher von Blutquarz
Egelina	seine zweite Gemahlin
Effluvia	die Erstgeborene König Yagthras, eine Stinktierfrau
Jasper	Hohepriester von Blutquarz, Bruder des Königs
Jushia	königliche Amme
Eberesch der Elendige	Gott von Blutquarz, früher ein Frostriese und Ruperts Urahn
Adelheid	seine Gemahlin
Morag	eine Zauberin

I

Markerschütterndes Geschrei und stoßweises Stöhnen hallte von den Steinmauern wider, schallte vom pfeilergetragenen Gewölbe zur Schießscharte und verlieh dem gesamten Nordflügel den friedvollen Reiz eines Kerkers. Rupert Eberesch, seines Zeichens Prinz und Anwärter im diplomatischen Dienst, zuckte zusammen, schlug erneut die Beine übereinander, sank in seinen gepolsterten Samtsessel zurück und versuchte trotz des schmerzerfüllten Wehklagens seiner Schwester, das durch die schwere Tür in ihren Eisenscharnieren drang, die mühsam gepflegte Gelassenheit zu wahren. Er war es müde geworden, stundenlang auf- und abzugehen, und hatte sich nun niedergelassen, um den Untergebenen, die gelegentlich auf dem Gang vorüberkamen, ein gutes Beispiel zu geben. Bei den meisten dieser Untergebenen handelte es sich um Frauen, und viele von ihnen taten, als hörten sie Bronwyns Jammern nicht, was Rupert ihnen als sehr taktvoll anrechnete. Bronwyn war als Kriegerin bekannt. Warum mußte sie ihren Gleichmut ausgerechnet zu einem Zeitpunkt aufgeben, da er sich in Hörweite befand?

Eine stramme Zofe mit kecker Miene und einem Kranz goldblonder Zöpfe lächelte ihm herzlich zu und überspielte den Ausdruck, den er häufig in Frauengesichtern las, mit gespieltem Mitgefühl. »Ganz ruhig, Euer Hoheit, sorgt Euch nicht. Das Gebrüll lindert die Schmerzen ein wenig, wißt Ihr? Das macht jede Frau in den Wehen. Sie wird sich nicht einmal mehr daran erinnern, wenn sie das Kleine erst im Arm halten wird. Ihr werdet sehen.«

Er lächelte ihr etwas mitleidig zu und gab sich alle Mühe, weiter eine Miene zur Schau zu tragen, die sie ermuntern sollte, ihn an ihren Busen zu drücken. »Ihr seid sehr freundlich. Glaubt Ihr, es wird noch lange dauern?«

Sie strich mit wohlgeformter Hand die sauberen, weißen Handtücher glatt, die sie über einem Arm trug. »Nicht mehr sehr lange, würde ich meinen. Aber beim ersten geht es eben immer länger.

Ist es argonischer Brauch, daß ein männlicher Angehöriger der Niederkunft beiwohnt, Euer Hoheit? Vergebt mir, aber wir Mädchen würden einfach allzu gerne wissen, ob Ihr hier seid, weil Prinz Jack in Brazoria unabkömmlich ist, auch wenn das für die junge Herrin, Eure Schwester, sehr hart ist. Wir finden es einfach süß, daß dann ihr Bruder kommt, um ihr anstelle des Ehemanns beizustehen. Von *seiner* Familie hat sich niemand angeboten, nicht einmal die Frauen.« Ein liebreizendes Rosa stieg in ihre Wangen, und sie legte die Fingerspitzen auf die Lippen. »Wobei ich keineswegs respektlos sein wollte, Herr.«

»So habe ich es auch gewiß nicht aufgefaßt. Wir wissen ja alle, wie die Fahrenden sind. Allerdings bin ich . . .«

Aus dem königlichen Schlafgemach drang ein Schrei, der einem das Blut in den Adern gerinnen ließ. Das Mädchen schreckte zusammen, widmete dem Prinzen ein entschuldigendes Lächeln und einen hastigen Knicks, um dann davonzuhuschen und sich seitwärts mit Schulter und Hüfte voran durch die Tür zu schieben.

Er hatte ihr gerade erklären wollen, daß er nicht die geringste Absicht gehabt hatte, Bronwyn bei ihrer Niederkunft die Hand zu halten. Vielmehr hatte er auf dem Rückweg von Wasimarkan, wo er auf Geheiß seiner königlichen Mutter, Königin Bernsteinwein, die Diplomatie erlernte, zu einem kurzen Besuch vorbeigeschaut. Die Königin hatte mit Recht darauf hingewiesen, daß mit einer älteren Schwester als Prinzgemahlin von Ablemarle und älteren Zwillingsbrüdern (von denen der eine, Raleigh, König und der andere, Roland, Heerführer würde) für das vierte Kind wenig Sinnvolles zu tun bliebe.

Die Königin hatte mit ungewohntem Nachdruck erklärt, daß sie nicht zusehen würde, wie einer ihrer Söhne sich zu einem nichtsnutzigen Ritter entwickelte, der die Bevölkerung schikanierte und seine königlichen Vorrechte zum Rauben und Plündern nutzte. Solche Fälle waren in anderen Reichen aufgetreten, und Rupert lehnte diese Lebenseinstellung ebenso ab wie seine Mutter. Er war von Natur aus äußerst friedfertig und liebevoll – sogar so liebevoll, daß er im Alter von zwanzig Jahren, da ihm seine Eisriesenvorfahren eine ungewöhnlich hohe, gut gebaute Statur und sein Feenblut ihm gleichzeitig ungewöhnliche Schönheit und Charme verliehen, bei den Vätern und Ehemännern am wasimarkanischen Hof größte Besorgnis auslöste. Die Männer nannten ihn hinter seinem Rücken (denn es wäre unklug gewesen, einen so mächtigen Verbündeten wie das Königshaus von Argonien zu beleidigen) Ebeресch den Roué. Für die Frauen, in deren Augen er so gefühlvoll blickte und denen er fast ungeachtet ihres Alters, Standes und ihrer Schönheit so zärtlich die Hände küßte, war er Rupert der Romantiker. Er würde jede einzelne dieser barmherzigen, großzügigen Damen vermissen, doch seine Lehrer hatten unter dem Druck der männlichen Höflinge erklärt, daß angesichts eines Ohnmachtsanfalls von sechs Prinzessinnen im Wettstreit um seine Aufmerksamkeit weiterführende Lektionen in Diplomatie für ihn vonnöten wären, die sie nicht zu erteilen vermochten. Sie schickten ihn zur weiteren Unterweisung zu seiner Familie zurück.

Zum Besuch seiner Schwester hatte er sich ganz unvermittelt entschlossen. Sein Schiff lag an den Docks, um mit Fracht beladen zu werden. Er hatte Bronwyn seit einigen Jahren nicht mehr gesehen, und sie war ihm von der ganzen Familie immer am liebsten gewesen. Sie war eine gute Kämpferin, übertraf sogar Roland – zumindest in der Praxis –, und sie hatte in weit zarterem Alter als Rupert bereits großartige Abenteuer bestanden. Wenn Rupert es leid war, sich diese Abenteuer erzählen zu lassen – er wollte stets etwas Neues hören –, hatte Bronwyn zu seiner Unterhaltung geschickt andere Geschichten erfunden.

Er hätte das Geschöpf fast nicht wiedererkannt, das sich da bei der Begrüßung mit großen Augen, bleichem Sommersprossengesicht, wild zerzaustem drahtigem, rotem Haar und hochschwanger an seine Hand klammerte. Die selbständige, große Schwester aus seiner Jugend flehte ihn geradezu an, bis zur Geburt ihres Kindes zu bleiben, weil ihr Mann, Prinz Jack, in Brazoria aufgehalten wurde. Rupert hatte ebensowenig wie die hübsche Zofe verstanden, weshalb ein männliches Familienmitglied für Bronwyn Trost bei einer Aufgabe bedeutete, die er in erster Linie als unbestreitbare Frauensache betrachtete, doch er konnte ihr die Bitte nicht abschlagen. Also war er geblieben.

Ein langgezogener, keuchender Aufschrei ging in ein ohrenbetäubendes Kreischen über, dicht gefolgt von einem weiteren Schrei, bei dem es sich diesmal unmißverständlich um das Quäken eines Kindes handelte. Rupert sprang hoch und eilte zur Tür, an die sein Ebereschenholzschild gelehnt stand. Alle Eberesch-Kinder trugen die Schilde, Geburtsgeschenke ihrer Väter, bei sich, denn Ebereschenholz schützt vor Zauberei. Er war weit aufgeregter angesichts der Ankunft des neuen Familienmitgliedes, als er geglaubt hätte.

Die Tür wurde aufgestoßen, und die Zofe, mit der er gesprochen hatte, stürzte heraus, ein wimmerndes, in Decken gehülltes Bündel an der Brust.

»Wartet«, sagte er schnell. »Darf ich es mir ansehen?«

Sie hob den Deckenzipfel und zeigte ihm ein runzliges, rotes, kleines Gesicht, das sich gerade zu einem neuen Schrei verzog. »Es ist ein Mädchen«, informierte ihn die Zofe. »Ist sie nicht süß?«

»Und wie«, antwortete er und gab sich alle Mühe, aufrichtig zu klingen. »Ich werde rasch Bronwyn beglückwünschen.«

»Oh, noch nicht, Herr. Sie wird gerade gewaschen und muß dann ein wenig schlafen. Ich werde das Kind baden, damit man es ihr zeigen kann, sobald sie aufwacht.«

»Baden?« fragte er verständnislos. »Oh, natürlich, der Säugling wird ein Bad benötigen. Nun, hm, darf ich zuschauen? Ich habe noch nie gesehen, wie ein neugeborenes Kind gebadet wird.«

»Ich wüßte nicht, was dagegen spräche«, erwiderte das Mädchen mit kessem, berechnendem Augenaufschlag. »Aber Ihr Argonier habt wirklich eigentümliche Gewohnheiten, wenn Ihr mir diese Bemerkung verzeihen wollt, Herr.«

»Ich würde Euch fast alles verzeihen, meine Liebe«, erklärte er höflich und hielt ihr die Tür zum angrenzenden Zimmer auf.

Rupert faszinierte es, daß man ein ganzes menschliches Wesen in einer Wanne waschen konnte, in die kaum seine beiden Hände paßten. Ansonsten war es eine ziemlich unsaubere Angelegenheit. Die kleine Zofe war weit reizvoller, und er machte sich daran, sie besser kennenzulernen, als seine neue Nichte in ihrer Wiege schlief, die in der Form eines Schwans geschnitzt und von der jungen Dame, an deren Ohr er gerade knabberte, mit rosafarbenen Bändern geschmückt war.

Der gewaltige Ruck, mit dem plötzlich die Doppeltüren aufgestoßen wurden, schleuderte Rupert und seine Gefährtin auf den Fliesenboden. Hilflos sah er zu, wie mit dem Windstoß ein ziemlich großer Teppich hereingeweht kam. Zwei Herren in blauen Gewändern hoben den Säugling aus der Wiege auf den Teppich und flogen wieder hinaus. Sie hielten sich erst gar nicht damit auf, die Tür wieder hinter sich zuzuschlagen, und Rupert hörte andere Türen knallen, die sie vermutlich auf dem ganzen Weg hinab zum Haupteingang aufstießen.

Als die letzte Tür in der Ferne laut zufiel, kam der Prinz wieder einigermaßen zur Besinnung und sprang – immer noch recht benommen – auf. Das ganze unglaubliche Geschehen hatte sich so schnell abgespielt, daß er glaubte, vielleicht in den Armen seiner neuen Liebsten eingenickt zu sein. Aber die Wiege war leer, und als er zur Schießscharte auf dem Korridor hinauslief, konnte er die Umrisse des fliegenden Teppichs mit den beiden Männern darauf erkennen. Hinter ihm rappelte sich das Mädchen in die Höhe, raffte ihr Mieder und huschte ins Zimmer seiner Schwester. Rupert sah dem Teppich nach, wie er über der Stadt flog und schließlich am Horizont verschwand.

Als wenige Augenblicke später ein Schrei aus Bronwyns Schlafzimmer gellte, öffnete er die Tür einen Spaltbreit und erwartete, seine Schwester bewußtlos vorzufinden. Doch statt dessen saß sie mit starr geradeaus gerichtetem Blick in ihrem Bett, und ihr Haar ergoß sich wie Blut über das Kissen. Die Damen um sie herum liefen nervös durcheinander, doch Bronwyn brachte sie mit einem Blick zur Ruhe und bat Rupert hereinzukommen.

»Bronwyn, Schwester, ich weiß nicht, was ich sagen soll«, hob er an. »Ich half deinem Kindermädchen, das Kind zu baden, und wir hatten das süße Kleine gerade hingelegt und plauderten, als . . .«

Sie schloß ihre beiden Hände um die seine, zog ihn neben sich aufs Bett und schlang die Arme um ihn. Sie schluchzte erschöpft und fast lautlos; ihre Tränen durchnäßten sein Hemd. Er hielt sie umfangen und wiegte sie, bis sie so ruhig geworden war, daß er glaubte, sie schliefe. Dann löste sie sich aus seiner Umarmung und ließ sich aufs Kissen zurücksinken; ihr Gesicht war von einem Ausdruck gezeichnet, den er als Widerspiegelung seiner eigenen Scham darüber deuten konnte. Ihr Kummer brachte ihn so aus der Fassung, daß auch ihm Tränen kamen. Ihr Blick kehrte in die sie umgebende Wirklichkeit zurück, und sie hob die Hand, um seine Tränen mit dem Zipfel ihres Lakens fortzuwischen.

»Bei der Großen Mutter, Bronwyn, es tut mir so entsetzlich leid. Ich hatte nicht die geringste Ahnung . . .«

»Ich weiß, Ru. Ich weiß. Ich hatte kein Recht, dich in diese Sache zu verwickeln, ohne dich aufzuklären, aber ich glaubte, sie würden nicht ganz so schnell zuschlagen, sondern warten, bis sie ein bißchen älter, bis sie getauft wäre . . . warum ich mir allerdings ausgemalt habe, Miragenier könnten etwas anderes als ihren verdammten Profit achten . . .«

»Du weißt, wer das war?« fragte er ungläubig. Sie nickte.

»Ich habe dir niemals das Ende der Geschichte des verzauberten Granatapfels erzählt, den ich aus dem versunkenen Schloß in Frostingdung geborgen habe. Ich hatte ihn den Mirageniern für den Beistand im Großen Krieg versprochen. Sie erfüllten ihren Teil der Abmachung so bereitwillig, daß mir klar war, von welch großer Bedeutung der Granatapfel sein mußte. Ich erfuhr, daß er die Macht besaß, alle Glückseligkeit aufzuheben und an ihrer Stelle Enttäuschung und Verzweiflung zu säen. Eine solche Waffe in den Händen jener, die nur nach Profit trachten, wäre eine Katastrophe. Und so ließ ich sie verschwinden, oder vielmehr Jack tat das, indem er den Granatapfel in die tiefste Gletscherspalte, die er finden konnte, warf. Doch die Miragenier erhoben als angemessene Tilgung meiner Schuld Anspruch auf mein erstgeborenes Kind. Jack verhandelte mit ihnen, bis sie sich bereit erklärten, es für nur fünfzehn Jahre zu behalten . . .«

»*Nur* fünfzehn Jahre? Große Mutter vom Erdboden, Bronwyn, wie konntet ihr nur mit einer solchen Vereinbarung leben?«
Sie zuckte mit den Schultern. »Man kann nie genau wissen, was geschehen wird. Wir überlegten, ob wir vielleicht nicht heiraten sollten, Jack und ich, doch selbst wenn wir uns nicht schon so lange Zeit geliebt hätten, wäre diese Verbindung für Argonia und Ablemarle notwendig gewesen. Dann hofften wir, ich wäre unfruchtbar, und versuchten aufzupassen, daß ich nicht schwanger würde, aber . . .« Sie verdrehte die Augen und seufzte, weil es ihr nicht gelungen war, sich von ihrem Ehemann fernzuhalten.
»Ich verstehe«, antwortete Rupert schnell.
»Ich weiß, daß Jack aus diesem Grund nun nicht hier ist. Er konnte es nicht ertragen, dabeizusein, wenn sie das Kind holen kämen. Er benahm sich eigenartig während meiner Schwangerschaft. Und ehrlich gesagt, kann ich ihm keinen Vorwurf daraus machen. Ich wäre auch nicht hier, hätte ich die Wahl gehabt. Aber ich kann nicht einmal hinter ihnen herreiten und mich als Amme für meine Tochter anbieten. Um Argonias Ehre willen muß die Abmachung respektiert werden, so hart sie auch sein mag, und ich habe keine Hoffnung, mein Kind wiederzusehen, bevor es schon fast eine erwachsene Frau ist. Allerdings hatte ich gedacht, sie würden mich wenigstens noch für ihre Taufe sorgen lassen, damit sie durch die wenigen Geschenke geschützt wäre, die wir ihr hätten machen können. Die Jahre hindurch waren wir bei unseren Familien wegen dieses Handels insgeheim in Ungnade gefallen. Die Zigeuner, abgesehen von Jacks Vater und Großvater, sprechen kaum noch mit ihm . . .«
Bei diesen Worten ließ die schwarzhaarige Magd, die den Boden neben dem Bett geschrubbt hatte, den feuchten Lappen fallen, wischte sich die Hände an den Röcken und rauschte mit einem undeutbaren Blick aus ihren kohlschwarzen Augen aus dem Zimmer.
»Ach du liebe Güte. Ich hatte nicht an sie gedacht. Fahrende sind so empfindlich . . .« Sie sank für einen Augenblick ins Kissen zurück und setzte sich dann plötzlich auf.

»Was hast du vor?« fragte Rupert und wollte sie zurückhalten.
»Ich werde mich als Mann verkleiden und ihnen folgen. Ich weiß nicht, ob ich Miragenia wiederfinde, aber einmal ist es mir schließlich schon gelungen. Die Taufgeschenke nehme ich mit, damit meine Tochter, selbst wenn man mich entdeckt, wenigstens ihr Geburtsrecht bekommt ...«
Ihr Gesicht glühte.
»Bronwyn, das geht nicht. Du darfst das Wochenbett noch nicht verlassen. Außerdem hast du mir gesagt, daß sie in Miragenia über Magie verfügen. Du aber besitzt keine Zauberkräfte und hast deshalb keine Chance gegen sie.«
»Ich werde Karola, unsere Cousine, aufsuchen. Sie wird mir mit ihren magischen Kräften helfen. Außerdem ist sie inzwischen Priesterin und kann mein Kind taufen. Ja, genau das werde ich tun ...« Sie riß sich von Rupert los und blieb einen Augenblick lang stehen, ehe Blut ihr Nachthemd tränkte. Sie versuchte, das Gleichgewicht zu wahren, aber ihre Knie gaben nach, und Rupert stopfte sie wieder ins Bett, während ihre Zofen sich um sie scharten.
»Wo sind deine Taufgaben?« fragte er sie, strich ihr Haar zurück und kümmerte sich nicht um die Mädchen, die ihre Wunde versorgten.
»Hier«, sagte sie, griff unter ihr Kopfkissen und zog ein winziges Päckchen hervor. »Es sind gute Wünsche, die verbrannt und mit der Tauferde vermischt werden müssen. Sonst habe ich nichts außer ... meinem Eschenholzschild. Nimm ihn mit, Rupert. Sie wird einen Schutz benötigen.«
»Du nicht?« fragte er. »Sie soll meinen Schild bekommen, ich werde mir einen neuen machen. Versprich mir nur, daß du nicht aufstehst, ehe deine Hebamme ihr Einverständnis gibt. Ich werde Karola ausfindig machen, und wir werden gemeinsam alles tun, was für dein Kind getan werden kann.« Er küßte ihr Haar und stürzte hinaus, um ein Schiff zu heuern.

Kaum einen Monat später hatte Rupert den Klabautermanngolf und Argonia durchquert und ritt nun über die schneebedeckten Weiten des Lindwurmtales. Die Schatten der hohen Gletschergipfel neigten sich ihm entgegen und überzogen ihn mit Eiseskälte. Der Schnee lag schwer auf den Ästen der Tannen, die sich neigten wie alte, gramgebeugte Frauen mit vollgefüllten Schürzen. Ruperts Pferd kam nur langsam voran. Der Himmel war grau und unheimlich. Wilde Tiere huschten über den Schnee. Es war das rauheste Land, das Rupert jemals gesehen hatte, aber er genoß die Fährnisse seiner Mission. Das Leben bei Hof war angenehm, aber gelegentlich brauchte ein Mann Abwechslung und Abenteuer.

Und so war er jetzt unterwegs in dieses furchterregende Grenzland, nur in Begleitung seines Pferdes, eines Falken und eines Hundes, die er sich auf Rolands Schloß, seinem Nachtlager, geliehen hatte. Er bereitete sich innerlich darauf vor, einer Hexe gegenüberzutreten. Zwar war sie seine Cousine, doch nichtsdestoweniger eine Hexe mit gefährlicher Macht. Er konnte sich sehr gut an Bronwyns Schilderung erinnern, wie sie versucht hatte, seine Schwester zu ertränken. Äußerungen seiner wasimarkanischen Freunde und die Einstellung der Menschen, die ihn zuletzt erzogen hatten, beeinflußten ihn dahingehend, daß er glaubte, seine ganze Kraft aufbieten zu müssen, um es mit einer Hexe aufzunehmen.

Die Hexe ihrerseits mußte sich mit einer Menge von Problemen weltlicher Natur befassen und hätte es, wie sie erst am Tag zuvor der Näherin des Dorfes versichert hatte, vorgezogen, an jedem beliebigen anderen Ort zu leben und sich allen möglichen Angelegenheiten zu widmen. Aber sie hatte ihre Pflichten. Die Dorfbewohner waren an ein magisch einwandfreies Herrenhaus, einen ebensolchen Speisesaal und an einen Tisch, der sich vor Speisen bog, gewöhnt, was Karolas Mutter Gretchen mit ihren Zauberkünsten stets, wie es schien, mühelos geschafft hatte. Karola, deren eigene Kräfte darin bestanden, Gegenstände, Menschen und Tiere mit einem Pfeifen oder Summen zum Tanzen zu bringen, kostete es erheblich mehr Mühe, das gleiche Niveau wie ihre Mutter zu halten. Sie konnte nicht einfach etwas wünschen, sondern mußte pfeifen, um einen Besen in die richtige Bewegung zu bringen, ein Staubtuch, Spültücher, Schöpfkellen, Spieße und Poliertücher und so fort in ihre richtige Funktion. Hackmesser waren ein Alptraum, und Flickarbeit hatte mehr als einmal zu merkwürdigen Ergebnissen geführt, weil sie es versäumt hatte, die Nadel rechtzeitig aufzuhalten.

Und im Gegensatz zu ihrer Mutter konnte sie auch nicht einfach ihre Nahrungsmittelbestände aufstocken, sondern mußte neue suchen, wenn die Vorräte ausgingen. Gretchen war so eilig zu einem Besuch am Krankenbett von Großtante Sybil in die Nordmark aufgebrochen, daß sie nicht richtig abgeschätzt hatte, was während der Zeit ihrer Abwesenheit, die sich länger als erwartet hinzog, benötigt wurde. Folglich neigten sich die Vorräte an Getreide, Obst und konserviertem Gemüse dem Ende entgegen, und die Dorfbewohner meuterten lautstark gegen die häufigen Fischgerichte auf ihrem Speiseplan, da Karola absolut nicht bereit war, etwas weniger Kaltäugiges auf ihren Mittagstisch zu zaubern. Ihr Vater, Colin Liedschmied, der bekannte Barde, hatte dem ersten Siedlungsrat vorgesessen, bei dem die Bewohner ihre Unzufriedenheit über die Regelung vorgetragen hatten. Danach mußte er urplötzlich an einem wichtigen Seminar der Königlichen Bardenakademie weit im Süden und fernab vom Tal, dessen Regierungsgeschäfte er führen sollte, teilnehmen.

Karola hatte freilich mit ihrem Gelübde als Priesterin noch andere Pflichten übernommen. In Lindwurmtal gab es nicht viele Eheschließungen, denn die meisten Einwohner waren im Alter ihrer Eltern oder noch älter, wohl aber viele Wachen an Kranken- oder Totenbetten und die Gottesdienste an Feiertagen, die nun aber – die Große Mutter sei gepriesen! – weitgehend entfielen und gewiß erst wieder mit der Rückkehr Gretchens ins Haus ständen.

Manchmal hegte Karola insgeheim den Verdacht, daß Tante Sybil, die in das Leben anderer Menschen Einblick hatte, nur krank geworden war, damit ihre Nichte genug zu tun hätte, um nicht an den schändlichen Treuebruch ihres verflossenen Freiers Herrn Brendans zu denken, eines ehemaligen Ritters von Burg Rowan, der nun mit seiner neuen Braut in Königinstadt wohnte. Nicht daß Karola das im geringsten interessiert hätte, Königinstadt war ein überschätztes Kaff voller schöner, teurer Waren, unsinniger Betriebsamkeit und Leuten, die töricht genug waren, für beides zuviel Geld auszugeben. Sie hatte das Leben dort ausprobiert und zwischen ihrem fünfzehnten und siebzehnten Lebensjahr dort als Ziehtochter gelebt, sich aber bald nach dem Dorf und seinen Bewohnern gesehnt, die im allgemeinen recht anspruchslos waren. Und hier wurden ihre Zauberkräfte nur knapp durch die häuslichen Künste ihrer Mutter und die überzeugende Musikalität ihres Vaters geschlagen, anstatt in einem Feuerwerk großartiger und ausgefallener Fähigkeiten, wie sie bei Hofe reichlich vorhanden waren, unterzugehen.

Wenn ihre Eltern zu Hause waren, bestand natürlich ein geringerer Bedarf, Dinge umherzupfeifen, doch die Arbeit der Priesterin war unverzichtbar. Sie hatte dennoch reichlich Zeit zur Verfügung, im geschwätzigen Plappermaulfluß zu schwimmen, den eine frühere Dorfhexe verzaubert hatte, um Gesellschaft zu haben. Sie besuchte auch gerne Sebastian, das liebenswerte, weiße Ungeheuer, das die Gletscher auf der gegenüberliegenden Seite des Tales bewachte. Sie war häufig durch die Ruinen des Eisschlosses gestreift, ohne den schlafenden Eiswurm zu stören, dessen Atem die Siedlung im Winter mit Nebel überzog. Hin und wieder war sie mit Roland und dessen Ehefrau zu einer Abendgesellschaft oder einem Wochenendausflug nach Schloß Eberesch geritten; die beiden waren zwar langweilig, aber wenigstens in ihrem Alter. Sie beobachtete gerne die Einhörner, wenn diese kamen, um mit ihren Hörnern den Fluß zu segnen, und ihn damit nicht nur reinhielten, sondern ihm auch die Fähigkeit verständlichen Sprechens verliehen (sonst schwatzte er nur und stieß unverständlichen Blödsinn privater Natur hervor). Sie beobachtete auch gerne den Wolf Leofric, der früher einmal ein Werungeheuer gewesen war, bei seinen Streifzügen durch das Tal, was er manchmal bei Vollmond tat, um dann in sicherer, einsamer Entfernung stehenzubleiben und zum Gruß zu heulen.

Ein bißchen Heulen täte ihr auch ganz gut, dachte Karola bei sich, als sie an der vom Dorf am weitesten entfernten Flußbiegung von ihrer schwarzen Stute abstieg. Sie legte ihr Netz beiseite und streifte ihren Umhang und ihr braunes Kleid ab, unter denen ihr Badeanzug zum Vorschein kam. Er war aus blauem Samt mit langen Ärmeln und Hosenrock. Die Nixen, die sie als junges Mädchen kennengelernt hatte, würden darüber lachen, doch ihre Mutter wollte sich nicht mit einem anderen, weniger aufwendigen Modell zufriedengeben, und auch die Dorfbewohner waren leicht zu schockieren; jedenfalls wären sie es von der üblichen Aufmachung der Nixen bestimmt gewesen, die nur aus einem funkelnden Fischschwanz und einer gewaltigen Haarmähne bestand. Manchmal wünschte sie, sie wäre bei den Seejungfrauen geblieben, wie es deren Wunsch war, doch sie hatte keinen Geschmack daran gefunden, Seeleute zu ertränken. Außerdem hätte sie durch eine solche Entscheidung den Rest der Suche versäumt, die – abgesehen von ihrer Priesterinnenausbildung und Sir Brendan – das letzte Interessante darstellte, was ihr widerfahren war.
Am Rand des Lochs, das sie mit dem Handbeil ins Eis gehackt hatte, waren eisige Dornen gewachsen, doch sie konnte noch mit dem Netz durch die schmale Öffnung in die schwatzenden, schwarzen Gewässer tauchen.

Rupert, der durch den Nebelhauch des Drachens auf den murmelnden Fluß zuritt, wußte sofort, daß er die Hexe gefunden hatte, die er suchte. Wer sonst würde triefend naß, aber völlig gelassen aus einem fest zugefrorenen Fluß auftauchen? Ihre rabenschwarze Stute ging daneben so ruhig auf und ab, daß sie den Schwanz des geduldigen Tieres fassen und sich mit einem Pfiff aus dem Wasser ziehen lassen konnte. Sie zitterte nicht einmal. Der Prinz hielt sein Ebereschenholzschild entschlossen vor seinen Körper und schleuderte den Falken vom gepanzerten Handschuh, während der Hund bellte und winselte. Das sollte reichen, sie davon abzuhalten, ihn mit ihren Hexenkräften zu einem Bad einzuladen, falls sie die Absicht hegen mochte. Er hätte nicht die geringsten Schwierigkeiten gehabt, mit einer gewöhnlichen Frau umzugehen, aber eine gewisse Nervosität war seiner Ansicht nach in der Gesellschaft von Hexen völlig gerechtfertigt.

Die Hexe klammerte sich an den Schwanz des Pferdes und beobachtete den Falken einen Augenblick, ehe sie drei kurze Töne ausstieß, die den Vogel zu Rupert zurückflattern ließen. Verwirrung stand in den scharfen Augen des Tieres.

»Verzeiht mir«, sagte sie und winkte mit der freien Hand. »Haltet das Tier an der Leine, ja? Oder am Wurfriemen oder wie immer man das nennt. Die Dorfbewohner werden alles andere als glücklich sein, wenn ich irgendeinen fremden Vogel mit ihrem Abendessen davonfliegen lasse, auch wenn es nur Fisch ist.« Und sie schleuderte ein Netz voller Fische aufs Eis und kletterte endgültig heraus.

Rupert schwang sich schnell von seinem Pferd und reichte ihr die Hand, die sie anstelle des Pferdeschwanzes ergriff.

»Ihr wart fischen?« erkundigte er sich. »Dort drinnen?« Er schaute über ihre triefende Schulter zu dem dampfenden Loch hinter ihr.

»Ja«, antwortete sie. »Eisfischen. Mir ist schon klar, daß es ein wenig merkwürdig aussieht, aber es macht mir nichts aus, nicht einmal bei sehr kaltem Wasser. Nixenblut von väterlicher Seite, wißt Ihr. Aber jetzt entschuldigt – wenn ich aus dem Wasser bin, friere ich ebenso schnell wie jeder andere, und Ihr steht zwischen mir und meinem Mantel.«

Die letzte Äußerung wurde durch ein Zähneklappern unterstrichen, so daß er ihren Umhang vom Sattel riß, ihn um sie schlang und zusah, wie sie mit der Kapuze heftig ihr Haar rubbelte und Schultern und Arme rieb, ehe sie ihr Pferd bestieg.

»Ich bin in dringlicher Mission unterwegs«, sagte er, als er ebenfalls aufsaß, und wollte sich sofort zu erkennen geben.

»Zweifellos, denn das ist kaum die Jahreszeit für Sommerfrischler. Aber entschuldigt mich, es ist ebenso dringlich, daß ich diese Fische zum Gut befördere.« Und das Pferd galoppierte von dannen. Er holte sie ein, ehe sie das Haus erreichten, und folgte ihr nach drinnen. »Macht es Euch ein wenig gemütlich, während ich mich abtrockne, ja?« rief sie und verschwand durch eine Seitentür, um dann mit ziemlich düsterem Gesicht und zurückgekämmtem braunem Haar wieder zu erscheinen. Sie war unauffällig gekleidet mit brauner Bluse, Rock und gefütterten Stiefeln, was ihr nicht halb so gut stand wie der nasse blaue Samt.

»Habe ich das Vergnügen, mit der ehrenwerten Karola Liedschmied-Grau zu sprechen?« erkundigte er sich, wohl wissend, daß es so war.

»Ich hoffe aufrichtig, daß Ihr es als Vergnügen empfinden werdet«, entgegnete sie. »Aber das hängt vermutlich davon ab, wer Ihr seid und was Ihr wollt.«

»Darauf wollte ich gerade zu sprechen kommen«, erwiderte Rupert und war so vor den Kopf gestoßen durch diesen Mangel an Höflichkeit, daß er seine eigene gute Erziehung vergaß. »Wenn Ihr so freundlich sein wollt, mich weitersprechen zu lassen.«

»Tut mir leid«, meinte sie, ohne daß es auch nur annähernd ehrlich klang.

Er lächelte auf sie hinab. Wahrscheinlich war sie immer noch verwirrt, von einem so riesenhaften Fremden wie ihm alleine in der Wildnis angesprochen zu werden. Allerdings wirkte sie doch erheblich gelassener als er. »Ich bin Euer Vetter, Rupert Eberesch, viertes Kind und dritter Sohn Seiner Majestät und – äh – auch Herzog der Östlichen Salzmarschen.«

Sie blinzelte zweimal, gaffte ihn zu seiner Befriedigung mit offenem Mund an, setzte sich und wies ihn mit einer Handbewegung an, es ihr nachzutun. »Potzwetter«, sagte sie schließlich. »Was für eine angenehme Überraschung. Dann bist du der kleine Rupert? Entschuldige, wenn ich dich nicht wiedererkannt habe. Ich glaube, du warst etwa vier Jahre alt, als ich dich zum letzten Mal sah. Du bist gewachsen.«

Er nickte.

»Ich meinte gehört zu haben, du wärst im Ausland?«

»War ich auch. In Wasimarkan. Ich habe alles gelernt, was sie mir beibringen konnten, und bin jetzt, wie bereits erwähnt, in dringlicher Mission für meine Schwester unterwegs.«

»Bronwyn? Hast du sie gesehen? Wie geht es ihr?«

»Sie ist krank vor Kummer«, sagte er und erzählte ihr die Geschichte der Entführung, wobei er ein paar Schwerthiebe seinerseits hinzufügte und die Rolle des Kindermädchens strich.

»Die haben aber keine Zeit verloren, wie?« fragte sie und warf einen grübelnden Blick in ihren Becher Kräutertee. Während Rupert erzählte, hatte sie ihnen beiden einen Becher zubereitet.

»Nicht einmal soviel, daß das Kind noch getauft werden konnte, was Bronwyn am meisten Sorge bereitet. Sie wollte schon im Nachthemd hierher reiten, dich um deine Hilfe bei dem Versuch zu bitten, für die vollen Schutzriten des Kindes Sorge zu tragen.«

»Du bist nun an ihrer Stelle gekommen?«

Er nickte.

»Laß mich ein paar Lebensmittel zusammenpacken und meinen Umhang holen«, schlug sie vor und stand auf.

»Du verstehst mich nicht richtig. Die sind inzwischen bereits in Miragenia. Das wird eine lange und gefährliche Suche werden.«

»Oh, das ist mir sehr wohl klar. Ich bin jetzt durchaus bereit, es sei denn, du bist müde von der Reise und möchtest eine Nacht hier schlafen?« Karola gab sich Mühe, hilfsbereit zu klingen, doch insgeheim dankte sie der Großen Mutter, sie von der Langeweile der vergangenen Wochen erlöst zu haben. Und wenn die Hexe auch auf eher distanzierte Art traurig war über den Kummer, der über Bronwyns Haus gekommen war, so zeigte sie sich über die Aufregung, die Bronwyns Unglück auszulösen versprach, weder überrascht und schon gar nicht unglücklich. Nicht, daß Karola sich über die Schwierigkeiten freute, wohl aber über die Gelegenheit, ihrer Cousine zu helfen wie schon zuvor, als Bronwyns Fluch sie ebenso wie alle andern im königlichen Haus getroffen hatte.

Was für ein glücklicher Zufall. Gerade als sie dabei war, das ganze Dorf zu verschaukeln, was ihr zweifellos alle sehr übel genommen hätten, verschaffte ihr Bronwyn eine makellose Ausrede, alles liegen zu lassen und davonzuziehen, um einem bedrängten Säugling zu helfen. Nein, keine Ausrede – eine heilige Pflicht, ein Gebot der Familienehre. Ein widriger, schlimmer Notfall. Selbst wenn man äußerst abgeneigt wäre, müßte man etwas unternehmen, sowohl als Priesterin wie als Familienangehörige. Jeder würde das verstehen. Andrerseits würde wohl keiner, und der Prinz am allerwenigsten, Karolas unangebrachte Freude bei diesem Vorhaben gutheißen, also beherrschte sie sich und senkte ihre Stimme drei Oktaven unter das aufgeregte Kreischen, das sie in ihrer momentanen Stimmung hätte von sich geben können. »Du sagtest doch, es wäre dringend?«

»Ja, ich glaube, das sagte ich. Ich rechnete nur damit, daß du mehr Zuspruch bräuchtest.«

»Angesichts der Umstände kann ich kaum Ausflüchte machen. Laß mich nur diesen Fisch im Haus eines Ratsmitglieds des Dorfes abgeben, dann werde ich dich nicht länger aufhalten.«

Als sie jedoch ihren Umhang zusammenraffte, begannen die hohen, schmalen Fenster zu klirren und die schweren Möbel zu wakkeln. Darauf erhob sich ein heftiger Lärm, ein dumpfes Trommeln, das über sie hinwegdonnerte und aufhörte, sobald es den Herrensitz überflogen hatte. Ein Pferd wieherte. Rupert war sogleich auf den Beinen und griff zu seinem Schwert. Karola faßte nach seinem Arm.

»Das ist nichts Besorgniserregendes. Nur einer der Drachen. Da es mir gelungen ist, den Rat zu überzeugen, die Kuh, die ich für den Drachen bereitgestellt hatte, nicht zu schlachten, wird er dein Pferd nicht belästigen. Es sei denn, er wäre außergewöhnlich hungrig.«

Rupert, den diese Versicherung nicht beruhigte, eilte zur Tür und inspizierte das Gebäude. Im Innenhof des Gutes stand tatsächlich eine Drachin, die unter einer Windung ihres Schwanzes den verkohlten Kadaver einer Kuh versteckte, von der sie gerade eine Keule kaute. Sie schaute auf, rülpste und errötete zu Ruperts Überraschung. Er konnte tatsächlich feststellen, daß sie errötete, denn ihre Farbe verstärkte sich, daß der zart rosige Hauch ihrer Schuppen, der dem Innern einer Seemuschel glich, so intensiv rosa wurde wie an ihren dunkelsten Körperstellen. Ihre Augen hatten die Größe seines Schildes und waren veilchenblau. Sie blinzelten langsam und ungläubig bei seinem Anblick.

»Ach, Grippeldix«, sagte Karola, die kaum einen Schritt hinter ihm stand. »Nett, dich zu sehen. Ich möchte dir meinen Vetter, den Prinzen, vorstellen.«

Die Augen der Drachin wurden, soweit dies möglich war, noch größer, dann ließ sie die zart geäderten Lider schüchtern darübersinken und hielt den Blick auf den Boden geheftet. Sie neigte den Kopf auf ihren rosa Flügel hinab. Rupert war diese Geste wohl bekannt, bei einer Drachin hatte er sie allerdings noch nicht erlebt. Ihn beschäftigte unablässig die Frage, wie sich Karola mit dem Tier verständigte. Aber schließlich war sie eine Hexe. Er vermutete, daß sie Zauberkräfte benutzte. Er holte zu seiner elegantesten und höflichsten Verbeugung aus und sagte: »Ich hatte nicht die geringste Ahnung, daß unser Land so liebreizende Drachen hervorbringt, Cousine.« Flüsternd fügte er hinzu: »Übersetze ihr nur, was ich gesagt habe. Sie ist doch eine Drachen-*Dame*, oder?«

Karola nickte. »Grippeldix hat diesen Monat Bergwacht. Wir stellen ihr Vieh für ihre Dienste zur Verfügung.«

Grippeldix stieß ein tiefes, heiseres Knurren aus, dem eine Dampfwolke folgte. Karola nickte und drehte sich mit erheiterter Miene und leicht emporgezogener Augenbraue zu Rupert um. »Sie möchte wissen, wo du ihr ganzes Leben lang gesteckt hast.«

»Ich war...« Rupert überlegte. »Paß auf, ich werde dich entlohnen, wenn du mir den Zauberspruch beibringst, durch den du mit ihr sprechen kannst. Ich habe mich noch nie mit einem Drachen unterhalten.«

»Tut mir leid, aber es ist kein Zauberspruch. Es ist Panelfisch, eine Zaubersprache, die schwer zu erlernen ist. Weißt du, es sind alles lautlose Zeichen. Der gewöhnliche Zuhörer hält sie für Argonisch; die Drachin dagegen hört sie in ihrer eigenen Sprache und antwortet entsprechend.«

Rupert, der das ganze nicht annähernd begriffen hatte, kratzte sich am Kopf und warf die Locke zurück, die ihm so reizvoll in die Stirn hing. »Ich bitte dich, mir diese Zeichen beizubringen. Ich muß unbedingt lernen, mit Drachen zu sprechen.«

»Wir haben auch Einhörner hier, die sind allerdings ziemlich scheu, es sei denn . . . und ich nehme nicht an, daß du ein . . . nein, wie töricht von mir, vergiß es.«

Rupert wollte gerade protestieren, ihm zu verraten, was sie damit meinte, bis ihm dämmerte, mit wem die Einhörner der Legende zufolge am freundlichsten verkehrten. Er grinste und zwinkerte ihr zu. »Nein, ich fürchte, in dieser Hinsicht wäre ich nicht der Richtige; allerdings bin ich überzeugt, ein Einhorn von der Lauterkeit meiner Absichten zu überzeugen, wenn du mich erst einmal entsprechend mit ihnen bekannt machen würdest.«

Grippeldix, die etwas gereizt war, weil man sie aus der Unterhaltung ausschloß, hauchte einen leicht schwefligen Atemstoß in ihre Richtung. Karola antwortete unverzüglich. Die Drachin blinzelte Rupert noch zweimal an, ehe sie sich mit der Kuh in die Luft erhob und in Richtung der Gletschergipfel verschwand.

»Der Fisch wird noch schlecht, wenn wir ihn nicht bald abgeben«, erklärte Karola und hakte sich fröhlich bei ihm unter. »Und es wäre klug aufzubrechen, ehe die Drachin beschließt, dich an Stelle der Kuh zu verschlingen. Diese Drachen sind ziemlich unberechenbare Geschöpfe.«

II

Der Ratsherr der Gemeinde war wenig erbaut über Karolas Geschenk und über die Neuigkeit, daß Lindwurmtal nun für eine Zeitlang ohne seine ortsansässige Hexe und spirituelle Beraterin auskommen müßte.
»Wird ihnen das nicht sehr schwerfallen?« erkundigte sich Rupert, als sie davoneilten, während hinter ihnen die Haustür des Gemeinderats laut zugeschlagen wurde.
Karola grinste, wie es der wasimarkanischen Ausgabe einer Hexe angestanden hätte. »Im Gegenteil, ich glaube, es wird ihnen sehr guttun. Zweifellos war das die Absicht der Großen Mutter. Trotzdem müssen wir jetzt sehen, daß wir rasch fortkommen. Ich bin überzeugt, der Stallmeister wird den Jagdhund und den Falken gern in Obhut nehmen, vielleicht fällt dem alten Bernard sogar wieder ein, wie man mit ihnen auf die Jagd gehen kann.«
»Besitzt du die Zauberkraft, uns fliegend zu befördern?« erkundigte Rupert sich mißtrauisch. Er hatte nichts dagegen, sie mitzunehmen, doch störte ihn bereits sehr ihre Art, die Dinge selbst in die Hand zu nehmen.
»Nein«, sagte sie. »Aber ich habe ein zweites Paar Skier – das heißt, sofern dir an einer Abkürzung liegt.«
»Zurück nach Königinstadt?«
»Durch den Berg, wie damals in unserer Jugendzeit mit Bronwyn, und dann ans Meer.«
»Werden deine Skier uns auch übers Meer und nach Miragenia tragen?«
»Nein, aber vermutlich die Nixen. Oder sie lassen uns möglicherweise auf ihrer Seeschlange reiten.«
Rupert, der niemals auf Skiern gestanden, einen Berg durchquert, Nixen gesehen oder auf einer Seeschlange geritten war, entwickelte große Beredsamkeit, den Stallmeister zu überzeugen, daß Pferd, Falke und Jagdhund, die er von Roland geborgt hatte, dem Dorf von großem Nutzen wären und liebevollste Pflege verdienten.

Die Skier waren ihm zu kurz, und die Bindungen mußten für seine Füße verlängert werden, doch sobald er auf den Brettern stand, nahm er sich ein Beispiel an seiner Cousine, die halb ausschritt, halb schlitterte, und zog tapfer hinter ihr her. Auf dem Fluß erwarb er genügend Selbstvertrauen und Geschicklichkeit, sie zu überholen, doch sie hielt ihn mit einer Handbewegung zurück und setzte ihren Weg in schnellerem Tempo fort, bis sie an eine Stelle gelangten, die wie ein Berghang aussah; sie duckte sich und schoß in totes Gestrüpp hinab.

Kurz darauf rief sie ihm zu: »Komm weiter. Es ist ungefährlich.«

Er tat wie geheißen, glitt nach vorn, duckte sich an der Stelle, wo sie sich seiner Erinnerung nach niedergebeugt hatte, und fragte sich gerade, was der ganze Wirbel sollte, als der Grund unter dem Fluß abfiel und ihm seine Skier weggerissen wurden. Er stürzte und rutschte durch das tote Gestrüpp in eisige Finsternis.

»Sagtest du nicht, es wäre ungefährlich?« meinte er, nach Atem ringend, als er sie über sich stehen sah, neben dem gefrorenen Wasserfall, den er gerade herabgestürzt war. Sie waren von Höhlenwänden umgeben, durch deren Löcher Licht auf einer weiten Eisfläche glitzerte.

»Mach dir keine Sorgen«, sagte sie. »Nach einer Weile bekommst du schon den Bogen für die Schußfahrten heraus. Es kommen nicht mehr viele dieser Art. Ich war mir nicht sicher, ob der Fluß hier unten auch gefroren ist, aber vermutlich hätte ich ihn auch fragen können. Wäre er nicht zugefroren gewesen, hättest du mich wieder hochziehen müssen, damit wir einen anderen Weg suchen, aber ich glaube, es wird gehen.«

Rupert beendete seine Untersuchung mit der Feststellung, daß ihm nichts fehlte. Karola zog eine Taschenfackel aus ihrem Vorratsbeutel und entzündete sie vor dem Gang auf der gegenüberliegenden Seite des Eissees.

Der Tunnel war lang und finster und verzweigte sich gelegentlich. Die erste dieser Gabelungen ließ Karola einen Moment innehalten.

»Sind sie dir niemals zuvor aufgefallen?« wollte Rupert wissen.
»Die Schwanin hat uns im Boot gezogen. Sie hat vermutlich den richtigen Weg gewählt. Seither bin ich nie wieder durch den Gang gekommen. Einen Augenblick. Ich werde fragen.«
Sie kniete nieder und benutzte die Fackel, um ein tiefes Loch ins Eis zu schmelzen. Eine feine Stimme sprudelte hoch. »Welcher ist für uns der ungefährlichste Weg zum Meer, Plappermaul?« erkundigte sie sich.
»Rechts lang«, antwortete er.
»Danke«, erwiderte sie.
»Nichts zu danken. Um diese Jahreszeit ist es einsam hier.«
Als sie das nächste Mal den Fluß befragte, war er alles andere als höflich: »Geradeaus weiter, Dummkopf!« Karola erklärte Rupert, daß der Fluß in seinem Verlauf ziemlich launisch sei, eine Behauptung, die sich später noch bestätigen sollte, als die zu einem gurgelnden Flüstern gedämpfte Stimme antwortete: »Mir sind alle Wege eins« und eine Menge Unfug mehr, mit dem Rupert nichts anfangen konnte.
Karola kniete länger an dieser Stelle, und ihre Augen zuckten im Fackelschein wie die eines wilden Tieres. »Hier endet der Zauber«, erklärte sie. »Jenseits des Berges spricht der Fluß überhaupt nicht mehr. Aber der Gang rechts sieht breiter aus, meinst du nicht auch?«
Er meinte es und führte an, daß sie ja immer noch kehrtmachen und flußaufwärts zurückgehen könnten, falls die Annahme sich als falsch erwiese.
Die Höhle gab schließlich den Blick auf einen weiten Horizont frei, begrenzt durch ein wogendes grünes Band, das sich zwischen dem sternenübersäten Himmel und der weiten Schneefläche kräuselte – der östliche Plappermaulfluß.
Sie lehnten sich am Höhleneingang auf ihre Skistöcke und ließen ihre Blicke auf dem grünen Band und den Sternen ruhen. Unvermittelt schob sich plötzlich etwas ganz anderes in ihr Blickfeld: Alles Licht von oben wurde verdeckt, als ein karrengroßer Kopf

am oberen Höhlenrand auftauchte, schweflige Begrüßungswolken ausstieß und große, leuchtende Augen sie anblinzelten.
Rupert lachte. »Wie ausgesprochen schlau! Sie ist uns gefolgt.«
Karola war über die Störung verständlicherweise verärgert. Sie hatte die ruhige Skitour durch Berg und Mondschein und die Aussicht auf Abenteuer in Gesellschaft ihres gutaussehenden und liebenswürdigen jungen Vetters genossen. Und die Tatsache, daß sie sich entschieden hatte, ihre derzeitigen Pflichten einem anderen zu übertragen, stellte doch wohl keinen Grund dar, daß jedes andere Lebewesen im östlichen Argonia es ebenso hielt. »Grippeldix, warum bist du nicht auf Patrouille? Du weißt sehr wohl, daß nur wir hier unten sind und nicht irgendwelche Invasionsarmeen oder Banditen.«
Die Drachin überschlug sich rückwärts in der Luft und landete graziös auf Klauen und Schwanz im Flußbett vor ihnen. Sie spie ihnen Funken entgegen.
»Was hat sie gesagt?« wollte Rupert wissen und schickte ein verwirrtes, aber nichtsdestotrotz einnehmendes Lächeln in Richtung der Drachin.
»Nichts Besonderes. Sie ist nur neugierig. Sie ist noch halbwüchsig und nimmt ihre Pflichten nicht ganz ernst«, bemerkte Karola, die sich allerdings in dieser Hinsicht selbst einiges vorzuwerfen hatte.
»Aber wenn sie auf Patrouille ist, hielt sie uns vielleicht für Eindringlinge. Ich hatte keine Ahnung, daß Drachen so intelligent sind.«
Das Objekt seiner Bewunderung betrachtete ihn liebevoll und schnalzte mit der Zunge.
»Ich glaube kaum, Grippeldix«, erwiderte Karola rasch. »Es paßt nicht in unsere Pläne. Warum fliegst du jetzt nicht einfach davon und kümmerst dich um deine Aufgaben? Du weißt sehr wohl, daß Drachinnen gewöhnlich keine Prinzen freien. Du stammst von einer anderen Art. Es würde niemals gutgehen.«
Grippeldix ließ mürrisch den Kopf hängen. Rupert warf Karola

einen empörten Blick zu. »Sie bemüht sich doch nur, freundlich zu sein. Das ist kein Grund, ihre Gefühle zu verletzen. Bitte sag ihr, daß ich sie wunderschön finde, und wäre ich ein Drache, wäre ich einfach hingerissen von ihr. So aber hoffe ich, daß wir Freunde werden.«
Karola gehorchte widerwillig. Ihr Vetter war vielleicht ein Prinz, aber von Drachen hatte er kaum eine Ahnung. Sie wußte, daß selbst ihre Mutter und ihr Vater vorsichtig mit Drachen umgingen, obgleich sie gelegentlich schon mit Grippeldix' Eltern zu tun gehabt hatten. Drachen mochten hin und wieder mit Menschen zusammenarbeiten, aber man konnte ihnen nicht trauen. Das Verhalten, das Grippeldix an den Tag legte, war so ungewöhnlich, daß jeder, der mehr Verstand als Eitelkeit besaß, nervös werden mußte. Immerhin waren Karola und die Drachin zusammen aufgewachsen, und *ihr* hatte Grippeldix noch niemals angeboten, sie auf ihrem Rücken fliegen zu lassen.
Grippeldix gurrte. Rupert rutschte auf seinen Skiern weiter und streckte die Hand aus, um die Drachin zu tätscheln. Das Tier senkte den Kopf und stieß ihn auffordernd an.
»Nun, ich denke, sie möchte mich einladen, auf ihr zu reiten, Cousine«, sagte er und bückte sich, seine Skier zu lösen.
»Ich halte das nicht für klug, Euer Hoheit. Meines Wissens hat noch keiner Grippeldix geritten, und die Küste ist nicht so weit entfernt, daß man sie nicht mit Skiern erreichen könnte. Abgesehen davon sind die Nixen . . .«
Rupert ließ sich nicht umstimmen. »Unfug. Bislang hat niemand sie geritten, weil sie es nicht wollte. Ich bin überzeugt, wenn ich sie bitte, wird sie dich ebenfalls mitnehmen. Sei kein solcher Spielverderber. Ich werde eine Übersetzerin brauchen. Sag ihr, daß wir nur bis zur Meeresküste mitfliegen werden. Ich will auf keinen Fall versäumen, die Nixen kennenzulernen.«
Der ernsthafte junge Mann, der ihr so rührend die Notlage seiner Schwester geschildert hatte, schien nun größeres Interesse daran zu haben, einen Nervenkitzel nach dem anderen zu erproben, aber das war kennzeichnend für den übersättigten Menschenschlag bei

Hofe, dachte Karola, und ihre gute Laune darüber, das Dorf hinter sich gelassen zu haben, wandelte sich in Gereiztheit.
Sie konnte es sich nicht verkneifen, beim Aufsteigen Grippeldix ins Ohr zu flüstern, daß sie hoffte, die Drachin würde sich damit zufriedengeben, sie zur Küste zu befördern, und dann ihren ernsthafteren Aufgaben nachgehen.
»Kümmere dich nicht um meine Aufgaben, Liebste«, antwortete Grippeldix. »Dazu gehören auch Eindringlinge, und er ist der einzige Fremde weit und breit. Ich sehe bei einem einzigen Tagesflug mehr als du in einer Woche. Ich kann die Zeit erübrigen, und dein winziges Herrschaftsgebiet ist trotzdem nach wie vor in Sicherheit. Warum entwickelst du überhaupt plötzlich so heftiges Interesse für meine Pflichten, Gnädigste? Früher hast du nicht viel mehr zu mir gesagt als ›Deine Kuh steht dort drüben, Drachin‹. Willst mich wohl loswerden, was? Kann es dir nicht verdenken. Mir war nicht klar, daß es Sterbliche wie *ihn* gibt.«
Karola schüttelte den Kopf und setzte sich zwischen zwei Rückenwirbeln vor Rupert zurecht. »Gibt es auch nicht, Drachin. Aber er ist mit mir und der Königsfamilie verwandt. Ich wollte nur sichergehen, daß du dich nicht soweit hinreißen läßt ... ihn wie eine deiner Kühe zu behandeln.«
Die Drachin schnaubte verächtlich bei diesen Worten, antwortete aber nicht.
Rupert bestaunte die Landschaft zwischen Höhle und Meer und deutete voller Ehrfurcht und Bewunderung auf jede sternenbeschienene Flußbiegung. Unglücklicherweise hatten die kräftigen Flügel des Tieres sie schon zur Küste befördert, bis Karola ihren Wortwechsel mit der Drachin beendet hatte. Sie stieg ab und schaute hinaus aufs Meer. Als Rupert fragte, ob sie die Seejungfern riefe, antwortete sie nicht. Das veranlaßte ihn, selbst aufs Meer hinauszustarren, während Grippeldix unruhig in der Nähe herumflog und fragend gurrte. Rupert zuckte halb ungeduldig, halb entschuldigend mit den Schultern und setzte seine Wache fort. Die Drachin seufzte aus tiefstem Herzen und flog von dannen, da sie sich als entlassen betrachtete. Rupert warf seiner Cou-

sine einen raschen Blick zu und fragte sich, wann und wie sie die Wassernixen herbeiholen würde.

Die Hexe war an jene Stelle zurückgekehrt, wo sie die Bekanntschaft der Meerjungfern gemacht hatte, und zögerte, als sie sich an die Schattenseiten jener früheren Begegnung erinnerte. Sie wägte in Gedanken ihre Verwandtschaft mit den Nixen gegen deren Vorliebe ab, alles Fremdartige in die Tiefe zu zerren, und versuchte ihre eigenen Kräfte abzuschätzen. Ihr Wunsch, Rupert bei der Erfüllung seiner Pflicht beizustehen, ließ sie zu dem Schluß gelangen, daß sie einen Punkt erreicht hatten, da der Rückweg viel weiter und nicht annähernd so interessant gewesen wäre. »Vielleicht ist es besser, du läßt dich nicht sehen, ehe ich mit ihnen sprechen kann«, erklärte sie ihrem Cousin schließlich. »Sie vertreten gegenüber bestimmten Lebewesen recht eigentümliche Standpunkte und können insbesondere Männern gefährlich werden. Mir wäre entschieden wohler, wenn ich die Gewißheit hätte, daß sie bereit sind, uns überzusetzen, ehe sie dich kennenlernen.«

»Du willst sie doch nicht wegschicken, ehe ich ihre Bekanntschaft machen kann, oder?« fragte er.

Doch seine Frage wurde zusammen mit den ersten Tönen ihres Pfiffs, der die Nixen rufen sollte, vom kalten Wind aufs Meer hinausgetragen. Er beobachtete sie eine Weile, überlegte, daß er sich verstecken würde, sobald er von hoher See etwas herankommen sähe, und ging dann auf und ab. Trotz seines pelzgefütterten Umhangs und der Handschuhe fror Rupert. Er zog kleine Kreise, malte mit seiner Stiefelspitze Muster in den Schnee, und seine Cousine pfiff unablässig. Die Melodie war gespenstisch und durchdringend, schwoll mit dem Wind an und ab, dabei sehr einprägsam, und er ertappte sich bald dabei, wie er unwillkürlich mitpfiff.

Sie wedelte heftig mit der Hand in seine Richtung, um ihm zu signalisieren, daß er aufhören sollte, worauf er mit den Schultern zuckte. »Ich besitze keine Zauberkraft. Sie können mich gewiß nicht hören. Und wenn doch, hilft es vielleicht.«

»Hör auf zu ...«, hob sie an und wurde unterbrochen, als etwas Großes, Schmales durch die Wellen auf sie zuflog. Im dunklen

Wasser direkt vor ihnen durchstießen zwei nasse Hände die Oberfläche. Rupert beobachtete die Szene gespannt, ohne daran zu denken, sich zu verstecken.

»Oh, Liebchen, ich bin hingerissen von der Art, wie du deinen Lockruf abgewandelt hast«, sagte der Kopf zu Karolas Rechten mit lieblicher, flötender Stimme. Sein Haar schimmerte naß und leicht grünlich.

»Lorelei! Wie schön, dich wiederzusehen«, sagte Karola.

»Es freut mich auch, dich wiederzusehen, du listiger, kleiner Aal, aber wer um alles in der Welt ist das hinter dir?« erwiderte Lorelei.

»Ich glaube, Karola ist noch genauso egoistisch wie früher«, meinte die andere Nixe mit tiefer, sinnlicher, honigsüßer Stimme. Ihr Haar schimmerte im Sternenschein lavendelfarbig, und sie musterte Rupert kritisch. »Wie steht's damit, Pfrillchen? Behältst du ihn für dich oder ist er ein Geschenk?«

»Cordelia, du hast dich aber auch kein bißchen verändert, wie? Das ist Prinz Rupert, der Sohn unserer Königin und unseres Königs«, entgegnete Karola gelassen. »Vielleicht erinnert ihr euch an seine Schwester, Prinzessin Bronwyn, die mich begleitet hat, als wir uns das erste Mal trafen.«

»An *sie* kann ich mich nicht erinnern«, schwärmte Lorelei, »wohl aber an diesen süßen König.«

»Gewiß doch«, zischte Cordelia und schob sich mit einem Schlag der Schwanzflosse in die Höhe, um Rupert besser sehen zu können und ihm einen besseren Blick auf das zu bieten, was einen Großteil der Anziehungskraft der Seejungfern ausmachte. Zu Karola meinte sie: »Na, willst du uns nun sagen, wozu du den ganzen Wirbel veranstaltet hast, Krebszangengesicht, oder willst du dir die ganze Nacht die Füße in den Bauch stehen?«

»Cordelia, sei kein solcher Stachelrochen. Arme Karola, steh doch nicht so trocken dort herum, sondern komm zu uns ins Wasser, wo es gemütlich ist«, schlug Lorelei vor. »Ich wüßte nicht, wie wir uns über irgend etwas unterhalten sollten, solange du dich wie ein Turm vor uns aufbaust.«

»Stört es dich?« fragte Karola Rupert, als wollte sie sich entschuldigen, mit den Nixen alleine zu sprechen. »Ich muß unbedingt mit ihnen reden . . .«
»Äh, nein, natürlich nicht. Stört mich nicht im geringsten. Ich werde einfach hierbleiben und den Genuß so reizender Gesellschaft auskosten.« Letzteres entsprach der Wahrheit, obgleich er sich fast zu Tode fror. Die Oberkörper der beiden Meerjungfern befanden sich nun über Wasser und waren nicht länger durch das nasse, klebende Haar verdeckt, und die Sirenen lächelten ihm kokett zu, während er sich mit Karola unterhielt.
Als die Hexe sich bis auf ihr Badekostüm auszog, zwinkerte Lorelei ihm zu. »Warum erzählst du uns nicht selbst, was dich so weit hierhergeführt hat, Süßer?«
»Nun, Berichte von der Schönheit der Meere und ihrer Bewohner. Ein angeblich so wundersamer Anblick, daß ich mich mit eigenen Augen überzeugen mußte, schöne Jungfern«, erwiderte er mit einem Zwinkern.
»Schöne Jung . . . ach, du!« kreischte Lorelei und spritzte ihn spielerisch naß. »Warum kommst du nicht einfach auch herein? Ist es dort draußen nicht scheußlich kalt und trocken?« Ihre funkelnden Augen wurden weit und anziehend wie das Meer, während ihre Stimme melodiös in seinen Ohren säuselte.
»Lorelei«, warnte Karola und sprang ins Wasser. »Er ist *nicht* zum Ersäufen. Kommt mit. Ich zähle auf dich, daß du mir hilfst, Cordelia zu überreden, uns nach Frostingdung zu bringen.«
»Willst *du* denn nach Frostingdung, Süßer?« erkundigte sich Lorelei, die immer noch zu ihm emporblickte und mit der Zungenspitze ihre Lippen befeuchtete.
»In deiner Gesellschaft? Jeder Mann wäre ein Narr, es abzulehnen.«
»Und unsere Gesellschaft ist der *einzige* Grund?« erkundigte sich Cordelia und versuchte, die Berechnung in ihrer Stimme mit Honigsüße zu überdecken.
»Abgesehen von einem kleinen Familienauftrag, der mir den Vorwand zu dieser Reise liefert, ja, Gnädigste. Ein junger Mann kann

seiner Schwester keinen Dienst abschlagen, insbesondere ein so hingebungsvoller Bewunderer der Frauen wie ich!« Er blickte begehrlich, um keine Zweifel an seinen Äußerungen zu lassen, so daß sogar Cordelia kokett mit dem Schwanz wedelte.

»Nun, denn«, meinte sie. »Ich denke, wir können dir helfen. Ollie, kümmere dich um den Herrn.«

Karola, die vergeblich umhergepaddelt war, um Aufmerksamkeit zu erregen, beobachtete wehmütig, wie die silbergefleckte Seeschlange, die vorher knapp unter der Wasseroberfläche geschaukelt hatte, nun an den Strand glitt. Rupert setzte sich schnell und ohne alle Umschweife, als der Riesenkörper sich um ihn zusammenrollte. Er nahm rittlings auf dem schlüpfrigen Rücken Platz und war höchst erregt über das Neue, das ihm nun bevorstand. Zu spät bemerkte er, wie Karola heranschwamm und den Arm ans Ufer streckte, um ihre Kleider und den Vorratsbeutel zu packen.

»Cousine, kann ich dir behilflich sein?« fragte er und neigte sich bedrohlich weit zu ihr herab.

Sie reichte ihm das Bündel. »Danke, nein. Ich glaube, ich werde fürs erste schwimmen.« Sie klang ein wenig hilflos und fühlte sich auch so. Die Seejungfrauen und ihr Vetter selbst hatten sie überrumpelt, als sie versuchte, eine gewisse Sicherheitsgarantie zu erwirken. Aber schließlich waren Seejungfrauen weit erfahrener darin, Männer anzulocken, als Karola im Anlocken von Seejungfrauen, so daß sie vermutlich nur aufmerksam bleiben und das Beste hoffen konnte.

Eine Zeitlang sah es so aus, als wären ihre Sorgen unbegründet. Rupert verstrickte beide Sirenen mühelos in ein Gespräch, befragte sie über ihren Lebensraum und lauschte mit schmeichelhafter Aufmerksamkeit ihren albernen Antworten. Es dauerte nicht lange, daß sein Haar und seine Kleidung dort von Eis glitzerten, wo die Tröpfchen, mit denen seine aufgeregten Gastgeberinnen ihn bespritzten, gefroren. Die meisten ihrer Opfer – oder Gäste – machten sich nicht die Mühe, mit ihnen zu plaudern. Es war ein Glück für Rupert, daß er sich zu unterhalten geneigt war, und eine Beruhigung für Karola, da das Sprechen die Meerjungfern davon abhielt, einen ihrer Sirenengesänge an ihm zu erproben.

Als sie es später taten, war es lediglich eine Vorführung, und er ließ es sich nicht nehmen, sie in fachkundig abgestimmtem Bariton zu begleiten.

»Wie hübsch du singst, Vetter«, meinte Karola, als sie ihr Lied beendet hatten, und mischte sich ein, ehe Cordelia und Lorelei eine todbringende Melodie anstimmen konnten. »Man könnte glauben, du hättest selbst Nixenblut.«

Er neigte den Kopf und freute sich jungenhaft über das Kompliment. »Meine Taufgabe von deinem Vater, dem Barden Colin. Die Gabe des Gesangs.«

Sogar die Seeschlange reagierte auf Ruperts eigenwilligen Zauber. Das Ungeheuer wandte gelegentlich den langen, flachen Kopf zurück, um seinen Mitreisenden mit nachdenklicher Bewunderung zu betrachten. Das führte dazu, daß das Tier aus dem Takt der wellenartigen Schwimmbewegung geriet und Rupert fast abgeworfen worden wäre, hätte Karola nicht scharf aufgepaßt und eine laute Warnung ausgestoßen. Ollie wirkte für ein Seeungeheuer ziemlich erschrocken, als er den Kopf wieder drehte und neuen Kurs nahm.

Karola schwamm links neben Ollies Kopf ein wenig den Seejungfrauen voraus. Der Rhythmus ihrer eigenen Schwimmstöße dämpfte ihre Besorgnis, und die Grenzenlosigkeit des Meeres gefiel ihr so sehr, daß sie sich fragte, wie sie so lange hatte fernbleiben können. Wenn sie von ihrer Mission zurückkehrte, würde sie vielleicht eine Bleibe in Küstennähe bauen, um sich dort gelegentlich von ihren Eltern und dem Dorf zurückzuziehen. Vielleicht würde sie sogar dort wohnen, und die Leute müßten von weither kommen, sie aufzusuchen. Allerdings würde sie vermutlich niemals so begehrt sein wie ihr geselliger Vetter, der da von Ollies Rücken aus Hof hielt. Sie fand, daß alle Welt einen entsetzlichen Wirbel um den albernen jungen Mann machte, und fragte sich, warum das so war. Doch als sie dann in das glückliche, begeisterte

Gesicht des hübschen Prinzen sah, fand sie, daß er gar nicht so albern war, auch wenn die Reaktion jedes Lebewesens, das ihm über den Weg lief, dies vermuten ließ. Sie hatte von der bezaubernden Anziehungskraft der Feen gehört, doch jetzt erlebte sie sie zum ersten Mal unmittelbar. Es hieß, ihre Tante, Königin Bernsteinwein, besäße diese Eigenschaft im Übermaß, doch als Karola bei Hofe weilte, war die Königin oft krank oder abwesend, so daß die Hexe sich kein endgültiges Urteil in dieser oder jener Richtung bilden konnte. Aber Rupert, in dem sich die imposante Größe seines Vaters mit dem zarten Knochenbau seiner Mutter und des Königs unumwundene Aufrichtigkeit mit dem Liebreiz der Königin vereinigten, besaß eine Art Zauber, den nicht einmal sein Eschenholzschild abschwächen konnte.

Was immer der Quell seiner Macht über die Geschöpfe seiner Umgebung war, bislang hatte sie ihnen zum Nutzen gereicht, auch wenn abzusehen war, daß sie Gefahren mit sich bringen konnte.

Das Atoll der Nixen war weitgehend so, wie sie es in Erinnerung hatte, vielleicht ein wenig höher im Wasser und mit einem etwas tieferen Süßwasserteich in der Mitte des korallenbegrenzten Kreises. Karola setzte sich auf ein vom Wasser geglättetes Sims direkt oberhalb des Meeresspiegels und zog die Beine fest an sich, während Rupert und Lorelei sich weiter neckten. »Ist euer Fund immer noch dort unten?« fragte sie plötzlich die Seejungfer. »Der mit den Werkzeugen, den ihr mir zeigtet, als ich noch ein Mädchen war? Ich würde gerne hinabtauchen und ihn mir noch einmal ansehen.« Die Nixe nickte, und Rupert, der sich leicht von seiner Schäkerei ablenken ließ, schaute hoch. »Ein Schatz?« fragte er.

»Ihr sollt ihn sehen, Euer Hoheit«, hob Karola an, doch ehe sie die Worte ausgesprochen hatte, tauchten die zwei Nixen wie die Enten und förderten einen salzverkrusteten Tand nach dem anderen zur Begutachtung zutage.

Rupert bewunderte die Harfe aus Gold und Perlen, die Edelsteinketten und -schnüre, die Smaragdpfeife und die saitenlose, beschlagene Silberlaute, doch ein winziger, feingezahnter Kamm aus einer einzigen opalisierenden, fächerförmigen Muschel gefiel ihm am allerbesten, und er drehte und wendete das Schmuckstück, das doch nicht größer war als sein riesiger Daumennagel, und streichelte es. »Was für ein einzigartiges Stück. Ich muß unwillkürlich daran denken, daß das die richtige Art von Geschenk für das arme Kind gewesen wäre, hätte es die üblichen, fröhlichen Geburtsriten bekommen ...« Die Nixen stimmten sogleich mitleidiges Wehklagen an und wollten wissen, welches arme Kind denn so sehr sein Mitgefühl geweckt hätte. Er erzählte ihnen von Bronwyns Tochter und wischte sich dabei eine Träne aus dem Augenwinkel. Karola hätte geschworen, daß sie selbst auf Knien und von Schluchzen geschüttelt für den Säugling hätte bitten können, und die Seejungfrauen hätten nur mit Gleichgültigkeit reagiert. Dagegen schien Ruperts Schilderung der Notlage des Kindes sie ans Herz zu rühren, das doch zuvor eindeutig nichts anderes hatte erkennen lassen, als daß es reines, kaltes, grünes Meerwasser durch ihren Körper pumpte.

»Wenn du glaubst, der Kamm würde ihr Freude machen, mußt du ihn für sie mitnehmen, Prinz«, erklärte Cordelia überraschenderweise. »Es soll unser Geburtsgeschenk für das liebe, kleine Pfrillchen sein.«

Ausnahmsweise verhielt sich Lorelei boshaft. »*Dieser* Kamm?« fragte sie. »Oh, Cordelia, du weißt, was der Kamm vermag, und hältst es für richtig, daß ein Kind mit gespaltenem Schwanz und ohne alle Nixenvorfahren ...«

»Wer sollte ihn dringlicher benötigen?« erwiderte Cordelia, die von Freundlichkeit durchflutet wurde, bis selbst ihre Schwanzflosse davon erbebte. Sie richtete den starren Blick ihrer großen grauen Augen wieder auf Rupert, der über ihr auf einem Vorsprung des Atolls hockte und das wundervolle Geschenk demütig, dankbar und ehrfurchtsvoll betrachtete. »Meine Schwester spielt auf die magischen Kräfte des Kammes an, Prinz Rupert. Es ist auch tatsächlich schon eine Weile her, daß wir einem sterblichen Kind ein so kostbares Geschenk gemacht haben, doch jeder Vetter unsrer lieben Karola ist gewissermaßen auch unser Vetter«, erklärte sie und klimperte mit den triefnassen Wimpern.

Karola verdrehte die Augen zum Himmel, trommelte mit den Zehen und übte sich in priesterlicher Geduld, um sich die Bemerkung zu verkneifen, daß die Nixen ihrer »gemeinsamen« Cousine Bronwyn kaum ähnliche Großzügigkeit erwiesen hatten.
»Magische Kräfte?« fragte er, als könnte er sein Glück nicht fassen. »*Echte* magische Kräfte?«
»Wir würden dir doch keine falschen schenken, oder?« sagte Cordelia nun wieder mit leicht bissigem Unterton.
»Oh, entschuldigt, wenn ich etwas zweifelnd klang, meine liebe, schöne Dame. Ich bin nur so überwältigt von eurer großherzigen Geste, der unglücklichen Kleinen ein so herrliches Stück zum Geschenk zu machen. Und der Gedanke, daß es auch noch wunderbare Kräfte birgt . . .«
»*So* wunderbar nun auch wieder nicht«, wandte Cordelia bescheiden ein. »Es wird ihr nur helfen, sich einen Fischschwanz wachsen zu lassen und richtig zu atmen, was sie könnte, wäre sie nicht in so ärmliche Verhältnisse hineingeboren worden. Es ist ein altes Hilfsmittel zur Förderung des Nachwuchses, wie es einst benutzt wurde, als unsere Anzahl gering und unsere Macht bedeutend war. Heute werben wir natürlich keine Neuen mehr an, da Lorelei und ich diesen Teil des Meeres bestens alleine regieren. Sollte das Mädchen aber gerne eine Ausbildung haben wollen, werden wir sie bereitwillig unter unsere Fittiche nehmen. Ich glaube, wir haben sogar noch einen solchen Kamm unten, mein lieber Junge, falls du . . .«
Rupert hob die flache Hand und sagte mit erstickter Stimme: »Oh, nein, freundliche Damen der Wellen, ihr tut mir zuviel der Ehre. Dieses wundervolle Geschenk mit seinen bedeutenden Kräften mag ich um meiner hilflosen Nichte willen gerne für sie annehmen, aber ihr habt bereits so vieles für mich getan: eure Gastfreundschaft, die Reise auf der Seeschlange, eure reizende Gesellschaft und alles, was ihr mich über eure hinreißende Wasserwelt gelehrt habt. Ich bin überwältigt.«
»Natürlich«, meinte Cordelia. »Doch das ist kein Grund, unser Angebot auszuschlagen.«

»Ich wollte es nicht ausschlagen. Es ist nur . . .«
»Ihr Sterblichen seid alle gleich. Man ist bereit, mit euch zu sprechen, gibt euch alles, und dann fällt euch nichts Besseres ein, als den Gedanken zu verschmähen, euch nur ein winziges bißchen zu verändern, um . . .«
»Aber warte doch«, rief Rupert. »Das habe ich doch überhaupt nicht gesagt.« »Nein?« erkundigte sich Lorelei. »Du meinst, du wirst unser Angebot annehmen und uns hier im Meer Gesellschaft leisten? Ach, wie wundervoll! Und mach dir keine Gedanken um das Kind. Karola kann sich mühelos darum kümmern, nicht wahr, meine Liebe?«
»Was ich sagen wollte, war, daß es so freundlich von euch war, uns hierherzubringen, und wir beide sehr dankbar sind, daß ich zwar wirklich häufig wiederkommen und euch besuchen möchte, aber im Augenblick ist es unumgänglich, daß wir beide, meine verehrte Cousine und ich, meine Nichte suchen und dafür sorgen, daß ihr Leben den richtigen Anfang nimmt.«
»Wie gut schwimmst du?« erkundigte sich Cordelia, und nun klang eindeutige Boshaftigkeit aus ihren honigsüßen Tönen.
Rupert lächelte unschuldig zurück. »Oh, ich schwimme ganz ordentlich, freilich nicht annähernd so gut wie ihr und eure Schlange.«
»Ja, Ollie ist ein bemerkenswertes Geschöpf. Du begreifst sicherlich, daß wir ihn nicht durch Gewässer schwimmen lassen wollen, wo es von Ungeheuern nur so wimmelt wie um Frostingdung. Wenn du nur einen Tag oder so bleiben willst, können wir dir ein Schiff rufen. Das wäre für uns alle doch erheblich angenehmer, als die Gefahr einzugehen, von Ungeheuern gefressen zu werden, nicht wahr?« Ihr Lächeln hinterließ gewisse Zweifel darüber, worum es sich bei diesen Ungeheuern handelte.
Karola dachte, das Gespräch sei nun endgültig weit genug gegangen. Sie ergriff Ruperts Schild und drückte ihn ihm in die Hand. »Cordelia, Lorelei, ihr verspracht dem Prinzen, ihr würdet uns helfen«, erinnerte sie die beiden in angemessenem Ton.
»Das versprachen wir und haben es auch getan«, antwortete Cor-

delia. »Wir brachten euch hierher, wo ihr das nächstbeste Schiff nehmen könnt, das vorbeikommt. Aber du erinnerst dich sicher auch noch genau an jene Schrecknisse, die erstanden, als die Spaltflößler in Frostingdung ihren Krieg aufs Meer hinaustrugen und ihre üblen Zaubereien in unsere Gewässer entleerten. Ich dachte, du hättest Ollie *gern*. Du wirst doch nicht erwarten, daß wir ihn solcher Gefahr aussetzen? Da wir uns wohl alle einig sind, solltet ihr es wie früher halten und ein Schiff nehmen. Oder wenn es dir lieber ist und du es tatsächlich für gefahrlos hältst, kannst du weiterschwimmen, meine Liebe, und wir schicken dir den netten jungen Mann später nach.«

Karola schenkte dem letzten Vorschlag die ihm gebührende Aufmerksamkeit und ignorierte ihn. »Wann kam das letzte Schiff vorbei?« fragte sie.

»Es kann nicht mehr als zwei oder drei Jahre gewesen sein, nachdem du das letzte Schiff genommen hattest, wie, Cordelia?« meinte Lorelei mit optimistischem, ermutigendem Lächeln.

»Kein Tag mehr. Wir werden euch mit köstlichem Algensalat versorgen, und Prinz Rupert kann inzwischen die Anwendung des Kammes lernen. Ach, ich glaube, mit einem Fischschwanz wirst du genauso hinreißend aussehen, Süßer.«

»Eine faszinierende Idee, meine Gnädigste«, sagte der Prinz. »Aber im Augenblick habe ich die Pflicht, meine Mission zu erfüllen. Was ist, wenn ich mich nicht zurückverwandeln könnte?«

»Stell dir das doch nur mal vor! Du wärst deine Mißbildung für immer los!« erwiderte Lorelei.

Rupert schaut wirklich ein wenig verängstigt drein, dachte Karola, was beweist, daß er gesunden Menschenverstand besitzt. Die Schwierigkeiten wuchsen ihm sichtlich über den Kopf. Die Zeit schien reif, eine Drohung auszustoßen.

»Erinnert ihr beiden euch noch an das Tänzchen, das ich euch beigebracht habe?« fragte die Hexe, als schwelge sie gerade wieder in der Erinnerung. »Vielleicht würdet ihr es Rupert gerne vorführen – halte deinen Schild hoch, Vetter –, und danach könnten wir uns noch einmal über die Sache unterhalten.«

Die Nixen stürzten sich ins Wasser, so daß Rupert und Karola völlig naßgespritzt wurden, und schwammen davon, als ginge es um ihr Leben. Ollie trödelte in ihrem Kielwasser hinterdrein und heulte verständnislos.
Rupert wandte Karola ein verblüfftes Gesicht zu. »Was hat das denn zu bedeuten?«
»Als sie das letzte Mal Freunden von mir etwas anhaben wollten, ließ ich sie mit ihren Fischschwänzen auf den Korallen tanzen, bis ihnen die Schuppen abfielen«, erklärte sie mit deutlicher, boshafter Befriedigung, wie sie allgemein üblich und in keiner Weise auf Hexen beschränkt ist.
»Glaubst du, sie hätten mir etwas zuleide getan?«
»Ich glaube sogar, sie werden es nach wie vor versuchen, wenn wir nicht wachsam sind.«
»Mir ist nicht nach Wachsamkeit zumute«, sagte er aufrichtig. »Vielmehr bin ich hundemüde.« Kein Wunder, denn die Dämmerung hatte bereits eingesetzt und die Sonne stand schon tief am Himmel. »Ich glaube, es wäre unklug, jetzt zu schlafen«, sagte Karola zu ihm. »Sie werden versuchen, dich mit ihrem Gesang von der Insel zu locken.«
»Du kannst das doch sicher irgendwie verhindern? Sie haben Angst vor dir. Ich muß dir wohl für dein Einschreiten danken. Ich hatte nicht die geringste Vorstellung, daß sie so leicht zu kränken sind. Aber manchmal versuchen Leute, mich länger irgendwo festzuhalten, als ich möchte.«
Karola lächelte wehmütig und tätschelte seinen herabbaumelnden Fuß. »Du bist im falschen Zweig der Familie geboren. Gewöhnlich sind die Leute überglücklich, die Grau-Hexen wieder loszuwerden. Selbst die Herren des Gemeinderats, so nützlich sie uns auch finden mögen.«
»Dann sind sie dumm«, erklärte er eifrig. »Ich finde, du bist eine großartige Person – kannst Drachen und Seeungeheuer reiten und Seejungfrauen mit einem einfachen Lied beherrschen. Ich bin sehr froh über Bronwyns Vorschlag, dich mitzunehmen.«
»Das ist nett von dir, aber ich fürchte, im Augenblick sind mir alle

guten Ideen, wenn nicht gar meine Lieder ausgegangen. Ich bin auch müde, und die Sirenen sind schlau genug, das zu wissen. Ich könnte versuchen, Hilfe zu holen, aber der nächste Küstenstreifen ist Frostingdung, und Cordelia könnte recht haben, was die Ungeheuer dort angeht. Ich hatte angenommen, sie wären in der Zwischenzeit vielleicht ausgestorben, aber dem ist anscheinend nicht so. Du willst ja wohl nicht deine Meinung ändern und das Angebot der Nixen annehmen? Sonst könnte ich Lorelei zurückrufen.«

Er schrak zusammen.

Karola schenkte ihm einen nachdenklichen Blick und seufzte. »Entschuldige, aber im Augenblick erscheint das als die praktischste Vorgehensweise. Vielleicht könnte ich auch Ollie entführen, aber die beiden stehen in entschieden engerer Verbindung mit ihm als ich. Ich wüßte nicht, wie es mir gelingen sollte, ihn ohne sie abzulenken. Ich kann immer nach Argonia zurückschwimmen, aber wenn du weder Nix werden noch ertrinken möchtest . . .«

Sie verstummte, als Ruperts Blick zum Himmel wanderte. Ein heller Fleck, einer rosigen Sternschnuppe gleich, stürzte ihnen entgegen und wurde deutlicher, als sein Rumpf die Sonne verdunkelte.

»Ich darf nicht vergessen, das Herrn Cyril zu schreiben«, erklärte Rupert mit einem gewissen unangebrachten Stolz. »Ich glaube nicht, daß es schon frühere Fälle gab, in denen Prinzen von Drachen gerettet wurden, oder was meinst du?«

»Prinzen bislang noch nicht«, stimmte sie ihm zu. Von Drachen gerettet zu werden, war für Karolas Mutter und ihren Vater in deren Jugend praktisch Tradition geworden. Auf ihrem ersten jugendlichen Ritterzug mit Bronwyn und Jack hatte sie geholfen, die beiden älteren Drachen und Grippeldix zu retten. So war sie verständlicherweise über den Gesichtsausdruck der jüngeren Drachin ärgerlich, als diese zur Landung ansetzte. Er ließ sich nur als drachenhaftes Feixen beschreiben, als verstünde Grippeldix alles von Nixen und hätte von Anfang an gewußt, daß Karolas Plan nicht funktionieren würde.

III

Die augenfälligste Besonderheit der Küstenlinie Suleskerias bildete eigentümlicherweise die Menge der Seeungeheuer, mit der Karola nicht gerechnet hatte. Sie wälzten sich in metallischem Glanz in einiger Entfernung zur Küste, und das in größerer und verheerenderer Menge als je zuvor; fauchten, quäkten, seiberten, kämpften miteinander, bissen, tauchten, belauerten und schwammen wie tote Gegenstände an der Wasseroberfläche. Die Worte der Nixen waren nicht nur leere Drohungen gewesen. Selbst ein großes Tier wie Ollie hätte geringe Chancen, unbeschadet ans Ufer zu gelangen, und das auch nur, wenn ›Frische Seeschlange‹ nicht gerade auf dem Speiseplan eines der anderen Monster stand.
Karola sorgte sich bei diesem Anblick, es könnte vielleicht kein Dorf mehr geben, um sich dort auszuruhen, denn die Ungeheuer hatten die Siedlung bereits heftig bedroht, als ihre Anzahl noch weit geringer war. Und tatsächlich gab es auch kein Dorf mehr. An seiner Stelle stand nun eine gewaltige Stadt mit sechs Gebäuden von über zwei Stockwerken Höhe, Toren mit Spitzbögen und Häusern mit Kuppeldächern und Spitztürmen, umgeben von Gärten und Springbrunnen. Es gab auch einen überdachten Marktplatz, und überall huschten geschäftig Menschen umher, feilschten, schleppten Bündel, ritten und führten Pferde, Esel, Rinder, Schafe und Schweine. Nirgendwo konnte Karola eines der eisenbereiften Gebäude erblicken, die Wahrzeichen jenes Suleskerias gewesen waren, in dem sie vormals gelandet war. Auf dem Fluß tummelten sich Lastkähne und kleine Boote, und das Fischereigewerbe schien hier seinen Stammsitz zu haben. Am Ufer lag nicht ein einziges Boot vor Anker. Die Docks waren wie leergefegt, die Netze, die einst die Küste schützten, trockneten am Fluß. Alles wirkte sauberer und geordneter, die Menschen trugen anmutige, wehende Gewänder und eine Art Kopfbedeckung, die Straßen waren sauber, die Bepflanzung neu angelegt.
Auch an dem Schloß auf dem Hügel waren bauliche Veränderun-

gen vorgenommen worden – es hatte zwei neue Flügel mit Kuppeln, Spitztürmen, Bogeneingängen, und alle Außenwände waren mit Mosaikarbeiten verziert. Karola pfiff voller Staunen. »Gilles und Rostie scheint es ja sehr gut zu gehen.«

Die Wachposten von Burg Killgilles erschraken verständlicherweise, als ein Drache über ihrem Außenhof kreiste. Offensichtlich konnten sie sich nicht entschließen, ob sie nun einen Pfeilhagel hinaufschicken oder mit offenem Mund gaffen sollten. Es erwies sich aber, daß Ruperts diplomatische Ausbildung nicht umsonst gewesen sein sollte. Er winkte weit ausholend und freundlich, stieß Karola an, es ihm nachzutun, und brüllte: »Holla, ihr im Schloß! Seid gegrüßt, Freunde! Wie geht es dem guten . . .«

»Graf«, half Karola ihm aus.

»Graf?« beendete Rupert seine Frage.

Der gute Graf sah tatsächlich entschieden besser aus als vor fast zwanzig Jahren. Sein goldgetöntes Silberhaar verbarg alle grauen Strähnen, und die neuen, gebieterischen Falten in seinem Gesicht standen ihm gut. Deutlich sichtbar verschwunden war das gequälte, weinselige Verhalten, das ihn in vergangenen Zeiten geprägt hatte.

Seine Ehefrau, die frühere Frau Rubinrose Himbeere, von ihren Freunden Rostie genannt, durchschaute geschickt äußere Tarnungen, selbst die durch Zeit und Erfahrung hervorgerufenen; sie erkannte Karola sofort wieder.

»Meine Liebe, du hast dich großartig gehalten. Und wo hast du nur *dieses* hinreißende Geschöpf her?«

»Den Drachen?«

»Nun stell dich nicht so an. Diesen absolut reizenden jungen Mann natürlich.«

»Entschuldige. Das ist Seine Königliche Hoheit, Prinz Rupert Eberesch, mein Vetter. Euer Hoheit, darf ich Euch mit Graf Gilles Killgilles, dem Herrscher vom Vorderen Frostingdung, und seiner Ehefrau Rostie bekannt machen. Die Gräfin ist die Tochter des Zauberers Himbeere von Argonia. Ich bin sicher, Bronwyn hat dir von ihnen erzählt.«

»Nennt mich bitte Rostie. Alle Welt ruft mich so«, sagte die Gräfin und streckte ihm die Hand hin, damit er sie küssen sollte. Es war eine ziemlich lädierte Hand voller Flecken und Narben von Verbrennungen, die sie bei ihren Experimenten am Alchimistenofen davongetragen hatte. Rupert bemerkte, daß ihre Nägel auch von den Flecken abbekommen hatten, aber bedrohlich spitz zuliefen.
Alle stimmten überein, wie erfreut sie waren, einander zu sehen.
»Ihr seht beide hervorragend aus«, meinte Karola. »Das Leben in Frostingdung muß sich gebessert haben.«
»In vielfacher Hinsicht trifft das eindeutig zu«, gab der Graf ihr recht. »Vor allem ist es so neumodisch geworden – wie mein Vater dies formulierte –, daß er das ganze Land leid wurde, sobald er zu der Ansicht gelangte, es würde niemals wieder so werden wie unter seiner Herrschaft, und es aufgab, bei mir zu spuken, und sich dem zugewandt hat, was man in seiner Lage als nächstes tut: Er spukt und quält mich nicht mehr.«
»Diese Aufgabe habe ich inzwischen übernommen. Ich und die miragenischen Geldeintreiber«, sagte seine Frau mit einem schrägen Zucken ihrer schmalen Lippen. Karola beobachtete, daß Rostie es noch immer vermied, mit offenem Mund zu lächeln, weil sonst ihre furchterregend spitzen Zähne zu sehen gewesen wären. Ihr fuchsrotes Haar war so gekämmt, daß es sich über ihre Ohren ringelte, um deren spitzzulaufende Enden zu verdecken, die sie von ihrem halbelfischen Vater mitbekommen hatte, obgleich die deutliche Ausprägung von Kinn und Nase, die schrägstehenden grünen Augen und der allgemeine Eindruck, den sie vermittelte, entfernt mit einer Füchsin verwandt zu sein, nicht zu übersehen waren.
»Und sie zusammen machen meinen lieben, dahingeschiedenen Papa mehr als wett«, erklärte der Graf und fuhr sich vor gespielter Erschöpfung mit dem Handrücken über die Augen. »Du mußt Karola und Seiner Hoheit die köstliche Geschichte erzählen, wie du bei dem Versuch, künstlich irgendwelche Pflanzen zur Ernährung

des gemeinen Pöbels zu schaffen, fast den Westflügel niedergebrannt hättest. Die Miragenier erlegten uns einen zusätzlichen Zins für die Reparaturkosten auf und erhöhten unsere Versicherungsprämie für das Schloß um weitere vierzig Truhen Eisenbarren.«

»Nur weil sie verärgert waren, als sie erfuhren, daß meine Experimente bei Vogelmiere bereits erfolgreich sind und sich bald auch auf andere Gebiete erstrecken werden«, meinte Rostie stolz. Hinter vorgehaltener Hand flüsterte sie Karola zu: »Sie reagieren seltsam auf jeden, der in der Magie irgendwelche Fortschritte macht, sofern er nicht in ihren Diensten steht. Ich schwöre dir, sie regieren das Land noch schlimmer als Leofwin in seinen schlimmsten Zeiten.«

»Tatsächlich?« fragte Karola. »Ich dachte, sie böten nur vorübergehende Unterstützung, bis eure eigene Magie wieder den alten Stand erreicht hat.«

»Meine Frau übertreibt«, mischte der Graf sich rasch ein. »Sie haben uns nur auf so hervorragende Weise und zu so vernünftigen Preisen und Kreditbedingungen geholfen, daß wir bei der Entwicklung der Fähigkeiten unserer eigenen Leute feststellten, daß diese entschieden begrenzter waren, als wir das in Erinnerung hatten, und die Miragenier uns bessere und vielfältigere Dienste bieten konnten. Ich weiß nicht, was wir ohne die technischen Berater, die auf Burg Killgilles untergebracht sind, anfangen würden. Kaiser Leofwin hat uns gerade einen seiner Großwesire zugewiesen. Die Handelsgesellschaft hat ihm eine ganze Kiste kostenloser Proben künstlicher Tanzmädchen geschickt, um sich für die Ehre erkenntlich zu zeigen. Wie ihr euch sehr gut vorstellen könnt, ist das bei Kaiserin Lily Perl nicht so gut angekommen.«

»Die Handelsgesellschaft?« fragte Karola.

»Ja, gewiß doch. Wir treiben ausschließlich mit Mukbar, Maschkent & Mirza, Magische Artikel GmbH, Handel, seit sie den Kontrakt für unser Gebiet haben. Sie haben Berater in allen früheren Königreichen sitzen und inzwischen wahre Wunder bewirkt. Alles hat sich völlig verändert ...«

»Ich habe festgestellt, daß die Seeungeheuer immer noch ein Problem darstellen.«

»Nun ja, das ist recht lästig, aber die Gesellschaft erklärte, Miragenia sei nun einmal ein Wüstenreich, und Meeresmagie liege nun wirklich auf der Linie dessen, was sie sonst herstellen. Mit den ganzen Ungeheuern dort draußen sind wir tatsächlich etwas abgeschnitten vom Rest der Welt, aber wir kommen dank der Hilfe durch die Gesellschaft heute so gut zurecht, daß es kaum ins Gewicht fällt.«

Rupert ging neben dem Grafen und befragte ihn über die Burg und ihre Bauweise, während Rostie Karola wieder unter vier Augen erklärte: »Ich schwöre, Gilles ist so friedliebend, jetzt wo alles soviel besser geht, daß er nirgendwo mehr eine Gefahr erkennen will. Manchmal denke ich, sein Vater hat zu früh aufgegeben, ihn zu quälen, aber ich verstehe sehr wohl, warum der alte Knabe es nicht mehr aushalten konnte. Denn jetzt heißt es nur noch ›die Gesellschaft hier‹ und ›die Gesellschaft da‹, der bereits das Gros des Nationalprodukts und alles andere gehört, was wir jemals in unseren Besitz bringen werden.«

Ein dünner Feuerstrahl schoß an Karolas und Ruperts Ohr vorbei. Sie drehte sich um und sah in das Gesicht eines finster dreinblikkenden Drachen. »Wenn ihr beiden von meiner faszinierenden Gesellschaft genug habt, werde ich eine Weile meine Füße im Fluß kühlen. Ich habe das Bedürfnis, mich ein wenig frisch zu machen für den Fall, daß der Prinz . . .«

Inzwischen rückten die Wachen mit wütenden Schreien und gezückten Speeren heran.

»Ach, meine Liebe«, bat Karola, »sag ihnen doch, aufzuhören. Sie werden ihr noch wehtun.«

Die Gräfin erteilte den erbetenen Befehl, doch die Wachsoldaten wirkten nicht besonders glücklich darüber, gehorchen zu müssen. »Ich fürchte, es wird nicht gutgehen, hier einen Drachen zu halten. Sind Drachen denn heutzutage das gängige Beförderungsmittel in Argonia? Vater hat es in keiner seiner Botschaften erwähnt.«

»Nein. Aber Grippeldix hat ein Faible für Seine Hoheit entwickelt. Sie war tatsächlich eine große Hilfe, obgleich es mir lieber wäre, sie würde uns den Rest unserer Mission überlassen und sich wieder der Bewachung der Grenze widmen. Ich kann mir denken, daß sie nicht gerade mit offenen Armen empfangen wird. Vielleicht kannst du sie zur Abreise bewegen.«

Rostie ging zu Grippeldix zurück und sprach ein paar Augenblicke ruhig auf sie ein. Nach einer Weile kreiste die Drachin über den Burghof, senkte einmal die Flügel zu einem bitteren Abschiedsgruß und schwebte dann davon. Rostie kehrte mit einem recht unheimlichen, spitzzähnigen Lächeln zurück.

»Ich hielt ihr einen Vortrag, wie man seinen König und sein Land zu achten hätte, worauf sie mir empfahl, mich um meine eigenen Angelegenheiten zu kümmern und ihr nicht irgendwelche aufgewärmten Platitüden aufzutischen. Ich glaube, sie macht so etwas wie eine Drachenpubertät durch. Es tat aber dann wohl seine Wirkung, als ich die gleiche Tonart anschlug wie sie und sie darauf hinwies, daß sie hier nicht ein Rind zu Gesicht bekäme und nicht nur meine Wachsoldaten, sondern auch die Bewohner recht nervös auf den Anblick großer Tiere reagieren und dazu neigen, erst umzulegen und dann Fragen zu stellen.«

»War das nicht ziemlich grob?« erkundigte sich Rupert unumwunden angesichts seiner Unzufriedenheit, sein verfügbares Beförderungsmittel und seine leidenschaftlichste Verehrerin zu verlieren.

Rostie schaute ihn über ihre lange, spitze Nase hinweg an. »Euer Hoheit, mein lieber junger Mann, wie ich sehe, ist Euch die Geschichte dieses Landes nicht vertraut. Wäre das Tier hiergeblieben, hätten wir es bedauerlicherweise in einem geschlossenen Stall unterbringen müssen, denn es stimmt, daß die Einheimischen dieser Gegend alles fürchten, was weniger zahm ist als ein Pferd oder eine Kuh. Und es stimmt ebenso, daß wir ungeachtet der zugegebenermaßen ausgezeichneten Vorsichtsmaßnahmen der GmbH immer noch größere und gefährlichere Geschöpfe als einen Drachen nachts durch die Wildnis streifen haben.«

»Aber immerhin keine Tarntäuschler mehr«, erklärte Gilles mit einem liebevollen Blick auf seine Frau. »Nicht hier in unserer Gegend. Sie verschwanden, kurz nachdem Rostie und ich geheiratet hatten. Ich verstehe durchaus, warum die königliche Familie in der Vergangenheit Verbindungen mit Ogern einging. Spitzzahnige Schönheiten besitzen Fähigkeiten, die die meisten Männer ihnen gewöhnlich nicht zutrauen.«

Rostie errötete. »Gilles, nicht hier.«

Eine Schar modisch gekleideter Damen erschien wie auf Befehl der Gräfin in der Tür. Sie musterten Rupert teils verschämt, teils eher offen mit einem gewissen sehnsüchtigen Verlangen.

»Wie scharfsichtig von euch, Mädchen«, sagte Rostie zu ihnen. »Ich wollte euch gerade rufen, damit ihr unseren Gästen ihre Zimmer zeigt.«

»Es war wegen des Drachens, Gräfin«, erwiderte die Mutigste; sie war von kräftiger Statur und mit ins Menschliche gehendem Wolfsgesicht, wie es eindeutig der Schlag Frostingdungs war. Ihre funkelnden, schlauen Augen zuckten von ihrer Herrin hinüber zu Rupert, der die Beachtung mit einem seiner eher geistlosen Lächeln beantwortete. »Wir dachten, er könnte Euch etwas anhaben und ...«

»Der Drache war eher durch uns gefährdet als umgekehrt, wie ich ihm schon erklärt habe.«

Ein schlankes, junges Ding mit zarten, weißgoldenen Locken, die aus einem Gewirr von blaßblauen Schleiern hervorlugten, bedachte Rupert mit einem scheinbar scheuen Blick, nachdem ihr lediglich ihre gutherzige Sorge, welche ihre Augen größer und blauer als menschenmöglich werden ließ, ihr Kühnheit verliehen hatte. »Das arme Ding. Ich liebe Tiere. Ich könnte es nicht ausstehen mitzuerleben, wie eines mißhandelt wird. Ihr müßt euch große Sorgen darum gemacht haben.«

»Ich bin überzeugt, das Drachenfräulein wird es überleben«, erwiderte Rostie mit erheitertem Zucken einer Augenbraue. Karola begann sich zu fragen, ob die Drachin die einzige war, die durch fleischfressende Frostingdungianer gefährdet war. Ihre Zweifel wurden bestätigt, als Rostie vorschlug, es wäre nun an der Zeit, daß die Gäste sich fürs Abendessen frisch machten. Wie eine geschlossene Einheit scharten sich die Damen um Rupert. Die langsamste von ihnen geleitete Karola auf ihr Zimmer und nutzte die ganze Zeit, um unverschämte persönliche Fragen über den Prinzen zu stellen.

Das Festmahl stellte auch eine Art Überraschung dar und ließ sich mit nichts vergleichen, was Karola jemals in Frostingdung oder Königinstadt erlebt hatte. Das Gewand, das die unverfrorene Hofdame ihr brachte, hätte schon ein Hinweis darauf sein können, daß der Abend Unvorhergesehenes bringen sollte. Es bildete fast ein Quadrat mit weiten, rechtwinklig angesetzten Ärmeln, die nur hinter den Nahtstellen zum Oberteil etwas breiter wurden. Es war blaugrüne Seide, die so zart war, daß es Karola grauste bei dem Gedanken, wieviel Fäden in den Schuß verarbeitet hatten werden müssen, um so feines Tuch herzustellen. Das ganze Kleid entfaltete sich um einen viereckigen Halsausschnitt, der ebenso wie Saum und Ärmel üppig mit goldenen und silbernen Metallfäden und verstreuten Vogelgruppen und lilienähnlichen Blumen bestickt war. Das Gewand wurde durch einen Haarschleier aus gleichermaßen reich besticktem Tuch ergänzt, und Karola hoffte unwillkürlich, er würde wenigstens etwas warmhalten. Wenn Frostingdung auch ein milderes Klima als Argonia hatte, so blieben zugige Steinhallen zugige Steinhallen, in denen man trotz ihrer fröhlichen Mosaikeinlegearbeiten fror. Sie schlüpfte schaudernd in das Gewand, zog kurz in Erwägung, ihre übliche wollene Kleidung darunter zu tragen, doch ihr Spiegelbild ließ ihr beträchtlich wärmer werden.

Der Festsaal war keineswegs kalt. Silberne Kessel und Hunderte von Wachskerzen erhellten ihn, und überall standen frische Blumen und Tabletts, vollgehäuft mit den verschiedensten Speisen, Nüssen, Früchten, Gemüsen und gewaltigen Mengen unterschiedlichster Sorten Fleisch, die kleingeschnitten auf Bergen von Reis lagen. Auf dem Fußboden schichteten sich Teppiche, seidene Vorhänge und weitere Teppiche schmückten Decke und Wände.

An den entscheidenden Stellen waren sie mit Schilden und Waffen befestigt.
Rostie trug ein oliv-goldenes Kleid, Karolas ähnlich, während Gilles saphirblaue, weit geschnittene Hosen zur Schau trug, eine hübsche Silberjacke, die zu seinem Haar paßte, und eine scharlachrote Schärpe. Rupert war ganz in blaue Seide gekleidet, nur ein Streifen weißer Stickerei säumte seine Jacke. Seine bescheidene Aufmachung änderte nichts daran, daß die Blicke aller Damen auf ihm ruhten. Die Gäste saßen ihren Gastgebern gegenüber auf Polstern an einem langen, niedrigen Tisch, auf dem das Essen angerichtet worden war.
Rupert saß rechts von Karola, zu ihrer Linken hockte ein dunkelhäutiger Mann mit schwarzen Augen und schwarzem Bart, dessen Gewand und Kopfbedeckung aus smaragdgrün- und weißgestreifter Wolle gefertigt waren. Augenscheinlich hatten sich nur die Ausländer für die unangemessen hauchzarte miragenische Tracht entschieden. Die Miragenier waren so vernünftig, die winterliche Ausgabe ihrer traditionellen Bekleidung zu tragen. Auf der anderen Seite von Rupert saß die blonde Schönheit vom Vormittag, die, wie es sich herausstellte, eine Edelfrau von einem der weitverstreuten Bündnisstaaten Frostingdungs war und als Ziehtochter hier am Hofe lebte. Zur Enttäuschung der jungen Dame unterhielt sich Rupert vorwiegend mit dem Miragenier zu Rosties Linken. Er deutete mit seinem Dolch auf die Wappenschilde, die den Saal schmückten, und erkundigte sich: »Ich sehe die Wahrzeichen aller sieben Bündnisstaaten Frostingdungs hier vertreten, Miragenias Schild kenne ich allerdings nicht. Ist es denn auch hier dabei?«
Der Miragenier schüttelte den Kopf und lächelte, daß seine weißen Zähne nur so blitzten und Karola an einen Fahrenden erinnerten, der einen Pferdehandel tätigte. »Nein, Euer Hoheit. Wißt Ihr, wir besitzen kein Wappen, weil wir eine Anarchie sind, ein Zusammenschluß unabhängiger, auf das Gebiet des Magischen, Wundersamen und Zauberhaften spezialisierter Geschäftsleute. Wir besitzen keine Zentralregierung, um mit einem Wappenschild zu prahlen. Natürlich besitzt unsere eigene Handelsgesellschaft ein Han-

delszeichen, aber das taugt eher für unsere Waren als zur militärischen Symbolik.«
Rupert nickte einsichtig. Als die Aufmerksamkeit des Mannes von der Dame zu seiner anderen Seite beansprucht wurde, wandte der Prinz sich an Karola und fragte: »Wo liegt das denn nun eigentlich?«
»Aus Bronwyns Erzählungen habe ich den Eindruck gewonnen, daß es keinen festen Sitz hat, sondern sich verschiebt«, erklärte sie ihm. »Dein neuer Bekannter will sich wohl nicht dazu äußern?«
Im Widerspruch dazu, was sie schon als des Prinzen ureigene, kindliche Unbefangenheit hatte auslegen wollen, griff nun doch Ruperts diplomatische Ausbildung Platz. »Wohl kaum«, stimmte er ihr zu. »Und es wäre meiner Ansicht nach auch keine gute Idee, in ihrer Anwesenheit von unserer Mission zu erzählen. Was meinst du?«
Der Miragenier auf ihrer anderen Seite beugte sich nach vorn, um mit einer Bemerkung zur Unterhaltung beizutragen, so daß sie nickte und ihm wieder ihre Aufmerksamkeit zuwandte.
»Seine Hoheit und Karola haben Interesse an der Art und Weise bekundet, wie die Erzeugnisse Eurer Gesellschaft das Leben hier in Suleskeria verändert haben, Samir«, erklärte der Graf dem Mann neben Karola.
»Tatsächlich? Vielleicht könntet Ihr ähnliche Annehmlichkeiten in Eurem eigenen Land brauchen, Euer Hoheit?« meinte der Händler.
»Vielleicht. Ich überlegte gerade, welcher ... Gestalt Eure Erzeugnisse sind.«
»Ach. Vielerlei Gestalt. Unsere Spezialitäten sind alle Arten von Zaubersprüchen und Zaubertränke, Zauberformeln, Amulette, Talismane, magische Tiere, Beförderungsmittel und dienstbare Geister – obgleich letztere, wie Ihr Euch denken werdet, selten und kostbar sind, so daß nur unsere wohlhabendere Kundschaft sie sich leisten kann.«
Der Prinz winkte souverän und lässig ab und sagte: »Natürlich. Aber könntet Ihr uns ein Beispiel nennen, wie, sagen wir, etwas in

diesem Raum, das man Eurem... Verkaufstalent zu verdanken hätte?«

»Nun, das Festmahl, das Ihr vor Euch ausgebreitet seht. Ich entschuldige mich hierfür bei der reizenden Gräfin, aber keine Dame könnte ein solches Bankett so kurzfristig ohne unsere Hilfe zubereiten.« (Karola spöttelte insgeheim, daß er wohl ihre küchenhexenhafte Mutter noch nicht in Aktion erlebt hatte.) »Das frische Obst und die Gemüse wurden von unseren hervorragenden dienstbaren Geistern beschafft, die auch zur Beschleunigung der Zubereitung beitrugen, indem sie die Zauberei von Zeit und Raum benutzten.«

»Wie raffiniert«, meinte Karola. »Können wir einen von ihnen kennenlernen?«

»Bedauerlicherweise nein. Sie wurden alle in ihre Behältnisse zurückgeschickt, um weiteren Aufgaben entgegenzusehen; auch sind sie von Natur aus sehr zurückhaltend. Sie böten ohnehin keinen aufregenden Anblick. Sie wirken äußerlich nicht besonders anziehend. Ich bedaure es zutiefst, daß derjenige, der mir untersteht, Euch in dieser Hinsicht nicht dienlich sein kann, werte Dame.«

»Herr Ahmed und Herr Samir haben bei den Flußungeheuern höchst bewundernswerte Wiederherstellungsarbeit geleistet, Euer Hoheit!« plapperte das blonde Mädchen und errötete heftig.

»Wiederherstellung?« erkundigte sich Karola. »Daran müßte doch deine Schwester, Prinzessin Esmeralda Tausendschön, ihre helle Freude haben, Rostie.«

Als Rupert verwirrt dreinblickte, sprang ihm eine andere Dame bei, um ihn aufzuklären. »Die ältere Schwester der Gräfin, Kaiserin Lily Perl, ist mit unserem Kaiser Leofwin vermählt, Euer Hoheit. Ihre andere Schwester, Prinzessin Esmeralda Tausendschön, ist mit Prinz Leofrig, dem jüngeren Bruder des Kaisers, verheiratet. Prinzessin Esmeralda liebt Tiere – so wie ich auch, diese lieben Kleinen. Außer natürlich Ungeheuer.«

Das blonde Mädchen wollte sich nicht übertreffen lassen und warf ein: »Sie meint jene, denen diese großartigen Herren den Neuge-

staltungstrank verabreicht haben. Sie haben viele der scheußlichsten Ungeheuer in etwas absolut Niedliches verwandelt.«
»Und etwas ausgesprochen Wohlschmeckendes«, fügte die tierliebe Dame mit einem Lächeln hinzu, das noch spitzere Zähne als die der Gräfin entblößte. Die Dame verbarg ihr Lächeln rasch hinter einem Spitzentaschentuch und warf Rupert über den Saum hinweg einen betörenden Augenaufschlag zu.
»Wie ich hörte, kennt Ihr unsere Heimat bereits, Karola«, bemerkte Ahmed.
»Es würde mich interessieren, wo Ihr das wohl gehört haben mögt«, antwortete Karola mit gespielter Erregung, wie sie das bei der Beobachtung der Schwester der Näherin gelernt hatte, einer früheren Kuhmagd, die heute Putzmacherin sein wollte. »Eine Verwandte von mir stattete Eurem Land einmal einen Besuch ab. Vielleicht ist es das, was Ihr gehört habt. Nach allem, was ich weiß, ist es sehr . . . exotisch.«
»Ach, das ist eine relative Größe, werte Dame«, entgegnete Ahmed. »Aber sowohl Samir als auch ich legen großen Wert auf die Exotik. Deshalb ist uns die Arbeit im Außendienst als technische Berater lieber, als in der Zentrale der Gesellschaft herumzusitzen.«
Rupert ging dazu über, sie ausführlich nach ihrer Arbeit zu befragen, worauf sie mit vagen Antworten und leicht herablassend reagierten.
Als die Herren sich nach dem Festmahl zu einem Portwein und einem Pfeifchen in die Bibliothek und die Damen, zumindest Karola und die Gräfin, sich in das wiedererrichtete Alchemielabor zurückzogen, um zuzusehen, wie die jüngsten Experimente der Gräfin in den Retorten blubberten, konnte Karola ihrer alten Freundin den wahren Grund für ihren Besuch offenbaren.
»Wir wollen nur eine kurze Pause machen, uns eine Nacht richtig ausschlafen. Ich hatte allerdings gehofft, du hättest eine genaue Vorstellung, wie wir Miragenia aufspüren könnten.«
»Die habe ich nicht. Aber ich würde dir sehr gerne ein Geschenk für das Kind mitgeben. Bronwyn hat völlig recht, wenn sie be-

hauptet, ihr Kind benötige allen Schutz, den es nur bekommen kann. Die Miragenier sind meiner Erfahrung nach an kaum etwas anderem als an Macht und Gewinn interessiert. Warum sie ein Kind haben wollten, kann ich mir beim besten Willen nicht vorstellen, aber ich bin verdammt froh, daß es nicht *mein* Kind ist.«

Karola nickte ernst und wartete.

»Die einzige Frage besteht nun darin, was für ein Geschenk das sein sollte. Ich frage mich, was das Richtige wäre. Ich war bei solchen Sachen nie besonders einfallsreich. Was schenkst du ihr denn?«

»Um dir die Wahrheit zu sagen, ich habe mich bis jetzt noch nicht entschieden. Ich erwog, ihr die Unsichtbarkeitspastille zu schenken, die du einmal aus Tarntäuschlern hergestellt hast, als wir aus Leofwins Schloß zu fliehen versuchten. Aber das Kind könnte sie versehentlich schlucken, ehe es sie wirklich braucht, und wer weiß bei einem so kleinen Lebewesen, wie die richtige Dosierung wäre? Möglicherweise bliebe sie dann bis zu ihrem fünfzehnten oder sechzehnten Lebensjahr verschwunden.«

»Meine Liebe, wenn du das glaubst, ist deine Erfahrung mit Kleinkindern noch geringer als meine. Sie schreien furchterregend, wenn ihren Bedürfnissen nicht Rechnung getragen wird. Ob sie nun sichtbar wäre oder nicht, sobald ihr eine Zeitlang nichts zu essen und keine frische Windel verabreicht würde, würde sie schon dafür sorgen, daß sie nicht übersehen wird. An deiner Stelle bewahrte ich die Kapsel für mich auf. Miragenier sind in höchstem Maße aalglatt. Es kann nichts schaden, wenn du etwas bei dir hast, das dich noch aalglatter macht. Ach ja, reich mir doch bitte mal die Schriftrolle dort drüben, ja?«

Rostie blieb eine Viertelstunde lang an einem Rechentisch sitzen und setzte mit einer Spezialtinte ein Schriftzeichen nach dem anderen auf das Pergament, streute zum Schluß Sand darüber, wonach es immer noch ein bißchen schmierte, rollte den Pergamentbogen zusammen und streckte ihn Karola hin. »Hier. Das müßte ihr einen guten Stand verschaffen.«

»Wofür hast du dich entschieden?«
»Wissensdurst, scharfen Blick für Einzelheiten und unstillbaren Hunger nach Schwierigkeiten. Nicht die üblichen, kostbaren Kindsgaben, wohl aber Züge, die mir selbst so vertraut sind, daß ich sie mit meinem Segen weitergeben kann. Mit einer solchen Taufgabe sollte sie den Mirageniern für ihr Geld Feuer unter den Hintern machen, wenn sie heranwächst. Ich habe auch eine gewisse Grundkenntnis im Panelfischen beigefügt. In Verbindung mit den anderen Geschenken müßte sie dann bis zu ihrem sechsten, siebten Lebensjahr mehrere Mundarten beherrschen. Kinder fühlen sich meist sehr stark zu Tieren hingezogen; falls die Leute biestig zu ihr sind, wird die Gesellschaft echter Tiere ihr vielleicht einen nicht geringen Trost spenden.«
Karola und Rupert brachen am folgenden Morgen unter allgemeiner Bestürzung und ein paar Tränen seitens der ungewohnt schläfrig wirkenden Schar junger Hofdamen auf, die nicht gewöhnt waren, so früh aufzustehen, sich aber auf keinen Fall die Chance entgehenlassen wollten, ein letztes Mal vor ihrem Abschied des Prinzen Blick auf sich zu lenken. Die Karosse der Grafenfamilie brachte Vetter und Base bis zum Fluß, wo sie an Bord eines schlanken, mit Windmagie versehenen Gästesegelschiffs gingen, das die Miragenier freundlicherweise zur Verfügung gestellt hatten.
»Verdammt anständig von ihnen«, meinte Rupert. »Trotz all ihrer Hast, mit anderer Leute Kind davonzustürmen, beginne ich, diese Leute zu bewundern. Graf Gilles hat mir die erstaunlichsten Dinge von ihrer Beteiligung beim Neuaufbau der Magie von Frostingdung erzählt.«
»Nach allem, was Rostie mir erzählte, haben sie sie vielmehr durch ihre eigene ersetzt«, entgegnete Karola. »Ich hoffe nur, daß dieser Wind keiner zeitlichen Beschränkung unterliegt. Die Burg des Kaisers liegt ein gutes Stück von hier entfernt, und ich kenne keinen näheren Ort, wo wir die Nacht verbringen könnten.«
Karola stellte fest, daß die Flußufer dichter besiedelt und der Wasserweg stärker befahren waren als bei ihrem früheren Besuch, doch gegen Mittag hatte ihr Schiff die natürlich angetriebenen

Fahrzeuge hinter sich gelassen und durchquerte mittlerweile nur noch ganz schwach besiedelte Gegenden.
Rupert, der nun außer seiner Cousine niemanden hatte, den er beeindrucken konnte, war ruhig und ausgeglichen und blickte hinaus, wo die Schatten entlaubter Bäume das träge, graugrüne Flußwasser streiften, hielt Ausschau nach Tieren am Ufer und beantwortete Karolas gelegentliche, geistreiche Bemerkungen mit einem vagen Lächeln oder recht einsilbigen Kommentaren. Der magische Wind zerzauste seine weichen Locken, und der Sonnenschein legte einen deutlichen Bronzeschimmer auf sein Gesicht und seine Hände. Karola, für die die Landschaft, die sie passierten, nichts Neues darstellte, war unruhig und fast verdrießlich, weil der junge Mann, der sich mit anderen weiblichen Wesen so charmant zu unterhalten wußte, ihr nichts zu bieten hatte, sobald sie alleine waren. Aber vielleicht war seine Zunge müde, denn nach Rosties Bericht hatte der Prinz noch lange, nachdem sie sich zurückgezogen hatte, in der Menge seiner Verehrerinnen ausgeharrt.
Vor ihnen, direkt in ihrem Blickfeld, sank die Sonne tiefer und spiegelte sich blendend im Fluß. Karola glaubte, sie würden sich wieder einer Siedlung nähern, denn sie vernahm aus den Wäldern am linken Ufer Hufschläge und hörte, wie etwas in unmittelbarer Nähe raschelte oder durchs Laubwerk brach. Rupert blickte starr geradeaus in den strahlenden Sonnenschein und schien die Geräusche nicht wahrzunehmen. Karola kniff die Augen zusammen, doch immer noch tanzten Millionen Lichtfünkchen vor ihr, so daß sie nichts deutlich erkennen konnte. Sie glaubte eine rasche Bewegung und etwas Grünes dahinflitzen zu sehen, als Rupert auch schon einen erstickten Schrei ausstieß und sich kerzengerade aufsetzte.
Der grüne Blitz verwandelte sich genau vor dem Bug und gab sich im Gegenlicht der Sonne als Umriß einer glatten, schlanken Gestalt zu erkennen. Die Gestalt wogte verführerisch vor dem Prinzen auf und ab und lockte ihn näher mit einem Zwinkern aus großen, grünen Augen, einem winkenden Zucken, glühendem

Blinken und einem köstlich rhythmischen Funkenstieben überschüssiger Energie.
Karola erschien das Licht anders: Das Grün hatte schwarze Streifen, das Funkeln war bedrohlich, umfing sie, lähmte sie und bedrohte sie mit einem überwältigend brennenden elektrischen Stoß, sobald sie sich nur vorbeugte, um nach Rupert zu fassen.
Rupert sah weder rechts noch links etwas, sondern hatte nur Augen für die Lichtmädchen, die Kapriolen schlugen und ihm winkten und ihm flüsternd aufregendere Geschichten versprachen, als er jemals gehört hatte, Genüsse, die alles überstiegen, was er bislang für möglich gehalten hatte, Gefühle von Zärtlichkeit, Wohlbehagen und Köstlichkeiten, wie er sie nicht zu erträumen gewagt hatte, von Schönheit und wollüstiger Wärme, mit denen wilde Erregung einherging. Er erhob sich langsam und bedächtig und trat einen Schritt vor.
Karola schrie auf, als das Boot zum Bug hin kippte und das Segel schlaff herabfiel. Und im gleichen Augenblick, da sie schrie, erklang neben ihr ein zweiter, wütender Aufschrei aus dem Prasseln der Funken. Das Blattwerk raschelte erneut, die grünen Lichter loderten mit einem Flammenstoß auf und verloschen, wie sie gekommen waren, um lediglich blendenden Sonnenschein zurückzulassen.
Rupert stürzte fast ins Boot zurück, sobald der Zauberbann ihn freigab. Der Eschenholzschild, den er auf dem Rücken trug, polterte gegen den Bootsrumpf. Gleichzeitig folgte einem neuen Rascheln im Laub der Sträucher am Flußufer Hufgetrappel und das Tappen laufender Füße. Ein letzter Zipfel Grün rollte sich auf und verschwand hinter einer Baumwurzel, und Karola, die alles aufmerksam beobachtete, packte ein Paddel, drehte das Boot bei und ruderte aufs Ufer zu. Der Zauberwind war aus den Segeln gewichen, und sie blieben schlaff und widerstandslos hängen, als sie den Kurs änderte. Rupert kam rasch wieder zu sich und half Karola rudern. Sie stießen in der Nähe des Baumes, wo das letzte Grün verschwunden war, an Land. Karola kletterte heraus und ließ den Blick über die Gegend schweifen. Die Kristallflasche lag

im Schatten der Baumwurzel, nur eine winzige Ecke schob sich hervor, die nun wie ein Peridot im schnell verlöschenden Sonnenlicht funkelte. Vom Hals der Flasche baumelte ein Stöpsel mit silberner Inschrift an einer silbernen Kette. Karola steckte ihn rasch in die Öffnung des Behältnisses. Diese Flasche hatte irgend etwas Widerwärtiges, beunruhigend Hinterhältiges und irgendwie Unnatürliches, Heimtückisches an sich.

Sobald sie die Flasche verkorkt hatte, hielt sie sie gegen die Sonne und versuchte durch das grüngetönte Glas zu schauen und zu erkennen, was da dort drinnen so trübe in Schwaden herumzog.

»Was ist das?« fragte Rupert.

Plötzlich wurden im Innern der Flasche zwei Augen aufgeschlagen, die ihnen vorwurfsvoll entgegenblickten. »Nimm den Pfropfen heraus«, befahl eine Stimme.

»Oh nein, meine Liebe, nicht mit mir«, sagte Karola. »Du bist hineingeschlüpft, und drinnen wirst du auch bleiben.«

»Wer bist du, mich hier einzusperren? Du gehörst nicht zu den Meistern.« Die Stimme klang beleidigt.

»Nein, aber ich bin auch niemand, den du herumkommandieren kannst«, antwortete Karola. »Wenn du nicht dort drinnen bleiben willst, warum bist du dann hineingekrochen?«

»Es ist . . . eben mein Zuhause. Mein einziges Zuhause seit . . . seit ich in Diensten stehe. Doch ohne den Stöpsel bin ich frei. Du bist kein Meister. Du darfst mich nicht einsperren.«

Karola ließ sich nicht übertölpeln. »Nein. Aber wenn du herauswillst, wirst du ein oder zwei Fragen beantworten müssen. Ich vermute, du bist in miragenischen Diensten?«

»Nicht zu glauben! Soviel Macht über den Wehrlosen und dann auch noch so schlau! Wie bist du nur darauf gekommen? Laß mich raten, die Flasche . . .«

»Zuallererst einmal durch den Bann, den du uns auferlegt hast«, sagte Karola. »Wer hat dich beauftragt?«

»Was denn? Der kleine Liebeszauber? Du wirst doch wohl deshalb nicht verstimmt sein? Offensichtlich irgendeine Dame, die den langen Kerl betören wollte, der über deine Schulter späht.«

»Du hast ihn fast umgebracht.«

»Es ist doch nicht meine Schuld, wenn er sich so tölpelhaft anstellt, ein Bad zu nehmen. Sie wollte ihn lediglich zurückhaben. Die Meister verleihen uns gegen Gebühr, verstehst du. Die Erfolge sind nicht immer zu gewährleisten. Mach mich nicht dafür verantwortlich. Laß mich frei, und ich verspreche, es niemals wiederzutun. Was hältst du davon?«

»Ich werde dich freilassen, wenn du uns verrätst, wo Miragenia liegt und wie wir dorthin gelangen.«

Die Augen schlossen sich und wurden wieder aufgeschlagen. »Wozu?«

»Was wozu?«

»Wozu wollt ihr dorthin? Großes Geschäft mit den Meistern, wie? Noch mehr Profit für ihre Schatztruhen?« Die Stimme brodelte von einem Gemisch feindseliger Gefühle, und die Augen brannten fast ein Loch in die Kristallflasche.

»Wohl kaum«, antwortete Karola. »Und unsere Beweggründe gehen dich überhaupt nichts an. Wenn du diese Haltung beibehältst, kann ich dir versichern, daß du eine ganze Weile in der verstöpselten Flasche bleiben wirst. In Frostingdung laufen schon genügend Ungeheuer frei herum.«

Wieder blinzelten die Augen, diesmal allerdings feucht und halb verschleiert, doch die Stimme blieb trotzig. »Bringt ihr ihnen neue Aufträge?«

»Dazu können wir nichts sagen«, erwiderte Karola.

»Dann kann ich dir auch nichts sagen«, antwortete die Stimme und erstarb fast zu einem Flüstern.

»Nein«, sprach Rupert hinter ihr. »Wir kommen nicht, um Geschäfte abzuschließen. Nicht genau.«

»Ah!« strahlte die Stimme darauf. »Dann also, um Ärger zu machen?«

»Das würde ich nun auch wieder nicht behaupten«, sagte er.

»Was würdest du denn behaupten?«

»Wir müssen uns um etwas kümmern, das uns gehört, sich aber in ihrer Obhut befindet«, antwortete er ausweichend.

»Na, was für ein schlaues Kerlchen. Wenn sie etwas zwischen den Fingern haben, das euch gehört, könnt ihr von Glück reden, wenn ihr es je wieder zu sehen bekommt.«
»Demnach wirst du es uns verraten?« fragte Rupert, der sich durch die deutliche Ablehnung der Stimme gegenüber Miragenia und den Mirageniern ermutigt fühlte.
»Ich denke darüber nach.«
»Ich kenne Wege, dich zum Sprechen zu bringen«, warnte Karola. Sie käme sich nicht alberner dabei vor, eine Flasche zum Tanzen zu bringen, als sich mit dem Geist herumzustreiten.
»Ihr habt mich mit euren Grobheiten dazu gezwungen«, meinte die Stimme fröhlich. »Ich hoffe, ihr fühlt euch nun besser. Fast wie Helden, was? Schikaniert Nebelgeister! Aber glaubt nur nicht, daß ihr mir damit Gewalt antut. Alles, was den Meistern Ärger macht, soll mir nur recht sein. Um nach Miragenia zu gelangen, müßt ihr nur die Wüste durchqueren, und wenn sie euch sehen wollen, führen sie schon eine Begegnung herbei!«
»Aber sie wollen uns nicht sehen«, wandte Rupert ein. »Das sagten wir dir doch schon.«
»In diesem Falle gibt es Zauberformeln, aber ihr dürft es nicht verraten. Ich weiß es nur, weil man eine Menge mitbekommt, wenn man in einem Schaufenster sitzt. Um in ihnen den Wunsch zu erwecken, daß sie euch sehen wollen, müßt ihr nur ständig das Motto des guten Kunden wiederholen ...«
»Und das lautet?«
»›Ich will schnell reich werden ...‹« Die Stimme brach mit lautem Kreischen ab, als ein schlangenartiger, schwarzer Blitz sich dreimal um sie schlang, ohne Karolas Finger zu berühren, und sie geschickt ihrem Griff entriß. Ein finster wirkender Reiter auf einer schaumbefleckten, schwarzen Stute blickte sie aus dunklen Augen an, die über seiner schwarzen Halbmaske hinwegfunkelten. Er zog seinen Säbel, stürmte auf sie los und trieb sie aufs Wasser zu. Nur die Tatsache, daß seine Aufmerksamkeit abgelenkt war, als er die Flasche in einen über den Pferderücken geworfenen Beutel stopfte, rettete beide. Denn als Rupert zurücktrat und bis zu den Knien ins

Flußwasser versank, verdunkelte sich plötzlich der Himmel, das Pferd scheute und der Reiter, der seinem Reittier nicht die ganze Aufmerksamkeit widmete, rutschte zur Seite und hätte fast seinen Halt im Sattel verloren.
Grippeldix' Vorderklauen streiften Karolas Haar, als die Drachin über Vetter und Base hinwegflog und feuerspeiend vor ihnen landete. Das Pferd bäumte sich auf, wieherte und schoß davon. Der Reiter klammerte sich verzweifelt an die Mähne, und sein wehender Umhang zog Rauch und Funken hinter sich her, als das in Panik geratene Tier blindlings den Weg dahingaloppierte.
Grippeldix schlug einmal mit den Flügeln und wollte die Verfolgung des Pferdes aufnehmen, doch Rupert schrie auf. Karola hielt die Drachin mit einem einzigen Wort zurück.
»Sag ihr, daß wir nun so schnell wie möglich die Wüste finden müssen«, sagte Rupert zu Karola. »Wir können nicht wissen, wie lange der Miragenier uns schon belauscht hat, oder wann und ob er die Flasche dazu bringen wird, ihm unser Gespräch wiederzugeben. Wir müssen die Wüste erreichen und die Zauberformel einsetzen, ehe sie herausfinden, daß wir sie kennen. Andernfalls, so fürchte ich, werden wir Miragenia oder das Kind niemals finden.«

IV

Karola bedauerte die Eile zutiefst, denn sie war darauf gespannt gewesen, dem kaiserlichen Palast einen Besuch abzustatten und mit eigenen Augen zu sehen, welche Veränderungen die miragenische Dekadenz bewirkt hatte. Sie hatte auch gehofft, Prinzessin Anastasia und ihre Schwestern auf deren Burg im Unbebaubaren Land zu besuchen. Beide Besitztümer hätten ein sehr nützliches Taufgeschenk für das Kind bereitstellen können. Sie und Rupert mußten Miragenia finden und die Zauberformel anwenden, ehe man sie abänderte oder der verfluchte Ort ihnen auf andere Art entwischen konnte. Es war kaum damit zu rechnen, daß sie viele Flaschen herumliegen fänden, so daß sie es sich nicht leisten konnten, die Information zu vergeuden, welche sie der ersten entlockt hatten.

Sie flogen mehrere Stunden lang, ehe die Wüste als sandfarbenes Meer jenseits einer niedrigen, zerklüfteten Bergkette auftauchte. Die Hitze streckte sich ihnen entgegen und erfaßte sie, noch ehe sie die Berge hinter sich gelassen hatten; die Drachin entspannte sich und holte weiter wohlig mit den Flügeln aus.

»Dann wollen wir mal sehen«, schlug Karola vor. »Wie lautete noch gleich die Zauberformel? ›Wann werde ich schnell reich ... wie werde ich schnell reich ...?‹«

»Ich will schnell reich werden«, sagte Rupert. »Ich will schnell reich werden.«

»Ich will schnell reich werden«, leierte Karola. »Schön. Ich kann noch nichts sehen. Du denn?«

Die Wüste rückte näher, blieb jedoch so leer wie zuvor.

Rupert schüttelte den Kopf. »Ich sehe auch nichts. Vielleicht sagen wir es nicht richtig. Sag mir, hast du jemals reich werden wollen?«

Sie schaute zu ihm zurück, daß ihr der Wind das Haar über die Augen wehte. »Warum?«

»Nun, ich dachte gerade, wenn wir die Worte aus echter Überzeugung sprächen, hätten wir wahrscheinlich eher Erfolg. Deshalb habe ich mich gefragt . . . ich habe mich gefragt, ob du jemals reich sein wolltest. Ich glaube, ich würde es wirklich genießen.«

»Aber du bist ein Prinz. Du *bist* reich!«

»Nicht richtig. Ich kann nicht frei darüber verfügen. Ich muß mich zu jeder Gelegenheit passend ankleiden, meine Ausgaben werden vom Schatzmeister überprüft, ich gehe, wohin man mich schickt. Ich leide nie Hunger, das ist wahr, aber meine Entscheidungen sind vorgeschrieben durch das, was irgend jemand als für das Reich nützlich beurteilt. Tatsächlich gefällt mir diese Reise besser als alles, was ich in den letzten Jahren unternommen habe. Aber zurück zu meiner ursprünglichen Frage, Cousine. Wie steht es mit dir? Was würdest du machen, wenn du reich wärst? Was würdest du kaufen? Kleider? Schmuck?«

Sie überlegte. »Das wäre sehr hübsch, aber ich wüßte nicht, wo ich so etwas tragen sollte. Ich hätte vielleicht gern ein Haus am Meer für mich alleine und einen Haufen Schneckenmuschelschalen, um darin Lieder und Geschichten aufzubewahren, wie das Herr Cyril in den Archiven von Königinstadt hat. Ich möchte gern kommen und gehen können, wie es mir paßt, und vielleicht einen dieser fliegenden Teppiche oder ein fliegendes Pferd kaufen, wie die Miragenier sie haben, denn gewöhnlich bin ich nicht so sehr nach dem Geschmack von Drachen.«

»Und was ist mit einer Mitgift?« fragte er listig. »Du bist doch noch nicht zu alt, um ans Heiraten zu denken . . .«

»Halt den Mund«, sagte Karola barsch und endgültig.

»Entschuldige bitte.«

»Die Frage ist noch nicht endgültig entschieden. Falls ich mich jemals entschließe zu heiraten, dann gewiß nicht jemanden, der auf meine Mitgift aus ist. Oder auf irgend etwas oder irgend jemand anderen als mich. Eigentlich wäre es sehr hübsch, schnell reich zu werden, einfach weil ich dann wohlhabend und mächtig genug wäre, daß niemand, nicht einmal ein Prinz, sich die Freiheit herausnähme, mir unverschämte Fragen zu stellen. Ja, das halte ich für einen sehr triftigen Grund. Wenn ich daran denke, kann ich aus tiefster Überzeugung sagen, daß ich schnell reich werden möchte.«

Rupert überlegte gerade, ob er mit einer scharfen Entgegnung reagieren oder Karola mit Schweigen strafen sollte, als die Drachin unvermittelt hinabzusegeln begann und aus der flimmernden Hitze über dem Sand plötzlich Mauern, Spitztürme und Tore Gestalt annahmen, die eine Stadt mit den gleichen architektonischen Besonderheiten umschlossen, mit denen Suleskeria erst kürzlich verziert worden war. »Es hat funktioniert«, sagte Rupert voller Staunen.

»Das haben Zauberformeln gewöhnlich so an sich«, sagte Karola mit leicht verächtlicher Selbstgefälligkeit, grollte sie ihm doch noch immer, daß er unbeabsichtigt in ihrer alten Wunde gestochert hatte.

Eine Staubwolke blähte sich um die Mauern, deren Körnchen auf den Hitzewellen tanzten.

Falls die schwer faßbare Stadt von einem Trugbild irgendwie die Absicht hatte, sich in Hitze und Staub davonzumachen, so vereitelte Grippeldix das schnell, denn sie überflog so rasch die Mauern, daß sie dabei eine Herde fliegender Pferde aufscheuchte, die auf mehreren Flachdächern grasten. Sie landete auf dem größten dieser Dächer, das ein so weitgedehntes Gebäude überspannte, daß es sich dabei um den Hauptbau eines Palastes hätte handeln können. Es stellte sich als Lagerhaus heraus. Das erfuhren sie, als sie, von Grippeldix absteigend, eine Kolonne Maultiere einen Wagen zur Vorderfront des Gebäudes ziehen sahen. Die Maultiere rissen an ihrem Zaumzeug, warfen die Köpfe herum, stampften auf und verdrehten die Augen, um den Drachen zu sehen, den sie über sich witterten.

Der Lagerverwalter, der an die Tür getreten war, um die von den Maultieren herangeschleppten Waren zu inspizieren, folgte deren Blick und sah die Drachin, die ihre Neugier nicht zügeln konnte und ihrerseits zu dem Mann hinabspähte. Karola faßte in ihren Medizinbeutel. Ihre Finger schlossen sich um die Tarntäuschlerpastille. Wohl wissend, daß sie sie wahrscheinlich vorzeitig vergeudete, aber unfähig, sich etwas anderes einfallen zu lassen, um die Aufmerksamkeit nicht noch weiter auf sich zu ziehen, warf sie die Kapsel tief hinab in den weit aufgesperrten Rachen der Drachin. Grippeldix fuhr erschreckt vom Rand des Daches zurück, um zu prüfen, was die kleine Störung bei ihrer Beobachtung des Lagerverwalters bedeutete, und verschwand. Rupert und Karola traten rasch zur Mitte des Daches zurück.

»Was hast du mit mir gemacht?« fragte die Drachin und spie zur Warnung einen Feuerstoß über Karolas Kopf hinweg.

Karola duckte sich rasch hinter Rupert, weil sie wußte, daß Grippeldix dem Prinzen so schnell kein Leid zufügen würde, und flüsterte ihre Antwort. »Ich habe dir eine Pille gegeben, die dich für eine Zeitlang unsichtbar macht. Es wird vorübergehen. Aber in der Zwischenzeit wäre es für unsere Aufgabe hier sehr nützlich, wenn du dich irgendwo anders beschäftigen könntest. Zwei Menschen können sich ausreichend verkleiden, um so lange durch Miragenia zu schleichen, bis ein Kind gefunden und getauft ist. Zwei Menschen *und* ein Drache sind schon entschieden auffälliger.«

»Das stimmt«, flüsterte Rupert. »Sag ihr, daß ich auch möchte, daß sie geht, daß wir es zu schätzen wüßten ...«

»Ja, ja«, brummelte die Drachin. »Ich sehe schon, daß ich unerwünscht bin. Nichtsdestotrotz, lieber Prinz, brüllt einfach, wenn Ihr wieder in Teufels Küche geratet. Ich werde es verstehen und kommen. Die Sprache der Liebe spricht mit gleicher Herzlichkeit zu allen Geschöpfen.« Und mit einem Schwall warmer Luft war sie auf und davon und scheuchte wieder die Pferdeherde auf, als sie – diesmal unerkannt – über sie hinwegflog.

Der Lagerverwalter und seine Helfer luden die Fracht ab und schafften sie ins Gebäude, zweifellos in der Annahme, bei dem Drachen handelte es sich um einen weiteren flüchtigen Zauber, den irgendein Konkurrent auf das Dach beschworen hatte, oder aber um einen Werbegag. Ehe jemand es sich anders überlegen und eine genauere Untersuchung anstellen konnte, hüpfte Rupert behende auf ein angrenzendes Dach und drängte Karola, es ihm nachzutun; sie sprangen von einem der dicht stehenden Gebäude

zum nächsten, bis sie ein gutes Stück von ihrem ursprünglichen Landeplatz entfernt waren.
Sie waren die ganze Nacht geflogen und hatten die Wüste am späten Vormittag erreicht. Nun wurde der Tag so heiß, daß Karola es schon schier unerträglich fand, um so mehr, wenn man herumhüpfte. Die Straßen unter ihnen lagen ruhig da. Die Leute dösten oder aßen im Innern ihrer Häuser oder unter den Markisen. Sie wollte kaum ihren Augen trauen, als Rupert auf einem Dach ein paar Gewänder, zum Trocknen ausgelegt, fand, zwei davon wegnahm, sich das größere überzog und ihr das kleinere reichte.
Die Vorstellung, ihren überhitzten, schwitzenden, aufgeheizten Körper mit einer weiteren Schicht Kleidung zu quälen, entsetzte Karola. Ihr Gesichtsausdruck mußte das verraten haben.
Rupert drehte sich fröhlich zu ihr um und zupfte dabei an den Ärmeln, die nicht weiter reichen wollten als bis zur Hälfte seiner Unterarme. Er zog die Kapuze über sein goldblondes Haar, senkte die glänzenden Wimpern und drückte das Kinn an die Brust. »Wenn wir diese Kleider so tragen, verstehst du«, sagte er, und seine Worte gingen etwas unter im Stoff und in dem Staub, den ein heißer Wind über die Höhen trieb, »wird niemand uns für etwas anderes als Miragenier halten.«

»Sobald wir ihn gefangengenommen haben, möchte ich, daß ihm ein passendes Gewand angemessen wird«, verkündete die Aufsichtsratsvorsitzende von Mukbar, Maschkent & Mirza, Magische Artikel GmbH. »Ein so schlecht sitzender Anzug spottet der Würde unserer Gesellschaft.«
»An einem Argonier, Mademoiselle?« fragte der alte Mann Maschkent mit verschlagenem Augenzwinkern. »Welchen Einfluß sollte es auf die Würde unserer Gesellschaft ausüben, was ein Argonier trägt?«
Die Aufsichtsratsmitglieder saßen auf hohen Polstern um einen runden Bildteich und hatten gerade mit Schmunzeln beobachtet, wie der Drache landete, dann verschwand und der Prinz sowie

seine Begleiterin sich lächerlicherweise in fremde Gewänder hüllten. Mademoiselle Mukbar, die vom alten Mukbar die Mehrheitsanteile der Firma geerbt hatte und dem Haushalt vorstand, dem sie und neun jüngere Schwestern angehörten, hob mit mattem Arm ihre üppige, rabenschwarze Mähne. Ihre dicht von geschwungenen, schwarzen Wimpern umrahmten Lider verschleierten ihre mandelförmigen Augen, und sie schürzte schmollend die karmesinrot geschminkten Lippen in Richtung ihres alten Onkels. »Natürlich werden wir uns ein offenstehendes Guthaben wie Seine Hoheit nicht entgehen lassen. Oder hast du nicht gesehen? Er macht eine gute Figur als Mann und bedeutet Wohlstand, Macht, Stand und familiäre Verbindungen. Genau die Art von Ehemann, wie meine Schwestern und ich ihn brauchen. Mit seiner früheren Ausbildung wird er einen ausgezeichneten Handelsvertreter abgeben, wenn er sich erst einmal an uns gewöhnt hat.«
»Und was schlagt Ihr vor, um das zu erreichen?« wollte Mirza, ein nervöser Mann mittleren Alters mit scharfen Gesichtszügen und graumeliertem, schwarzem Haar, wissen. Er hatte sich bereits als Ehemann der Mukbar-Erbinnen vorgestellt. Den Reichtum in der Familie zu belassen, galt in Miragenia als keine schlechte Idee. »Ihr könnt sicher sein, daß er des Balgs wegen gekommen ist, und er wird weder verschwinden noch bleiben und schon gar nicht bereitwillig auf Eure Wünsche eingehen, solange er den Zweck seines Kommens nicht erreicht hat. Und das ist, wie Ihr wißt, unmöglich. Begehrt Ihr ihn so sehr, daß Ihr ihn mit Zaubermitteln betören wollt, Mademoiselle? Das dürfte der Würde des Unternehmens ebenfalls schaden, möchte ich meinen.«
Sie lachte herzhaft aus ihrer beachtlich vollen Brust. »Unsinn, mein lieber Mirza. Es gehört zu den üblichen Geschäftsmethoden vornehmer Damen, alle Arten von Zauberformeln anzuwenden, um sich den passenden Gatten zu verschaffen. Jedenfalls werden meine Bedenken meiner Würde keinen Abbruch tun. Außerdem wird er sich hier bei mir und meinen Schwestern in größter Sicherheit befinden. Wir müssen ihn von dem Kind fernhalten, bis das Schicksal seinen Lauf genommen hat.«

Maschkent, der inzwischen alt war, daß seine Barthaare buschig herabhingen, und dessen Augen hinter den Gläsern unter der Wirkung eines Zaubermittels funkelten, rückte sich auf seinen knochigen Schenkeln zurecht und hüstelte. »Du bist ganz die Tochter deines Vaters, wenn man dich so sprechen hört, Alireza. Was sollen wir den Eltern sagen, wenn sie nach Ablauf der fünfzehnjährigen Abtretung ihre Tochter zurückfordern? Willst du deinen Lieblingsdiplomaten irgendeine hübsche Rede vortragen lassen, daß sie sich entschieden hätte, in unserem Dienst zu bleiben, allerdings ohne ihren Körper?«

Ein goldhäutiger, rundgesichtiger Mann mit einer Mähne schwarzen Haares und selbstgefälliger Miene tippte auf den Rand des Beckens vor sich. »Euer hohes Alter verwirrt Euren Geist, Erhabener. Ihr erinnert Euch doch an meine Prophezeiung, daß das Kind unsere Handelsbilanz aus dem Gleichgewicht bringen wird? Es stellt eine Verbindlichkeit dar, welche die teure Herrin in ihrer unendlichen Klugheit in einen Aktivposten verwandelt und uns damit gleichzeitig von der Gefahr befreit hat.«

»Hätten wir gewartet, bis die Mutter ihre sentimentalen Riten mit dem Kind durchgeführt hätte, hätten wir uns mit diesem Prinzenjüngelchen erst gar nicht befassen müssen. Er steigert unsere Bedrohung um das Hundertfache, er und die Hexe.«

»Das ist alles nur eine Frage des Standpunktes, Onkel«, erklärte Alireza Mukbar und streckte sich genüßlich. »Meiner Ansicht nach ist die Anwesenheit des Mannes hier ein zusätzlicher Gewinn. Damit schlagen wir nicht nur unseren Nutzen aus dem Balg, sondern ich habe zumindest für meinen Teil die Absicht, auch aus ihm meinen Profit zu schlagen.«

»Höherer Profit ließe sich bei unseren Gläubigern erzielen, wenn man ihm den Zugang zu dem Kind gestattete«, erklärte Maschkent listig. »Ihr könnt sicher sein, daß man großes Interesse an ihm zeigen wird.«

Alireza spöttelte. »Er würde es doch niemals schaffen. Die Hüterin des Tales würde ihn abfangen und verderben, wie sie es mit allen Dingen macht, die etwas taugen, und wir hätten nicht mehr den geringsten Nutzen von ihm. Gibt es hierzu nicht auch noch irgendeine Weissagung, Ali?«

»Gewiß doch, erstes Geschäft bei Anbruch des neuen Tages«, antwortete er mit einer der schmeichelhaftesten Wendungen der Miragenier für eine schöne Frau. »Falls dieser Prinz Opfer der Talhüter wird, sieht das Gewinn- und Verlustkonto noch schlechter aus, weil die Frau übermäßigen Einfluß gewinnt. So sehr ich den Gedanken verabscheue, Ihr und Eure Schwestern könntet nicht mehr umworben werden, Herrin, so muß ich doch zugeben, daß im Vergleich mit seiner Vernichtung oder der Verwandlung in irgendein harmloses Tier es das sicherste wäre, den Prinzen in Eure liebenden Arme sinken zu lassen.«

»Und seine Begleiterin?« erkundigte sich Maschkent. »Die Hexe?«

»Sicherlich läßt sich auch aus ihr irgendwie Profit schlagen«, meinte Mirza.

»Über welche Kräfte verfügt sie denn?« erkundigte sich Alireza.

»Nichts Besonderes: eine unbedeutende Abwandlung des Sirenengesangs plus einen gelegentlich ausgeborgten Kunstgriff wie das, was sie mit dem Drachen angestellt hat. Trotzdem könnte sie die Geschäfte vereiteln, wenn man nicht richtig mit ihr umgeht.«

»Sie vorzeitig ausschalten?« fragte Maschkent und zupfte an seinem Bart. »Wir können nichts gefahrlos unternehmen, ihre Kräfte zu überwinden, solange wir sie nicht genauer beobachtet haben. Wir können aber sehr wohl die Sicherheitskräfte mit Gegenmitteln ausstatten und sie so weit ablenken, daß sie ihre Kraft auf etwas anderes richtet, wenn wir sie ergreifen.«

»Ohne daß die Konkurrenz sich einmischt?« fragte Mirza in scharfem Ton. »Wir können nicht zulassen, daß sich noch jemand in diese Sache einmischt. Wenn unsere Blutquarz-Gläubiger durch einen anderen als uns selbst von der Anwesenheit der beiden erfahren, könnte uns das eine Menge Schwierigkeiten einbringen. Ich glaube immer noch, es wäre möglicherweise das beste, den Mann unter Umgehung der Talhüterin den Klimpermünzenfluß hinaufzuschicken, damit die Blutquarzpriester nach ihrem Gutdünken mit ihm verfahren.«

»Ihr seid übervorsichtig«, fiel Alireza ihm ins Wort und wedelte mit ihren schlanken Fingern in seine Richtung, um ihn respektlos zu entlassen. »Aktivposten zu verschenken, ehe man ihren vollen Wert kennt, sieht Euch nicht ähnlich, Mirza. Ich fürchte, Eure Begegnung mit der Hüterin bei Eurem Versuch, einen billigen Liebestrank zu erwerben, um meine Schwestern und mich zu gewinnen, hat Euch um den Verstand gebracht. Die Blutquarzpriester haben bereits bekommen, was sie wollten, und wenn sie von diesem Prinzen nichts erfahren, wird er ihnen auch nicht fehlen. Mir dagegen würde er sehr wohl abgehen. Und die Hexe wird auch unsere Konkurrenz nicht auf den Plan rufen. Und schon gar nicht, wenn wir sie in eine Hülle von Bestürzung und Fremdartigkeit kleiden. Es wird den Anschein haben, als ließe sich aus ihr keinerlei Profit schlagen, und damit wird sich auch niemand mit ihr befassen. Nun denn, meine verehrten Kollegen vom Aufsichtsrat, falls ich eure Befürchtungen so weit ausräumen konnte, werde ich mich jetzt zurückziehen, während ihr euch mit der Hexe befaßt. Ich muß meine eigenen bescheidenen Vorbereitungen treffen, um ihren Begleiter zu erringen.«

V

Der erste Geschäftsordnungspunkt war, Mukbar, Maschkent und Mirza ausfindig zu machen. Da es sich um ein großes, einflußreiches Unternehmen handelte, waren Vetter und Base davon ausgegangen, daß es keine Schwierigkeiten machen würde, seinen Sitz in Erfahrung zu bringen. Aber jeder, den sie daraufhin ansprachen, wandte sich einer anderen Aufgabe oder seinen Kunden zu.

»Wenn das so weitergeht, werden wir den ganzen Tag brauchen«, meinte Karola und zappelte voller Unbehagen unter ihren vielen Kleidern.

Ihre ungelenken Bewegungen fielen im Vergleich zu einer Frau, die am Stand vor ihnen feilschte, um so mehr auf. Diese andere bewegte sich geschmeidig und anmutig wie eine Tänzerin, an ihren glatten, runden Armen klimperten goldene Armreifen, wenn sie gestikulierte, Finger flatterten wie Tauben und unterstrichen jedes ihrer weich artikulierten Worte. Rupert seufzte, als sich ihr schön geformter Kopf ebenso leicht drehte, die Kaskade schwarzen, gewellten Haars unter einem rein smaragdgrünen Schleier wogte, lidverhüllte, dunkle Augen auf ihn gerichtet wurden, Nüstern sich unter einem mit Münzen gesäumten Schleier blähten und eine Zungenspitze aufreizend hervorstieß, um plötzlich trokken gewordene Lippen zu befeuchten. Er konnte ihr nur einen Moment in die Augen sehen, ehe sie herumwirbelte, daß eine berauschende Duftwolke aus ihren Schleiern aufstieg. Sie winkte mit einem schlanken Finger, und ihre Augen schossen für einen zweiten, aufreizenden Blick zurück.

»Was sagtest du gerade?« fragte Rupert Karola, die er mit einem Auge beobachtete, während das andere auf die wehenden Schleier gerichtet blieb, die vor ihnen die staubige Straße dahinzogen. Karola wiederholte bissig ihre Worte, doch er antwortete darauf mit aus Erleichterung geborener Freundlichkeit. »Na, gewiß wird es den ganzen Tag in Anspruch nehmen. In dieser Stadt ist man den

Anblick von Fremden nicht gewöhnt, weil nur so wenige sie überhaupt finden können, und zwei wie wir müssen ihnen Angst einjagen. Wenn wir uns trennen, würden wir sie vielleicht weniger erschrecken«, schlug er vor. »Ich versuche es auf dieser Straßenseite und du auf der anderen.« Und mit diesen Worten schritt er munter hinter der entschwindenden, grüngekleideten Gestalt her.
Karola schaute ihm nach und hoffte, die Frau würde sich als so freundlich erweisen, wie sie aussah. Vielleicht wäre ihre Suche beendet, sobald er sie einholte. Jedenfalls ging er direkt an die Arbeit, anstatt herumzutrödeln, während seine leidende Cousine sich auf der Straße braten ließ. Sie beobachtete die emsig hantierenden Kaufleute und trat auf den ersten zu. Anspannung und Furcht drehten ihr den Magen um. Plötzlich sehnte sie sich nach ihren widerspenstigen Bauern aus Lindwurmtal, so träge und verwöhnt sie waren, sich einfach nur von ihr versorgen zu lassen. Dort galt sie wenigstens etwas. Hier übergingen die Leute sie einfach und wandten sich ungerührt ihren Geschäften zu, als hätte sie noch niemals in ihrem Leben einen Kauf getätigt und würde gewiß nicht gerade bei ihnen damit beginnen. Sie war versucht, sie alle wenigstens einmal nach ihrer Pfeife tanzen zu lassen, aber ihr wurde übel bei der Vorstellung, daß sie Menschen erst herumtanzen lassen müßte, um sie zu etwas anständigem, menschenfreundlichem Umgang zu veranlassen.
Ein riesenhaftes Tier mit einem Höcker mitten auf dem Rücken und einem albernen Putz von Decken, Troddeln und Schellen streifte sie und wäre ihr beinahe auf den Fuß getreten. Es bedachte sie mit einem herablassenden Blick, ganz ähnlich dem, den sie und Rupert sich von dem letzten Kaufmann eingehandelt hatten. Karola mußte lachen bei dem Gedanken, daß hier sogar die Tiere abweisend waren und daß es töricht wäre, sich von der Haltung der Leute hier einschüchtern zu lassen. Das Tier blickte sie unvermindert finster an, malmte mit den Kiefern und spuckte. Sie wich dem Auswurf gerade noch rechtzeitig aus und duckte sich damit geradewegs in den Weg eines riesenhaften, daherwankenden, schlammfarbigen Tieres mit runzliger Haut und einer Nase, die

wie ein vorne sitzender Schwanz aussah. Das Tier war schwer beladen. Es wurde von einem zierlichen, nußbraunen Mann geritten, der Karola mit der Reitgerte bedrohte. Die Reitgerte ängstigte sie nicht sehr, doch das Tier besaß zwei Hörner rechts und links von seiner gewaltigen Nase, von denen ein jedes länger war als vier Einhornhörner hintereinander. Sie wich erneut aus und stolperte über ein kleines, braunes Pelztier, das auf den Händen stand und mit Bällen jonglierte, die es fallen ließ, als sie darüber strauchelte. Es kippte auf die Beine, plapperte wütend und schnitt ihr böse Grimassen. Als sie die Bälle einzusammeln versuchte, bewarf das Tier sie damit. Karola sehnte sich nach den Tieren ihrer Heimat – arbeitswütigen Bibern, eigensinnigen Elchen, tölpelhaften Bären, seltenen, zauberhaften Einhörnern und sogar den liebeskranken Drachen.

Vor Karola hockte eine Frau am Boden neben einem Haufen glitzernder Gegenstände: Spiegel mit Perlmuttrahmen. In den Silberflächen spiegelte sich funkelnd die Sonne. Die Frau beäugte Karola mißtrauisch über einem Stück schwarzem Schleier hinweg, der an vielen Stellen mit schlechter Stickerei geflickt war.

»Spiegel zu verkaufen«, sagte sie matt. »Willst du einen kaufen?«

»Eigentlich nicht. Ich meine, ich brauche keinen.«

»Da täuschst du dich aber, Mädelchen. Niemals ist mir jemand begegnet, der ihn dringender brauchte als du. Wirf mal einen Blick hinein!«

Sie streckte den Spiegel vor Karolas Gesicht, und die glaubte zuerst, es müßte sich um einen Irrtum handeln. Das war kein Spiegel, sondern das bewegliche Bild eines wunderschönen Gesichts mit zarten Zügen und milchweißer Haut anstelle ihres eigenen fahlen Teints. Das gespiegelte Gesicht wurde von glänzenden, schwarzen Locken gekrönt, nicht von strohartigem Haar, das zu einem einzigen braunen Zopf zurückgebunden war. Die Nase war aristokratisch und gerade und hatte nicht den Höcker der Graus.

»Dein Spiegel ist schadhaft«, erklärte sie der Händlerin und reichte ihr das Stück zurück. »Das bin ich nicht.«

»So solltest du aber sein. So solltest du aussehen, wenn du dich entschließen würdest, deine Pflicht zu tun und die Straßen zu verschönern, anstatt nur als eine schlechtgekleidete Schlampe nach Luft zu schnappen. Verstehst du, wenn du diesen Spiegel kaufst, hast du das Modell vor dir und weißt, was du anzustreben hast. Mit den richtigen Zaubersprüchen und -tränken dazu und einer gelegentlichen Anwendung von Jungfrauenblut, um dir deine Jugend zu erhalten, könntest du dem Bild ähnlich werden.«

»Danke, aber ich glaube, ich werde darauf verzichten«, antwortete Karola. »Ich wollte dich nur bitten, mir den Weg zur Firma Mukbar, Maschkent & Mirza zu erklären.«

»Dazu wäre ich schon in der Lage, aber derweil könnte mir ja ein Geschäft entgehen. Ich habe zu tun. Wenn du eine Information brauchst, geh zu denen, die sie verkaufen, und laß eine arme Frau ihren Lebensunterhalt verdienen.«

Sie erfuhr von allen anderen auf der Straße die gleiche Behandlung; selbst dort, wo sie sich von zwei Kupfermünzen ihres kleinen Vorrats trennte, um eine ungenießbare Pastete zu erwerben. Überall betrachtete man sie voller Ablehnung und Gleichgültigkeit.

Sie stolperte weiter, litt unter der Hitze und versuchte, dem Tierdung auszuweichen, der dicht und dampfend auf den Straßen lag, und lief geradewegs in einen weiteren Händler, der sie sich auf eine Armlänge vom Leibe hielt. Er stieß Karola von sich und verfiel mit einem begeisterten Blick in seine Feilscherei. »Ihr seht aus wie eine Dame, die viel herumkommt. Mit meinen Waren gelingt euch das unbeschadet, schnell, prompt und ohne diesen finsteren Blick aufsetzen zu müssen.«

»Halt«, gebot sie. »Ich möchte kein weiteres Wort hören, wenn Ihr mir nicht sagen könnt, wo ich die Firma Mukbar, Maschkent & Mirza finde. Niemand will es mir verraten, und ich habe keine Lust, meine Zeit damit zu vergeuden, jemanden anzuhören, der nur unverschämt wird, wenn er seine Geschäfte abgeschlossen hat.«

»Oh, das ist ganz und gar nicht meine Art«, antwortete er. »Allerdings bin ich selbst erst heute hier angekommen. Ihr werdet Euch vielleicht fragen, welch glücklicher Zufall mich hierhergeführt hat, wo Ihr mich so dringend braucht. Darauf sage ich, das geschah dank meiner wunderbaren Ware. Durch dieses großartige Gerät könnt auch Ihr stets und überall zur Stelle sein, wenn Ihr gebraucht werdet – sogar zweimal am selben Tag. *Und* dabei werden Euch alle Eure Abenteuer bis ins aufregendste Detail ohne den geringsten Preisaufschlag vorhergesagt ...«

»Wovon redet Ihr eigentlich?« fragte Karola, fächelte sich mit der Hand Luft zu und gab sich alle Mühe, geduldig zu bleiben. So verrückt der Kerl sein mochte, aber er war bislang der erste, der ihre Bitte auch nur angehört und dabei seinen Redeschwall gebremst hatte.

»Nun, davon ...«, meinte er, wies auf den Straßenrand, wo ein hohler Baumstamm lag, und lud sie ein, ihm zu folgen. »Mein magisches, geheimnisvolles Reiseholz. Ich würde es Euch nur allzu gerne einmal umsonst vorführen.«

»Es würde mir im Augenblick völlig genügen, wenn ich mich daraufsetzen darf«, sagte sie erschöpft. Ehe er weiterreden konnte, wandte sich eine rundliche kleine Frau von dem Wagen mit Schriftrollen ab, den sie entlud, stürzte auf Karola zu und legte ihr die Hand auf den Arm, um sie zurückzuhalten.

»Nein, nein, meine Liebe. Beachte diesen Mann gar nicht. Er ist ein Scharlatan. Ich habe ihn beobachtet, er sitzt schon den ganzen Tag hier. Du bist die erste Kundin, die er anspricht. Vielleicht ist er ein Sklavenhändler. Eine junge Dame wie du sollte etwas vorsichtiger sein.«

Der Mann wich hastig zurück, als die kleine Frau ihn bedrohlich musterte. Er klemmte seinen Baumstamm unter den Arm und verschwand schnell die Straße hinab.

Karola gaffte ihm fassungslos hinterdrein. »Es ist sehr nett von dir, dich um mich zu sorgen«, sagte sie. »Aber er versprach mir zu helfen, die Firma von Mukbar, Maschkent & Mirza ausfindig zu machen. Keiner will mir sonst helfen. Ich kann es mir nicht leisten, etwas zu kaufen.«

»Das ist offensichtlich. Ich wollte nur nicht, daß dir ein Leid zustößt. Vielleicht kaufst du heute nichts, wirst aber in Zukunft eine gute Kundin. Für mich siehst du aus, als suchtest du eine Anstellung. Wenn ich könnte, würde ich dir eine Arbeitsstelle anbieten, aber mein Geschäft läuft nur noch dank des guten Willens meiner Kunden, und ich fürchte, du würdest ihren guten Willen nicht gerade fördern. Nimm mir das nicht übel. Aber wenn du mir versprichst, dich vor Sklavenhändlern zu hüten, werde ich dir verraten, wo du die Konkurrenz finden kannst, vielleicht können die dich anstellen, und du kannst eines Tages kommen und dir meine Waren mit wohlwollendem Blick ansehen, armes Mädchen.«

Karola folgte den Anweisungen der Frau und stand gegen Abend vor einer Ladenfront, die nur insofern auffällig war, als sie ein festes Sonnendach und eine Mauernische aufwies anstatt der Karren, Tische und ausgebreiteten Planen der anderen Verkäufer. Vor einer Reihe Krüge saß ein ältlicher Mann auf einem einzigen Teppich und war dabei, einen neuen zu weben.

Karola wollte ihn gerade ansprechen, als sich von hinten zwei Männer an sie heranschlichen und sie mit festem Griff an den Armen packten. Sie grinsten schuldbewußt und erklärten dem alten Mann keuchend: »Da ist sie, erhabener Arbeitgeber. Die Hexe, die Ihr suchtet.«

»Tatsächlich«, brummelte der Weber. »Sehr tapfer von euch, sie just in dem Augenblick zu fassen, da sie sich selbst vorstellen will.« Der Teppich, auf dem er saß, schwebte angesichts seiner Empörung ein gutes Stück in die Höhe. Er sackte unvermittelt auf den Boden zurück, als der Weber sagte: »Bleibt hier, aber laßt sie los.«

Er wirbelte herum, während die Wachen seinen Befehl ausführten, und der Teppich drehte sich mit ihm; er betrachtete Karola aus Augen, in denen ein unheimliches Funkeln stand, das in ihr den Eindruck erweckte, als hätte er Glühwürmchen hinter seinen Pupillen. Er winkte ihr näherzutreten und fuchtelte ihr mit dem scharfgezackten Ende seines Weberkamms unter der Nase herum. »Ihr habt uns also gesucht, wie? Ich dachte mir schon, daß Ihr vielleicht kämt. Doch ich will Euch sagen, daß es Euch nichts nutzen wird. Vertrag ist Vertrag, und Ihr wart dabei, als er abgeschlossen wurde, auch wenn Ihr zu jung wart, um es besser zu wissen, als mit einer jugendlichen, rothaarigen Lügnerin und einem betrügerischen Zigeunerjungen zu handeln. Ihr wart anwesend, wie der Vertrag abgeschlossen und besiegelt wurde, und wir haben dafür gesorgt, daß er zum Nutzen des Rechtschaffenen eingehalten wurde. Wenn diejenigen, die sich gerne von ihren Verpflichtungen drücken, heute unglücklich sind, sollen sie noch einmal nachdenken, ehe sie ihren Käufern die bestellten Waren vorenthalten.«

Karola ließ sich auf den Boden sinken, schlug die Beine übereinander und blickte ihn erschöpft an. Sie sah zu, wie sein gerechter Zorn mit seinem Atem stieg und fiel und kam zu dem Schluß, daß die Glühwürmchen hinter seinen Augen sie auslachten. Seine lautstark moralisierende Pose war vorgetäuscht. Er hatte lediglich seinen Ausgangspunkt für das Geschäft bestimmt, genau wie die Näherin dies tat, wenn eine Dame von Burg Eberesch über die Menge an Stickerei verhandelte, die ihr neues Kleid zieren sollte.

»Ich freue mich zu hören, daß Ihr nicht bestreitet, das Kind genommen zu haben«, erwiderte sie schließlich. »Und es besteht wirklich kein Grund, einander in dieser Sache anzufeinden. Wie Ihr schon sagtet, war ich seinerzeit dabei. Ich habe auch nichts gegen Eure grundsätzliche Einstellung einzuwenden, lediglich gegen den Zeitpunkt.«

»Ich verstehe.« Maschkent kniff die Augen zusammen, faltete die Hände, betrachtete sie gelassen und wartete, daß Karola weiterredete.

»In Eurer Hast, Eure Schuld bei Bronwyn einzutreiben, habt Ihr das Kind fortgeschafft, ehe es getauft werden konnte. Ich weiß nicht, wie vertraut Euch diese Zeremonie ist, aber sie wird ihren Wert für Euch unschätzbar steigern.«

»Wie freundlich von Euch, sich um unsere Kapitalanlage zu sorgen«, meinte er. »Vielleicht würdet Ihr gerne in mein Haus kommen, um uns eine etwas genauere Einschätzung des unschätzbaren Wertes dieser Zeremonie zu geben, von der Ihr sprecht?«

»Das wäre sehr nett«, antwortete Karola zurückhaltend und dachte durstig an ein großes Glas Wasser. Außerdem bestünde jetzt, da sie und Maschkent sich gefunden hatten, keine weitere Notwendigkeit zu dieser unbehaglichen, erdrückenden Verkleidung.
»Kaum gesagt, schon getan«, erwiderte Maschkent, neigte den Kopf und setzte das liebe Lächeln eines alten Herrn auf, das väterliche Freundlichkeit und Besorgnis ausstrahlte. Er klatschte einmal laut schallend in die Hände.
Fetzen vielfarbigen Nebels wehten aus dem Laden und zogen kräuselnd auf sie zu. Sie glichen jenen, die sie am Flußufer hatte in die Flasche kriechen sehen. Karola beobachtete sie so aufmerksam, daß sie gar nicht mitbekam, wie der alte Mann verschwand. Die Nebelschwaden schlangen sich um ihre Arme und Beine und trugen sie sanft in die Höhe, daß sie ganz gemütlich auf der Seite und so weich wie auf einer Daunenmatratze lag. Nichtsdestoweniger mußte sie den Kopf einziehen, um sich nicht wehzutun, als ihre unsichtbaren Führer sie durch einen niedrigen Türrahmen in den Garten brachten, der den Kern von Maschkents Haus bildete.
In der Mitte des Gartens befand sich ein prachtvoller Teich, der von einer Vielzahl kleiner Teiche umgeben war. Ein Netz blaugrün gekachelter Kanäle verband die Gruppe, in dem sich das anscheinend überflüssige Wasser bewegte. Maschkent nahm in der Nähe des größten Teiches Platz. Er wies nicht weniger als fünfunddreißig Fontänen auf, die den Teich von sieben verschiedenen Höhen beregneten. Das ganze war größer als der prachtvollste, weitläufigste Mühlteich im Osten Argonias.
Karolas nebelhafte Führer setzten sie auf einem seidenen Kissen ab, huschten sogleich davon und kamen mit silbernen Tabletts voller mundgerechter Köstlichkeiten (Obst, Nüsse, duftender Käse, Datteln) und einem beschlagenen Silberbecher mit einem sehr scharfen Früchtetrank zurück, der durstlöschender war als das Wasser, auf das sie sich gefreut hatte. Sie trank und aß so geziert wie möglich. Ihr Gastgeber leistete ihr dabei keine Gesellschaft, sondern musterte sie mit allem Anschein wohlwollender Freude angesichts ihres genußvollen Essens. Gelegentlich machte er

freundliche Bemerkungen über den Garten und die Vielfalt der dort wachsenden Blumen und darüber, welcher Vogel zu welcher Zeit sang – es waren lauter Lerchen, Nachtigallen, Tauben oder sonst etwas Melodisches und Romantisches, wie es den Anschein hatte.

Als Karola schließlich fertig war, klatschte ihr Gastgeber wieder in die Hände, und die Nebelschwaden räumten rasch die Tabletts fort. Sie zogen um Karola wie ein Hauch seidener Tücher und wischten ihr Hände und Mund sauber.

Reichlich verspätet erinnerte Karola sich an Rupert. »Vielleicht sollte ich tatsächlich warten, bis Prinz Rupert zu uns stößt, um die Angelegenheit zu besprechen. Er wurde . . . aufgehalten.«

»Ach. Tatsächlich? Aber Ihr müßt doch gewiß deshalb Eure Mission nicht hinauszögern. Ich nehme doch an, Ihr seid in diesem Punkt einer Meinung?«

»Ja nun, aber ich . . .«

»Ihr seid seinetwegen beunruhigt und fürchtet zweifellos, wie dies Frauenart ist, er hätte keinen Platz, sich auszuruhen und zu essen wie Ihr. Diese Sorge spricht für Euch, ist aber nicht angebracht, wie ich Euch versichern darf.«

»Nichtsdestoweniger . . .«, sagte sie und wedelte mit der Hand in Nachahmung der Geste, die sie bei Mirageniern gesehen hatte, die besagte: »Den Rest kann ich mir wohl schenken!«

Das Lächeln des alten Mannes wirkte für einen Augenblick etwas gespannt, seine Geduld wirkte bemüht, dann klatschte er wieder in die Hände und sagte zu ihr: »Ich werde dafür Sorge tragen, daß Ihr Euch in diesem Punkt beruhigt.« Zu einem kräftigen und erfrischend menschlich aussehenden Pagen, einem Jungen von etwa acht Jahren, sagte er: »Sieh im Bildteich nach und erstatte mir Meldung, ob Prinz Rupert für den Rest des Tages sicher untergebracht ist, sich wohlfühlt, angenehme Gesellschaft genießt und zu Abend gespeist hat.«

Der Junge verbeugte sich tief und huschte zu einem angrenzenden Teich, um sich weit darüberzubeugen.

Karola setzte sich aufrecht und versuchte, an dem Kind vorbei in

den Teich zu blicken. Sie erinnerte sich an Bronwyns Bemerkung, daß diese Teiche wie Kristallkugeln funktionierten. Sie vermutete, daß das hinter dem Auftrag steckte. Sie nahm das verschwommene Blähen gardinenartiger Wandbehänge wahr, weiches, gesprenkeltes Licht, und warf einen Blick auf einen vertrauten, gelbbraunen Schopf, geschlossene Augen und den Atem, der durch die Haare seines Schnauzbarts strich.
Maschkent legte ihr die Hand auf den Arm, um Karola davon abzuhalten, aufzustehen, mehr von dem Bild zu sehen. »Ich ziehe den Teich als höfliche Geste dem Gast gegenüber zu Rate. Falls Ihr ihn selbst konsultieren wollt, kostet das freilich eine Grundgebühr.« Er nahm die Meldung des Jungen entgegen, daß es so aussah, als sei der Prinz ganz bequem untergebracht. Er setzte sich auf sein eigenes Sitzkissen zurück und verlangte nach einer Pfeife, die durch einen langen Schlauch mit einer mit gefärbtem Wasser gefüllten Schmuckflasche verbunden war. »Nun denn, vielleicht solltet Ihr mir besser von dieser Angelegenheit erzählen, die Euch so schwer belastet. Berichtet mir, welche Rolle Ihr dabei spielt und was Ihr vorhabt. Dann kann ich besser entscheiden, welche Bedingungen wir aushandeln können.«
Karola rückte sich zurecht, denn ihre Beine und ihr schweißgetränktes Kleid klebten an dem Kissen. Was jetzt? Es war ja recht und schön, daß Rupert ein friedliches Nickerchen machte, aber schließlich war er der ausgebildete Diplomat, nicht sie. Das Aushandeln von Bedingungen und die Gesprächsführung gehörten in seine Zuständigkeit. »Als erstes«, sagte sie, »würde ich gerne das Kind sehen.«
»Zweifellos«, erwiderte Maschkent. »Aber ich fürchte, daß das überhaupt nicht in Betracht gezogen werden kann.«
»Nichts in dem Vertrag sprach gegen Besuchsrechte«, wandte Karola ein, »und wir haben einen weiten Weg dafür zurückgelegt.«
»Ihr hättet einen Termin vereinbaren sollen«, meinte er, und sie fühlte erneut gewisse Ausflüchte hinter seiner Entschiedenheit. »Viele bedauerliche Zwischenfälle hätten sich vermeiden lassen, wenn Ihr das nicht unterlassen hättet.«

»Das gleiche ließe sich von Eurem Unternehmen sagen«, erwiderte sie gelassen. »Die Frage des Zeitpunktes, die ich anschnitt, dreht sich etwa um die Unterlassung, den richtigen Zeitpunkt für alle anstehenden Vorgänge abzuwarten. Meine Base sagt, Ihr holtet das Kind ohne jede Vorankündigung Eurer Absicht. Was immer Ihr von Bronwyn halten mögt, so erscheinen mir Eure Methoden doch als einzigartig gefühlloses Verhalten einer jungen Mutter und ihrem Säugling gegenüber. Ich hätte gedacht, daß selbst Euer Volk gewisse menschliche Regungen mit uns gemein hat, die . . .«

»Selbst mein Volk? Ihr habt eine unglückliche Weise, Euch auszudrücken. Selbstverständlich haben wir große Achtung vor den unterschiedlichsten menschlichen Gefühlen – Geburten, Todesfälle, Hochzeiten, Liebesgeschichten. Alle diese Erfahrungen betreffen uns nicht nur in den üblichen persönlichen Lebensbereichen, sondern sind uns aus Gründen, die weit tiefer gehen als die Euren, heilig. Alle diese Geschehnisse sind höchst gewinnträchtig. Menschen verlieren unter dem Einfluß starker Gefühle ihren gesunden Menschenverstand. Sie werfen alle Vorsicht über Bord. Sie würden alles tun, um das eine oder andere zu erreichen. Deshalb teilen wir gewiß alle menschlichen Gefühle, die Euch so teuer sind, und verehren sie, doch im Falle Eurer Cousine bleibt Vertrag nun einmal Vertrag, wie Ihr verstehen müßt.« Maschkent zuckte mit den Schultern. »Also, Kollegin im Magiegeschäft, Ihr werdet das einsehen. In meinem Volk gibt es ein Sprichwort: ›Wer eine Schuld einzutreiben versäumt, wird bald selbst zum Schuldner.‹ Das ist eines der grundlegenden Gesetze des Profits.«

»Das alles interessiert mich nicht«, erklärte Karola. »Und ich verstehe mich auch nicht als Geschäftsfrau in Sachen Magie. Ich setze meine Zauberkräfte ein, um anderen zu helfen. Sie bezahlen mich nur insoweit, als sie mir die Dinge bereitstellen, die ich nicht die Zeit oder die Geschicklichkeit hatte, mir selbst zu beschaffen.«

»Selbst wenn Ihr an den Unfug glaubt, den Ihr mir da erzählt, läuft es im Grunde genommen auf das gleiche hinaus«, sagte er.

»Eben nicht. Niemals habe ich ein fremdes Kind verlangt, nicht einmal als Darlehen. Doch wenn ich das täte, würde ich ihnen zumindest eine Gelegenheit geben, zuerst ihre üblichen Geburtsrituale durchzuführen, damit sie es sicher und vor Unbill geschützt wissen und sich nicht zu Tode grämen.«
»Sagtet Ihr nicht, dieser Ritus würde den Wert des Kindes steigern, und nun erzählt Ihr mir, es handele sich dabei um eine Schutzfunktion? Ihr seid mir auch noch die Erklärung schuldig, welche Rolle Ihr in dieser Angelegenheit spielt.«
»Nun gut«, sagte Karola. »Der Ritus würde den Wert des Kindes steigern, indem er es mit schützenden persönlichen Eigenschaften ausstattet, doch das ist einem Außenstehenden schwer zu erklären. Ich hatte mich in diesem Punkt auf meinen Vetter verlassen. Er vertritt die Kindeseltern. Ich bin Priesterin der Großen Mutter und dadurch befugt, den Ritus auszuführen.«
»Aha, eine Beamtin Eures Glaubens, so etwa wie unsere Buchhalter?«
»Etwa wie ... nun, wahrscheinlich könnt Ihr es so betrachten.« Sie wollte in einem für den alten Mann nebensächlichen Punkt nicht widersprechen und dadurch das zarte Band der Verständigung, das sich so schwierig zwischen ihnen spannte, zerreißen. »Ehrlich gesagt glaube ich genug erzählt zu haben, daß Ihr verstehen könnt, warum man Rupert holen und uns gestatten sollte, den Säugling zu suchen. Für argonische Kinder ist es sehr wichtig, getauft zu werden.«
»Für alle argonischen Kinder?«
»Ja, aber besonders für jene königlicher oder magischer Abstammung. Die Taufe stellt in den ersten Lebensjahren die Hauptquelle allen Einflusses dar, wirkt sich auf die Persönlichkeit, die körperliche Entwicklung, die Interessen an weltlichen und magischen Dingen, Begabungen, Charakter und Die-Große-Mutter-mag-wissen-was-noch-alles aus. Wenn das Mädchen rechtmäßig getauft ist, wird es für Euch von entschieden höherem Wert sein. Und vom Standpunkt der Familie aus wird sie durch die Gaben geschützt werden, welche sie von ihren Verwandten und deren

Verbündeten erhält. Gegen ein in hoher Stellung geborenes Kind werden von Anfang an automatisch so viele Gegenkräfte wirksam, versteht Ihr, daß Schutzmaßnahmen eine Sache von grundlegender Bedeutung sind.«

»Ich finde das schwer verständlich. Könnt Ihr mir Beispiele für diese wertvollen Gaben anführen? Was sind beispielsweise Eure eigenen, und wie wirken sie sich heute auf Euch aus? Und welche bringt Ihr für das Kind?«

Die Glühwürmchen in Maschkents Augen hüpften so begierig, daß Karola vor ihnen zurückschreckte.

»Ich fürchte, dazu bin ich wirklich nicht in der Lage. Ich werde erst erfahren, welche Gàben das Kind bekommt, wenn ich die Zeremonie zelebriere. Was nun meine eigenen Gaben betrifft, so ist das sehr lange her. Vielleicht werde ich mich in der Zeit, bis man meinen Vetter geholt hat, an einige erinnern und sie Euch nennen. Ich kann Euch jedoch mit Gewißheit sagen, diese Gaben sind für unser Leben so wichtig, daß Ihr, verhindert Ihr die Taufe des Kindes, begreifen werdet, daß unweigerlich Ihr und Eure Firma es seid, die gegen die Bedingungen des Vertrages verstoßen. Denn ohne den Schutz der Gaben und des Rituals wird das Kind möglicherweise das fünfzehnte Lebensjahr bei Euch nicht erreichen, um dann zu seinen Eltern zurückkehren zu können.«

Wenn Karola gehofft hatte, das wäre ein entscheidendes Argument, so wurde sie enttäuscht, denn Maschkent wischte jene letzte Erklärung beiseite, als annullierte sie jene Aussagen, die er so begierig belauscht hatte. »Das wäre traurig für Eure Base Bronwyn«, meinte der alte Händler. »Sie schuldet uns fünfzehn Dienstjahre ihres Kindes. Wenn es die Forderung nicht erfüllt, werden wir gezwungen sein, ihr nächstes zu holen. Nun denn, ich denke, es ist an der Zeit, Euch an einen Ort zu bringen, wo Ihr Euch Euren Meditationen widmen könnt.«

Mit diesen Worten klatschte er in die Hände, und wieder erschienen die zwei Wachen neben ihr. »Vergeudet nicht Euren Atem bei meinen Angestellten, meine Liebe«, mahnte sie Maschkent. »Sie wurden gegen Eure Zauberkräfte gewappnet. Wir könnten Euch auch in Ketten legen, wenn Ihr Euch als nicht kooperativ erweist, aber das wirkt so ungastlich. Ich bin sicher, Ihr werdet Eure Unterkunft behaglich finden.«

Alireza Mukbars Zauber wirkte nicht auf Rupert, der sich seinen Eschenholzschild vor die Brust gebunden hatte, um alle möglichen Schläge und Flüche durch die feindselige Bevölkerung Miragenias abzuwehren. Vielmehr waren es in erster Linie prosaische, wenn nicht gar angenehme Ereignisse, die zu seiner Gefangennahme führten.

Er war Alirezas grünem Saum durch ein Labyrinth von Gäßchen gefolgt, bis sie durch ein Tor schritt. Er fand, es verwunderte sie nicht sonderlich, daß er ihr folgte, war jedoch überrascht, als eine junge Frau schnell hinter ihm das Tor schloß und den Schlüssel tief ins Mieder ihres Kleides steckte. Dann kicherte sie. Ihr Gekicher hallte sieben- bis achtfach wider, als eine beachtliche Reihe schwarzhaariger Mädchen in den Garten gestürmt kam, sich lachend und schwatzend um ihn aufbauten und – sobald sie sich an ihn gewöhnt hatten – ihn zu streicheln begannen.

Als seine grüngekleidete Schönheit mit einem Pokal Wein für ihn und einem zweiten für sich selbst zurückkehrte und ihm beim Trinken tief in die Augen sah, glaubte er schon, er hätte vielleicht irgend etwas getan, um sich vorzeitig in das glückliche Land zu befördern, wo die Große Mutter alle ihre Lieblingskinder nach deren Tod hinschickt. Als die Damen dichter an ihn herandrängten, ihn anfaßten, kicherten und verträumt aus feuchten Augen zu ihm emporsahen, kam er auf Grund einiger dieser Berührungen zu dem Schluß, daß er alles andere als dahingeschieden war. Abgesehen davon konnte er sich an nichts erinnern, das ihn in einen solchen traurigerweise nicht immerwährenden Zustand hätte versetzen können.

Rupert nahm den Wein entgegen. Die Frauen unterhielten sich untereinander in einer anderen Sprache, als man sie auf dem Marktplatz gesprochen hatte, so daß es ihm unmöglich war, etwas zu verstehen, doch als sein ursprüngliches Opfer ihn ansprach, vermochte er ihrer gurrenden Stimme zu folgen. Es war eine Spielart des Argonischen, die sie mit leichtem Akzent sprach, den er schlichtweg hinreißend fand. Sie brachten ihn in einem kühlen, durchlüfteten Raum unter, in dessen Mitte ein Springbrunnen plätscherte, und wo ihn köstliche Speisen und Getränke erwarteten. Dann begannen sie um ihn zu streiten und ließen stechende Blicke und schrille Ausrufe über ihn hinwegfliegen, wobei sie ihn zur Betonung ihrer Absichten knufften und tätschelten. Selbst in seinem weinseligen Zustand empfand Rupert allmählich Besorgnis. Seine grüngekleidete Verführerin kehrte zurück, als er sich gerade auf zitternden Knien erheben und sich davonschleichen wollte. Sie trug nicht mehr das grüne Gewand und auch sonst nicht viel außer zwei langen, schmalen, rosafarbenen Tüchern, die von einem goldenen Gürtel hingen, die Mitte ihres Gesäßes bedeckten und aufreizend von einem Schenkel zum anderen wippten. Eine Spitzenweste aus Goldstoff war vielleicht in ihrem achten Lebensjahr für sie angefertigt worden, seinen Zweck konnte dies Kleidungsstück nun kaum mehr erfüllen und spannte sich, ihre schimmernde Blöße zu bedecken, die um so aufreizender glänzte, als die Frau nun in die Hände klatschte, um die Mädchen aus dem Raum zu scheuchen. Die Schönheit ließ sich neben Rupert nieder.

»Habe keine zu schlechte Meinung von meinen Schwestern«, sagte sie. »Sie sind leidenschaftlich und hungern nach liebevoller Zuwendung. Du gefällst ihnen, wie ich von Anfang an davon überzeugt war.« Ihre seidigen Finger glitten unter den Gurt des Eschenholzschilds, der ungeschickt auf seine Brust gebunden war. Sie tastete nach der Schließe und kitzelte ihn dabei, daß er unwillkürlich ihre Hand fortzog.

»Sehr nette Mädchen«, stimmte er ihr zu. »Wie Ihr sagtet, liebevoll. Ich freue mich, daß sie mich mögen.«

»Ich weiß nicht, warum sie heute abend so begierig sind. Wir werden einen Zeitplan erstellen müssen.« Sie leckte verständnisvoll über ihre Lippen und ließ ihren Blick zögernd Ruperts Rumpf hinab bis zu den Zehen und wieder hinauf wandern. »Ich bin sicher, an dir ist genug für alle.«

»Genug für . . .« Seine Zunge war schwer. Das Sprechen wurde noch schwieriger, als sie seine Zunge mit der ihren zu behindern suchte. Es gelang ihr für eine ansehnliche Zeit. »Genug für alle? Tut mir leid. Ich verstehe nicht ganz. Ich glaube, darüber müssen wir noch einmal reden . . . ahhh, ja . . . nun, also . . . vielleicht auch nicht . . .«, und vergaß für bedenklich lange Zeit zu protestieren. Nichtsdestoweniger mangelte es ihm weder soweit an Ehrhaftigkeit noch an Willenskraft, daß er ihr nicht Einhalt geboten hätte, als ihre gewandten Finger auf der Suche nach etwas ganz anderem sich um den Nixenkamm schlossen, der im Innern seines Gürtels hing. Er umklammerte ihren schlanken Unterarm vom Handgelenk bis Ellbogen mit seiner riesigen Pranke und wand mit den Fingern der anderen Hand den Kamm aus ihrem Griff. »Tut mir leid, aber ich fürchte, Eurer Familie würde nicht gefallen, was Euch widerführe, wenn ihr diesen Kamm gebrauchtet. Vielleicht sollten wir uns doch zuerst einmal unterhalten.«
Ihr süßes Moschusparfum wurde einen Hauch berauschender, ihre Haut unter seiner Hand eine Spur samtiger, ihre Stimme schnurrte verlockender als je zuvor und wurde durch feuchtes Zucken ihrer Zungenspitze gegen sein Ohrläppchen unterbrochen. »Du wirst meine Familie werden. Mein Liebster. Mein Ehemann. Unser Ehemann.« Ihre Finger schlossen sich wieder spielerisch um den Kamm. »Also. Das ist abgemacht. Da alles in der Familie bleibt, erkläre mir, was das ist. Ein Geschenk von einer anderen Liebsten? Du wirst hier ausreichend beschäftigt sein, mein Schatz. Gib ihn lieber mir, und ich verspreche dir, daß du keine der anderen brauchen wirst, dich sie vergessen zu machen.«
Rupert stöhnte.
»Hast du kein Vertrauen in mich, daß ich mein Versprechen halte?« sagte sie schmollend. »Es ist nicht . . . deshalb«, sagte er mit belegter Stimme und versuchte, seine Zunge vom Gaumen zu lösen, wo sie kleben bleiben wollte. Mannhaft fuhr er fort: »Tatsache ist nur, daß du mich mit dem Wort ›Versprechen‹ an eines erinnert hast, das ich zu halten habe.«

»Vergiß es«, hauchte sie heiser in sein Ohr.
»Das kann ich nicht.«
»Ich werde schon dafür zu sorgen wissen«, drohte sie und kraulte die Haare unter seinem Eschenholzschild.
»Das wirst du nicht, denn wie ich sehe, bist du eine zärtliche, liebevolle Frau. Du würdest doch nicht wollen, daß ich das arme kleine Würmchen im Stich lasse, dessen Beschützer ich bin, hm, das heißt...« Seine Zunge klebte wieder am Gaumen, und es war, als hätte er niemals eine diplomatische Ausbildung genossen.
»Um einer Liebelei willen? Aber wir – ich – dachten keineswegs an eine Liebelei. Du bist ein prächtiger Mann, mein Liebster, ein Bild von einem Mann, ein Mann, der mit ein klein wenig Mühe meiner und meiner lieben kleinen Schwestern wert sein wird. Du mußt bleiben und der unsre werden...«
»Ich versichere dir, nichts könnte mich glücklicher machen«, sagte Rupert, als seine Zunge sich löste, sowie sie ihn als das Opfer ihrer unersättlichen Schwestern darstellte – plus den kleinen Punkt der Mühe, die es ihn kosten würde, ihrer wert zu sein. »Doch dazu muß ich Herz und Gedanken frei haben von jeder Ablenkung.«
»Was du mit deinem Herzen und deinen Gedanken machst, ist uns egal«, widersprach sie lachend und strahlte wieder. »Hauptsache, der Rest bleibt hier bei uns.«
»Ja, aber du verstehst wohl nicht ganz. Ich muß für die Sicherheit meiner kleinen Nichte sorgen, dem einzigen Kind meiner Schwester Bronwyn, der ich einen Eid geleistet habe.«
»Törichter Junge. Du darfst dich doch nicht durch deine Besorgnis um irgendein Kind davon abhalten lassen, deinen Neigungen als Erwachsener nachzugehen. Ich weiß zufällig, daß das Kind sich in absoluter Sicherheit befindet und standesgemäß verwöhnt und gehätschelt wird.«
»Du weißt, wo die Kleine ist? Kannst du mich zu ihr bringen?«
»Nein, das kann ich nicht. Sie ist nicht mehr hier, wir wünschen aber mit allem Nachdruck, daß *du* hierbleibst.«

»Wo steckt sie? Was ist aus ihr geworden?«
»Brüll nicht so, Schatz, sonst werden sie noch glauben, wir würden uns streiten. Nun, das liebe Kleine ist eine erstgeborene königliche Hoheit, wie sie es werden sollte. Ach, mein Liebster, müssen wir nun unbedingt über Geschäftliches sprechen?« Sie kraulte Ruperts Haar und bedachte ihn mit einem verdrießlichen Blick. »Mir fallen soviel interessantere Dinge ein, die wir tun könnten.«
Er blieb regungslos liegen, obgleich es eine Prüfung war, die eines Märtyrers auf der Streckbank würdig war, und starrte sie ungerührt an, bis sie weitersprach. Er beschloß, daß er diesen Zwischenfall vielleicht später mit Herrn Cyril erörtern würde, um abzuklären, ob Stillhalten unter härtesten Bedingungen nicht ein ausreichendes Verdienst bedeutete, einen für einen Orden zu qualifizieren.
»Aber das ganze ist doch wirklich langweilig. Eine unfruchtbare Königin wollte ein Kind, und da die Gesellschaft Anspruch auf ein einwandfreies, gutes, neues Baby hatte, so daß keiner einen Unterschied feststellen konnte, wenn man es nur schnell holte, ging es nur noch um die Überführung des Kindes von dem Schuldner an den Kunden, der es dort entgegennahm.«
»Aber das Kind hat eine Familie. Es sollte nur fünfzehn Jahre hier bleiben.«
»Die Kunden, die uns – ich meine, die Gesellschaft – mit der Beschaffung des Kindes beauftragten, pachten ihre Dienste auch nur. Wie du siehst, hast du keinen Grund, dich aufzuregen. Es ist ja nicht, als wäre sie Sklavin oder sonst etwas Schreckliches, wie das möglich gewesen wäre, hätte ich, gutmütig wie ich nun einmal bin, nicht unablässig nach der richtigen Lösung gesucht. Ich mache meine Arbeit sehr gut. Blut ... das Land, wo das Kind jetzt in Pomp und Gepränge lebt, ist sehr wohlhabend, einer unserer wichtigsten Abnehmer von magischen Artikeln, und der König und die Königin werden das Gör entsetzlich verwöhnen.« Sie ließ sich aufs Bett sacken, verschränkte die Arme unter den Brüsten und schmollte nun ernsthaft.
Rupert drehte sich um und streichelte ihr Haar. »Du hast große

Sorge von mir genommen«, erklärte er und fügte dann beiläufig hinzu: »Wie war noch gleich der Name dieses Reiches? Das kann doch nicht allzu weit entfernt sein.«
Sie machte ihre Arbeit wirklich sehr gut; es kostete ihn eine gute Weile und gewaltige Anstrengung, ihr den Rest dessen, was er erfahren wollte, zu entlocken, weshalb Rupert auch so tief schlief, als Maschkents Diener ihn in dem Bildteich sah.

Karola entdeckte eine angenehme Seite des miragenischen Lebensstils: Er schloß offensichtlich die Vorstellung von Kerkern aus. Sie wurde in einem Raum eingeschlossen, der kaum weniger luxuriös als Maschkents eigene Unterkunft sein konnte, wenn nicht gar luxuriöser. Als sie den Blick umherschweifen ließ, kam sie zu dem Schluß, daß es sich um einen Vorführraum der Artikel des Unternehmens handeln mochte. Sie schloß das aus der Art, wie die Matratze in der Luft schwebte, von einer Brücke getragen, die über einer Vielzahl edelsteinbunter Teppiche segelte, welche in buntester Farbenpracht auf dem gemusterten Boden übereinandergebreitet waren. Eine kleine Kaskade gefärbten Wassers strömte an einer Wand herab. Das weiche Licht der Wachskerzen, das in verschiedenen Winkeln und Verstecken in den gemeißelten Mauernischen schien, erhellte in dem seidenen Durcheinander abwechselnd Gesichter und Figuren, Menschen, Tiere und Landschaften. Der Wasserfall ging in einen kleinen, hübschen Bach über, der den Raum zweiteilte. Ihn überspannten in regelmäßigen Abständen ein paar Stufen oder kleine Brückenbögen mit goldenen Geländern, auf denen der widergespiegelte Kerzenschein mit seinen eigenen Schatten tanzte. Hohe Fenster in kunstvollen Formen gaben den Blick auf den Garten frei, in dem Karola mit Maschkent gesprochen hatte, doch die Aussicht ließ sich nur durch ein breites, geschnitztes Gitterwerk genießen. In jeder Reihe dieser Gitter lag eine Reihe bunter Flaschen, jede Reihe in einer anderen Tönung und jede Flasche aus dem regenbogenfarbigen Kristall wie die peridotfarbige Flasche am Fluß in der Nähe des äußeren Frostingdung.

Eine verschleierte, unterwürfige junge Frau schob sich unter ständigen Verbeugungen in den Raum, als Karola sich gerade auf eines der Kissen fallen ließ.
»Wenn gnädige Frau nicht sofort zu ruhen wünschen, dürfte ich Euch vielleicht ein paar der Besonderheiten dieses Raumes erläutern«, sagte die junge Frau und fuhr, ohne eine Antwort abzuwarten, mit überzeugender Stimme fort, in der scheinbar eine große Freude über die Gelegenheit mitschwang, ihre Kenntnis mit Karola teilen zu können. Entweder hatte man sie aufzuklären versäumt, daß es sich bei Karola nicht um eine reiche Kundin handelte, oder aber sie war diesen Tonfall so gewöhnt, daß sie ihre eingeübte Routine nicht den veränderten Umständen anpassen konnte.
»Das Bett wird gnädige Frau mit einer leicht schaukelnden Bewegung in den Schlaf wiegen, sobald Ihr es durch einen einfachen Befehl bestiegen habt, der Euch so zart von den Füßen heben und auf den Rücken betten wird wie der geschickteste Liebhaber.«
Na, großartig! Das hat mir gerade noch gefehlt. Ein lebloses Liebesobjekt. Insgeheim schwor sich Karola, für die kurze Zeit, die sie ausruhen wollte, auf den Polstern liegenzubleiben, um dann zu überlegen, wie sie am besten Rupert fand, das Baby schnappte (denn wenn die Miragenier sich nicht darum sorgten, ob das Kind das fünfzehnte Lebensjahr erreichte, konnte es überhaupt nicht in Frage kommen, es ihnen zu überlassen) und zu verschwinden.
»Im Fenster«, fuhr die Dienerin fort, »werdet Ihr eine Reihe kunstvoll gefertigter Gefäße aus Blutquarz bemerken. Diese Gefäße setzen Flammen und giftige Gase frei, sobald unbefugte Hände sie berühren, und vernichten den Eindringling auf der Stelle auf die schmerzhafteste Weise.«
Aha, also wußte das Mädchen, daß sie eine Gefangene war. Und die Flaschen lagen da, um sie festzuhalten. Demnach doch nicht die gleichen wie am Fluß? dachte Karola.
»Schließlich«, fuhr die Frau fort, »bin ich angewiesen, Euch zu erklären, daß die Firma jede Haftung für mögliche Schäden an Euch oder Eurer Habe ablehnt, falls Ihr unsere Warnung nicht

beachtet, und Euch vielmehr für alle möglichen Schäden am Eigentum des Unternehmens zur Verantwortung ziehen wird, die aus besagter Mißachtung resultieren. Schlaft in Frieden, gnädige Frau.« Sie beendete ihren Vortrag und schob sich unter Verbeugungen rückwärts zur Tür hinaus.

Nachdem sie gegangen war, blieb Karola eine Weile sitzen und trommelte mit den Fingerspitzen gegen ihre Wange. Die Flaschen konnten gefährlich sein oder auch nicht. Im Augenblick neigte sie eher zu der Auffassung, daß sie es waren. Weshalb sonst würde man eine Menge kostbarer und starker Zaubergegenstände hier zum freien Zugriff herumliegen lassen? Nicht daß sie unter gewöhnlichen Umständen jemand gewesen wäre, der sich willkürlich Teile von anderer Leute Magie aneignete, aber falls die Flaschen mit jener am Fluß identisch waren, mochten sie genau das sein, was sie brauchte, um ihre Aufgabe zu bewältigen. Andrerseits konnten sie auch genau das sein, was die Miragenier brauchten, um sich ihrer zu entledigen. Falls die Flaschen Wesenheiten enthielten wie jene, der sie zuvor begegnet war, hatten sie zweifellos die Aufgabe, sie zu überwachen und ihre Flucht zu verhindern, selbst wenn sie dabei explodierten. Die Warnung der Dienerin zielte deutlich darauf ab, den unfreiwilligen Gast des Unternehmens von allen Experimenten abzuhalten. Karola wollte auch gar nicht fliehen – nicht ohne Rupert und das Kind. Sie starrte in den Wasserfall und überlegte.

Dabei bemerkte sie, daß einige der vorüberziehenden Gesichter ihr vertraut waren. Das war doch mit Sicherheit die Frau vom Marktplatz, die da rasch auftauchte, wo der Strom sich über einem Zierstein verbreiterte, um sich dann sogleich wieder zu Nichts zu verschmälern, als das Wasserrinnsal, in dem sie zu erkennen war, feiner wurde und in den Bach mündete. Und das dort auf der anderen Seite, war das nicht Maschkent selbst? Und die Frau mit den Spiegeln? Ja, es bestand kein Zweifel, das war das stumpfe Antlitz, das selbst so dringend der Hilfe seiner eigenen Handelsware bedurft hätte. Als Ruperts träumerisches Antlitz über das kunstvoll gemeißelte Gestein sprudelte, hatte sie alle Bestätigung, die sie benötigte. Karola stieß einen leisen, langgezogenen Pfiff aus und hielt ihn. Da hing Rupert einen Augenblick lang mit dem Kinn in dem schmalen Teil des Rinnsals, und seine schlafenden Augen und die friedlich geglättete Stirn breiteten sich mit den blonden Locken über das Gestein. Als ihr Pfiff verklang, strömte das Bild davon.

Nachdem sie ihn einmal ausgemacht hatte, erhaschte Karola da und dort sein Gesicht wieder an anderen Stellen des Wasserfalls und versuchte, ihn mit einem Pfiff zum Stehen zu bringen. Wenn sie schlecht zielte, hielt sie ein anderes Gesicht an; das des alten Kaufmannes. Er war immer noch wach und hatte einen nachdenklichen Ausdruck, der den Wunsch in Karola weckte, zu wissen, was in seinem Kopf vorging. Es war schon ein heikles Unterfangen, die einzelnen Rinnsale zu erkennen, und Karola stellte fest, daß sie kaum schnell genug den Mund spitzen konnte, um das gewünschte Bild anzuhalten, und meistens holte sie gerade Luft, wenn Rupert die Wand herabglitt.

Wie konnte sie den Ablauf der Bilder im Bach lange genug verzögern, um sie deutlich zu erkennen? Vielleicht war sie imstande, sich eine Melodie auszudenken, die speziell nur Ruperts Bild galt ... Ihre magischen Kräfte stellte sie aus dem Bruchstück eines Liebesliedes zusammen, das sie ihn einmal zur Unterhaltung der Damen auf Schloß Killgilles hatte singen hören. Karola summte es langsam wie einen Grabgesang. Das Wasser staute sich, als ströme es gegen einen Damm, überflutete die gekachelten Ufer, wo sie mit dem Rücken zum Wasserfall saß, und schwappte gegen die Kanten der kostbaren Teppiche, ehe sie in seinen Tiefen finden konnte, was sie suchte. Das machte keinen Sinn. Denn wenn Wasser unter der Tür hervorquoll, würde das nur die Aufmerksamkeit der Miragenier auf sie ziehen. Karola stellte das Summen ein, das Wasser strömte in sein Bett zurück.

Karola ergriff eine der Kerzen und betrachtete eingehend das Bekken am Grund des Wasserfalls. Die Seiten waren ein wenig hochgezogen, daß man am Rand Platz nehmen konnte. Wenn sie nicht ganz so langsam sänge, könnten diese Ränder vielleicht den anfänglichen Zufluß so lange zurückhalten, bis sie ausfindig machen konnte, was sie suchte. Sie summte ein Stück eines Wiegenliedes in – wie sie hoffte – angemessenem Tempo. Das Wasser verlangsamte seinen Lauf, und ein Kind erschien: ein Kind, das sich mit einem Kranz dunkelroter Ringellöckchen vom Wasser abzeichnete. Im Hintergrund erhob sich ein funkelndes, hohes Bauwerk wie ein riesiger Stapel Münzen, um dessen Fundament Nebelschwaden kreisten. Das Kind lag in den Armen eines Mädchens mit glattem, hellbraunem Haar. Sie schienen in einer Art Boot zu sitzen, und der Säugling brüllte kräftig. Die Szene zog vorüber. Karola gestattete dem Wasser, auf seine ursprüngliche Höhe zurückzusinken, ehe sie erneut das Liebeslied anstimmte.

Getreulich glitt Ruperts Bild langsam zum Becken herab, wo sie ihn in seiner ganzen schlummernden Schönheit betrachten konnte. Warum, in der Großen Mutter Namen, verschlief er seine Zeit, wo er doch wissen mußte, daß sie immer noch alleine auf dem miragenischen Marktplatz sein müßte, und das Kind immer noch verschwunden war?

Vielleicht hatten die Miragenier, bei denen er sich aufhielt, in einen ähnlichen Teich geschaut, um ihn zu beruhigen, daß sowohl Base als auch Nichte wohlauf waren. Vielleicht. Aber gab es solche Teiche auch noch anderswo? Karola kam der Gedanke, daß es sich bei dem Wasser, mit dem sie hier zu tun hatte, möglicherweise um die Abflüsse der Teiche im Innenhof handelte, die die Bilder weitertrugen, auch wenn sie nicht mehr beobachtet wurden. Es erschien ihr logisch. Zeit und Geschehnisse nahmen ihren Lauf, unabhängig davon, wer sie beobachtete, warum also nicht auch die Bilder? Keiner, dem Karolas Begabung abging, hätte verstehen können, was Wasserfall und Bach enthielten, so daß die Miragenier nicht die geringste Gefahr darin sahen, das Wasser ungehindert durch den Raum fließen zu lassen, wo jeder, der sich gerade dort aufhielt, zusehen konnte, wenn er es nur schnell genug konnte.

Der alte Maschkent trieb wieder vorüber, und Karola pfiff ihn zu langsamem Tröpfeln mit Hilfe eines Liedes, das weniger an eine Melodie erinnerte als an den Singsang des Feilschens auf dem

Marktplatz, den Kauf und Verkauf, an die Zu-billig-zu-teuer-Kadenz, die sie den ganzen Nachmittag gehört hatte, ohne sich dessen bewußt zu sein, bis ihre Zauberkraft sie nun in ihr Gedächtnis rief. Der alte Kaufmann kletterte auf einen fliegenden Teppich, der rasch abhob, um dann über die Stadt zu schweben. Sobald das Bild verging, erwischte sie ein neues und folgte dem Flug des Teppichs über die Hausdächer in der festen Überzeugung, daß Maschkents Reise in irgendeinem Zusammenhang mit der ihren stand.

Der Teppich näherte sich einem steinernen Kuppeldach, das so kunstvoll gemeißelt war, daß es wie kräftig gestärkte Spitze aussah. An ihrer Basis lief die Kuppelwand in geschwungenen Bögen über einem Garten aus. In diesem Garten erwartete eine mit einem rosa- und goldfarbenen Gewand, das stark dem ähnelte, das Karola auf Schloß Killgilles getragen hatte, bekleidete Dame den Kaufmann. Wenn die Gewandung auch von anderer Farbe war, so brachte doch das üppige Haar und die Kopfhaltung der Frau Karola zu der Überzeugung, daß es sich um dieselbe handelte, der Rupert vom Marktplatz aus gefolgt war.

Der Kaufmann stellte eine scharfe Frage. Die Dame antwortete knapp und vermochte ihn damit anscheinend nicht zufriedenzustellen. Er blickte finster drein und stellte eine weitere Frage. Die Dame zuckte mit den Schultern, schaute selbstgefällig drein, bettete ihre Wange in ihre Hände und schloß die Augen.

So. Nun wußte Karola also, wo Rupert sich aufhielt. Sie mußte nur das Haus mit dem gemeißelten Kuppeldach ausfindig machen. Das wäre nicht besonders schwierig, sobald sie sich erst einmal aus Maschkents Gastfreundschaft befreit hätte.

Karola beäugte nachdenklich die flaschenverstellten Gitter. Wenn sie die Flaschen schon nicht berühren durfte, konnte sie sie vielleicht wenigstens aus ihren Nischen heraustanzen lassen. Wenn sie auf der gegenüberliegenden Seite des Zimmers stand und die Flaschen explodierten, wäre das um so besser, dann würden sie nur die Fenster aufsprengen. Ansonsten mußte sie darauf hoffen, daß ein Stück des Gitterwerks so locker wäre, um es herausrütteln und

eine entsprechend große Lücke schaffen zu können, um hinauszukriechen.
Mit dem ersten Takt ihres Liedes ließ Karola die unteren drei Flaschenreihen heraustanzen. Doch als sie Atem schöpfte, hörte sie sie toben. Obgleich ihr Lied nun den in den Gitterstäben verbliebenen Flaschen galt, hüpften die anderen weiter auf den dicken Teppichschichten herum, auf denen sie die Glasbehältnisse vorsichtig hatte landen lassen. Die Gruppe auf dem Fußboden hatte die Farben Violett, Immergrün und Fuchsia, und sie stießen ein gemeinsames Wimmern aus, als Karola sie mit einem Pfiff zur Ruhe brachte. Als sie ihre Aufmerksamkeit der rubinroten Reihe widmete, die in der folgenden Gitterreihe lag, stieß eine der roten Flaschen einen Schrei aus. Karola warf einen flüchtigen Blick zur Tür. Sie bemühte sich, laut genug zu pfeifen, um die Flaschen quer durch den Raum zu locken, jedoch auch wieder nicht so laut, um die Aufmerksamkeit der Wachposten neben der Tür nicht auf sich zu ziehen.
»Psst!« zischte sie der rubinroten Flasche zu. »Hör mit dem Gejammer auf. Niemand tut dir etwas zuleide.« Die Flasche drehte sich, als sie zu Boden tanzte. In ihrem Innern sah Karola das Funkeln vorwurfsvoller Augen.
»So, du tust uns also nichts zuleide? Wie würdest du es denn nennen, wenn du uns hier drinnen eingesperrt hältst und uns dabei herumschubst, als wolltest du Butter stampfen?«
»Eingesperrt«, wiederholte Karola gelassen und gestattete der aufsässigen Flasche die Landung neben ihren Artgenossen auf dem Teppich.
»Wie würde es dir denn gefallen, eingesperrt zu sein?« fragte eine andere Aufständische, diesmal aus der jadegrünen Reihe unter der roten.
»Das bin ich, wie ihr wißt, und es macht mir nicht das geringste aus«, erwiderte sie, als auch diese Flasche auf den Teppich rollte.
»Läßt du deshalb deine Wut an uns aus?« jammerte die rubinrote Anklägerin auf dem Boden.

»Ich mache nichts dergleichen«, zischte Karola zurück. »Ich versuche nur . . . aber das geht euch nichts an.«
Sie brachte die jadegrüne Reihe zu Ende und machte sich an die taubenblaue. »Wir könnten ja ein Geschäft machen«, schmeichelte die erste von ihnen und zwinkerte ihr zu. »Du weißt, daß du ohne meine Mithilfe hier nicht rauskommst. Ich schlage dir einen fairen Handel vor. Du läßt mich raus, und ich lasse dich raus.«
»Hör nicht auf die!« kreischte das rubinrote Gefäß. »Wenn du mich freiläßt, werde ich dich nicht um die beiden wunderbaren Wünsche betrügen, die dir nach den Bedingungen des mündlichen Vertrages zustehen.«
Karola pfiff die letzte der taubenblauen Flaschen herunter und blickte stirnrunzelnd auf den kristallübersäten Teppich.
»Hör sich nur einer an, wer hier die andere eine Betrügerin nennt!« schimpfte das taubenblaue Gefäß. »Vielleicht sind es wirklich drei Wünsche, aber ich ging natürlich davon aus, daß diese aufrechte und großherzige Dame nicht an mehr als einem simplen Tauschgeschäft interessiert wäre, da sie sich doch in der gleichen Notlage befindet wie wir. Wenn sie allerdings so habgierig ist wie unsere gegenwärtigen Herrn, gibt es vermutlich keine . . .«
»Hört zu«, erklärte Karola, »ich habe im Augenblick nicht das geringste Interesse an euren Wünschen. Ich habe schon genug andere Probleme am Hals ohne jene, die aus euren Zauberkräften erwachsen würden. Wenn die Dienerin nicht die ganze Geschichte von den gewaltigen Explosionen erzählt hätte. Und ich möchte auch nicht wegen Diebstahls angeklagt werden.«
»Was willst du denn überhaupt?« erkundigte sich die rubinrote Flasche. »Wenn du uns alle freiläßt, hast du einen Anspruch auf drei Wünsche an jeden von uns. An deiner Stelle würde ich das nicht so leichtfertig abtun.«
»Das tue ich auch nicht, aber ich habe mit Sicherheit nicht die Zeit, die ganze Nacht herumzusitzen und mir Wünsche auszudenken, und auch nicht soviel Platz in den Taschen, euch alle oder auch nur eine von euch mitzunehmen. Wenn ich eine aufmache, kann die dann nicht die anderen befreien?«

»Wenn du es dir wünschst.«
»Dann ist das mein erster Wunsch. Die beiden anderen sind, mich aus diesem Zimmer zu schmuggeln und daß man mir dabei hilft, Prinz Rupert und das Kind zu befreien.« Mit diesen Worten trat sie auf die Flasche zu, holte tief Luft, zog den Stöpsel aus der rubinroten und wartete darauf, daß die Flasche explodierte.
»Das waren vier Wünsche«, sagte die rubinrote. »Ich werde dir die ersten drei erfüllen.«
Der Raum war plötzlich erfüllt vom Knallen heraushüpfender Pfropfen und umherziehenden, bunten Nebelschwaden, durch die Karola, den Kopf einziehend, hindurchsauste, sobald sie ans Fenster gelangte; doch sie kam so unbeschadet hindurch, als wäre es nicht mehr als ein Trugbild. Die Welt um sie her verschwamm und drehte sich in einem Karussell von Garten und Mondsichel, Sternen und Spitztürmen, Straßen mit geschlossenen Verkaufsständen und Rundbogentüren, durch die überall rubinroter Dunst zog, bis Karola mit einem Ruck vor einem eleganten Gebäude mit dem kunstvoll gemeißelten Steinkuppeldach abgesetzt wurde. Es dauerte keinen Herzschlag, als ein roter Staubteufel von oben herabsauste und etwas Massiges mitführte, das er neben ihr auf den Boden fallen ließ.
»Ich wünschte, du wärst etwas geduldiger gewesen«, jammerte Rupert und rieb sich den Rücken. »Ich wollte dich suchen, sobald ich alle Informationen gehabt hätte.«

Der Morgen brach an, und Karola und Rupert flüchteten von Mademoiselle Mukbars Villa in den Schutz einer zerfallenen Mauer, hinter der sie sich versteckten und zusahen, wie der Marktplatz sich zu beleben begann. In kürzester Zeit waren die Läden von Agenten mit blauen Turbanschnüren der Firma Mukbar, Maschkent und Mirza belagert. Rupert beobachtete durch ein Guckloch, wie die Wachen schnell die Straßen absuchten, schüttelte den Kopf und lächelte mit einem Anflug von Stolz. »Diese Mukbar-Mädchen haben wirklich einen Narren an mir gefressen«, meinte er. Als Karola verwundert dreinschaute, lieferte er ihr eine sorgsam

formulierte Schilderung dessen, was ihm in der Zwischenzeit widerfahren war.
Während der Prinz redete, löste seine Cousine ihn am Guckloch ab, trat dann beiseite und deutete auf den freien Platz, damit er wieder hinausschauen konnte.
»Ich möchte ungern Euer Selbstvertrauen untergraben, Euer Hoheit«, antwortete sie, »aber ich glaube, diese bunten Wolken haben eher mit der Überzahl von Häschern des Unternehmens zu tun als mit der Anhänglichkeit deiner Bräute.«
Auf der Straße liefen gerade vier Wachen Hals über Kopf durch die Stapel von Früchten, die ihnen von den violetten, rubinroten und jadegrünen Schwaden, die sie verfolgten, nachgeworfen wurden. Offensichtlich wirkte der Schutz, den man ihnen gegen Zauberei gegeben hatte, nur gegen Karolas Künste oder war nach kurzer Zeit verflogen und nicht erneuert worden, denn nach einem geisterhaften Handgemenge, aus dem die Häscher eindeutig als Verlierer hervorgingen, war die Straße vor der zerfallenen Mauer sowohl von Wachen als auch von bunten Schwaden leergefegt. Wütende Obsthändler schimpften und gestikulierten vielsagend in Richtung der dahinschwindenden Zerstörer, ehe sie sich bückten, ihre beschädigten Waren aufzuheben.
»Handelte es sich bei diesen bunten Schwaden um das, für das ich sie hielt?« wollte Rupert von Karola wissen. Sie nickte.
Er stöhnte. »Wie konntest du nur? Ich dachte, du wolltest die Dinge hier vereinfachen, statt dessen läufst du, kaum daß ich dich mal wegen dringenderer Geschäfte dir selbst überlasse, mit dem Eigentum genau der Leute davon, mit denen wir verhandeln müssen, und schaffst es unter beachtlichem Aufwand an Phantasie, das einzige übertretbare Gesetz dieser ganzen Anarchie zu übertreten und uns so zu Flüchtigen zu machen, auf deren Kopf zweifellos eine Prämie ausgesetzt wird.«
»Ich bin mit nichts davongelaufen«, sagte Karola. »Die Flaschengeister sind von selbst davongelaufen, und ich könnte nicht sagen, daß ich ihnen das zum Vorwurf machen werde. Sie sind intelligente Zauberwesen mit eigenem Willen. Nach allem, was ich dir sa-

gen kann, hat niemand das Recht, einen Besitzanspruch auf sie zu erheben.«

»Das ist deine Meinung, wie sie deinen Gebräuchen entspricht, nicht den ihren«, widersprach Rupert trotzig.

»Und es ist ebenso meine Meinung, daß du wenig Anlaß zur Kritik hast, da du nichts Konstruktiveres vollbracht hast, als die Zeit zu verschlafen, während ich mir alle Mühe gab, dem Kind zu helfen, nachdem du mich im Stich gelassen hast, um . . .«

»Ich habe dich nicht im Stich gelassen. Ich habe Nachforschungen angestellt.« Hexen! Bah! Sie machen mehr Ärger, als ihre sogenannten Kräfte wert waren, dachte Rupert, und sein Rücken schmerzte immer noch von dem Einfall seiner Base, ihn aus einer Gefahr zu retten, die er im Vergleich zu den Härten, die er jetzt auszuhalten hatte, entschieden vorgezogen hätte. »Es interessiert dich vielleicht«, fuhr er fort, »daß das Kind sich nicht hier in Miragenia, sondern in einem Land namens Blutquarz aufhält. Hättest du uns nicht in eine Situation gebracht, die es erfordert, daß wir uns verstecken, hätten wir uns nur eine Weile ins Freie stellen müssen, bis die Drachin gekommen wäre, uns zu holen und dort hinzubringen.«

Karola schaute wieder durch das Guckloch und gab ein befriedigtes Grunzen von sich. »Das ist wieder die Schriftrollenverkäuferin. Vielleicht kann sie uns verraten, wie man nach diesem Blutquarz kommt.«

Rasch bog sie um die Ecke der zerfallenen Mauer, und Rupert folgte ihr auf den Fersen.

»Nein«, erklärte Karola und warf ihm einen Blick zu, der ihm eine Runde Tanzunterricht verhieß, wenn er sich nicht zur Mitarbeit bereit fand. »Du fällst zu sehr auf. Mich kennt sie. Ich bin sofort zurück.« Mit diesen Worten schoß sie auf die Straße hinaus. Karola überquerte sie rasch und hielt sich den geborgten Schleier dicht vors Gesicht, als sie Pferden und Dromedaren auswich, um zu der Schriftrollenverkäuferin zu gelangen. Die Frau wechselte ein paar Worte mit ihr, nickte zur Nordwestseite der Straße hin und zuckte mit den Schultern.

Ein plötzliches Funkeln weiter unten auf der Straße zog Ruperts Blick auf sich. Eine Alte kauerte über einem Stapel schimmernder Spiegel und winkte einem plötzlich auftauchenden Agenten mit den blauen Firmenkordeln zu und deutete dann in Karolas Richtung. Der Kerl warf eine Münze in die Luft, wo sie im Widerschein eines Spiegels funkelte, ehe sie in der Hand der Alten landete und von dort direkt zu ihren Zähnen wanderte. Der Agent drehte sich um und rief etwas über seine Schulter.

Rupert tat einen Satz um die Mauer auf die Straße und stolperte prompt über einen umgekippten Karren, der zuvor Melonen geladen hatte. Als er wieder aufblickte, schossen drei Häscher mit blauen Kordeln an ihm vorüber, um Karola zu umstellen. Sie trällerte einmal – erst zögernd, dann zuversichtlich ein zweites Mal. Als Rupert aufstand, taumelten die Söldner zurück und klagten lauthals über den Verlust ihres Schutzzaubers. Doch alles Jammern nützte nichts. Sie tanzten hilflos etwa eine Armlänge von Rupert entfernt, drehten sich gelegentlich langsam im Kreis oder traten bei kleinen, hüpfenden Sprüngen um sich, vollführten jedoch im wesentlichen die Schrittfolgen einer Gavotte, bei der sie sich ein gutes Stück aus der Reichweite Karolas hielten, die pfiff, was ihre Lungen hergaben. Rupert hielt sein Eschenholzschild vor sich, als er um die Tanzenden herum neben seine Cousine trat. Galant benutzte er den Schild, um sich ebenso wie die arme, freundliche Marktfrau zu schützen, die ein graziöses Tänzchen zwischen ihren am Boden verstreuten Schriftrollen aufführte.

Die Tanzgesellschaft wurde größer, als neugierige Händler von benachbarten Ständen herandrängten, um zu sehen, was los war, und dann in den Bann von Karolas Melodie gerieten. Die Szene glich einem fröhlichen Straßenfest. Viele Händler trampelten ihre eigenen Waren oder die ihrer unmittelbaren Nachbarn nieder. Zweifellos wäre der Verlust der zertretenen Artikel ein weiteres Verbrechen, das man ihm und Karola zur Last legen würde, dachte Rupert grimmig. Trotzdem war der Anblick der fröhlich tanzen-

den Händlerfüße im Gegensatz zu dem der finster dreinblickenden Gesichter darüber so albern, daß er unwillkürlich grinsen mußte.
Sein Grinsen erstarb, als ein Straßenmusikant auftauchte und eine Flöte spielte, deren hoher, schriller Klang Karolas Melodie völlig übertönte und alle aus dem Bann befreite. Rupert zerrte Karola hinter den Schild, als die Menge sich auf sie zuschob. Eine Mandel flog durch die Luft und traf ihn kräftig an der linken Schulter. Ihr folgte sogleich ein irdener Topf, der gegen Ruperts ungeschützten Ellbogen prallte und seinen Schildarm betäubt sinken ließ. Der Prinz stürzte gegen die Mauer.
Karola fiel über ihn. Die Marktfrau hinter ihnen kreischte. Rupert zog sich mühsam hoch. Gerade hatte er den Schild gehoben, als auch schon ein Schwert auf ihn niedersauste. Die Klinge sprang von dem Holz ab und prallte auf den zurück, der sie führte, einen der blaugeschnürten Söldner, der einen Satz zur Seite tat, um dem Hieb auszuweichen.
Der Ebereschenschild würde sie so lange schützen, wie Rupert die Kraft hätte, sich mit ihm zu verteidigen, denn das Holz wirkte gegen alle Arten von Zauberei, und gewiß hatten in einem magiestrotzenden Land wie Miragenia, das die Zauberei so sehr verherrlichte, die meisten Schwerter irgendeinen billigen, kleinen Trick an sich.
Plötzlich schimmerte ein violetter Dunstschleier über dem Prinzen, daß er schon glaubte, schwerer getroffen worden zu sein, als er es empfunden hatte. Dann gesellte sich rubinroter Nebel zu dem ersten und ein jadegrüner kam auch noch dazu; die drei Farben schlossen sich zu einem giftigen Regenbogen zusammen, um die Händler mit ihren eigenen Waren und die Söldner mit ihren eigenen Waffen anzugreifen.
Im Schutz des Schildes rannten Rupert und Karola die Straße hinab und wichen Wurfgeschossen, Kaufleuten und Nebelschwaden aus. Ruperts lange Beine flogen geradezu über das Pflaster. Karola trabte mit wachsendem Abstand hinter ihm her, bis er mit seiner riesigen Pranke nach ihr faßte und seine Cousine mit einem Ruck

eine Armlänge hinter sich herzerrte. Er zog sie um eine Ecke und stieß fast mit einer ziemlich verlotterten Gestalt zusammen, die ihnen freundlich den Weg versperrte.

Guten Morgen, liebe Leute. Wie ich sehe, habt ihr es eilig, und schnelle Reisen sind meine Spezialität. Ach, wen haben wir denn da! Na, wenn das nicht die junge Frau von gestern ist! Nachdem ihr euch schon mal der Dienste meines großartigen fliegenden Baumstamms bedient habt, Gnädigste, wollt ihr es da nicht noch ein zweites Mal versuchen? Stellt euch vor, wie rasch ihr mit eurem Begleiter den Hauptarm des Klimpergeldflusses zur alten, malerischen Stadt Blutquarz hinaufreist! Seht die blitzenden Bäche, die sich ihren Weg durch das geheimnisvolle, zauberhafte Tal gegraben haben, das selbst von den geldgierigsten Kaufleuten gefürchtet wird! Besichtigt die funkelnden heiligen Tempel aus vielfarbigem Glas! Seht, wie die Priester in prachtvoller Prozession in den herrlichen Barken des Regenbogengottes die blumenbestreuten Kanäle hinabfahren und, ihrem wunderlichen, jahrhundertealten Brauch folgend, durch die Stadt ziehen, um der gewaltigen Gottheit, die ihren Hafen bewacht, die Menschenopfer darzubringen, die Blutquarz zur Legende werden ließen für jene, die mit reiner Zauberkraft und Macht Handel treiben!«

Karola entging ein Teil der Rede, weil ihr Herzschlag noch heftig in ihren Ohren hämmerte, aber sie erkannte den Sprecher wieder.

»Rupert, die Frau auf dem Marktplatz meinte, dieser Mann wäre vielleicht ein Sklavenhändler . . .«

»Unfug, Gnädigste. Ich bin ein freigeborener Mann, ein Reisender, und versklave andere Menschen ebensowenig, wie ich eines anderen Sklave bin. Das solltet ihr wissen und auch die Frau, von der ihr sprecht, denn ihr habt mein Reiseholz nur angesehen, als die Frau euch auch schon das aufdrängte, was ich mit seiner Hilfe zu liefern versprach: die beste Strecke und den landschaftlich reizvollsten und schnellsten Weg zu eurem Ziel. Wenn ihr nur noch einmal auf mein Reiseholz steigen wollt, das nun auf einem anderen Fahrzeug drüben am Fluß ruht, könnt ihr noch einmal die

wunderbare Bequemlichkeit und Sparsamkeit meines prachtvollen Gefährts erproben.«
Rupert schaute entsetzt zu Karola. »Menschenopfer? Aber Alireza sagte doch, es wäre eine so *hübsche* Gegend . . .«

Das Reiseholz rollte im Rumpf eines kleinen Bootes hin und her. In dem Boot waren auch zwei kräftige Ruder, mit denen sich die Zauberkraft des Baumstammes sicher steigern ließ, doch trotz Ruperts heftigster Bemühungen kamen sie nur langsam voran. Das Boot trieb immer wieder zurück auf das Gittertor zu, das den Verkehr auf dem Fluß in die Stadt und heraus regulierte.
»Ich dachte, der Baumstamm sollte uns fortzaubern«, beklagte Karola sich ungeduldig.
»Das wird er auch«, versprach der Kaufmann, »sobald du dem Boot etwas vorsingst und es für uns flußaufwärts tanzen läßt.« Er lehnte sich lässig gegen den Bug – vielleicht war es auch das Heck? Beide Bootsenden sahen gleich aus, denn das Boot trieb quer zur Strömung. Karola befolgte seine Empfehlung nur widerstrebend. Ihr Pfeifen war von der langen Nacht geschwächt, als sie die Wasserbilder zusammengetrieben hatte, und ihre Lippen kribbelten noch von der Tanzmelodie, die sie auf dem Marktplatz zum besten gegeben hatte.
Rupert gefiel die Sache ebensowenig wie seiner Cousine. »Es war schlecht gehandelt, Herr, bedrängten Leuten magische Hilfe anzubieten, wo ihr keine zu geben habt.«
»Ach, ihr täuscht euch. Natürlich hatte ich sie. Ich wußte, wo der Fluß lag, was ihr nicht von euch behaupten konntet, und mit meinem Baumstamm und diesem Boot hatte ich alles, was wir brauchten, bis auf eins. Die Kraft meines Reiseholzes hat ihn – oder besser gesagt sie angezogen. Den Rest meiner Versprechungen, die reizvollen Einzelheiten der Wunder dieser Reise, werde ich glücklich sein, euch persönlich auf zauberhafte Weise vorzuführen.«
»Demnach habt Ihr diese Reise schon einmal gemacht?« erkundigte sich Rupert.
»Würde ich euch sonst meine so fachkundige Führung erbötig ma-

chen?« fragte der Mann, und die Antwort klang gleichermaßen gekränkt wie deutlich ausweichend. Und um abzulenken, verfiel er gleich wieder in seine Erzählung. »Seht euch doch beispielsweise nur diese wunderschönen Uferstreifen an«, hob er überschwenglich an und holte weit mit den Armen aus, um die beiden Flußufer zu beschreiben.

»Lassen wir die Uferstreifen mal für den Augenblick beiseite«, fiel Rupert ihm ins Wort. »Erzählt uns mehr von dem Ort, den wir ansteuern, dieses Blutquarz, und wie irgend jemand auf den Gedanken kommen kann, Menschenopfer darzubringen.«

»Was die letzte Frage angeht, mein teurer Mitreisender, so scheint Ihr mich mit einem Theologen zu verwechseln. Wenn Ihr richtig geführt werden wollt, müßt Ihr mich das auf meine eigene, unnachahmliche Art machen lassen, damit ich Euch jede Sehenswürdigkeit erläutere, wenn die rechte Zeit gekommen ist, um sie angemessen zu würdigen ...«

Karola hielt keuchend inne, die Wangen schmerzten ihr vom Pfeifen, die Lippen brannten vom Summen. »Wer hat behauptet, daß wir so nutzlose Dienste beanspruchen wollten? Das Boot würde sich um so schneller stromaufwärts bewegen, wenn es weniger zu tragen hätte. Ich denke mir, wenn Ihr Euch nicht sehr bald als äußerst wertvoll für uns erweist, wärt Ihr für uns entschieden nützlicher, wenn ich Euch mit Eurem Baumstamm in der Tasche ans Ufer zurücktanzen lasse.«

Die Augen des Mannes weiteten sich vor Entsetzen, das jedoch nicht Karolas Drohung galt. Er deutete über ihre linke Schulter, schluckte und fragte: »Für wie wertvoll würdet Ihr es halten, Gnädigste, wenn ich Euch darauf hinweise, daß Euer kläglich vernachlässigter Zauber uns just in diesem Augenblick einem anderen, sehr großen Fahrzeug in die Quere treibt.«

Karola folgte mit dem Blick dem Finger ihres selbsternannten Führers und sah ein riesiges, dickbauchiges Schiff auf sie zuschießen. »Oh, Große Mutter!« stöhnte sie, vergeudete jedoch keine weiteren Worte, ehe sie einen schrillen, wenn auch erschöpften Pfiff in raschem Tempo ausstieß. Ihr Lied wurde von wilden Stromschnel-

len aufgenommen, obgleich sie ziemlich sicher war, daß Stromschnellen niemals flußaufwärts verliefen.
Kaum hatte sie ihr Fahrzeug von dem großen Schiff fortzusingen begonnen, als eine Schwadron Söldner durchs Stadttor ans linke Flußufer stürmte. Sie schwenkten Speere, Bögen und nach wenigen Augenblicken Feuerstrahlen, die sie nach dem kleineren Boot schleuderten. Dieser offensichtlich unerwartete kriegerische Akt gefiel den Insassen des großen Schiffes nicht, denen bislang das wirkliche Ziel der Attacke nicht aufgefallen war. Bogenschützen an Bord des Schiffes erwiderten den Angriff.
Karola duckte sich, kauerte sich ganz zusammen und wich den Pfeilen so heftig aus, daß ihr das Atmen schwerfiel und das Pfeifen praktisch unmöglich wurde. Mittlerweile war der Bug des größeren Schiffes noch näher gerückt, während das kleinere Boot von einer Seite zur anderen schaukelte, als seine Insassen versuchten, den vielen Geschossen auszuweichen, die auf sie herabregneten.
Rupert reckte seinen Schild in die Höhe, und Karola versuchte ihr Zauberlied anzustimmen. Als sie schon glaubte, sie brächte keinen Ton mehr hervor, huschte das kleine Boot wie eine Wasserspinne hinter den Bug des großen Schiffes, das sich weiter vorwärtsschob, so daß der Riesenrumpf das kleinere Gefährt vor den Angreifern zu Lande schützte und das Feuer der Söldner auf sich zog, während ihr ursprüngliches Opfer stromaufwärts kroch.
Karola stieß einen tiefen Seufzer aus, verdrehte die Augen gen Himmel und erblickte eine weitere Besonderheit der miragenischen Landschaft, auf die ihr Führer sie bislang noch nicht hingewiesen hatte. Über ihnen fegten die Leiber, Hälse, geputzten Schweife und ausholenden Schwingen fliegender Pferde hinweg. Jedes Pferd hatte einen Reiter, und jeder Reiter war bewaffnet. Die fliegenden Angreifer ließen sich nicht durch die Deckung des größeren Bootes irritieren und begannen, gezielt ihre Speere auf das kleine Schiff zu schleudern. Karolas Rock wurde durch einen Speer an die Planken genagelt, der sich bis zur Schafthälfte hineingebohrt hatte.
Ein zweites Geschoß pfiff an Karolas Nase vorbei. Als sie sich mit

einem Ruck zur Seite warf, kenterte das Boot. Sie fiel ins Wasser und strampelte hilflos mit den Beinen. Der Speer im kräftigen Wollstoff ihres Rocks jedoch hielt sie fest, so daß sie nicht abgetrieben werden konnte. Das letzte, was Karola sah, ehe ihr Kopf gegen die Bordwand schlug, war, wie Rupert und der Händler in einem Hagel von Speeren und Pfeilen verschwanden.

VI

Rupert stellte fest, daß seine Arme, so lang sie auch sein mochten, plötzlich nicht lang genug waren. Der Schild milderte zwar seinen Aufprall, als er ins Wasser stürzte, aber der Reiseholzhändler krallte sich an ihm fest und umklammerte noch zusätzlich den vermeintlich magischen Baumstamm. Da der Kaufmann in seiner Panik den Pfahl mit dem Arm an sich drückte, anstatt sich seiner zu bedienen, um an der Oberfläche zu treiben, drohten das komplette Gewicht eines tropfnassen Holzstammes und eines tropfnassen Händlers Rupert, Händler, Holz und alles unwiderstehlich in die Tiefe zu ziehen. Karolas Röcke und Haare wölbten sich wie eine riesige Qualle über ihr; schlaff und besorgniserregend leblos trieb sie in ihren Gewändern. Rupert verhinderte sein weiteres Absinken mit einer kräftigen Fußbewegung, die ihn der Wasseroberfläche entgegentrug. Der Prinz war sehr stark, und die Bewegung kostete ihn nur geringe Mühe. Überrascht stellte er fest, daß es überhaupt nicht schwer war, unter Wasser zu atmen. Er empfand es als ein fast natürliches Gefühl.

Rupert packte Karolas Rock und zog daran; sie stieß mit einem Ruck in die Höhe, und er schwamm hinterdrein, ließ ihren Rock los und umfaßte ihre Taille. Langsam glitt er im Schatten der Bootsrümpfe der Wasseroberfläche entgegen. Immer noch zischten rings um ihn her Pfeile ins Wasser, als er auftauchte und Atem schöpfte. Karola trieb in Ruperts Arm regungslos dahin. Der holzbeladene Händler klammerte sich an den anderen Arm des Prinzen und zerrte ihn tiefer und tiefer, während dieser mit immer geringerem Erfolg versuchte, sich und die beiden durch kräftiges Wassertreten an der Oberfläche zu halten. Wenn der Händler doch nur seinen Arm loslassen würde! Er hätte den Schild heben und sie damit über Wasser halten können; doch der Kaufmann klammerte sich unvermindert heftig an ihn. Fingernägel und Baumrinde bohrten sich durch Ruperts Hemdsärmel und raubten ihm fast alle Bewegungsfreiheit.

Ein Pfeil pfiff an Ruperts Ohr vorbei, und der Kaufmann heulte auf. In diesem Augenblick lockerte sich die eiserne Umklammerung an Ruperts Arm, doch statt dessen suchte die Krallenhand nun nach seinen Augen und seiner Nase. Rupert tauchte nach hinten weg, und die Hand schloß sich im Würgegriff um seine Kehle.
Er bekam plötzlich keine Luft mehr und starrte hinauf zu den kreisenden Schwingen der fliegenden Pferde, dem großen Schiff, das über ihm emporragte, und den Pfeilen, die auf ihn niederregneten.
Rupert spannte verzweifelt die Muskeln an und bot all seine Kräfte auf, um den Händler abzuschütteln. Dabei machte er fest die Augen zu und flehte die Große Mutter an, sein Gebet wörtlich zu nehmen, ihn endlich von diesem anhänglichen Narren zu befreien, und drückte die Arme auseinander. Ob es nun der Erfolg seiner Anstrengung oder seines Flehens war, jedenfalls löste sich in diesem Augenblick die Hand um seine Kehle etwas.
Er öffnete die Augen, schloß sie und schlug sie wieder auf, denn ein rosiger Schimmer stieß auf ihn nieder, ein vertrautes Dröhnen ertönte, und als es lauter wurde, löste der Schimmer sich auf.
Wie durch Zauberei wurden die Pfeile abgelenkt, als ein kräftiger Wind die feuchte Haut des Prinzen mit einem eisigen Frösteln überzog. Der Händler neben ihm zitterte heftig.
Plötzlich brach das Wasser hinter ihnen auf, als wäre etwas Riesenhaftes hineingefallen, und Rupert fühlte Zähne über die Haut seines Rückens und seines Hinterns streifen, als plötzlich ein warmer Atem und kaltes Wasser seine bloße Haut berührten. Er wurde am Hosenboden in die Lüfte getragen – mitten durch Pfeile und Pferde hindurch, während der Händler sich immer noch an seinem linken Arm festklammerte und Karola am rechten hing. Der Ledergürtel, mit dem Rupert seine Beinkleider zusammenhielt, schnitt tief in seinen Bauch ein, als ihn die Drachenzähne immer höher trugen. Er fühlte, wie sich der Hosenstoff bedenklich spannte. Es war kräftiges Tuch, so kräftig aber nun auch wieder nicht. Und als ob nicht alles schon schwierig genug wäre, kam Karola nun auch noch zap-

pelnd zur Besinnung, da die Drachin sie durch die feindliche Reiterschar emportrug. Ruperts Hosen gaben wieder ein Stückchen nach, als er noch einmal kräftig zupackte, um Karola sicherer zu halten, die sich in seinem Griff wand. Er glaubte, die Arme würden ihm aus den Gelenken gerissen.
Glücklicherweise beruhigte sich Karola schnell und begriff die Situation fast im gleichen Augenblick, als sie zu sich kam. Sie rührte sich nicht, schüttelte nur den Kopf, daß das Wasser nach allen Seiten spritzte, neigte ihn leicht zur Seite, als ob sie auf etwas lauschte, und rückte sich dann so zurecht, daß sie sicherer und weniger hinderlich dicht an Ruperts Brust und Schultern gepreßt hing.
Der Händler wollte Karolas Hände abwehren. Doch sie schlug nach ihm, worauf der Wind an Ruperts Rücken heftiger wurde und der Gürtel sich so sehr spannte, daß der Prinz ein halb ersticktes Grunzen hervorstieß.
»Halt still, du Dummkopf, und mach mit«, befahl Karola dem Händler. »Wenn du meinen hochwohlgeborenen Cousin weiterhin veranlaßt, solche kläglichen Geräusche von sich zu geben, wird die Drachin uns beide mit einem Feuerstoß vom Himmel wischen, um ihm weitere Unbill zu ersparen.«
Das Flügelrauschen trug ihre Stimme aus ihrer Hörweite; der Händler zog sich, neugierig geworden, mühsam an Ruperts Arm hoch. »Wie? Was für eine Drachin?« brüllte er in Ruperts Ohr.
Der Prinz stöhnte wieder, und die Riesenschnauze an seinem Hintern bebte von einem tiefen, unheilverkündenden Knurren.
Karola schrie Rupert ins andere Ohr: »Grippeldix will wissen, ob du unversehrt bist und ob sie uns irgendwo absetzen soll?«
Der Prinz nickte mit notwendigerweise spärlichen Bewegungen, die nichtsdestoweniger ein Übermaß an leidenschaftlicher Begeisterung für den Vorschlag der Drachin ausdrückten.
Die drei Menschen erschraken fast zu Tode, als die Drachin einen Sturzflug machte und dann rasch über das Wasser dahinglitt. Die Reihe dürren Strauchwerks, die die Wüste vom Fluß abgrenzte, zog verschwommen an ihnen vorbei. Vor ihnen endete die Wüste, und felsige Berge stiegen schroff aus der Ebene auf, gingen in kah-

le, rotgestreifte Felsplateaus über und wurden von höheren, mit spärlichem Dunkelgrün gesprenkelten Hängen überragt, hinter welchen sich eine dunstverhüllte, blaue Bergkette nach der anderen erhob, deren Schneehauben von den Gipfeln spinnenbeinig in die Täler ausliefen.
In diese Landschaft trug Grippeldix ihre lebende Fracht. Eine Zeitlang folgte sie noch dem Fluß, der sich hinter den ersten Bergen, wo ihn mehrere Bäche speisten, etwas verschmälerte. Hinter der zweiten Kammlinie kurvte die Drachin unvermittelt vom Fluß in ein langes, schmales Tal, das auf beiden Seiten von dichtbewaldeten Hängen begrenzt wurde. Trotz allem beeinträchtigten diese Geschwindigkeit und die Bewegung Ruperts Hosen und sein Sicherheitsgefühl gewaltig, und er entschied ziemlich schnell, daß er nicht für jedermanns Wohlergehen verantwortlich war. Sobald Grippeldix den nächsten dichtbelaubten Baum überflöge, würde er den Händler hineinfallen lassen und damit die Überbeanspruchung seines Hosenbodens und seiner Taille etwas mildern.
Schließlich gab er aber doch nicht auf, das heißt, seine Hose kam ihm zuvor. Er schrie auf, als er den Stoff eher reißen fühlte als hörte und die kalte Luft um seine zartesten Teile strich. Die drei stürzten einen halben Herzschlag lang schwindelerregend in die Tiefe, um dann doch noch am letzten Fetzen des Gürtels zu hängen. Die Drachin versuchte mit aller zulässigen Eile Höhe und mögliche Verletzungen weitgehend zu beschränken. Als der Gürtel seinen Dienst versagte und die drei zur Erde geschmettert wurden, geschah das glücklicherweise ziemlich knapp über dem Boden, und sie rollten unbeschadet ins Gras.
Rupert, der sich sicherheitshalber auf den Rücken rollen ließ, ehe er zusammenbrach, gab dem quälenden Schmerz in Armen und Bauch und den allgemeinen Verspannungen in seinem ganzen Körper nach. Er schluchzte hemmungslos.
Karola setzte sich auf und rieb sich den Kopf, einen Luxus, den sie sich hatte verkneifen müssen, solange ihr Leben davon abhing und sie durch die Luft getragen wurde. Plötzlich wurden die Pflanzen zwischen ihr und Rupert plattgewalzt und ein Fetzen doppeltge-

webten Wolltuchs aus dem Nichts gespien, um dann sanft auf Ruperts Fußknöchel herabzusegeln.

»Pfui«, spie die Drachin auf Pan-Elfisch und fügte dann etwas eleganter hinzu: »Wird er es überleben, der mein Herz erwärmt?«

Karola beäugte kritisch den angesprochenen herzerwärmenden Teil. »Gerade noch so, nehme ich an. Man wird ihn etwas flicken müssen.«

»Still«, sagte die Drachin. »Irgend etwas ist im Anmarsch.« Das schwere Dröhnen des Drachenflugs noch in den Ohren, schienen die Flügelschläge der Pferde so leise wie Vogelflattern. Es schwebte hoch über ihnen hinweg, als der Reiter aufmerksam das Tal patrouillierte und in langsamen Kreisen abflog, um Ausschau zu halten. Der Händler verdrehte die Augen und schlug sich die Hand vors Gesicht. Rupert sah aus, als würde er sich um nichts mehr kümmern können. Das Pferd war weit hinter ihnen, als es sich plötzlich wiehernd aufbäumte und mit doppelt schnellem Flügel- und Hufschlag hinaufgaloppierte, um an Höhe zu gewinnen. Der Reiter mußte sich festklammern, um nicht herunter zu fallen. Das Tier ging ihm zweifellos durch. Als das Pferd über ihren Köpfen hinwegbrauste, hallte ein Fluch des Reiters zu ihnen herab, und ein Blitzstrahl schoß von seiner Hand in eine tiefhängende Wolke, von dessen Wucht die Baumwipfel knisterten.

Dem ersten Schlag folgte bedrohliches Donnergrollen, befehlsgemäß zogen Wolken auf, der Wind wurde frischer, peitschte die Bäume, der Himmel verdunkelte sich noch mehr, und bald fiel eisiger Regen schräg durch die alles überlagernde Finsternis.

»Genau das kann ich an den Mirageniern nicht leiden«, beklagte sich der Händler. »Sie haben keinen Sportsgeist. Seine elenden Kumpane konnten uns nicht finden, er konnte uns nicht finden, aber nicht, daß er nun aufgäbe und friedlich von dannen zöge! Nein, er muß dieses ganze Tal ins Unglück stürzen, ob er nun glaubt, wir befänden uns hier oder auch nicht.«

»Wir sind es aber leider«, brummte Karola streitsüchtig, nicht weil sie anderer Meinung war als der Händler, aber weil es nicht

gerade die beste Seite ihres von Natur aus launischen Wesens nach außen kehrte, wenn sie bewußtlos geschlagen und durch die Luft geschleift wurde.
»Es hätte nicht sein müssen«, widersprach der Kaufmann starrsinnig.
Karola seufzte; stemmte ihre Hände in die Seiten und streckte sich. Rupert stöhnte, und sie schämte sich plötzlich und begann sich zu fragen, ob sie nicht etwas für ihn tun könnte. Der Prinz wand sich, bog seinen Rücken durch und versuchte, ihn zu massieren. Wenn sie von ihren eigenen Verspannungen ausging, die sie nicht veranlaßten, sich auch nur annähernd so wild zu verrenken, mußten die seinen fast unerträglich sein. Sie wandte sich an den Händler. »Seht zu, daß Ihr Euren Baumstamm aus dem Regen schafft und ihn etwas trocknet, ja? Sobald es etwas aufklart, werden wir ein Feuer machen müssen, was mit Grippeldix' Hilfe nicht schwer sein dürfte. Ich werde mich mal nach etwas Reisig umsehen.«
Karola sammelte dürre Äste zusammen und versuchte, sich so schnell wie möglich zu bewegen, um dabei warm zu bleiben, was ihre verkrampften Muskeln jedoch kaum zuließen. Gewöhnlich hätte sie, wenn sie müde war, ihre Zauberkräfte eingesetzt, sich körperliche Anstrengung zu ersparen, doch sie hatte ihre Magie bei den Mühen des Tages und der vergangenen Nacht verausgabt. Karola zitterte vom naßkalten Nieselregen und wunderte sich über den unvermittelten Übergang vom gleißenden miragenischen Mittagslicht zu diesem eisigen Dämmerschein, rief sich dann aber ins Gedächtnis, daß dieser abrupte Wechsel zum Teil magisch durch den Blitzstrahl herbeigeführt worden war. Vermutlich würde der Bann bald seine Wirkung verlieren.
Während sie immer noch Reisig sammelte, sah sie sich nach einer ganz bestimmten Blume um, aus der sich ein schmerzlindernder Tee für Rupert brühen ließe. Sie hatte zugegebenermaßen hin und wieder an ihm gezweifelt, aber er hatte sie buchstäblich nicht fallen lassen, als sie den Prinzen am dringendsten brauchte, und er benötigte jetzt seinerseits Hilfe. Sie erspähte ein Stück weiter zwi-

schen den Bäumen die hilfreichen, schön geformten weißen Blüten und schlug den Weg in ihre Richtung ein.
Die Äste, die sie trug, fingen sich in den Bäumen, als sie daran vorüberging, brachen, fielen ihr aus den Armen und landeten verstreut am Boden. Wieder beugte sie ihren schmerzenden Rücken, um sie aufzulesen, und hätte sich am liebsten neben das Brennholz gelegt und geweint. Langsam sammelte sie es wieder ein, entschied jedoch mit allem Nachdruck, daß sie nicht zwei Dinge gleichzeitig tun konnte; also kehrte sie zuerst zu der Stelle zurück, wo sie ihre Begleiter zurückgelassen hatte.
Rupert kauerte sich zitternd in sich zusammen. Zu Karolas Überraschung zeigte der Händler endlich einmal für jemand anderen als sich selbst Interesse und schlang einige von seinen eigenen zerfetzten und triefenden Kleidungsstücken um den stöhnenden Prinzen. Karola verstaute ihr Reisig und den Baumstamm des Händlers hinter einem Strauch und ging denselben Weg zurück, um die Blumen zu suchen.
Sie waren nicht mehr da. Es war dieselbe Stelle, wo sie eben noch gewesen war. Die Bäume waren dieselben – eine große Ulme, an deren Stamm noch die abgestorbenen Stengel einer Kletterpflanze hafteten, ihr gegenüber ein Hickorybaum mit zottiger Rinde, von dessen Krone ein abgebrochener Ast senkrecht herabbaumelte und ächzend hin- und herschaukelte. Doch der kleine Blütenstrauch, der im Schutz der beiden gestanden hatte, fehlte. Karola kniete weniger graziös und behende nieder als ihre Urgroßmutter Grau, um den Platz zu untersuchen, wo die Blumen geblüht hatten. Abgebrochene Stengel ragten zwischen moosbewachsenen Baumwurzeln empor, und es waren ein bis zwei Blätter übriggeblieben, die ihr die Gewißheit gaben, daß es sich tatsächlich um die Reste der Blumen handelte, die sie suchte.
Ihr schauderte, sie schaute sich rasch um und ließ den Blick durch das Halbdunkel schweifen. Karola konnte niemanden, weder Freund noch Feind, entdecken und reagierte mit einer Bewegung, die halb ein Achselzucken, halb ein Krümmen ihrer steifen Schultern war. Jedenfalls war sie ziemlich sicher, daß wohl kaum die

bewaffneten Söldner auf ihren geflügelten Rössern mit ihr beim Blumenpflücken wetteiferten. Als ihr Blick jedoch prüfend über die Bäume strich, fiel er auf einen erquicklichen weißen Fleck. Diesmal war ihre Mühe von Erfolg gekrönt, und als sie zu ihren Gefährten zurückkehrte, trug sie ausreichend Blumen in ihrem ausgebreiteten Rock, um Tee zu machen.

Der Zauberregen hielt nicht lange an, doch das galt auch für den Sonnenschein in diesem steilwandigen Tal, und als ersterer verschwunden war, war auch von zweiterem nicht mehr viel zu sehen. Es dauerte nur einen Augenblick, ehe Grippeldix das Feuer entzündet hatte, und diese Verzögerung trat auch nur dadurch auf, daß der Baumstamm zuerst austrocknen mußte. Rupert und der Händler rückten so nahe heran, daß sie fast ihre Kleider versengten. Die Drachin blieb dicht dabei, ihr Schwanz peitschte wie ein Sturm übers Gras, als sie besorgt damit wedelte und brummend ihrer Furcht um ihren Prinzen Ausdruck verlieh.

Zwar war Grippeldix nicht so weitsichtig gewesen, die Menschen in unmittelbarer Nähe eines Baches abzusetzen, doch jedes gerollte Blatt und jede Knospe enthielten Wasser, um den Tee zu bereiten. Die Drachin hörte auf, ihre Sorge um Rupert vor sich hin zu grollen, und begann dafür, um ihre eigene Haut zu brüllen, als Karola erklärte, daß sie jetzt nur noch ein Teegefäß brauchte, und schlug Grippeldix den einzigen Gegenstand vor, der ihrer Ansicht nach provisorisch diesem Zweck dienen konnte.

»Eine meiner Schuppen? Nicht gerade eine deiner besten Ideen, Hexe!«

»Vielleicht nicht, aber wir haben nun einmal nichts anderes Feuerfestes greifbar. Sei nicht so. Rupert braucht diesen Tee.«

Langes Schweigen. Rupert blieb zusammengekauert sitzen, schaute aber hoch, als sein Name genannt wurde, und versuchte vergeblich, ein heroisches Lächeln aufzusetzen.

Nicht weit von Karolas Gesicht tauchte ein Rauchkringel auf, und mit ihm entfleuchte ein langes Seufzen, das nach faulen Eiern roch. »Ich bin sicher, daß es entsetzlich weh tun wird«, erklärte Grippeldix.

»Sagtest du nicht, du würdest ihn lieben?« schalt Karola die Drachin schamlos. »Und was ist mit den edlen Taten, bei denen immer wieder um der Liebe zwischen Drachen und Rittern willen schwere Leiden erduldet und große Opfer auf sich genommen werden, wie es in den Geschichten heißt?«

»Davon also handeln sie?« Grippeldix' Stimmung besserte sich ein wenig. »Nach den Bruchstücken, die ich mitbekommen hatte, wäre ich nie darauf gekommen, daß das ihr Inhalt ist. Mami sagte, ich wäre zu jung, als daß man mir so etwas erzählen könnte. Kennst du eine?«

»Ich bin nicht besonders gut im Geschichtenerzählen, aber wenn es dem Prinzen erst wieder besser geht, wird ihm gewiß eine einfallen, die er als kleiner Junge in den Archiven gehört hat. Ich will sie dir dann gern übersetzen.«

»Nun ... ach, heilige Rauchwolke, dann werde ich es wohl tun. Es muß aber doch sicher keine sehr große Schuppe sein, oder?«

»Groß genug, um darin wenigstens eine Tasse Tee zu machen. Ich kann sie dann wiederbenutzen, um genügend für den anderen Mann und mich zu bereiten.«

Die Drachin schnüffelte, und es zischte so viel Rauch hervor, daß Karola lieber einen Schritt zurücktrat.

»Verstehst du, das ist ein *echter* Notfall. Ich wünschte, du würdest dich nicht so kindisch benehmen.«

»Ich weiß, und ich gebe mir ja auch alle Mühe, tapfer zu sein, aber schließlich bin ich noch ein Kind«, protestierte die Drachin. »Ich bin noch nicht einmal ein halbes Jahrhundert alt. Für einen Drachen ist das außerordentlich jung.« Sie schnüffelte wieder. »Na schön. Du kannst eine Schuppe nehmen. Aber suche eine seitlich unten in der Nähe des Bauches aus, wo sie von der Reibung an der Erde und den Luftströmungen ohnehin lockerer sitzen.«

Karola streckte die Hände in Richtung der Stimme aus, bis sie die Drachin berührte, und tastete die Flanke bis zu einer Schuppe hinab, die für ihre Besitzerin ausreichend locker saß und für ihre eigenen Zwecke groß genug war. Vorsichtig, aber sicher zog die

Hexe sie mit einem entschiedenen Ruck heraus. Die Drachin geriet fast außer sich und brannte den halben Wald nieder.
Rupert und der Händler stellten fest, daß sie trotz ihres angegriffenen Zustandes mit erstaunlicher Schnelligkeit laufen konnten, wenn es sich als notwendig erwies. Karola duckte sich an den Boden und hielt die Schuppe als Schutz über den Kopf, bis Grippeldix sich wieder beruhigt hatte.
Die drei Menschen saßen nebeneinander auf einem umgestürzten Baumstamm und hatten alle Kleidungsstücke, auf die sie im Augenblick verzichten konnten, über Zweige um das Feuer gehängt. Bis Rupert sich ausreichend erholt hatte, die versprochenen Geschichten von Liebe und Tapferkeit zwischen Drachen und Prinzen zu liefern, erfreute der Händler Grippeldix mit der Erzählung von einer Reise, die er einmal ins Reich der Drachenkönigin geleitet hatte, und mit der er gut bekannt zu sein behauptete. Karola machte sich mit einer Hornnadel und einem Stückchen Garn, das sie aus einem Hosenbein gezogen hatte, an Ruperts Hosenboden zu schaffen, während er mit nackten Beinen und züchtig über dem Schoß gefaltetem miragenischem Gewand danebensaß. Er verzog das Gesicht, als er an dem ersten Aufguß des schwer erkämpften Tees nippte.
Plötzlich fuhr der Wind kräftig durchs Feuer, daß es tief niedergedrückt wurde, fegte durch die Zweige, an denen sie ihre Wäsche trockneten, und versenkte den Saum von Karolas Umhang. Ein Schatten fiel über den zermalmten Strauch, auf dem Grippeldix sich niedergelassen hatte. Dahinter, im tieferen Dunkel verborgen, stand etwas, in dessen Augen sich die Flammen spiegelten.
»Eindringlinge!« beschuldigte es sie mit leiser, leicht näselnder Frauenstimme, die vor Zorn bebte. »Magieschänder, Guhle, die das Blut der Allweisheit saugen . . .«
»Ihr habt uns mißverstanden, Gnädigste«, antwortete der Händler. »Das ist kein Blut, sondern lediglich ein kleiner Kräutertee. Eure Beschuldigungen treffen uns nicht. Das hier sind zwei Argonier, und ich bin ein Reisender.«
»Eindringlinge seid ihr!« sagte die Stimme, die nun näherkam.

Die Umrisse hätten einer zierlichen Frau in einem Umhang mit modisch gebauschter Kapuze gehören können, aber Karola konnte die Einzelheiten nicht gut erkennen.
»Für wen haltet Ihr Euch eigentlich, daß Ihr hier einfach Leute angreift und beschimpft, als gehörte Euch die ganze Gegend?« fragte Karola. Rupert nahm eine Hand von der Schuppe, die er an seinen Lippen balancierte, um mahnend nach ihrem Arm zu fassen. Ohne nachzudenken, verschob er die Finger seiner linken Hand, um den Rest der Teepfütze zu halten, der scheinbar frei in der Luft darüber zu schweben schien.
»Ich bin Effluvia, die Hüterin des Tales und Beschützerin dieses geweihten Ortes, dieser heiligen Pflanzen und ihrer rechtmäßigen Anwendung. Ich alleine weiß, wie jeder magische Teil dieses Tales zu behandeln, zu nähren und zu kultivieren ist, um Kraft für Weisheit und Herrlichkeit in ihrer echtesten und reinsten Gestalt hervorzubringen. Ihr habt es gewagt, über diese Erde hinwegzutrampeln und dieses Tal um Eurer eigenen selbstsüchtigen Zwecke willen zu berauben. Dafür werde ich Euch bestrafen, indem ich die konzentrierte Kraft meiner eigenen göttlichen Essenz heraufbeschwöre und sie gegen Euch einsetze, damit ...« Die Stimme brach ab und richtete ihre Aufmerksamkeit auf Rupert, der immer noch mit gesenktem Kopf dasaß, trank und tat, als wäre er überhaupt nicht anwesend. »Ihr, Mann! Ihr wagt es, Euer schändliches Verbrechen fortzusetzen, während ich Euch dessen Ungeheuerlichkeit vor Augen führe?«
»Gnädigste«, antwortete Karola erschöpft und hoffte, inzwischen wieder kräftig genug pfeifen zu können, um mit diesem Geschöpf fertig zu werden, »mein Vetter hat einen sehr schweren Tag hinter sich. Wenn Ihr vielleicht so freundlich wärt, uns in Ruhe zu lassen!«
Das Wesen – denn als es nach vorn in den Feuerschein trat, konnte Karola sehen, daß es keine richtige Frau war – nahm entschiedene Höflichkeit nicht wohlwollend auf. Bösartig fauchend streckte es seine krallenbewehrte Hand aus und schleuderte ihnen einen Bannspruch entgegen; es schien ein Blitzstrahl, war aber kleiner

und zielsicherer. Er kippte die unsichtbare, teegefüllte Schuppe von Ruperts Lippen. Und fast mit der gleichen Bewegung wirbelte das Geschöpf im Licht herum, so daß die Menschen deutlich sehen konnten, mit wem sie es zu tun hatten. Ihr Gesicht war lang und lief in der Mitte spitz zu, wobei das Kinn zurückwich und Stirn und Nase hervorsprangen; ihre Augen waren klein und glänzten hart und stählern wie Pfeilspitzen im Regen. Ihr taillenlanges Haar war offen und schwärzer als die Nacht bis auf zwei breite, weiße Streifen, die wie zwei parallele Blitze von ihrem spitzen Haaransatz zum Anfang dessen verliefen, was Karola fälschlicherweise für einen Umhang gehalten hatte. Letzteres hatte als Kranz auf Effluvias Kopf gelegen und stellte sich, sobald sie es abrollte, als langer, buschiger Schwanz aus schwarzem Pelz heraus. Den schwenkte sie nun wie ein Banner, nur daß sie sich dazu freilich umdrehen mußte, bis sie ihnen den Rücken zukehrte.
»Wenn ihr den Duft meiner Blumen riechen wollt, Eindringlinge, so riecht auch das!« kreischte das Geschöpf, Effluvia mit Namen, und seine lange Schwanzspitze zuckte.
Im gleichen Augenblick federte der Strauch zwischen Händler, Vetter und Base einerseits und ihrer Angreiferin andererseits wieder hoch. »Du willst meine Freunde herumschubsen und einen Verletzten angreifen? Dir werde ich's zeigen, Stinktier!« grollte Grippeldix in Pan-Elfisch, und ihr kräftiger langer Schwanz fegte im gleichen Augenblick ihre Reisegefährten vom Baumstamm, als der andere Schwanz zuckte und ein entsetzlicher Gestank drachenwürdigen Ausmaßes die Luft um einen unsichtbaren, aber ebenfalls drachengroßen Raum vor ihnen erfüllte.
Grippeldix brüllte, und die Frau kreischte, als ihr plötzlich klarwurde, daß es durchaus keine drachenlosen Wegelagerer waren, welche sie da peinigte. Sie wirbelte wieder herum, bekam etwas von ihrem eigenen Duft ab, der von den unsichtbaren Schuppen abprallte, und taumelte in einem Ohnmachtsanfall rückwärts. Ein kräftiger Windstoß peitschte erst das Gras zwischen ihr und ihren Opfern, dann wurden die Baumwipfel niedergedrückt, als die Drachin vorrückte. Ein durch und durch widerlicher Geruch wehte

zurück und blieb über den drei Menschen hängen, als die Baumwipfel wieder zurückfederten.
Der Händler lachte, wobei ihm das Wasser unziemlich aus Augen und Nase schoß. Karola fächerte sich rasch mit beiden Händen Luft zu, während sie den Atem anhielt und überlegte, ob ihre Zauberkraft wohl ein gestankverwehendes Lied zustande brächte. Rupert rappelte sich hoch und ging zu der zusammengebrochenen Stinktierfrau hinüber, die sich inzwischen so weit erholt hatte, daß sie hustete, was erheblich durch ihre Versuche, sich gleichzeitig die Nase zuzuhalten, erschwert wurde.
»Madame, ich fürchte, ein schrecklicher Irrtum hat uns alle in diese widrige Lage gebracht. Bitte, laßt uns helfen, Euch wieder zu säubern, dann werden wir das ganze wie zivilisierte Wesen besprechen«, bot Rupert galant, wenn auch leicht näselnd an, denn auch er kam nicht umhin, sich die Nase zuzuhalten.
Sie sagte nichts und war zu sehr mit Husten beschäftigt, um zu sprechen oder ihn auch nur zu hören; also drehte er sich um, ging ein kurzes Stück von ihr weg, seufzte tief, duckte sich nieder und begann sehr vorsichtig, eine Handvoll großer, nasser Blätter aufzuheben, mit der er sich dann an die Aufgabe machte, alle bloßen Körperstellen bis auf das Fell ihres Schwanzes, das er aus Gründen der Vorsicht wie des Anstands strikt mied, sauberzuwischen.
»Paß auf diesen Schwanz auf, sonst erwischt sie dich diesmal voll«, warnte ihn Karola, aber Rupert schüttelte den Kopf.
»Ich glaube nicht, daß sie dazu imstande wäre. Sie ist von ihrem eigenen ... äh ... Duft noch ganz geschwächt. Aber sieh sie dir nur an, Base, ihr Schwanz hat das meiste des Gestanks abbekommen, und sie ist schließlich trotz allem eine Dame. Ich nehme an, es würde euch nichts ausmachen, wenn ihr ebenfalls ...«
Sie verdrehte die Augen, hob aber entgegenkommenderweise eine frische Handvoll Blätter auf und wischte, während Rupert Effluvia vorne abstützte, das Fell am Schwanz des Wesens ab, bis sie nicht länger die Luft anhalten konnte. Sie wankte fort, atmete einen Augenblick lang tief ein und aus, sammelte frische Blätter und begann von neuem.

Effluvia war immer noch kaum in der Lage zu sprechen. Sie schaute verwundert zu Rupert empor und blinzelte rasch, als Tränen ihre Wangen hinabkullerten. Rupert tätschelte ihre Schulter. »Vielleicht könntet Ihr mit den anderen Blumen hier eine Zauberei bewirken, um die Luft zu verbessern.«
Effluvia bewegte die Lippen und murmelte vor sich hin. »Mein Gott«, ertönte es kläglich, »wie hat man mich beschämt. Und jetzt versucht ihr es noch hineinzureiben.«
»Wir versuchen, es abzureiben«, korrigierte Karola mit übertriebener Duldsamkeit. »Wärt Ihr nicht so kleinlich gewesen wegen ein paar Blümchen ...«
»Aber ich bin die Hüterin der Magie in diesem Tal und wache über ihre Nutzung.«
»Wenn mich nicht alles täuscht, waren diese Blumen nichts anderes als Blumen«, spöttelte Karola. »Sie haben nichts Magisches an sich, bis man sie anwendet, und jedermann hat das Recht, Wildblumen zu pflücken. Ich habe von Wildschutzgebieten gehört, wo man kein Holz fällen und keine Tiere jagen darf, aber wilde Blumen pflücken?«
»Man muß sich an die Regeln halten«, erklärte die Stinktierfrau, daß ihre lange Nase zuckte, doch ihre Knopfaugen sahen Rupert flehentlich an.
»Warum habt Ihr in diesem Fall nicht einfach gebeten, meinen Tee kosten zu dürfen?« wollte Rupert freundlich wissen. »Auf diese Weise hättet Ihr feststellen können, daß meine Cousine die Regeln der Teezubereitung strengstens einhält. Sie wollte nur meine Schmerzen lindern, damit wir unsere Suche nach meiner kleinen Nichte fortsetzen können, die so ruchlos entführt wurde.«
»Aber *Ihr* werdet doch gewiß einsehen, daß kein anderer die Zauberkräfte dieses Tales richtiger einsetzen kann als ich«, verteidigte sich Effluvia weiter und klang nun ein wenig kläglich, als sie die Feuchtigkeit von ihrem Gesicht wischte und die schnauzenartige Nase krauszog, weil ihre Hände immer noch übel rochen. »Ich muß die Wunder dieses Stückchen Landes gegen die Reiter

auf den fliegenden Pferden schützen. Diese Magiekuppler aus Miragenia sind es nicht wert, auch nur einen einzigen Fuß auf den Boden dieses Tals zu setzen.«

»Ich verstehe«, bestätigte Prinz Rupert schnell, »und wir können Euch aus vollem Herzen zustimmen, nicht wahr, Karola? Wie unser ... äh, einheimischer Führer schon erwähnte, sind wir Argonier und bei weitem keine Miragenier. Er ist zwar einer, aber ...«

»Über diesen Punkt hatten wir doch meiner Ansicht nach bereits gesprochen, Prinz«, sagte der Händler und hob den Finger, um die Aufmerksamkeit auf sich zu lenken. Er stand so weit wie möglich von ihnen entfernt und so nahe wie möglich am Feuer.

»Später«, erklärte der Prinz unumstößlich.

»Wie seine Hoheit schon erklärten, hatten wir hier wohl ein Mißverständnis, Effluvia«, sagte Karola ebenso entschieden. »Ich gehe davon aus, daß Ihr Zauberin oder Priesterin seid, die mit dem Schutz dieses Tales betraut ist. Doch wir sahen keine Hinweisschilder, keine Tafeln, die den Zutritt verboten, keine Medizinbeutel an Bäumen und keine Wachtiere. Wir konnten nicht ahnen, daß wir Euer Reich betraten. Wißt Ihr, ich habe in meinem Dorf ein ähnliches Amt inne wie Ihr hier, so daß – wenn einer Eure Lage verstehen kann – ich diejenige bin. Und wenn ich auch immer noch behaupte, daß Wildblumen wild und für jedermann verfügbar sind, so war es doch nicht unsere Absicht, Euch zu kränken. Hättet Ihr uns erst angesprochen, anstatt einfach daherzukommen und Rupert anzugreifen, hätten wir die ganze Angelegenheit ohne so großen Wirbel klären können. So aber habt Ihr den Drachen erzürnt, den Tee verschüttet und Euch selbst auch nicht gerade einen Gefallen getan.«

»Oh. Ich verstehe euer Argument, wenn ich auch nur die mir zugewiesene heilige Pflicht zum größeren Ruhm des Großen Prismatikers erfüllte, wie ihr gewiß verstehen werdet.« Letzteres kam mit einem fast scheuen Blick zu Rupert. »Ich nehme eure Entschuldigung an und bitte euch alle, meine Gäste zu sein. Ihr müßt mir von euren Mühen berichten und mir gestatten, euch das Mitleid und die Gastfreundschaft zukommen zu lassen, die das Tal jenen zu bieten vermag, die es ehren, anstatt es zu entweihen.«

»Wir wissen das sehr zu schätzen«, antwortete Rupert milde.

»Ich muß freilich darum bitten, daß ihr euer eigenes Wachtier draußen laßt«, meinte Effluvia. »Was immer es gewesen sein mag.«

»Eine Drachin«, klärte Karola sie schnell auf. »Eine sehr besorgte und eifersüchtige Drachin.«

VII

Bis die Gruppe Effluvias Bau erreicht hatte, versuchte die Stinktierfrau nicht mehr, ihnen davonzulaufen, sondern wirkte übertrieben begeistert, daß sie ihre bescheidene Hütte mit ihrer Anwesenheit beehren wollten – wobei mit »ihrer« natürlich Ruperts gemeint war.

Ihr Bau führte in eine Bergwand, wo eine Vorderseite aus schlanken, mit Schlamm verklebten Ästen eine flache Höhle abschloß. Ein Fellvorhang verdeckte den Eingang. Ihre plötzlich sehr fürsorgliche Gastgeberin schlang jeden in Felle, die sie von einem Stapel nahm, die leicht nach Stinktier und schlecht gegerbten Häuten rochen.

Zu Rupert sagte sie: »Euer Hoheit, wenn Ihr und Eure Begleiter Eure nassen und beschmutzten Kleider ablegen wollt, werde ich sie nach draußen bringen und in einem Kräuterbad waschen, daß sie sauber werden und angenehm duften.«

Wie sie erwartet hatte, waren alle über ihre Freundlichkeit zu erstaunt, um irgendwelche Einwände zu machen, und sie sammelte die Kleidungsstücke ein und ging unverzüglich damit hinaus. Sobald sie im Freien stand, verzog Effluvia die Schnauze zu einer zähnefletschenden Abart menschlichen Grinsens, zu dem sie früher einmal fähig gewesen war, und ihre kleinen Augen funkelten in fassungsloser Verzückung angesichts des Geschenks, das Gott ihr hatte in Gestalt des Prinzen zukommen lassen. Nachdem sie seine Kleider so lange an sich gedrückt hielt, bis sie annähernd so etwas wie Ruhe wiedererlangte, tauchte sie das ganze Bündel in einen ausgehöhlten Baumstamm, der als Regenfaß diente. Sie war dankbar, daß die vielfarbige Zaubertulpe, deren Gegenstück im großen Tempel blühte, in einiger Entfernung zu ihrer Hütte stand. Falls der Prinz um die Macht seines geweihten Antlitzes wußte, ging er sehr zurückhaltend damit um. Aber er sollte nicht der einzige sein, der sich zurückhaltend verhielt. Obgleich sie ihn sofort erkannt hatte, als er sich nach ihrer scheinbar schmählichen Niederlage über sie beugte, hatte sie sich nichts anmerken lassen, sondern auf ein Zeichen gewartet. Als er seine demütige und unwissende Haltung beibehielt, wahrte sie ihre der getreuen Hüterin, die sich von ahnungslosen Eindringlingen überwältigen ließ. Doch die ganze Zeit über wuchs in ihrer Brust die Gewißheit, daß der Gott hier einen Streich mit ihr spielte. Indem der Große Farbenreiche so tat, als schickte er ihr einen Widersacher, sie zu überwinden und zu demütigen, hatte er sich selbst in dieser erstaunlichen Gestalt von Schönheit geoffenbart. Sie konnte es kaum erwarten, es seiner Brillanz zu erzählen. Und sie würde es ihm erzählen. Ihr allein widerfuhr diese Gnade, und sie allein wußte von allen Dienern Gottes am besten, wie diese zum größten Nutzen anzuwenden war. Sie kniete nieder und flüsterte die kürzestmögliche Botschaft zwischen die Blütenblätter der Tulpe.

Rupert nickte, als sie ohne die Kleider und mit selbstgefälligem Grinsen auf der Schnauze wiederkehrte. Effluvia strich mit ihrer Schwanzspitze über sein Gesicht, die nun frisch und angenehm parfümiert war. Sie konnte ihnen keine Schlafgelegenheiten bieten. Rupert, der glücklich war über ihren scheinbaren Gesinnungswandel und neugierig, was ihn ausgelöst haben mochte, war's zufrieden, sich mit einer Fellrolle im Kreuz und einer Felldecke, die ihm von der Brust bis zu den Schienbeinen reichte, an die Wand zu rekeln; der Rest seiner Beine und seine Füße schauten unter der Pelzdecke hervor. Effluvia berührte sie von Zeit zu Zeit mit ihrem Schwanz, um ihre Rede zu unterstreichen. Das brachte ihn zum Lächeln, wie ernst das Thema auch sein mochte, Pelz kitzelte schließlich.

Er berichtete ihr ohne die Ausschmückung unnötiger Erklärungen, weshalb er und Karola auf dem Weg nach Blutquarz waren. In ihrer gegenwärtigen freundlichen Stimmung konnte sie ihnen vielleicht helfen. Andrerseits traute er der Stinktierfrau immer noch nicht richtig und wollte ihr nicht mehr erzählen, als absolut notwendig war, um ihr Mitgefühl zu wecken.

»Ich halte Euer Vorhaben für sehr edelmütig«, schwärmte Effluvia, als Rupert zu Ende gesprochen hatte. »Doch ich bezweifle, daß der böse König das zulassen wird. Ihr werdet die Hilfe der Priester benötigen.«

»Madame, Ihr scheint eine Menge zu wissen für eine Frau, die einen Schwanz trägt und im Wald lebt«, bemerkte der Händler boshaft aus seinem gemütlichen Pelznest.

»Und Ihr scheint mir recht dreiste Reden zu führen für einen, der sich noch nicht einmal vorgestellt hat«, entgegnete sie.

»Ich bin Timoteo, Abenteurer, Geschichtenerzähler und berühmter Reisender. Ich wollte nicht grob sein, Teuerste, sondern nur bemerken, daß Euer Maß an Gelehrsamkeit über die Verhältnisse in Blutquarz recht ungewöhnlich scheint für eine Person von so schlichtem Lebensstil.«

»Ich habe weder immer hier gelebt noch immer dieses Äußere zur Schau getragen. Zum Teil verdanke ich meine aktuelle Lage demselben bereits erwähnten bösen König, der Eure Nichte festhält, mein lieber Prinz.« Sie legte eine theatralische Pause ein. »Denn Ihr müßt wissen, daß Eure Nichte auf keinen Fall die erstgeborene Tochter dieses Königs sein könnte. Er hatte eine Tochter von seiner ersten Frau, der wahren Königin von Blutquarz. Und dieses Kind bin ich.«

»Welcher Rasse gehörten diese Leute an, sagtet Ihr?« flüsterte Karola dem Händler zu.

»Einer überlegenen mit magischen Kräften«, erklärte Effluvia mit lauter Stimme und fuhr ihr unverschämt über den Mund.

»Das wären sie wohl gerne«, murmelte Karola vor sich hin.

»Sie brachten die Zauberin um, die dort herrschte, gaben den rückständigen Bewohnern des Landes nutzbringende Arbeit in den Kristallminen, rächten den Regenbogengott, den Großen Prismatiker, den Farbenreichen, und dienten ihm hingebungsvoll und opferreich, was er ihnen im Laufe der Jahre entlohnte, indem er seinen Lieblingen großen Wohlstand und eine höherentwickelte Kultur bescherte.«

»Aber nun zu Eurem Schwanz«, bedrängte Rupert sie. »Was hat es damit auf sich? Tragen alle Eure Leute Schwänze?«

»Natürlich nicht. Keinem anderen widerfuhr diese Ehre, da kein anderer Hüter dieses Tales und besondere Dienerin des Gottes ist. Der Schwanz ist Teil meiner gegenwärtigen Gestalt, eines freundlichen Banns, den mein Wohltäter, der Hohepriester des Großen Prismatikers, über mich verhängt hat. Mein Vater wollte mich töten lassen, aber der Hohepriester, ein Bewunderer meiner verstorbenen Mutter, bewahrte mich vor dem Tode und verlieh mir diese Gestalt, damit ich Gott mit meinem Leben und meiner Essenz dienen könnte, bis die Zeit käme, da er mich in ein höheres öffentliches Amt beriefe, wie es der Weisheit und Würde entspräche, die ich erlangt habe, während ich meine demütige Pflicht im Exil ausübte.«

»Sehr anständig von diesem Hohepriester«, meinte Rupert. »Ich begreife nur nicht, warum er Euch retten mußte. Wenn Ihr die Tochter des Königs seid, und er so sehr eine Tochter haben wollte, daß er die Miragenier von dem Nutzen überzeugen konnte, den es brächte, wenn man meine Nichte als sein leibliches Kind ausgeben würde, warum versuchte er dann Euch umzubringen? Hatte Eure Mutter in dieser Frage nicht auch ein Wort mitzureden?«

»Das hätte sie wohl gehabt, doch bedauerlicherweise hat sie sich nicht schnell genug dazu geäußert. Der König möchte unbedingt einen männlichen Erben haben, einen, der geeignet ist, seine Nachfolge anzutreten, damit ein weltlicher Mensch auf dem Thron von Blutquarz sitzt und die Entscheidungen der von Gott erleuchteten Priester in Frage stellt. Da die Armee dem König unterstellt ist, ist die Lage für jene, die Gott getreulich und hingebungsvoll dienen, äußerst schwierig. Als meine Mutter mich gebar, war mein Vater sehr enttäuscht, und als sie bis zu meinem siebten Lebensjahr keinen weiteren Nachkommen das Leben geschenkt hatte, war er außer sich vor Zorn. Eines Tages spielte ich in aller Unschuld im Garten, als ich zufällig mit anhörte, wie er gegenüber seinem Kämmerer erklärte, daß er entweder meine Mutter Gott zum Opfer darbringen müßte, damit er eine neue Frau nehmen könnte, oder meine Mutter müßte sich damit einverstanden erklären, mich einem alten Brauch meines Volkes gemäß als Kind unerwünschten Geschlechts zu opfern, damit der Göttliche

einsähe, daß er einen Fehler begangen hatte, und für angemessene Nachkommenschaft sorgte.
Natürlich bedeutete das eine gewaltige Erschütterung meines jungen Lebens. Mir fiel kein Ausweg ein. Zu meiner Mutter konnte ich nicht gehen, denn gewiß wäre mein Vater bei ihr, um mit ihr zu sprechen, und vor ihm hatte ich Angst. Mutter und ich hatten jedoch viele lustige Ausflüge durch einen Geheimgang zum Tempel unternommen, wo ich mit den Kristallprismen spielen und aus den Regenbogenpfeifen Blasen aufsteigen lassen durfte, während Mutter sich dem Hohepriester in dessen Gemächern anvertraute. Der Hohepriester war immer lieb und freundlich zu mir und mir mehr Vater gewesen als der König. In meiner Qual lief ich durch den Geheimgang und suchte den guten Mann auf. Ich berichtete ihm, was mein Vater gesagt hatte und daß ich wußte, daß meine Mutter mich gerne seinem Schutz anvertrauen würde. Er hielt mich im Tempel versteckt bis zu dem Tag, da er zum König berufen wurde, um Mutter zu Gott zu schicken. Unter Rücksicht auf meine jugendlich-zarten Gefühle erzählte er mir, er hätte eine wichtige Aufgabe für mich und er müßte große Magie anwenden, um mich darauf vorzubereiten, da ich doch noch ein solches Kind war. Danach schickte er mich in dieser Gestalt zur Bewachung des Tales hierher, und hier bin ich alsdann geblieben.«
»Aber warum hat die neue Königin keinen Sohn bestellt, wenn der König kein Mädchen will?« fragte Rupert.
»Vermutlich war keiner erhältlich – insbesondere keiner, der dem König ähnelt. Er ist der Typ von Mann, dem dergleichen auffällt. Falls die neue Königin unfruchtbar ist, so gewährt ihr jemand anderes Tochter ein paar Jahre Zeit, um doch noch einen Sohn zu empfangen ...«
»Oder meine Nichte zu opfern, um ihr eigenes Leben zu retten«, ergänzte Rupert und schüttelte anläßlich solcher Barbarei ungläubig den Kopf.
»Sofern Eure Nichte nicht ebenso schnellfüßig, beredt und mit guten Beziehungen versehen ist wie Effluvia«, meinte der Händler voller Bewunderung.

Karola sagte nichts, stand aber auf, raffte ihr Pelzgewand um sich und wankte zur Tür.

Als sie eine Weile fort war, schlang Rupert sein Fell um sich und bückte sich durch den Eingang hindurch, um sich nach ihr umzusehen. Sie hatte die noch feuchten Kleider gefunden, wo sie neben der Hütte zum Trocknen ausgebreitet waren, und streifte ihre Hosen über.

»Wohin willst du denn?« fragte er mit so leiser Stimme und hoffte, daß sie nicht durch das Fell am Eingang dringen würde.

»Ganz egal, nur weg hier. Effluvias Pelzschwanz ist nicht das einzige, was an ihr stinkt. Glaubst du tatsächlich, die würde Bronwyns Kind helfen, wo sie praktisch zugegeben hat, ihre eigene Mutter ans Messer geliefert zu haben?«

Das Fell wurde beiseite geschoben, und Effluvia streckte die schnuppernde Schnauze heraus. »Ihr habt gut reden. Offenbar kennt ihr keine höhere Verantwortung als die Loyalität gegenüber der Familie. Ich dagegen muß mein Schicksal erfüllen, meine Pflicht Gott gegenüber. Schon im früheren Alter wußte ich, daß die darüber hinausging, lediglich Zuchtstute der königlichen Linie zu werden wie meine Mutter, das arme Ding. Und ich will Eurer Nichte wirklich helfen, Prinz. Ich möchte unbedingt dazu beitragen, daß sie nicht das Schicksal ereilt, dem ich beinahe zum Opfer gefallen wäre. Morgen werde ich euch persönlich durch mein ganzes Tal zum Tempel geleiten, wo euch, dessen bin ich sicher, mein Wohltäter ebenso helfen wird wie seinerzeit mir.«

Mit diesen Worten flitzte sie wieder hinein und ließ Karola vor Wut kochend und Rupert mit nachdenklich in der Ferne verlorenem Blick stehen. Karola hätte nicht sagen können, ob der Prinz Effluvias lautstark bekundetem Mitgefühl nun Glauben schenkte; sie glaubte jedenfalls nicht daran. Es paßte nicht zu ihrem Wesen.

»Dieses Geschöpf macht mich krank«, erklang eine vertraute Stimme von einem Felssims direkt über Effluvias Unterschlupf. »Wen glaubt sie eigentlich, damit hereinlegen zu können?« Karola schaute hoch und hoffte, Grippeldix sehen zu können, denn inzwischen müßte die Tarntäuschlerpastille allmählich ihre Wirkung verlieren. Statt dessen war die Drachin nach ihrem ausgiebigen Bad im Fluß lediglich als Regenschauer zu erkennen, wo das von ihr abströmende Wasser auf das Dach plätscherte.

»Ah, Grippeldix«, sagte Rupert heiter in Richtung des triefenden Felsgesims.

Eine mit Flammen vermischte Dampfwolke erwärmte seine linke Körperseite und verbrühte die Pflanzen hinter ihm. »Was ist los mit ihr?« erkundigte sich Rupert und rieb über sein Gesicht. Die Luft duftete nach brünstigem Stinktier.

»Sie ist eifersüchtig und wütend«, antwortete Karola, »und hat es vermutlich auch leid, unsichtbar zu sein.« Sie kratzte sich am Kopf und blickte stirnrunzelnd zu dem Felsgesims. »Glaubst du denn, daß diese Tarntäuschlerpastille im Laufe der vielen Jahre vergoren und stärker anstatt schwächer geworden ist? Sicher nicht. Trotzdem muß ich Rostie fragen ...«

»Worauf ist sie denn eifersüchtig?« wollte Rupert wissen, und eine Spur Befriedigung verdarb den Ton ahnungsloser Besorgnis, den er anschlagen wollte.

»Worauf? Nun, du hast dich mit Effluvia befaßt, und sie hat dich, soweit ich das sagen kann, ins Herz geschlossen. Verlange nur nicht von mir, daß ich mich da einmische. Ich bin mit Grippeldix einer Meinung.«

»Ich kann das alles erklären, ich verspreche es dir«, sagte Rupert und blickte empor, wo der tröpfelnde Wind immer stärkeren Dampf um sie hertrieb. »Aber bitte sag doch meiner Drachin, daß alles in Ordnung ist und wir, sofern sie noch ein bißchen geduldig ist und uns weiterhin hilft, morgen in Blutquarz sein werden.«

Karola übersetzte und schüttelte dann den Kopf. »Sie sagt, nicht wenn Effluvia uns begleitet. Grippeldix will mit dieser Frau nichts zu tun haben. Du wirst dich zwischen den beiden entscheiden müssen.«

»Kannst du denn nicht auf sie einwirken?«

Karola zuckte mit den Schultern. »Eher würde ich auf dich einwirken wollen, denn ich bin der Ansicht, daß Grippeldix in diesem Fall die Vernünftigere ist. Vielleicht hast du es nicht bemerkt, aber was du da so dicht um dich geschlungen trägst, sind Stinktierfelle. Die Frau würde ohne alle Skrupel jeden verraten und hat auch noch damit geprahlt. Was veranlaßt dich zu glauben, daß sie sich nicht wieder in die Gunst ihres Vaters einschleichen will, indem sie dafür sorgt, daß er bei der Opferung von Bronwyns Tochter uns gleich mit los wird und das ganze zu einer Familienangelegenheit erklärt?«

»Ich glaube, du übertreibst«, meinte Rupert starrsinnig. »Ich habe nicht den Eindruck, daß er sie unter irgendwelchen Bedingungen wieder aufnähme. Ich gebe dir recht, daß sie etwas im Schilde führt, aber wenn wir die Augen offenhalten . . .« Er verstummte und sah Karola erst verstohlen und dann gewollt gerissen an.

»Das liebe ich besonders. Ein fest umrissener Plan«, meinte sie.

»Hast du einen besseren?«

»Gewiß. Laß uns auf der Stelle Grippeldix besteigen und uns von ihr nach Blutquarz bringen lassen.«

»Ich kann mir nicht vorstellen, welchen Sinn das haben sollte, außer daß es die Reise verkürzt und Grippeldix' Gefühle besänftigt. Wenn Effluvia den Einfluß besitzt, den zu haben sie behauptet, kann sie uns helfen. Wenn nicht, werden wir in ihrer Gesellschaft in keiner schlimmeren Notlage sein, als wenn wir als ungebetene Fremde in eine, wie ich aus den Bräuchen schließe, eher feindselige Zivilisation einbrechen. Falls die Priester gegen den König arbeiten und erkennen, daß ihm ein falsches Kind untergeschoben wurde, mag es durchaus zu ihrem Vorteil sein, das Kind mit uns abreisen zu lassen.«

»Ich kann mir nicht vorstellen, daß Effluvia einem anderen helfen will als sich selbst.«

»Nein, vielleicht nicht, aber andrerseits ist es ihr wahrscheinlich gleichgültig, wenn sie auf dem Weg zu ihren eigenen Wünschen einem anderen hilft. Genau das, meine teure Cousine, ist der Kern aller Diplomatie. Die Gegenpartei davon zu überzeugen, daß deine Interessen ihr noch mehr nützen als dir.«

»Na schön. Dann erkläre du das der Drachin«, meinte Karola und ging wieder nach drinnen.
Ohne die Unterstützung der Drachin nahm die Reise durch das Tal den Großteil des nächsten Tages in Anspruch, und Karolas Rückgrat schmerzte bei jedem Schritt. Sie wünschte, Grippeldix wäre in Sichtweite geblieben. Die beschützende Gegenwart der Drachin wäre trostreich gewesen, aber das Tier war ihnen weit vorausgeflogen. Sehr vernünftig. Jede Hexe mit etwas Selbstachtung hätte das gleiche getan. Oder besser noch das Tier überredet, sie als einzige Mitreisende aufsteigen zu lassen und den Säugling ohne die übrige aufreibende Gesellschaft zu holen. Natürlich *konnte* Rupert mit seinem Wunschdenken, Effluvia könnte sich als größere Hilfe denn als Hindernis erweisen, recht haben, aber eigentümlicherweise war es nicht der Optimismus des Prinzen, sondern gerade Karolas todsichere Gewißheit, daß die Stinktierfrau sie verraten würde, die sie hinter den anderen herlaufen ließ, wobei sie bei jedem Rascheln der Bäume zusammenschreckte, in die Dunkelheit spähte und aufmerksam auf jede Veränderung im Ton der Unterhaltung lauschte, die darauf hinweisen könnte, daß nun der Augenblick gekommen war, zu ihrer Verteidigung ihre eigene Zauberkunst zu Hilfe zu nehmen.
Denn wie wirrköpfig ihr königlicher Cousin im Augenblick auch sein mochte, er gehörte zur Familie und hatte ihr das Leben gerettet. Er war, alles in allem, ein sehr anständiger junger Mann. Karola gewann ihn richtig lieb. Nichtsdestoweniger benötigte er ihrer Ansicht nach den Beistand eines mißtrauischeren Wesens, damit er nicht irgendwelchen Hirngespinsten und unangebrachtem Edelmut zum Opfer fiel. Der Händler war von eindeutig mißtrauischem Wesen, doch er konnte dem kaum Rechnung tragen, denn er war gerade eine der Personen, vor denen Rupert sich nach Karolas Meinung hüten mußte. Folglich konnte sie ihn genauso wenig den skrupellosen Parteien auf Gedeih und Verderb ausliefern, mit denen er sich bei dieser Eskapade einzulassen entschieden hatte, wie sie Bronwyns Tochter der liebevollen Obhut kindsmörderischer Pflegeeltern überlassen konnte.

Gelegentlich geriet ihr Entschluß stark ins Wanken, denn es war ein beschwerlicher Marsch. Der Händler bestand darauf, bei jedem zweiten Baum üppige Landschaftsbeschreibungen herunterzurasseln. Sie erinnerte ihn daran, daß er nicht mehr das sogenannte Reiseholz besaß und demgemäß auch auf das dazugehörige Geschwätz verzichten konnte, doch er zuckte mit den Achseln, grinste sie aufreizend an und erklärte, es wäre so eine Gewohnheit, und wer wußte, ob er nicht ein anderes Holz finden würde? Er wollte dann nicht schlecht vorbereitet sein. Das Schlimmste jedoch war, daß Effluvia sie auf verschlungenen Pfaden durchs Tal führte, wobei sie verschiedene Stellen am Weg mit ihrem Duft »schützte«.

Die erste davon war ein weiterer Busch der schmerzlindernden Blumen.

Rupert trat vorsichtig über sie hinweg, doch Effluvia stieß einen angewiderten, kehligen Laut hervor. »Zu schade, daß sie bis zu meiner Rückkehr verwelkt sein werden. Ich habe den anderen Büschel, den Eure Freundin gestern verderben wollte, zum Trocknen gepflückt, Prinz, aber jetzt kann ich keine mehr gebrauchen. Ach ja! Das Schlimmste wäre, wenn diese Schweine von Mirageniern sie bekämen.« Und mit diesen Worten hob Effluvia gebieterisch die Hand, ehe der Händler und Karola im Bogen um die Blumen gehen konnten, winkte sie beiseite, hob ihren Schwanz und verfuhr dergestalt, daß es für die beiden höchst ratsam wurde, die Stelle in riesenhaftem Bogen zu umgehen. Die Blumen welkten auf ihren Stengeln dahin, ohne auch nur ein Knistern des Protests vernehmen zu lassen.

Sie waren tot, ehe Rupert auch nur den Mund auftun konnte, doch er betrachtete sie mit erschreckter Miene. »Wenn Ihr sie nicht benutzen wolltet, weiß ich nicht, was es Euch ausgemacht hätte, wenn sie noch ein oder zwei Tage gelebt hätten«, sagte er.

»Ihr habt keine Vorstellung, wie verderbt manche Leute sind. Sie benutzen solche Magie, um sich von Schmerzen zu befreien, die sie sich ganz offenkundig selbst zugefügt haben. Das Widerlichste an diesen Mirageniern ist, daß sie absolut keine Unterschiede bei ihrer Kundschaft machen. Sie verkaufen an jeden, der bezahlen kann, gleichgültig welchen Wertes oder Standes er im Leben ist.«

»Ich verstehe«, antwortete Rupert höflich, doch er ging einen halben Schritt vor ihr und sprach wenig, bis sie eine schroffe Felswand erreichten. Auch hier hob Effluvia ihren Schwanz.

»Ihr bemerkt zu unserer unmittelbaren Linken und ein Stück über uns eine wunderschöne Felswand, die mit ihrer erstaunlichen blaugrauen Maserung lange, breite Schatten auf den blätterbedeckten Waldboden wirft... Bäh!« beendete er seinen Vortrag etwas unelegant. Er hatte nicht mitbekommen, daß der Fels geschützt werden sollte. Sobald er wieder atmen konnte, fragte er: »Entschuldigt, Gnädigste, aber warum sollte Eurer Ansicht nach jemand auf den Gedanken kommen, diesen blöden Felsen zu stehlen, ob Ihr ihn nun einstänkert oder nicht?«

»Ach, Einstänkern? Ihr seid ja wirklich sehr klug!« wies Effluvia ihn zurecht. »Dieser Fels, den Ihr blödsinnigerweise als ›blöde‹ bezeichnet, wird bis zu meiner Wiederkehr eine völlig andere Formation angenommen haben, wenn ich ihn nicht angemessen schütze. Ein kleines Bröckchen davon in der Tasche eines zu Gott Gesandten genügt, das feigste und jämmerlichste Opfer gelassen in den Tod zu schicken. Ehe ich in dieses Tal kam, blühte hier schwer der Schwarzhandel mit Stücken dieses Gesteins. Ich kann mit Stolz vermelden, daß ich diesem Treiben ein Ende bereitet habe. Seit meiner Ankunft hat die Klippe nicht einen Splitter mehr eingebüßt.«

»Mir scheint, Leute, die... eine Religion ausüben, zu welcher Menschenopf... äh... zu den Göttern Gesandte gehören... sollten es vorziehen, wenn diese gefaßt den Weg antreten«, erklärte Rupert. Er gab sich die allergrößte Mühe, tolerant zu sein oder wenigstens so zu klingen.

Effluvia schenkte ihm ein knappes, vielsagendes Lächeln, das den Liebreiz von Grünschimmel auf einem Frühstücksbrötchen hatte. »Ihr versteht nichts von unserer Zauberei. Gewiß, die Priester bewahren einige wenige Steinstücke für besonders bevorzugte Gefangene auf. Meiner Mutter wurde vielleicht einer als Gefälligkeit in Anerkennung ihrer langen Freundschaft zum Hohepriester gewährt. Um den höchsten Nutzen zu bewirken, sollte der Gesandte ein Höchstmaß an Furcht und geistiger Verwirrung empfinden, ehe der Gott den Geist dem Körper entreißt. Furcht und Schmerz besitzen größere Kraft, ebenso wie die Faszination und die Ängste, die sie beim Zuschauer auslösen. Unsere Priester sind in der Lage, diese Kraft zum größeren Ruhm des Gottes und der Magie von Blutquarz zu sammeln und einzusetzen.«

Sie sprach mit in die Ferne gerichtetem Blick, leicht zur Seite geneigtem Kopf, und das schmale Lächeln wurde vager, weicher, als erinnerte sie sich an einen besonders unterhaltsamen Ballabend, den sie einmal besucht, oder an irgendein athletisches Wettspiel. Rupert schauderte.

Später am Nachmittag schützte Effluvia eine Quelle, deren Wasser liebesfördernd wirken sollte, und die Edelsteine in ihrem Becken, die Kummer lindern sollten. Eine Bergwiese, deren Gräser inneren Frieden verschafften, solange man auf einem Halm kaute, war ihr nächstes Ziel. Nachdem sie mit der Wiese fertig war, sollte das Kauen ihrer Gräser nichts anderes mehr bewirken, als daß man für den Rest seines Lebens nie wieder Lust hätte, etwas zu kauen. Bis zum Abend waren alle zauberhaften und wunderlichen Stellen im Wald in ein Miasma üblen Gestanks gehüllt. Effluvia wirkte herzlich selbstzufrieden.

Gnädig stellte sie ihre schützenden Kräfte zur Verfügung, sie einzuhüllen, als sie an diesem Abend auf halber Höhe zum Bergpaß ihr Lager aufschlugen. Ehe irgendeiner ein Wort des Widerspruchs vorbringen konnte, schritt die Stinktierfrau im Kreis um sie herum und schloß sie ein in ihren Gestank. Karola schob sich näher an den reinen Geruch des Lagerfeuers und versuchte, nicht einzuatmen. Rupert hockte sich neben sie und machte sich so klein wie nur möglich. Er zitterte ein wenig in der kalten, dünnen Luft. Seine Nase zuckte unwillkürlich, und ihm war elend.

»Genug, um ein Pferd zu ersticken, wie?« fragte er.

»Vielleicht hast du bemerkt, daß wir nur magischen Gegenständen begegnet sind. Keinen Zaubertieren«, erwiderte Karola mit möglichst geringen Lippenbewegungen. »Wenn sie ihr scheußliches Geschäft an einem Einhorn verrichten würde, würde sie sofort aufgespießt. Muttis Freundin Mondschein würde niemals zulassen, daß sie einen der Bäche verpestet, den sie selbst vorher mit ihrem Horn gereinigt hat. Und was Grippeldix von ihr hält, weißt du ja.«

»Ja«, antwortete der Prinz. »Natürlich hatte sie eine schwere Kindheit, aber trotzdem . . .«

Der Händler Timoteo, der sich bereits zum Schlafen am Feuer zusammengerollt hatte, öffnete lange genug die Augen, um flehentlich himmelwärts und dann zurück zu Karola zu blicken, die knapp nickte, Ruperts Unterarm tätschelte und sich selbst auch wieder schlafen legte. Zwischen ihr und Timoteo blieb wenig Raum, aber Rupert zwängte sich dazwischen; Karola war nicht sonderlich davon begeistert, denn somit blieb für Effluvia nur der Platz neben ihr, wo der duftlose Schwanz der Stinktierfrau die ganze Nacht über kitzelnd neben der Nase der Hexe umherzuckte.

Am folgenden Tag erwies Effluvia sich als nützlichere Begleiterin. Gegen Mittag erreichten sie den Fuß des Passes, keine Stunde später den Fluß. Sie folgten ihm stromaufwärts um eine scharfe Biegung, hinter der er sich aus einem greifbar nahe in den Fels gehauenen Tunnel ergoß. In der Nähe des Tunneleingangs war ein langes Holzboot festgemacht.

Der Händler folgte ihr als erster und beäugte das Fahrzeug mißtrauisch. Welch überaus glücklicher Zufall, daß Effluvia gerade hier ein Boot liegen haben sollte, wenn sie eines brauchte. Und ein noch glücklicherer Zufall, daß es genau von der richtigen Größe sein sollte. Aber schließlich besaß sie gewisse Zauberkräfte – wovon die meisten entschieden weniger nützlich waren als das hier. Er zuckte mit den Schultern.

Ihm folgte Rupert, der sich noch einmal umschaute, ehe er ins Boot stieg.

Sobald sie in den ersten Tunnel eingefahren waren, blieben sie die meiste Zeit unter der Erde. Hin und wieder kroch der Fluß aus einem Loch ins Freie und tauchte wieder in ein anderes ein, aber die meiste Zeit über ruderten sie durch die Dunkelheit flußaufwärts. Rupert und der Händler lösten sich dabei ab. Selbst als sie schon eine ganze Weile gerudert waren, schlug keiner der beiden vor, Karola sollte ihre Zauberkraft anwenden. Nichtsdestoweniger summte Karola dem Boot ein leises Liedchen vor, damit es leichter dahinglitt und die Wellen mit geringster Anstrengung durchpflügte. Das konnte sie sich leisten, ohne Effluvias Aufmerksamkeit zu erregen, denn der Fluß dröhnte ihnen allen in den Ohren und keiner konnte sich verständlich machen, ohne zu brüllen.

Den Rest des Tages ruderten die Männer, der Fluß rauschte, und Karola saß im Dunkeln und summte. Als sie wieder ein Licht sahen, dämmerte bereits der Abend.

Das Boot stieß sanft gegen einen Landesteg, der aus dem Wasser in ein Nichts aus dickem Nebel führte. Hinter ihnen war der Tunnel kein natürlicher Einschnitt ins Gestein mehr, sondern ein sorgfältig gemeißelter Bogen über ein weites Stück zunehmend ruhigen Wassers. Vor ihnen kräuselten Boote und Kähne der unterschiedlichsten Arten die glatte, schimmernde, vom Sonnenuntergang rosig getönte Fläche. Über ihnen erhob sich ein unglaubliches Bauwerk, das Karola in dem Wasserfall in Maschkents Haus gesehen hatte – ein kegelförmiger Turm ansteigender Kuppeln mit goldenen Mauern und Dächern aus reinstem Kristall, um dessen Fundament silberner Nebel zog.

»Wie eigentümlich«, sinnierte Effluvia, als zwei kräftige Männer mit goldenen Mähnen und Armen mit dem Umfang von Karolas Oberschenkeln das Boot an einen Anlegeplatz zogen. »Ich bin im Palast in Reichtum und Luxus aufgewachsen, es ist wahr, aber irgendwie fühle ich mich nur hier, an diesem schlichten, heiligen Ort wirklich zu Hause.«

»Meine Liebe, das kann ich verstehen«, konnte Karola sich nicht verkneifen zu sagen. »Ich empfinde es jedesmal genauso, wenn ich das Gut meines Vaters verlasse, um den Vetter der Näherin, den Schäfer Sean, in seiner kleinen Hütte in den Bergen zu besuchen.«

VIII

Der Hohepriester wirkte verblüfft, als Effluvia sich hatte anmelden lassen und dann in den Saal drängte, ehe der Laienbruder, der die Tür bewachte, seine Ankündigung hatte bis zum Schluß vortragen können.
»Meine . . . meine Liebe, wie sehr du dich verändert hast«, sagte der Mann auf dem Kristallthron, und sein goldener Bart sank drei Zentimeter tiefer auf das V auf seiner gebräunten Brust, das sein in allen Tönungen, Schattierungen und Grundfarben des Spektrums gewebtes Gewand freigab.
»Oh ja, Euer Brillanz. Das habe ich. Wie lange ist das nun her? Zehn Jahre? Doch Gott krönte meine Wache schließlich mit Erfolg, und Ihr werdet gewiß feststellen, daß ich nicht nur körperlich gewachsen bin, sondern mich auch durch die Erfahrung des Lebens im Wald, durch die Gnade und Weisheit Gottes, der die Ruhe und Ordnung allen Wachstums schützt, verändert habe.«
»Das hast du gewiß«, sagte der Hohepriester. »Bruder Bullkuh, sei so freundlich, den Weihrauch etwas näher zu schwingen? Ja, danke, so ist es gut.«
»Überdies, Euer Brillanz, werdet Ihr mir gewiß zustimmen, daß die Tatsache, daß ich als Wächterin des Wunders, das ich Euch bringe, ausersehen bin, Euch über meine zugegebenermaßen umfassenden Fähigkeiten hinaus beweisen wird, daß die Zeit gekommen ist, den Bannspruch von mir zu nehmen, mir zu gestatten, hier meinen Wohnsitz und meinen rechtmäßigen Platz zusammen mit meinem artgemäßeren weiblichen Erscheinungsbild anzunehmen und die Person, die ich Euch zuführe, als Instrument zu benutzen, Blutquarz auf ewig in die Herrschaft jener zu überführen, die heiliger sind als die übrigen.«
»Zweifellos werde ich mit dir übereinstimmen, mein liebes Kind, aber ich halte es für notwendig, daß du mir diese Person erst einmal vorstellst.«
Effluvia hatte, sehr zum Ärger des Bruders, der als Herold diente,

die Tür verstellt. Nun drehte sie sich um und riß mit einem Klirren und Schrillen von Kristall auf Kristall den Vorhang aus getönten, tränenförmig geschliffenen Perlen zurück, der den Hohepriester vor dem Blick des Laien, der nicht zu ihm vorgelassen war, auch dann schützte, wenn die vergoldete Holztür offenstand. Karola und der Kaufmann gingen zögernd hinein und blinzelten angesichts der plötzlichen Lichtflut, die sich durch die durchscheinende Decke ergoß und von den massiv goldenen Wänden zurückgespiegelt wurde. Rupert bestand zu Effluvias Ärger darauf, dem Laienbruder, der die Außentür bewachte, zu Ende zu erklären, was das Emblem auf seinem Eschenholzschild bedeutete. Es bedurfte Effluvias verdrießlichen Blicks und eines bedrohlichen Zischens, seine Aufmerksamkeit auf sie zu lenken.

Rupert duckte sich durch die Tür, um nicht mit dem Kopf gegen die goldenen Schnörkel zu stoßen, die vom Bogen hervorstanden. Die Miene des Hohepriesters rief ein knappes, zuckendes Lächeln auf Effluvias verbissenem Mund hervor. Seine Brillanz gab sich offensichtlich alle Mühe, nicht erschreckt dreinzuschauen, und scheiterte kläglich an diesem Versuch. Und Karola hatte auch nicht den Eindruck, es läge nur daran, daß seine Brillanz nicht an extrem hochgewachsene Menschen gewöhnt war. Er betrachtete Ruperts Gesicht auf eine an Faszination grenzende Weise.

Einige Augenblicke lang starrten die Anwesenden entweder Rupert oder die anderen an, die Rupert anstarrten.

»Ihr seht, Euer Brillanz, daß ich in keiner Weise die Bedeutung der mir gewährten Gnade übertrieben habe«, sprach Effluvia langsam in der Gewißheit, daß der Hohepriester sie nicht unterbrechen würde. Der saß still da, ein Lächeln dämmerte auf seinem Gesicht, und er strahlte sie zustimmend an. »Dieser Herr ist unter dem Namen Rupert Eberesch, Prinz von Argonia, bekannt.«

Seine Brillanz nickte weiter, nun jedoch besonders in Ruperts Richtung, nahm kein Auge von ihm und lächelte unablässig.

Rupert ergriff nach einer höflichen Pause das Wort. »Ich darf also annehmen, daß Ihr der Herr seid, von dem Effluvia gesprochen hat? Sehr erfreut, Eure Bekanntschaft zu machen. Vielleicht sollte ich erklären, warum ich die Dame bat, uns hierherzugeleiten. Als Angehöriger des Königshauses von Argonia bin ich in diplomatischer Mission für meine Schwester, die Prinzgemahlin von Ablemarle, unterwegs. Die Leute in meiner Begleitung gehören zu meinem Stab, meine Cousine, die ehrenwerte Dame und freundliche Hexe Karola Liedschmied-Grau, Theologin wie Ihr, und Herr... Timoteo, der uns bei unseren Reisevorbereitungen behilflich war. Wir kommen wegen eines Mißverständnisses, das plötzlich aufgetreten ist und bei welchem Effluvia meint, uns helfen zu können. Wir sind zu jeglicher Verhandlung bereit. Ich bin in meiner Heimat weithin auch als Rationalist bekannt.«

Der Hohepriester nickte immer noch und schien sich unbändig zu freuen.

Rupert lächelte und nickte ebenfalls. »Ich bin sehr glücklich, daß Ihr es von diesem Standpunkt aus betrachtet. Wenn ich Euch das Problem vielleicht einmal kurz erörtern darf. Es geht weit zurück in eine Zeit, da das miragenische Unternehmen Mukbar, Maschkent & Mirza die Gelegenheit hatte, Prinzessin Bronwyn und Karola bei einer Mission beizustehen.«

»Euer Hoheit, bitte, wie Ihr schon sagt, bin ich überzeugt, daß wir eine Lösung finden werden, die beide Seiten zufriedenstellen wird«, sagte der Hohepriester, strahlte Rupert an, und etwas wie Ehrfurcht ließ seine Augen unter den buschigen dunkelgoldenen Brauen rund werden. »Ich weiß, daß Ihr einen weiten Weg zurückgelegt habt, und der Tag neigt sich seinem Ende entgegen, doch ich würde Euch gerne etwas zeigen, ehe die Dunkelheit völlig über uns hereinbricht. Wenn Ihr und Eure Gesellschaft Bruder Bullkuh begleiten wollt, werde ich inzwischen dafür sorgen, daß man uns ein kleines Abendessen an Bord des Schiffes anrichtet, während Ihr Euch ein wenig ausruht.«

Bruder Bullkuh schlug den Weg zur Tür ein und schwenkte dabei heftig den Weihrauch hin und her. Sie drehten sich alle um, ihm zu folgen, als der Hohepriester hinzufügte: »Ach, Euer Hoheit, unser Volk ist den Anblick von Besuchern nicht gewöhnt. Es wäre deshalb sinnvoll, wenn Ihr und Euer Stab vor dem Verlassen des

Tempels Kutten anlegen würdet, wie sie unsere Laienbrüder tragen. Nur aus Feingefühl, Ihr versteht?«
Rupert nickte ernst.
Effluvia stand neben dem Thron des Hohepriesters und schaute den anderen mit triumphierendem Lächeln nach.
»Meine Liebe«, sagte der Hohepriester, »du zeigtest als Kind bereits vielversprechende Anlagen, aber jetzt hast du dich selbst übertroffen. Wo hast du ihn ausfindig gemacht?«
Effluvia senkte bescheiden den Blick. »Es ist, wie ich Euch schon sagte, Vater. Gott hat ihn mir als Zeichen seiner Gunst gesandt. Er fiel buchstäblich vom Himmel. Was meint Ihr, hat das zu bedeuten, Vater? Da stehe ich ganz allein in meinem Tal, das verstoßene Kind einer weltlichen Königin und Gottes Stellvertreter auf Erden, und urplötzlich fällt *er* vom Himmel?«
Der Hohepriester zog einen Augenblick lang die Stirn kraus und strich dann zärtlich über den schwarzen Kamm auf dem Kopf der Stinktierfrau. »Du spinnst immer noch Intrigen, nicht wahr, meine Liebe? Selbst jetzt noch. Nun, es mag durchaus zutreffen, was du da denkst. Vielleicht ist es wirklich der einzige Weg, dieses wundersame Geschenk zu nutzen.« Er schüttelte den Kopf und lachte lautlos. »Die Ähnlichkeit ist einfach verblüffend!«

Zwei Lanzenträger und fünf hünenhafte Priester führten Karola, Rupert und Timoteo mehrere gewundene Treppenfluchten hinab, dann durch einen Saal, der größer war als das ganze Dorf von Wurmhafen, und weitere Stufen hinunter. Alle drei sahen weitgehend aus, wie man sich gemeinhin ein Gespenst vorstellt: Sie trugen lange, weiße Gewänder aus leichtem, gazeartigem Stoff mit Kapuzen, die ihre Gesichter umhüllten. Darunter hatten sie ihre ursprüngliche Kleidung anbehalten. Rupert reichte die Kutte bis zu den Knien, während die Karolas und des Händlers am Boden schleiften.
Das Ende der letzten Treppe wurde von brodelnden, silbernen Nebeln verschlungen. Die Priester schritten durch sie hindurch, als ob sie nicht existierten, und drängten ihre Gäste, es ihnen nachzu-

tun. Karola rechnete immer noch mit einer Arglist, einer Grube, die sich unter ihren Füßen auftat, einem Ungeheuer, das sich um ihre Fußknöchel schlang. Statt dessen teilte sich der Nebel, nachdem er sich noch einmal kurz verdichtet hatte, um den Blick auf einen Anlegeplatz freizugeben, der größer war als jener, wo sie festgemacht hatten; er lag im zunehmenden Dämmerschein, den eine Reihe in Wandhaltern gesteckte Fackeln erhellten. Am Ende des langen Holzstegs erwartete sie ein Kahn.
Auf seinem offenen Deck führten drei goldene Stufen zu einer langen mit Goldstoff bespannten Polsterbank. Der Schiffsrumpf lief an beiden Enden in zwei graziösen Schnecken aus. Vier Männer, jeweils zwei an Bug und Heck, standen mit langen Paddeln bereit, deren Blätter die Form einer Sonnenscheibe mit welligen Strahlen hatten. Die Priester nahmen zu beiden Seiten Ruperts und Timoteos Platz. Der Prinz ließ vier von ihnen auseinanderrutschen, damit Karola sich zwischen sie setzen konnte. Der Hohepriester selbst kam als letzter an Bord. Körbe, die den Duft von scharfen Gewürzen, Brot und Huhn verströmten, wurden auf Deck neben den goldenen Stufen abgestellt. Zu Karolas Erleichterung kam Effluvia nicht mit.
Der Fluß lag spiegelglatt zwischen seinen Ufern. Einer der Priester erklärte, daß weiter vorne eine besondere Sperre, die die Schleuse genannt wurde, errichtet worden war, um den Flußlauf zu regulieren, damit der Verkehr großer Schiffe von und zur See beschränkt werden konnte. Die Ufer zu beiden Seiten des Flusses säumten Gebäude, die mit dem Tempel an Pracht wetteiferten. Ein jedes war flach und langgestreckt und besaß einen zum Fluß gelegenen Innenhof, von dem aus Stufen zum Wasser hinabführten. Zu beiden Seiten der Treppen erhoben sich Spitztürme, und wie inzwischen vorhersehbar, handelte es sich bei den Eingängen um Spitzbögen. Unerwartet jedoch war das Baumaterial. Denn jedes Gebäude bestand ganz aus kleinen Quadern bunten Kristallgesteins, wobei jeder Quader eine andere Tönung hatte als die angrenzenden. Das verlöschende Tageslicht flutete durch diese Scheiben aufs Wasser und verlieh ihm das Aussehen eines gewal-

tigen, facettenreichen Regenbogens. Karola, deren Gesicht ebenso wie die ihrer Begleiter in buntes Licht getaucht war, sah zu, wie die Gebäude hinter ihnen verschwanden, während der lange, regenbogengleiche Fluß unter ihr dahinströmte. Sie empfand ein eigenartiges Gefühl, das alles wiederzuerkennen, das sie verwirrte, bis ihr klar wurde, daß die Gebäude sie stark an das Fenster im Ausstellungsraum des Kaufmanns erinnerten, bevor sie die Flaschen mit den Nebeln aus den Regalen hatte tanzen lassen.

Weiter flußabwärts kamen ihnen mehrere Schiffe entgegen, von denen viele reicher und kunstvoller waren als die Barke, auf der sie reisten. Nichtsdestoweniger verbeugten sich die Ruderleute der reicher geschmückten Schiffe tief, als sie passierten. Aus verhängten Alkoven schoben sich Finger, um dichte Samtvorhänge beiseite zu schieben. Augen funkelten vor unverkennbarer Neugier. Die Passagiere, die im Freien saßen, verneigten sich tief vor den Priestern und betrachteten die Gäste nur heimlich. Die Tracht der Laienbrüder konnte Ruperts auffälligen Körperbau nicht ganz verbergen, und er strich auch immer wieder die Kapuze zurück und drehte und wand sich, seine Umgebung zu besichtigen.

»Vielleicht hätten wir die Wandschirme mitbringen sollen, Euer Brillanz«, überlegte einer der Priester mit einem schrägen Seitenblick auf Rupert laut.

»Durchaus nicht. Ein paar aufregende Gerüchte können wir getrost auslösen, ehe unsere Entdeckung bekanntgegeben wird, aber keiner außer jenen, denen wir es anvertrauen wollen, wird erfahren, daß es sich bei unseren Gästen um andere als neu ernannte Laienbrüder handelt. Beruhige dich, mein Sohn.«

Karola beobachtete die Gastgeber argwöhnisch und wünschte, sie würden ihr geheimnisvolles Geplauder aufgeben. Es machte sie nervös. Trotz all seiner offenkundigen Liebenswürdigkeit erschien ihr der Hohepriester nicht gerade als ein Mensch, der großen Anteil am mißlichen Geschick von Bronwyns Tochter nehmen würde – oder dem ihrer Verwandten. Und es war zweifellos nicht schwer, freundlich zu sein, wenn man wußte, daß man über ausreichend Macht verfügte, alles tun zu können, was man wollte, wann immer es sich als notwendig erwiese.

Der Fluß führte in einer Schleife nach rechts. Plötzlich ragte direkt vor ihnen eine Burg in die Höhe. Karola war sicher, daß es sich um eine Burg und nicht um einen Tempel handelte, denn der Bau war eindeutig eine Art Festung mit richtigen Türmen und Brustwehren, wie sie sie von Argonia gewohnt war. Es waren jedoch prachtvolle Giebel, Türme und Zinnen, alle aus derbem Stein, zwischen dem unbehauene Kristalle – Amethyst, Achat, Granat und Saphir – schimmerten. Das war natürlich keine gute Verteidigungsanlage. Solche Wände waren selbst ohne Leiter viel zu leicht zu erklimmen. Aber nichtsdestoweniger furchtgebietend.

Der Fluß bog nach links zum Schloß hin, nachdem er einen vom Hauptbett durch einen mit Steinen befestigten, von einem Fußweg gekrönten Erdwall abgespaltenen Graben gefüllt hatte. Zu beiden Seiten des Wasserweges standen bewaffnete Wachen und grüßten die Priester ehrerbietig.

Der Hohepriester flüsterte einem rangniedrigeren Amtsbruder etwas zu, der es seinerseits leise einem Ruderer mitteilte und der wieder einem Wachsoldaten. Der Soldat vollzog eine saubere Kehrtwendung, löste das Horn von seinem Gürtel und blies einen langen, durchdringenden Ton. Hinter der Mauer am Graben setzte allgemeine Hektik ein. Kurze Zeit später rasselte eine Kette, verwittertes Holz ächzte, und die riesige Fläche der Zugbrücke senkte sich schwer in ihre Öffnung auf der anderen Seite des Weges. Zwei weitere Wachen traten hinzu, nahmen eine Nachricht entgegen, mit der sie davoneilten, und kurze Zeit später erschien ein gehetzt wirkender Herold, verbeugte sich tief vor dem jüngeren Priester, nickte dreimal deutlich und huschte über die Brücke.

Der Hohepriester nickte befehlend. Seine Anhänger machten sich daran, die Eßkörbe den Weg hinaufzuschleppen, nachdem zuerst strahlende Tücher über den Boden gespannt und goldene Polster von der Bank auf der Barke ausgebreitet worden waren; dann baute man eine Auswahl an Obst, Hühnerfleisch, Brot, Süßigkeiten und Kristallkaraffen mit Wein auf. Die Schüsseln waren aus ziseliertem Gold. Karola war äußerst froh, daß sie nicht für die Säuberung zuständig war, und wünschte, sie hätten sich von dem Huhn nehmen dürfen, solange es noch heiß war, denn jetzt, da die Sonne unterging, kroch die Kälte durch ihre verschiedenen Kleiderschichten. Eine warme Mahlzeit wäre da schon wohltuend gewesen.

Bald erklang größeres Getöse jenseits der Zugbrücke, ein Horn schmetterte, und zwei gleichgekleidete Herolde verkündeten: »Grüßt König Yagthra, den Löwen von Blutquarz, und Königin Egelina die Strahlende.«

Karola glaubte nicht, jemals eine so nervöse Königin wie Egelina die Strahlende gesehen zu haben, nicht einmal Bernsteinwein bei Bronwyns Hochzeit. Egelina war wie fast alle in Blutquarz tatsächlich blond; eine Flut goldener Locken strömte unter ihrem gezackten Kristallreif hervor, und ihre blauen Augen waren weit aufgerissen und ängstlich. Doch nicht nur die Augen, auch alles andere an ihr war rundlich, und der Grund war leicht zu erraten, denn während des Gesprächs wanderte ihr Blick immer wieder zu den Speisen. Die übrige Zeit haftete er an Rupert, um gelegentlich besorgt zu dem dösenden, braunhaarigen Säugling zu schießen, der von der dritten nicht uniformierten Erwachsenen getragen wurde, die hinter König und Königin her trödelte. Diese Person hielt bescheiden den Blick gesenkt und beobachtete ihren Schützling vorgeblich entschieden genauer, als das bei Säuglingen wirklich notwendig ist, und warf hin und wieder Rupert rasche, melancholische Blicke zu. Nicht einmal schaute die Frau zum Hohepriester, und nur wenn man sie ansprach, sah sie Seiner oder Ihrer Majestät in die Augen. Rupert brachte seinerseits eine Menge Zeit damit zu, sie und das Kind zu beobachten, bei dem es sich nur um die entführte Erbin des ablemarlischen Thrones handeln konnte.

König Yagthra mochte früher einmal gut ausgesehen haben, doch sein Gesicht trug nun den rötlichen Schimmer eines Mannes, der über viel zu lange Zeit viel zuviel Wein getrunken hatte. Seine

Poren waren groß und grob, seine Augen rot geädert und tränend, und seine Nase war knollig. Seine Ausdünstung brachte Karola auf den Gedanken, er könnte den Hohepriester dazu inspiriert haben, mit welchem besonderen Zauber er Effluvias persönliche Macht »steigerte«. Der Hohepriester erhob sich nicht, um Yagthra zu begrüßen, und der tat nicht mehr, als den Kopf zu neigen, um zu sehen, was auf dem Speiseplan stand.

»Seid gegrüßt, Euer Majestät«, sagte seine Brillanz und wies auf den ausgebreiteten Schmaus. »Wir haben Gäste, die es ehrwürdig zu empfangen heißt, und dachten, wer, wenn nicht die Herrscher dieser Stadt, wäre würdig, diese besonderen Menschen willkommen zu heißen. Deshalb ließen wir diese Mahlzeit anrichten und Euch die Einladung zukommen, uns zusammen mit Eurer Gemahlin und Eurer Tochter Gesellschaft zu leisten.« Nun erhob er sich, bot dem König sein eigenes Polster an, der, als er Rupert erblickte, sich offenbar kaum mehr auf den Beinen halten konnte. Der Hohepriester nickte der Kinderfrau und dem Säugling hinter der Königin zu. »Ei, meine neue Tochter ist groß für ihr Alter. Und auch rothaarig. Wie höchst ungewöhnlich.«

Die Königin ließ sich unvermittelt fallen und begann, eine Pflaume zu mampfen. Rupert tat es ihr sogleich nach, um ihren Verstoß gegen das gute Benehmen zu überspielen, und der Hohepriester nahm leicht erheitert neben ihr Platz, schnitt sich ein Hühnerbein ab und holte damit zu einer großen Geste aus, als er sagte: »Eure Majestäten, darf ich Euch unsere Gäste, Frau Karola, ihren Vetter und Beschützer in unserem Land, Prinz Rupert, und ihren Diener vorstellen. Vielleicht könnten wir nun alle unsere Kapuzen abziehen, Prinz Rupert. Es entspricht dem Brauch ...«

»Gewiß«, antwortete Rupert und schlug seine in den Nacken zurück. Die Königin verschluckte sich an ihrer Pflaume, der König wurde hochrot, und das Kind begann zu schreien. Der Hohepriester schien sich köstlich zu amüsieren.

»Ist das irgendein Pfaffentrick, Jasper?«

»Du kränkst mich, Bruder«, erwiderte seine Brillanz. »Ich wollte lediglich die Besonderheiten unserer Gäste mit dir teilen. Ich wollte deine Meinung hören, wie man ihre Einzigartigkeit für die bevorstehenden Festlichkeiten nutzen könnte. Vielleicht wäre deine teure Gemahlin bereit, uns ihre Meinung dazu mitzuteilen. Sie scheint ja ihre eigenen Kunstgriffe zu kennen«, und blickte dabei unmißverständlich und anzüglich zu dem Kind. Yagthra starrte den Hohepriester böse an. Nachdem jetzt diese Bemerkung gefallen war, konnte Karola am Schnitt ihrer Kiefern und ihren knubbeligen Nasenspitzen eine Familienähnlichkeit feststellen. Offensichtlich war der König im Augenblick aber nicht von verwandtschaftlichen Gefühlen überwältigt und zog seine Ehefrau unsanft auf die Beine, während die Kinderfrau vor ihnen weghuschte und nur noch einen einzigen letzten verwunderten Blick zu Rupert zurückwarf.

Nachdem der Hohepriester erreicht hatte, was er hatte erreichen wollen, schien er völlig die Tatsache zu vergessen, daß seine Gäste noch gar nicht die Zeit zum Essen gehabt hatten, und befahl, daß man das Festmahl schnell wieder abräumte. Karola schnappte sich schnell eine Hühnerbrust, einen halben Laib Brot und eine Weintraube, ehe sie wieder ins Schiff zurückkletterte. Ungeachtet dessen, welche weiteren familiären Dramen sich abspielen sollten, es gab wirklich nichts Widerlicheres als familiäre Eifersüchteleien.

Rupert kaute nachdenklich auf einem Hühnerknochen, als er den Kahn bestieg und innehielt, ehe er sich setzte, um der davoneilenden Königsfamilie nachzuschauen. Timoteo, Karola und die rangniedrigeren Priester standen hinter ihm, gefolgt vom Hohepriester, der sie vor sich herscheuchte. Plötzlich prustete Rupert los, fiel hustend auf seinen Platz und schlug sich vor die Brust, daß alle anderen sich Mühe geben mußten, das Gleichgewicht zu halten. Einer der Priester fiel über Bord und mußte aus dem Fluß gefischt werden. Der Hohepriester nahm die Störung gelassen hin und betrat das Boot erst, nachdem es nicht mehr wild hin- und herschaukelte. Sobald er schließlich bequem saß und das Boot seine Fahrt flußabwärts aufnahm, bemerkten sie, daß ein Platz auf der Polsterbank freigeblieben war.

»Wo steckt der schmuddelige Kerl? Wie hieß er doch gleich noch?

Was ist aus ihm geworden?« fragte er. Einer der Priester wollte schon unter einem Polster nachsehen, besann sich dann aber lieber doch anders.
Der durchnäßte Priester, der inzwischen in eine der Picknickdekken gehüllt war, erklärte: »Ich habe ihn nicht gesehen, Euer Brillanz, aber vielleicht wurde er auch über Bord geschleudert.«
»Sucht ihn!« befahl der Hohepriester mit großer Autorität, aber wenig Interesse an der Sache.
Die Ruderer stocherten mit ihren Stangen beide Seiten des Kanals ab, und man ließ den Priester, der nun schon naß war, an einem Seil hinab, damit er sich umschaute, doch von dem Kaufmann war keine Spur zu finden. Karola überlegte, ob sie tauchen sollte, um Timoteo zu suchen, doch irgend etwas hielt sie davon ab. Der Händler hatte immer laut genug geschrien, wenn er sich in einer Notlage befunden hatte. Wenn er sich jetzt so still verhielt, hatte er entweder einen Grund dafür, oder Gründe spielten für ihn keine Rolle mehr. Sie hatte den Abgang des Königs und die Vorbereitungen des Hohenpriesters zum Aufbruch beobachtet, als Rupert das Boot zum Schaukeln brachte, und tatsächlich nicht bemerkt, wie der Händler ins Wasser fiel. Doch sie glaubte sich des Gefühls zu erinnern, wie der Druck auf dem Polster neben ihr nachließ. Sie hatte kein Platschen gehört, wohl aber einen vorsichtigen Plumps, als ob etwas absichtlich ins Wasser rutschte.
Nach ihrer ersten oberflächlichen Suche unternahmen die Priester keine weiteren Anstrengungen, den Händler ausfindig zu machen, und setzten statt dessen auf Geheiß des Hohenpriesters den Weg am Schloß vorbei, den Fluß hinab und durch die Schleuse fort.
Die Schleuse hatte ihren Namen wohl verdient und ähnelte nichts mehr als einem riesenhaften Türriegel. Ein Erd- und Steinwall ragte zu beiden Seiten eine Wagenlänge in den Fluß, und zwischen den beiden Wällen spannte sich eine Wand aus massivem Eisen. In dem Metall spiegelte sich der Fackelschein von einer kleinen Hütte auf dem Wall, und das Wasser schwappte machtlos dagegen. Ein Mann tauchte gebeugt aus der Hütte auf und erteilte auf Anweisung des Hohepriesters einem der großen, grauen Tiere, wie Karo-

la sie in Miragenia gesehen hatte, Befehle. Das Tier wankte nach vorn und zerrte an einer Kette, die ein Zahnrad in Bewegung setzte, wodurch die Eisenschranke in die Felswand auf der Ostseite der Schleuse zurückglitt. Auf dem Wall im Schutz der Felshänge am westlichen Ufer schaukelte ein zweites Tier vor und zurück und zerrte an seiner Kette; zweifellos erwartete es Befehle, die Sperre wieder an ihren Platz zu ziehen. Tatsächlich waren es zwei Schranken, zwischen denen sich ein kleiner Wasserlauf ergoß. Als diese nun zur Seite gezogen wurden, stieg der Kahn der Priester auf dem Strom des neu zufließenden Wassers in die Höhe und glitt mühelos durch die Schleusen.
Auf der kurzen Strecke zwischen den Schleusen und dem Hafen sahen sie keine Paläste, Tempel oder auch Häuser mehr. Schroffe Klippen stiegen zu beiden Seiten empor, die in regelmäßigen Abständen mit Fackeln bestückt waren, deren Licht matt auf die Wasseroberfläche fiel. Als sie aber die Bucht erreichten, vermochten Rupert und Karola trotzdem in dem zu Dreiviertel vollen Mond und dem Fackelschein deutlich den Gegenstand zu erkennen, zu dessen Besichtigung sie hierhergebracht worden waren.
Sein Anblick verdrängte alle Gedanken an Priester, Effluvia, ja sogar an Bronwyns Kind aus Ruperts Kopf, der das Etwas begaffte und seinen Blick in die Höhe lenkte, um es in Gänze zu erfassen. Karola stieß vor Überraschung einen leisen, völlig unmagischen Pfiff aus. Die Priester schauten von Rupert zu dem Gegenstand, nickten, murmelten aufgeregt vor sich hin, und der Hohepriester wirkte noch erfreuter als bei seiner ersten Begegnung mit Rupert. Was nicht weiter verwunderlich war. Denn Rupert bot reichlich Anlaß zur Freude – schließlich stand vor ihnen eine größere Ausgabe von ihm. Aus dem Wasser ragte ein Abbild von Ruperts Kopf und Antlitz, das etwa doppelt so groß war wie die Zugbrücke am Schloß und anscheinend ganz aus Kristall gemeißelt. Das Flußwasser schwappte um Ohrläppchen und Kinn und benetzte die Locken, die sich zum Hals hinabkringelten. Der Gesichtsausdruck war genau dem Ruperts, wenn er tief versunken über irgendeinem kniffligen Problem grübelte. Zu solcher Größe gebracht und mit

den kristallinen, in Mondschein und Fackellicht gebadeten Kanten wirkte sein Abbild jedoch streng und abweisend.

»Ach«, meinte Rupert. »Na, so was! Jetzt wissen wir endlich, was aus Eberesch dem Elendigen wurde. Wie beruhigend. Ich konnte niemals so recht glauben, was man über ihn erzählt hat.«

»Wer?« fragte Karola. »Was hat man denn über ihn erzählt?«

»Es gehört sich, vor dem Regenbogengott das Knie zu beugen, Frau«, belehrte sie einer der jüngeren Priester und drückte sie fest zu Boden, so daß sie, halb Rupert, halb dem Standbild zugewandt, in die Knie gehen mußte.

Sie wollte den Tölpel schon ins Wasser pfeifen, aber Rupert kniete rasch neben ihr nieder. »Beunruhige dich nicht, Base. Es ist nicht wichtig. Ich werde es dir später erzählen.« Er hatte jedoch kaum sein Knie gebeugt, als der Hohepriester ihn am Ellbogen faßte und mit einem Wink auf seinen Platz auf die Polsterbank zurückverwies.

»Ihr doch nicht, mein lieber Junge«, sagte seine Brillanz. »Ihr seid die Reinkarnation der Gottheit. Von heute an werdet Ihr nicht mehr das Knie beugen, sondern andere werden dies vor Euch tun.«

IX

»*Da* steckt ihr!« fuhr ein wütendes Knäuel wehender Vorhänge die Bootsladung, Priester, die Hexe und den neu ernannten Gott an, als wären sie eine Fuhre Strolche. »Rupert, Schätzchen, wärst du vielleicht so freundlich, diesen Hinterwäldlern zu erklären, wer ich bin, und was aus ihrer winzig kleinen Wirtschaft ohne die Kaufkraft meines Unternehmens würde?«

Rupert, der auf dem ganzen Rückweg zum Tempel ungewöhnlich still gewesen war, schaute immer noch so fassungslos drein, als hätte ihm jemand mit einem kräftigen Streitkolbenhieb das Gehirn aus dem Schädel gedroschen. Er starrte die in Scharlachrot und Silber gekleidete schwarzhaarige Dame, die mit in die Hüften gestemmten Armen dastand und eindeutig auf etwas wartete, ziemlich dümmlich an. Die Hexe neben ihm versetzte dem Prinzen einen Rippenstoß.

»Ist das nicht die Mukbar? Was in der Großen Mutter lieblicher Erde Namen sucht die hier?«

Der Hohepriester hörte mit und trat schwungvoll vor Rupert. »Erhabene Mademoiselle, welchem Umstand verdanken wir die Ehre dieses ungewöhnlichen, und wenn ich mir die Bemerkung gestatten darf, nie dagewesenen Besuches?«

»Ich bin gekommen, Außenstände der Gesellschaft einzufordern«, erwiderte Mademoiselle Alireza Mukbar und sah Rupert direkt dabei an.

»Hätte sich das nicht vielleicht auf andere Weise regeln lassen? Unsere Übereinkunft mit Eurer Firma besagt, Mademoiselle, daß alle Transaktionen in Miragenia vorzunehmen sind.«

»Wer seid Ihr denn, um mir Vertragsklauseln zu zitieren?« wollte sie wissen.

Der für die Patrouille im Nebel eingeteilte Bruder beendete seine ansonsten gemessen abgeschrittene Runde, indem er schlitternd angerannt kam. »Euer Brillanz, vergebt mir. Diese verfluchte Frau hat den ganzen Abend über an der Tür gezetert. Ich sagte ihr, sie

solle weggehen, und versuchte, sie dazu zu zwingen, doch sie flog mit ihrem verwunschenen Teppich außer Reichweite.«
»Ich will, daß dieser Mann wegen Unfähigkeit gefeuert und sein Gehalt gekürzt wird«, verlangte Alireza und wies theatralisch mit langem, rotlackierten Fingernagel auf den untauglichen Menschen. »Ich habe nicht den beschwerlichen Flug durch Sandstürme und Regen, verfolgt von Euren unzureichend gezügelten Dämonen, zurückgelegt, um mich mit Idioten abgeben zu müssen, wenn ich endlich mit jemandem Befugten sprechen kann. Und ich darf wohl annehmen, Herr, daß *Ihr* als befugt zu bezeichnen seid?«
Der Hohepriester errötete; für einen Augenblick lang wies er eine verblüffende Ähnlichkeit mit seinem Bruder auf. »Das könnt Ihr annehmen. Ich bin Jasper der Tiefsinnige, Hohepriester des Großen Prismatikers und religiöses Oberhaupt von Blutquarz.«
Alireza vermerkte den Titel mit einem befriedigten Funkeln unter ihren geschwungenen Wimpern hervor und leckte sich knapp über die volle Oberlippe, ehe sie weitersprach: »Oh, verzeiht mir, Euer Brillanz. Ich hatte nicht die geringste Ahnung...«
Seine Brillanz nahm den verführerischen Blick wahr und genoß ihn, um darüber die weniger genüßliche Kränkung zu vergessen. »Gewiß nicht. Schließlich hatten wir uns ja niemals persönlich kennengelernt. Ich war das letzte Mal in Miragenia, bevor Euer teurer dahingeschiedener Vater zu seinen Göttern heimging. Ich muß allerdings sagen, daß ich Euch auf der Stelle wiedererkannte. Die Gerüchte von Eurer Schönheit und Eurem Geschäftssinn, die unter jenen unserer Leute umgehen, die mit Eurem Unternehmen zu tun haben, waren nicht übertrieben. Wir fühlen uns geehrt. Bitte, bitte tretet doch ein.«
Effluvia war entschieden weniger von der neu hinzugekommenen Besucherin entzückt und zögerte nicht, das auch lautstark zu verkünden. Ihr Schwanz sank fast automatisch auf Halbmast, und der Hohepriester, der neben ihr stand, streichelte schnell ihren Rücken, um sie zu besänftigen. Als Karola Rupert der streit-

baren Frau und den Priestern auf Gnade und Ungnade überließ, schaute er ziemlich benommen drein. Ausnahmsweise war sie einmal froh, übersehen zu werden.
Das Zimmer, in dem man sie untergebracht hatte, war groß und geräumig; der Mond schien durch eine Kristallkuppel herein, und das Bett war mit einem vorziehbaren Baldachin für jene ausgestattet, die die Geschütztheit eines dicht geschlossenen Raumes dem großartigen Naturschauspiel über sich vorzogen.
Es störte sie nicht, daß man ihre Zauberkünste so geringschätzte, daß das Schloß, das hinter ihr einrastete, kaum daß sie eingetreten war, weder aus Eisen bestand noch sonst irgendwie vor ihrer Einflußnahme geschützt war, daß jedoch Waschwasser und etwas trokkenes Gras fehlten, um sich die Zähne zu putzen, erschien ihr als recht schlampig. Vielleicht könnte sie, wenn alle damit beschäftigt waren, zuzusehen, wie der Hohepriester und seine mächtigen weiblichen Helfershelfer dem armen Rupert zusetzten, hinausschlüpfen, welches suchen und die Tür hinter sich verschließen, ohne daß jemand es bemerkte. Sie hatte vor, später am Abend noch einmal hinauszuhuschen und eine Stelle zu suchen, wo sie gut sichtbar wäre. Sie hoffte, daß Grippeldix sie auf diese Weise aufspüren würde. Sie würde sich in dieser Lage entschieden besser fühlen, sobald die Drachin erst einmal wußte, wo sie waren.
Das Schloß gab mühelos nach, kaum daß sie zwei Takte gesummt hatte. Karola spähte in die Halle hinaus und fragte sich, wo wohl die Wasserbehältnisse standen. Zweifellos in der Küche, aber wo war die? Emsig hielt sie nach umhergehenden Hausbewohnern Ausschau und war dankbar für die Tarnfarbe des Kapuzenumhangs. Als sie um eine Ecke bog, sah sie etwas Weißes blitzen, ein Laienbruder tappte barfuß vor ihr her den Gang hinab. Er hatte eine Tür hinter sich offenstehen lassen, und sie ging in der Hoffnung darauf zu, daß er von einem späten Imbiß zurückkehrte.
Dem war jedoch nicht so. Als Karola bei der offenen Tür anlangte, sah sie, daß es sich um ein weiteres, allerdings recht luxuriöses Schlafzimmer handelte: Es hatte kristallene Bettpfosten und einen regenbogenfarbenen Betthimmel, goldene Wände und einen

Springbrunnen, der zumindest das Wasserproblem löste. Dann erblickte sie Ruperts Umhang, der über eine Truhe in der Ecke gebreitet lag, und sie begriff, daß der Bruder den Raum für den erlauchtesten Gast des Hauses vorbereitet hatte. Nun, Rupert würde sich nicht daran stören, wenn sie sich wusch und ein wenig Wasser ausborgte. Sie wollte sich hier waschen und ein Becken voll für den kommenden Morgen mitschleppen. Sie würde es nötig haben, frisch auszusehen, wenn sie einen Großteil der Nacht damit zuzubringen hatte, auf das Erscheinen der Drachin zu warten.
Sie wusch sich rasch in Ruperts Schüssel, schüttete das Wasser in das Becken des Springbrunnens zurück und hielt die Schüssel unter den Wasserstrahl. In diesem Augenblick öffnete sich krächzend die kristallstrotzende Wand hinter dem Brunnenbecken, und eine Frau spähte um die Ecke. Als sie Karola sah, wollte sie sich sofort wieder zurückziehen, doch Karola brachte sie mit einem schrillen Pfiff zum Innehalten und ließ sie langsam nach vorne tänzeln.
Als die Frau einen kleinen Ausfallschritt um den Brunnenrand hüpfte und in der Mitte des Raumes zum Stehen kam, trat die Hexe auf sie zu.
»Ich bitte um Vergebung, Herrin«, sagte das Mädchen, mit dem Ausdruck schuldbewußter Verwirrung, während seine Füße noch den Tanzschritt vollführten. »Ich wußte nicht, daß das Euer Zimmer ist. Ich suchte den Gott.«
»Der Gott ist gerade unterwegs«, meinte Karola nachsichtig. »Kann ich ihm etwas ausrichten?«
»Das wird nicht nötig sein«, sagte das Mädchen, straffte ein wenig die Schultern und bemühte sich vergeblich, Karola in die Augen zu sehen. »Gott ist allwissend.«
»Wenn dem so ist, weiß ich nicht, warum du hinter dem Brunnen herumschleichst, um ihn zu suchen.« Das Mädchen senkte den Blick und wirkte verwirrter als je zuvor; nun erkannte Karola es wieder. »Du bist doch das Kindermädchen der Tochter der Königin, oder?«
»Ich ... nein, ich meine ... wer seid Ihr denn? Ihr wart doch mit ihm und den Priestern zusammen, nicht wahr?«

»Ich hätte nicht gedacht, daß du das bemerkt hast.«
»Seid Ihr seine Dienerin?«
»Nicht, wenn ich es vermeiden kann«, murmelte Karola.
»Was?«
»Nichts. Ich sagte, man könnte es wohl so nennen. Bist du ganz sicher, daß ich nichts für dich tun kann?«
»Vielleicht doch. Es geht um die Prinzessin.«
Karola schwieg und gab sich alle Mühe, sich nicht anmerken zu lassen, daß sie den Atem anhielt.
»Naja«, sagte das Mädchen und trat von einem Fuß auf den anderen. »Es ist einfach nicht gerecht. Ich weiß, daß Gott alles weiß, aber vermutlich käme er nicht einmal auf den Gedanken, Ihre Majestät in Frage zu stellen, wenn sie von sich aus behauptet, das Kind wäre das ihre. Aber die Prinzessin ist nicht ihre Tochter, wißt Ihr. Sie stammt nicht einmal aus Blutquarz.«
»Nein!« stieß Karola hervor. »Was du nicht sagst!«
»Oh, ja«, bestätigte das Mädchen. »Wißt Ihr, die Königin hat mich selbst geschickt, es bei den Mirageniern abzuholen.«
»Ganz alleine?«
»Einer der Priester hat mich begleitet.«
»Tatsächlich? Dann wissen sie von dem Austausch.«
»Sicher. In dieser Stadt geschieht nichts, was die Priester nicht wüßten – und in die Wege geleitet haben.«
»Doch der Hohepriester trat der Königin gegenüber heute abend sehr mißtrauisch auf ...«
»Da hat er nur Salz in die Wunde gestreut«, erklärte das Mädchen. »Ich wäre froh, wenn Ihr mit dem Gott über ihn sprechen könntet. Er ist alles andere als ein guter Mensch, und ich glaube nicht, daß er aufrichtig gottergeben ist. Als die Königin damals Seine Majestät heiratete, ließ Seine Brillanz sie zu sich rufen. Ich weiß es. Sie ließ sich auf dem Weg durch die Geheimgänge von mir begleiten, deshalb weiß ich überhaupt nur von deren Existenz. Seine Brillanz hat keine Ahnung, daß ich sie kenne, denn ich hielt mich versteckt. Aber ich habe mit angehört, wie er ihr vorschlug, den König mit ihm zu betrügen. Sie hat ihn niemals wirklich abgewiesen, aber

danach hat sie begonnen, ständig zu essen und ihr Haar nur noch einmal täglich bürsten zu lassen. Ich glaube, sie hatte einfach nur Angst. Hätte sie den König betrogen und der hätte es erfahren, wäre sie dem Untergang geweiht gewesen, und hätte sie den Hohenpriester zurückgewiesen, hätte es ebenfalls ihr Ende bedeutet; sie sorgte dafür, daß sie nicht mehr begehrenswert war, und ersparte sich auf diese Weise die Entscheidung. Es funktionierte gut, außer daß sie niemals ein Kind empfing. Seine Brillanz unterbreitete ihr den Plan mit der Ankündigung, daß bald ein Säugling zur Verfügung stände.«

»Und sie erklärte sich damit einverstanden?« erkundigte sich Karola mit wachsendem Zorn. »Obwohl sie wußte, daß das Kind schließlich getötet werden würde?«

»Nicht unbedingt«, verteidigte das Mädchen seine Herrin. »Normalerweise hätte sie dem König bis zum siebten Lebensjahr des Mädchens einen Sohn gebären müssen. Wenn das einträte, wären sie und beide Kinder damit außer Gefahr. Ich fürchte allerdings, Seine Brillanz hat den Plan nur vorgeschlagen, damit es sie bloßstellen und er sich dafür rächen konnte, daß sie ihm den Genuß ihrer Schönheit entzogen hat.« Trotz dieses beschönigenden Abschlusses senkte das Mädchen wieder die Lider und errötete gewiß auch, das Licht reichte allerdings nicht mehr aus, es erkennen zu lassen.

»Nun, es sieht ganz so aus, als wäre sie darauf reingefallen, oder? Ich begreife immer noch nicht, welche Rolle du in der ganzen Sache spielst. Weshalb sollte es dich kümmern, was dem Mädchen zustößt?«

»Oh, Herrin, ich bin ihre Amme. Ich nähre sie an meiner Brust. Wie sollte sie mir da gleichgültig sein? Vielleicht täusche ich mich ja auch, aber ich habe das Gefühl, Gott hat sie mir als Ersatz für meinen eigenen Kleinen geschickt, den ich vor drei Monaten beim Opfer für die Herbst-Tag-und-Nacht-Gleiche verloren hatte, als mein lieber Selig umgebr ... als Gesandter zu Gott erwählt wurde. Als ich nun heute Gott sah, wußte ich, daß ich recht haben mußte, denn er ist nicht so streng wie sein Abbild, sondern wirkt freundlich und liebevoll. Ich weiß jetzt, daß mein Selig ewig glücklich bei ihm ist, daß er Mitleid hatte mit meinem Verlust und mir helfen wird, die Kleine zu beschützen, die er mir zum Trost geschickt hat.«

»Nun, du hast ja eine Menge Gottvertrauen, wie?« fragte Karola.

»Erst seit ich ihn heute mit eigenen Augen gesehen habe. Ich dachte immer, er wäre so hart und grausam wie seine Priester, aber . . .«

Ihr schmachtender Blick, als ihre Augen einen Augenblick lang auf ihrer Erinnerung an Rupert ruhten, war fast peinlich. »Ich verstehe«, sagte Karola schnell. »Und du hast völlig recht. Der Gott ist eine äußerst freundliche Gottheit, und ich bin überzeugt, daß er dir in dieser Sache gerne helfen wird, aber . . .«

Ein Schlurfen und das anschließende Tappen von Füßen vom Gang draußen übertönte ihre Stimme.

»Ist dort drinnen genügend Platz für uns beide?« fragte Karola.

»Es ist sehr eng, ich . . .«, hob das Mädchen an.

»Dann mach dir keine Gedanken. Schnell hinein mit dir!« Sie hatte den Bann längst aufgehoben, doch die Bewegungen des Mädchens waren schneller als jeder Tanzschritt, als sie wieder in der Wand verschwand. Gerade noch rechtzeitig, ehe die tappenden Schritte beim Zimmer angelangt waren und ein Laienbruder Karola von der Tür aus einen bösen Blick zuwarf.

»Was macht Ihr hier?«

»Ich suche meinen Vetter«, antwortete sie unschuldsvoll.

»Er hält sich noch bei Seiner Brillanz auf«, antwortete der Bruder. »Und ich denke, es wäre kein schlechter Einfall, wenn Ihr ebenfalls dort wärt.« Und nach diesen Worten wartete er in steifer Haltung und mit gestrenger Miene, daß sie gehorsam an ihm vorüberging und sich nachdrücklich von ihm in den Raum geleiten ließ, den sie ohnehin hatte aufsuchen wollen.

Rupert wünschte fast, er wäre der Gott, dem er nach Auffassung aller glich. Dann hätte er das ganze Gesindel am Kragen packen und kurzen Prozeß mit ihm machen können. Beide Frauen schienen überzeugt, einen Anspruch auf ihn zu haben. Im Falle von Alireza Mukbar verwunderte ihn das nicht sonderlich, da er sich schließlich von ihr hatte verführen lassen und den Eindruck erweckt hatte, als unterstützte er ihre Pläne für ihre ›gemeinsame Zukunft‹, um ihr weitere Informationen zu entlocken. Doch Effluvias Gegenanspruch verblüffte ihn ebensosehr, wie er ihn anwiderte. Und noch mehr störte ihn der stolze Blick des Hohenpriesters in Richtung der Stinktierfrau.
Darüber hinaus freute sich der Hohepriester offenbar hämisch über die giftigen Pfeile, die die Frauen einander zuschossen, und die häßlichen Dinge, die sie sich an den Kopf schleuderten. Er streichelte Effluvia wie eine Hauskatze, allerdings nur zum Teil, um ihren Schwanz unter Kontrolle zu halten. Die restlichen Motive für die Liebkosung erschienen Rupert eher krankhaft. Und während die Finger des Hohenpriesters durch Effluvias Haar kraulten, klebte sein Blick auf Alirezas wogendem Busen und ihren gestikulierenden Gliedmaßen.
Eines mußte Rupert allerdings an Alireza bewundern. So leidenschaftlich ihre Redeweise und ihre Gesten waren, so verlor sie doch nicht die Kontrolle über sich. Sie wies darauf hin, daß Rupert ihr und ihrer Firma gegenüber eine besondere Verpflichtung hätte und daß man für die Menschen von Blutquarz immer noch irgendwelche Vereinbarungen treffen könnte, wie seine Dienste zu mieten wären. Sie wies weiter darauf hin, daß jeder Versuch, ihn zurückzuhalten, eine ziemlich hohe Schuld aufheben würde, welche die Miragenier noch für die letzte Lieferung Kristallflaschen zu begleichen hatten.
»Und da wir gerade von Flaschen sprechen, Eure Qualitätskontrolle ist wohl auch nicht mehr, was sie einmal war. Diese widerwärtige Hexe, die sich an meinen Verlobten gehängt hat, konnte praktisch die gesamte letzte Schiffsladung befreien. Der ganze Bazar ist noch in Aufruhr, und mein Onkel muß das Bett hüten. Wenn das

Geschöpf, das die Kühnheit besitzt zu behaupten, es sei zu irgendwelchen Ansprüchen in bezug auf den Aufenthaltsort Seiner Hoheit befugt, seine Arbeit als Wächterin ordentlich ausgeführt hätte, wäre die Hexe uns niemals entkommen. Ich verlange ihre Auslieferung.«

»Meine liebe, junge Dame«, sagte der Hohepriester, und Speichel sammelte sich in seinen Mundwinkeln, der bestätigte, wie ernst ihm diese Anrede war. »Wir können sie viel besser verwenden. Wir werden sie bei der Opferfeier, die übermorgen stattfinden wird, einsetzen. Wir schicken mehrere bedeutende Gesandte. Ich bin überzeugt, das Gespräch, das wir kürzlich mit Ihrer Majestät führten, mag vielleicht auch Einfluß auf ihre Entscheidung haben, welche Maßnahmen notwendig sind, um angemessenere Nachkommenschaft zu erwirken...«

Wieder einmal vergaß Rupert seine diplomatische Ausbildung angesichts seiner menschlich verständlichen Empörung. »Hört, Euer Brillanz. Solltet Ihr die Absicht haben, Euch im Rahmen Eurer üblen Gebräuche mit Menschenopfern rücksichtslos eines meiner Stabsangehörigen und eines unschuldigen Kindes zu entledigen...«

»Mein lieber, junger Mann, was für ein absoluter Unsinn! Rücksichtslos? Üble Gebräuche? Wo um alles in der Welt hat man Euch nur solchen Unsinn erzählt?«

»Demnach entspricht es nicht der Wahrheit?« fragte Rupert hoffnungsvoll, und sein errötetes, erhitztes Gesicht beruhigte sich ein wenig.

»Gewiß nicht.«

»Es freut mich, das zu hören. Natürlich dachte ich mir die ganze Zeit über, daß es Unsinn sein müßte, daß einer der größten Magieexporteure der Welt Menschenopfer praktizieren soll...«

»Nun, *dieser* Teil entspricht durchaus der Wahrheit«, gab Seine Brillanz in einem Ton zu, wie man beschämt ein Kompliment annimmt. »Wie sollte es anders sein? Alle menschliche Größe ist das Ergebnis menschlicher Opfer der einen oder anderen Art. Es ist nur natürlich – oder im Falle des Großen Vielfarbigen – übernatürlich. Aber ich kann Euch versichern, daß unsere Gebräuche nichts Übles oder Rücksichtsloses an sich haben. Sie sind außerordentlich geschmackvoll und umgeben von einem Reichtum gesellschaftlich bedeutender Umstände und werden wohlerwogen zu bestimmten Zeiten des Jahres durchgeführt.«

»Aha«, meinte Rupert. »Und welche Zeiten sind das?«

»Oh, es gibt eine ganze Reihe solcher Gelegenheiten. Ich werde gerne dafür sorgen, daß Ihr als Gedächtnisstütze einen Kalender bereitgestellt bekommt. Vorläufig hat Euch nur die zu interessieren, die morgen abend vor Sonnenuntergang begangen wird. Im Augenblick werden die Vorbereitungen für die Zeremonie heute nacht getroffen, bei der wir die angemessenen Bedingungen schaffen werden. Ich wünschte, ich könnte Euch einladen, ihr beizuwohnen, aber das würde Euch nur die Überraschung verderben.«

»Selbstverständlich wollen wir uns nicht die Überraschung verderben lassen«, meinte Rupert und konnte sich kaum beherrschen, seinen Sarkasmus nicht durchklingen zu lassen. »Sagt mir, wen wollt Ihr denn diesmal töten?«

»Töten? Wir töten niemanden. Wir schicken unsere Gesandten lebend in den Rachen Gottes, der sie dann wieder als Zauberwesen ausspeit, die sodann die Fähigkeit besitzen, auf weit erstaunlichere und nützlichere Weise als zuvor zu dienen. Ihr müßt verstehen, daß wir im Gegensatz zu den primitiveren Völkern, die unsere religiöse Verehrung kläglich nachahmen, gewöhnlich nicht die wertvollsten Mitglieder unserer Gesellschaft: schöne Jungfrauen, gut aussehende Helden und solche Leute. Nur unter außergewöhnlichen und in dieser Hinsicht mildernden Umständen geht ein anziehender Mensch zu Gott. Nein, wir schicken jene, die in ihrer gegenwärtigen Gestalt irgendwie nicht in der Lage sind, ihren größten Beitrag zu leisten: Diebe, Abweichler, versteht Ihr, untaugliche Ehefrauen, Kinder vom falschen Geschlecht ...«

»Töchter, meint Ihr«, warf Karola von der Tür aus ein, durch die ihr Wächter sie drängte, so daß ihr Auftritt zwischen den klirrenden Kristallperlen plötzlich und dramatisch wirkte. Effluvia und

Alireza, die ihr Wortgefecht lange genug unterbrochen hatten, um zuzuhören, wie der Mann, um den sie sich stritten, von jenem aufgeklärt wurde, der befugt war, ihn einer der weiblichen Bewerberinnen zuzusprechen, sahen sich gleichermaßen böse nach der Störung um.

»Natürlich«, erwiderte Seine Brillanz und winkte die beiden Neuankömmlinge herein, ohne sich im geringsten beeindrucken zu lassen. »Was sollte ich sonst meinen. Aber versteht Ihr, nicht nur die Kinder, sondern alle Gesandten tragen durch ihre eigene mangelnde Eignung, sich unter dem Rest unseres Volkes zu bewegen, das Zeichen Gottes für ihre Umwandlung. Was die Umwandlung selbst angeht, so sorgt Gott in seiner Pracht dafür. Wir Priester bringen die Gesandten nur dar und sind persönlich für nichts anderes als die Opferung, die Einsammlung des Ergebnisses und die Sorge für die ordnungsgemäße Verpackung und Nutzung verantwortlich. Darüber hinaus sorgen wir nur dafür, daß die Gewinne, die mit den Opfern erwirtschaftet werden, in die richtigen Kanäle fließen und damit das nationale magische Bruttosozialprodukt vergrößern.«

»Hm«, sagte Karola. »Ich frage mich, ob meine Urgroßmutter, die zur Steigerung ihrer Zauberkräfte kleine Kinder verspeiste, die Sache aus dem gleichen Blickwinkel sah.«

»Das ist doch etwas völlig anderes!« erklärte der Laienbruder neben ihr und gab sich alle Mühe, sie bedrohlich zu überragen.

Effluvia ergriff das Wort, und ihr Schwanz zuckte unheilvoller denn je in die Höhe. »Gab es irgendeinen Grund für diese unverschämte Störung? Ich hatte geglaubt, die Untergebenen wären bereits sicher verwahrt worden, Euer Brillanz.«

»Ich fand sie im Zimmer des Gottes«, erklärte der dicke Laienbruder dem Hohenpriester. »Und das, nachdem ich Bruder Bullkuh sie so sicher in ihre Kammer einschließen sah, wie ich sie jetzt hier stehen sehe.«

»Ich wollte mit Seiner Hoheit unter vier Augen sprechen«, erläuterte Karola mit geduldigem Lächeln und genoß das Unbehagen der anderen richtiggehend.

»Ich fürchte, das wird nicht möglich sein«, meinte Alireza und schob ihren Arm unter Ruperts. »Seine Hoheit ist für diese Unterredung unverzichtbar.«
Rupert reckte entschlossen das Kinn vor, und seine Augen funkelten einen Augenblick lang, als er sich entschieden und mit zielstrebiger Vorsicht löste. »Ihr werdet gewiß einen Augenblick ohne mich auskommen, damit ich mich mit meinem Stab beraten kann«, meinte er.
Der Hohepriester mischte sich ein. »Nur einen Augenblick, Euer Hoheit. Es gibt vieles, das Ihr verstehen und erfahren müßt, vieles, das wir untereinander klären müssen, ehe wir Euch dem Volk zeigen, und wir haben äußerst wenig Zeit. All das muß morgen stattfinden. Wir müssen alle gut ausgeruht sein, damit Ihr gründlich versteht, was man Euch sagen wird. Ich kann Mademoiselle Mukbar nur noch einen kleinen Augenblick zur Erläuterung der Lage opfern und muß mich dann sputen, meine Aufgaben bei der Zeremonie heute nacht zu erfüllen. Das einzig Wissenswerte, was Eure Stabsangehörige möglicherweise zu dieser Diskussion beitragen kann, ist eine Erklärung, wie sie hierhergelangen konnte. Alle Gästeunterkünfte sind automatisch verschlossen. Hängt das irgendwie mit ihren Zauberkräften zusammen?«
»Davon könnt Ihr ausgehen«, entgegnete Rupert schnell.
»Kann ich. Tat ich bereits. Seid so freundlich, mich aufzuklären. Fremde Magie interessiert mich immer sehr. Man kann auch aus den bescheidensten Quellen noch etwas lernen.«
»Nun ja. Also, versteht Ihr, meine Base ist zufälligerweise eine ganz besondere Art von Hexe. Sie behext gerade Türen sehr stark. Die Türen finden ihre Kräfte unwiderstehlich.«
»Bemerkenswert«, sagte der Hohepriester. »Und wie wirken diese Kräfte genau?«
»Das weiß der Himmel«, meinte Rupert und lächelte unschuldig. Als der Hohepriester mit den Fingernägeln auf die Armlehne seines Kristallthrones zu trommeln begann, fügte der Prinz rasch – und wie er hoffte, in gelehrtem und kenntnisreichem Ton – hinzu: »Ihr müßt begreifen, daß magische Kräfte für eine argonische He-

xe häufig eine Frage der Vererbung sind. Väterlicherseits stammt meine Base von einer Holznymphe ab. Das Holz der Türen erkennt sie immer noch als Verwandtschaftscharakteristikum. Und um dieser Verbindung willen weigert es sich, sie auf andere, allgemein üblichere Weise zu beschränken oder mit Leuten zusammenzuarbeiten, deren Absicht dies ist.«

»Liebe Güte, das ist ja erstaunlich!« sagte Alireza mit betörendem Augenaufschlag. »Ich glaube nicht, daß ich jemals eine so hervorragende Erklärung für diese besondere Art von magischer Kraft gehört habe.«

Bruder Bullkuh kam hereingestürzt, ehe Rupert der Versuchung erlag, die Erklärung noch aufregender zu gestalten. Die spinnendürren Beine des Bruders schritten unter seinem goldfarbenen, windelartigen Tempelgewand weit aus. Schweißperlen sprenkelten seine hohe Stirn. »Euer Brillanz, bitte habt Nachsicht, doch ich muß Euch stören. Gerade kam ein Bote vom Palast. Die Königin sagt ...«

»Doch nicht in aller Öffentlichkeit, du Dummkopf«, fauchte Seine Brillanz. »Liebreizende Damen, Euer Hoheit, ich fürchte, wir müssen dieses Gespräch auf später vertagen. Bruder Erng, bitte sorgt dafür, daß Karola wieder hinter ihre freundliche Tür gebracht wird, aber stellt diesmal einen Laienbruder auf, der darüber wachen soll, daß die Tür nicht wieder so leicht ihren Reizen erliegt. Mademoiselle Mukbar, es tut mir leid, Euch entlassen zu müssen, aber ...«

»Ich verstehe.«

»Effluvia, meine Liebe, wenn du einen Augenblick warten würdest. Und vergeßt nicht, Euer Hoheit, Eure Unterweisung beginnt früh am Morgen.«

Rupert nickte ihm knapp zu und folgte Karola und Bruder Erng, der die Tür hinter Karola schloß und einen Wachposten aufstellte, ehe Rupert erfahren konnte, warum sie ihn gesucht hatte. Hinter der Tür seiner eigenen behaglichen Unterkunft ging er einen Augenblick lang auf und ab, riß an einem Daumennagel und starrte zerstreut in den Springbrunnen. Alsbald hörte er ein schwaches

Quietschen. Jemand betrachtete ihn scheu hinter dem Springbrunnen hervor. Er ging langsam im Bogen um das Becken. Sie trat ebenso langsam, immer noch mit ehrfurchtsvollem Blick, der ihn unter halb gesenkten Lidern fast verschlang, hervor; sie hatte langes Haar, jedoch nicht von einem goldgelben Ton, wie er in Blutquarz üblich war, sondern von einem hellen, goldgesträhnten Karamel, das nun ihr Gesicht umschattete. Er reichte ihr die Hand, um sie um den Brunnen herumzuführen. Er war völlig verblüfft, als sie plötzlich auf die Knie fiel, daß ihr das Haar vom Kopf strömte, als sie Gesicht und Arme an den Boden drückte.

»Meine liebe Dame«, sagte er und kniete neben sie, »seid Ihr krank?«

»Nein, edler Farbenreicher. Ich kam, Euch anzubeten und anzuflehen. Ich bat schon Eure Dienerin um Hilfe und flehe Euch an, gnädig zu sein und mir meine Bitte zu erfüllen.«

»Ja, und wie lautet die?« fragte Rupert. »Meine . . . Dienerin wurde unvermeidlich aufgehalten, ehe sie mich darauf ansprechen konnte.«

»Mein Herr, ich bitte Euch, die kleine Prinzessin, mein Liebchen, zu verschonen. Nehmt mich an ihrer Statt, wenn es sein muß, aber verschont sie. Sie ist so klein und hilflos und ist doch nicht wirklich die Tochter der Königin.«

»Liebreizende Dame, nichts könnte mir mehr am Herzen liegen. Aber wie sollte ich das bewirken können?«

Sie schreckte zurück. »Wie Ihr das bewirken könnt? Aber . . . ach, ich verstehe. Ihr wollt mich auf die Probe stellen, nicht wahr? Ihr prüft meinen Glauben. Aber ich glaube an Euch, was Ihr verstehen müßt, auch wenn Ihr mein Herz durchschaut und wißt, daß ich Eure Priester abscheulich grausam und Euer Abbild abstoßend finde. Persönlich hingegen stellt Ihr alles dar, was ich mir von einem Gott wünschen könnte.« Sie schaute ihm bei diesen Worten nachdenklich in die Augen, und er streichelte unwillkürlich ihre Wange und strich ihr das Haar zurück, während sie sprach. »Ihr seid so herzlich, und ich weiß, daß Ihr freundlich seid – Ihr seid Gott. Ihr braucht sie doch nur zu verschonen, oder nicht?«

Rupert hörte auf, sie zu streicheln, und blickte auf den Boden. »Oder nicht? Ist Eure freundliche Miene ein grausamerer Spott als die Fäuste Eurer Priester?«

»Glaubt mir, ich spotte nicht«, antwortete der Prinz, schaute schnell wieder hoch und schöpfte Mut aus ihrer Verzweiflung, ja, ihrer Hilflosigkeit. »Ich möchte dem Kind helfen, aber dazu muß ich gegen diese boshaften Priester, die Ihr so tapfer auf Eure bewundernswürdige, beherzte Art anklagt, vorgehen.«

Sie seufzte, lächelte ein wenig, und allmählich wich das Mißtrauen aus ihrer Miene. »Aber könntet Ihr ihnen denn nicht die Regenbogen verweigern, die sie heute abend suchen, und ihre Pläne auf diese Weise vereiteln?«

»So einfach ist das nicht«, sagte er. Er wünschte sich inbrünstig, ihr zu erklären, daß er kein Gott war, aber er bezweifelte, daß sie ihm glauben würde. Außerdem suchte sie ja seine Hilfe als Gott für Bronwyns Kind. »Versteht Ihr, in dieser Inkarnationsform sind mir viele meiner Kräfte vorenthalten worden. Meine Base, die Ihr meine Dienerin nennt, versteht eine ganze Menge. Sie ist auch eine Art niedere Göttin.« Er war ziemlich stolz auf diesen Einfall. Warum sollte er die Bürde der Vergötterung alleine tragen? Und Karola war besser für diese Rolle ausgestattet als er. »Gebt mir eine Gelegenheit, mit ihr zu sprechen.«

»Wann?«

»Ich fürchte, das wird erst morgen möglich sein. Sie ist wieder in ihr Zimmer eingesperrt, und diesmal mit einer Wache vor der Tür.«

»Aber das ist keine Schwierigkeit für Euch, Großer Prismatiker!«

»Tatsächlich nicht?«

»Nein, denn Ihr habt *mir* den Weg gewiesen, Euch zu helfen. Ihr müßt nur den Geheimgang benutzen und sie hierherbringen.«

»Daß ich daran aber auch nicht gedacht habe! Das werde ich. Die Wachen werden ohnehin abgelenkt sein durch die Feier und das Durcheinander im Palast, um dessentwillen Bruder Bullkuh in den Audienzsaal geplatzt kam.«

»Im Palast?« fragte sie heftig und sprang auf die Beine. »Im Palast gibt es irgendein Durcheinander? Was für Durcheinander?«
»Ich weiß es nicht. Die Königin wollte dem Priester wegen irgend etwas eine Nachricht zukommen lassen . . .«
»Oh, nein! Ich hätte nicht so lange bleiben dürfen. Sie werden bemerken, daß ich fort bin und das Kind alleingelassen habe. Oh bitte, erfüllt meinen Wunsch! Rettet mein Kind!«
»Ich habe eine bessere Idee. Warum gebt Ihr das Kind nicht in meine Obhut? Dann können meine Dienerin und ich Euch beide in Sicherheit bringen. Um Euch die Wahrheit zu sagen, das ist der Grund, warum ich diesmal deinem Volk erschienen bin.«
»Tatsächlich?« Ihre Stimme klang so schwach, daß er glaubte, sie würde ohnmächtig zu Boden sinken, ehe er ihr wieder in den Geheimgang helfen konnte.
»Tatsächlich. Aber Ihr müßt uns helfen. Wir können Euch das Kind nicht hierherbringen lassen. Wißt Ihr einen sicheren Ort?«
»Bis morgen abend ist der sicherste Platz in ganz Blutquarz Euer Heiligtum, das für alle anderen verboten ist. Euer Standbild im Hafen.«
»Wunderbar. Ihr holt den Säugling. Ich werde Karola holen, und wir treffen uns dort und – entschuldigt, ich fürchte, ich weiß noch nicht einmal Euren Namen.«
»Jushia«, sagte sie.
»Oh ja. Jushia, natürlich. Wie auch sonst«, sagte er, als er sich etwas verspätet daran erinnerte, daß er ja angeblich allwissend war. »Jushia, sorgt Euch nicht.«
»Oh nein, Herr. Mit Euch an meiner Seite niemals. Alles andere wäre Ketzerei.«
»Braves Mädchen«, strahlte er und tätschelte sie gönnerhaft, als sie vor ihm her in den Geheimgang floh.
Er hatte einen Fuß auf der Schwelle, als an der Tür ein ganz leises Klopfen ertönte; dann ein Scharren, als jemand sie aufdrückte. Rupert schloß die Tür zum Geheimgang, klemmte dabei seinen Ärmel ein und war immer noch damit beschäftigt, ihn herauszuzerren, als Alireza Mukbar ins Zimmer geschlichen kam.

»Rupert, Liebling. Da bin ich. Tut mir leid, daß es so lange gedauert hat, aber ich brauchte eine Weile, ehe ich diese verfluchte Wache bestechen konnte. Ich erklärte ihnen zwar, wie enttäuscht ihr Gott wäre, wenn ich nicht käme, aber diese Burschen haben ja kein Fünkchen Romantik im Herzen. Komm zu mir, mein Lieb . . . was treibst du dort eigentlich?«

»Ich wasche einen Fleck aus meiner Jacke«, erklärte er und plätscherte ein wenig in dem Brunnen herum, während er immer noch heimlich versuchte, seinen Ärmel herauszuziehen, ohne ihn zu zerreißen.

»Während du noch darinsteckst? Dummer Junge. Männer sind ja so hilflos. Was glaubst du eigentlich, wozu Diener existieren?« Sie wogte auf ihn zu, und als er sich umdrehte, ihr den Blick auf die Tür zu versperren, löste sich auch sein Ärmel oder zumindest ein Großteil davon.

»Na, ist ja schon besser«, sagte er und hielt den besagten Arm hinter den Rücken. »Nun denn, was kann ich für dich tun?«

»Was *du* für *mich* tun kannst? Schätzchen, sei nicht albern. Wo du doch genau weißt, daß du darauf branntest, mich zu sehen. Rupert, du *hast* doch darauf gebrannt, mich zu sehen, oder? Du wirst doch wohl diese scheußliche Stinktierfrau nicht ernsthaft in Betracht ziehen?«

Ihre ergötzliche Unterlippe bebte, doch Rupert war zu abgelenkt, um sich dafür zu interessieren. Und wenn sie nun das Scharren hinter den Wänden mitbekäme?

»Alireza, du bist eine wunderschöne und begehrenswerte Frau«, sagte er ein wenig zu laut, als daß es vertraut hätte klingen können.

»Ja, natürlich«, antwortete sie, und ihre Augen weiteten sich vor Schreck.

»Nun, ich habe dich vielleicht ausgenutzt. Nein, nein, lege keinen so liebevollen Widerspruch ein. Ich bin aalglatt, wenn ich es für nützlich halte. Du hast das wahrscheinlich noch nicht kapiert.«

»Nicht kapiert? Hältst du mich für einen Dummkopf? Ich wußte, daß du hierherkommen würdest. Ich . . .«

»Ja, aber daß ich die Rauchdinger freilassen würde, wußtest du doch nicht? Oder? Ich bezweifle, daß du auf diesen Gedanken gekommen wärst.«

»Ehrlich, Rupert, das war schon ziemlich rücksichtslos von dir. Um die Schäden, die sie in der Stadt angerichtet haben, wieder auszubessern, wird man dich dreimal mit Goldstücken aufwiegen müssen. Nicht einmal der gerissenste Profitprophet kann vorhersagen, was geschehen wird, wenn sie sich entschließen, ihre Wut noch anderweitig auszulassen. Macht es dir denn gar keine Gedanken, daß sie *mir* ein Leid hätten zufügen können? Sie verfolgten meinen Teppich, bis ich die Stadtmauern überflogen hatte.«

»Man kann ihnen wirklich keinen Vorwurf daraus machen«, sagte Rupert. »Ich hätte dich auch verfolgt.«

»Du bist zu galant«, erwiderte sie und warf ihm einen Blick zu, der so heiß war wie die Wüste, wo ihre Macht begründet lag.

»Nein, das habe ich damit nicht gemeint. Ich kann es nur den Dingern in den Flaschen nicht verdenken, daß sie es übelnehmen, als Sklaven gehalten zu werden.«

»Liebchen, du bist ein wenig durcheinander. *Menschen* können Sklaven sein. Zauberwesen existieren einfach nur. Wenn sie einen nützlichen Gebrauchswert darstellen, bedient man sich ihrer, aber . . .«

»Ohne ihr Einverständnis?«

»Ich gebe zu, daß noch keiner jemals auf den Gedanken kam, sie zu fragen.«

»Da hast du's. Du gibst es ja zu.«

»Was gebe ich zu? Wieso willst du mir plötzlich erzählen, wie ich meine Geschäfte zu führen habe? Ich kam hierher, um . . .«

»Psst«, sagte Rupert und drückte ihr Gesicht an seine Brust, ehe er sie zur Tür schob. »Du hast eine lange Reise hinter dir und bist nun allmählich ein bißchen überreizt. Ich denke, wir sollten uns später darüber unterhalten. Schlaf jetzt schön. Wir sehen uns morgen.«

Sie hatte beim Eintreten seine Tür offen gelassen, und als er sie nun hinausschob, legte er den Riegel vor, der die Tür von innen verschloß. Er gestattete sich ein erleichtertes Seufzen darüber, daß zur diplomatischen Ausbildung auch die Frage gehörte, wie man einen Streit heraufbeschwor, und nicht nur, wie man einen vermied. Aus dem Geheimgang hinter den Wänden hallte Lärm, die Geheimtür wurde aufgestoßen, und Karola quoll heraus und in das Brunnenbecken.

Sie prustete und triefte, als sie auf den Teppich herausstieg, wobei Rupert ihr mit einer Mischung aus Bestürzung und Verwunderung zusah. »Ich wußte doch, daß hier irgendwo der Ausgang sein mußte«, meinte sie und nickte nachdrücklich und triumphierend in Richtung der Tür. »Aber wo ist diese Frau? Hat sie dich aufgesucht?«

»Welche Frau?« fragte er in etwas wehleidigem Ton. »Du bist nun schon die dritte Frau, die mich aufsucht, seit ich den Audienzsaal verlassen habe.«

»Armes Kerlchen! Ich meine die Amme des Säuglings. Oder war sie heute abend bei der Schar deiner Verehrerinnen?«

»Cousine, Sarkasmus steht dir in deiner Rolle als Priesterin schlecht an.«

»Wäre es dir lieber, wenn ich statt dessen Menschenopfer darbrächte?«

»Lassen wir das. Um deine Frage zu beantworten, ja, Jushia war hier. Wenn du vielleicht wieder in den Geheimgang schlüpfen würdest, ehe wir noch einmal aufgehalten werden, werde ich dir unterwegs alles darüber erzählen.«

Der Reiseholzhändler Timoteo zitterte in seinen durchnäßten Kleidern und wünschte, seine Komplizen hätten daran gedacht, ihm trockene Sachen zum Wechseln bereitzulegen. Er fühlte sich wie ein in nasse Blätter gewickelter Backfisch, als er sich in das winzige Versteck unter dem Weg kauerte, der zwischen Burgwall und Kanal verlief. Er würde erst trocknen müssen, ehe er seinen Plan ausführte, weil er sonst dicke, schlammige Fußspuren auf dem ganzen Palastboden hinterließ.

Ihm kam es vor, als seien Wochen und nicht erst Stunden vergangen, seit die Priester auf der Suche nach ihm umhergeplanscht waren und man die Zugbrücke endlich hochgezogen hatte. Er war froh, den Eingang tatsächlich dort, wo seine Komplizen es ihm erklärt hatten, und durch eine Muschelkette deutlich markiert, zu finden, die er hinter sich her hineinzog. Er war nie besonders begeistert in Flüsse gesprungen, doch das nackte Entsetzen, mit welchem er den Prinzen und die Hexe zur Vorbereitung dieses Augenblicks so tief beeindruckt hatte, war mehr oder weniger gespielt gewesen. Sie waren beide, dessen konnte er sicher sein, zutiefst überzeugt, daß er ertrunken war, und ihre Überzeugung würde auch die Priester überzeugen. Sein Versteck würde ein Geheimnis bleiben, wie es das seit jener Zeit war, da es die Vorfahren seiner Freunde heimlich unter dem Weg gegraben hatten, den sie als Sklaven erbaut hatten. Dieses zugegebenermaßen bescheidene Geheimnis war vom Vater an den Sohn, von der Mutter an die Tochter weitergegeben worden und hatte sich als nützlich erwiesen, um an beiden Enden des Weges an den Wachen vorbei und auf die Zugbrücke zu schlüpfen, wenn diese für größeren Andrang herabgelassen war. Die Benutzung des kleinen Raumes verschaffte seinen Freunden die Möglichkeit, lästigen Fragen aus dem Wege zu gehen, und ersparte ihnen unwahre Entschuldigungen für ihr Kommen und Gehen, wenn die wahren Gründe mit Sicherheit weder den Wachen noch Ihren Majestäten gefallen hätten.

Er hörte das Ächzen von Eisen und Gebälk, und die steinverstärkten Wände der kleinen Kammer bebten ein wenig, als die Zugbrücke auf den Weg über ihm herabpolterte. Er benutzte nicht den Eingang, durch den er hereingekommen war, nahm statt dessen den auf der gegenüberliegenden Seite des Erdwalls, der unter der Brücke direkt über dem Wasserspiegel des Grabens lag und tiefer war als der des Kanals. Seine Begleiter hatten ihm versichert, daß die Wachen gewöhnlich mit dem Rücken zum Schloß standen, und da die schwere Brücke herabgelassen war, würde man nicht bemerken, wenn er hinausschlüpfte.

Schritte wurden von Stimmen überlagert. Als der Lärm über Timoteo eine seiner Ansicht nach ausreichend große Lautstärke er-

reicht hatte, schwang er sich auf die Brücke und landete kunstvollendet auf den Beinen. Der meiste Verkehr konzentrierte sich auf der Mitte der Brücke, doch es schlenderten noch genügend Leute an den Rändern entlang, und so fiel Timoteo nicht auf. Nicht einer warf ihm einen zweiten Blick zu; jeder ging zielstrebig seinen eigenen Angelegenheiten nach, die – den Gesichtern nach zu schließen – nicht besonders erfreulich sein konnten.
Timoteo blickte finster drein und marschierte kühn gegen den Menschenstrom; er trug ein Gesicht zur Schau, das allen, die ihn sahen, verkündete, daß er ein vielbeschäftigter, bedeutender Mann war, der zufällig naß geworden war und dringend zum Umziehen sein Zimmer im Palast aufsuchen mußte, ehe er sich wieder den Leuten anschloß, die zur Feier davonhasteten. Er hielt sich in der Menge, bis er im Innern des Schlosses stand. Seine Verbündeten hatten ihm einen Grundriß aufgezeichnet, den er sich einprägte, so daß er nun keinerlei Schwierigkeiten hatte, den Abtrittsturm zu finden, wo er sich in der ummauerten Dunkelheit versteckte, in der ein fast ebenso überwältigend übler Geruch herrschte, wie ihn die Stinktierfrau verströmte. Um sich die Zeit zu vertreiben, bis die meisten Bewohner das Schloß verlassen hätten, rief er sich seine jüngsten Reisen in vier verschiedene Länder ins Gedächtnis und ging noch einmal die Anweisungen durch, die die Verwandten seiner Verbündeten ihm erteilt hatten. Er hoffte, daß die Beziehungen zwischen seinen Kontaktleuten und ihren Angehörigen freundlich geblieben waren und daß das verabredete Zeichen hier auch tatsächlich vorbereitet war. Wenn nicht . . .
Mit diesem kurzen Anflug flüchtiger Besorgnis kam er zu dem Schluß, daß die Luft in seinem Versteck ihn bedrückte. Timoteo schlüpfte hinaus in die fackelerleuchtete Halle, bog nach links in eines der Schlafzimmer, trocknete sich Füße und Beine ab und bedauerte, daß er sich nicht ein oder zwei trockene Kleidungsstükke ausleihen konnte, ohne damit Hinweise auf seine Identität zu liefern. Er benutzte, um ins zweite Stockwerk zu gelangen, den vorderen Treppenaufgang und die Hauptkorridore aus der Überlegung heraus, daß es bei der Feier, wie man sie ihm geschildert

hatte, wahrscheinlicher war, einem oder zwei kleinen Dienstboten, die auf den Trost ihrer Religion verzichteten, über den Weg zu laufen als seinen oder ihren Vorgesetzten. Als er am Kinderzimmer ankam, erwartete er, daß die Amme und ihr Schutzbefohlenes nicht da wären, sondern ihren geistlichen Pflichten nachkämen.
Timoteo öffnete die Tür zum Kinderzimmer, als hätte er eine Nachricht zu überbringen. Doch, wie er schon erwartet hatte, sie war nicht da. Der Raum lag im Dunkeln, duftete angenehm nach Baby-Öl und Puder, und in der Luft hing auch noch ganz schwach der Geruch von schmutzigen Windeln. Die Pritsche der Amme war leer, die Decke ordentlich über das Kissen gezogen. Jenseits des schmalen Fensters rollte Donner, und Blitze zuckten über die Scheibe. Aus der Wiege neben dem Fenster erklang ein leises, klägliches Weinen. Mit einem Lächeln kniete Timoteo sich nieder, hob sein Opfer heraus und beruhigte die Kleine mit den ausgefallenen Versprechungen, die er weiblichen Wesen aller Altersstufen zu machen pflegte.
Nun kam der schwierige Teil, nämlich der, wo fremde Hilfe benötigt war. Plötzlich hatte Timoteo das Gefühl, daß diese nicht käme und seine Verbündeten in der Stadt nicht auf sein Zeichen achten würden. Obgleich die Pläne von Anbeginn an für den Abend dieser Feier geschmiedet worden waren, hatte er nach seiner Ankunft nicht die Gelegenheit gehabt, mit jemandem Kontakt aufzunehmen und ihn von seiner Anwesenheit zu unterrichten. Daß der Kahn sich in der Nähe des unterirdischen Raumes befunden hatte, war ein glücklicher Zufall gewesen, an dessen Stelle er viel gezielter hätte vorgehen sollen und vorgegangen wäre, hätte er nicht zusammen mit der Hexe und dem Prinzen unter Bewachung gestanden. Und doch waren seine Bündnispartner außerordentlich gut über alle Vorgänge in und um den Tempel und den Palast informiert. Er mußte einfach darauf vertrauen, daß man seine mißliche Lage beobachtet hatte.
Vor der Tür hob Timoteo eine Fackel aus ihrer Halterung und trug sie zurück ins dunkle Zimmer. Er hielt den Säugling in seine Armbeuge geschmiegt, führte die Fackel ans Fenster und schwenkte sie

langsam und exakt nach einem verabredeten Zeichen, damit es nicht mit einem Blitz zu verwechseln war.

Das Kind schlief an seiner Brust, und Timoteo zog seinen feuchten Umhang über die Decke der Kleinen, als er sie den Gang entlang und die Treppen hinab zum Dienstboteneingang trug. Kaum hatte er die Tür erreicht, als ein zweiter Blitz ein Seil erhellte, das sich die Mauer herabschlängelte, von der ein Mann ihm die Arme entgegenreckte.

Timoteo reichte ihm das Kind und erklomm das Seil ohne weitere Aufforderung. Große Erleichterung durchströmte ihn, als der Mann das Kind einer Frau übergab, die in einem kleinen Boot auf der anderen Seite der Mauer wartete. Die Frau barg das Kind an ihrer Brust. Die Männer stiegen zu ihr ins Boot und ruderten schweigend zum anderen Ufer.

Timoteo hatte die Sache den Verwandten seiner Freunde anvertrauen müssen. Sie wußten, wie man ein Kind raubte. Natürlich gab es noch genügend zu tun, doch der schwierigste Teil war überstanden. Mit dem Rest konnte man sich später befassen, sobald sie sich gefahrlos unterhalten konnten.

X

Rupert wäre gerne vorangegangen, wurde aber dann doch trotz bester Absichten davon abgehalten. Der Gang, der gerade ausreichte, eine durchschnittlich große bis kleine Person durchzulassen, kostete ihn beachtliche Verrenkungen und akrobatische Kunststücke, um sich hindurchzuzwängen. Der sperrige Eschenholzschild auf seinem Rücken machte diese Anstrengungen nicht gerade leichter, und bei jeder Drehung und Biegung verfing er sich an den Wänden, aber Rupert wagte nicht, ihn zurückzulassen. Die Erklärungen und Anweisungen, die er hatte von sich geben wollen, mußten warten, bis er und Karola an eine weiträumigere Stelle gelangten, wo eine Treppe nach unten führte, von der auf jedem Absatz schmalere Korridore nach beiden Seiten abzweigten.

Er berichtete seiner Cousine in groben Zügen Jushias Nachricht und schloß mit der Ankündigung, daß sie sich mitten während der – wie die Feier genannt wurde – Zeremonie des Mitternachtsregenbogens zu dem Götterbild durchschlagen mußten.

»Hm«, meinte Karola. »Klingt für mich wie ein esoterisches Kaffeekränzchen für alte Fallenstellerfrauen oder so etwas. Aber vermutlich werden alle damit eine Weile zu beschäftigt sein, um uns zu verfolgen.«

»Ich schlage vor, daß wir weitermachen«, entgegnete Rupert, »es sei denn, du möchtest wieder in deinem Kerker schmachten. Weißt du, ich komme mit dieser Sache auch alleine zurecht.«

»Das fällt mir nicht im Traum ein. Sobald wir erst das Kind haben, wüßte ich nicht, was uns auf unserem Weg zurück nach Argonia aufhalten sollte. Und ich fürchte, wenn wir noch einmal geschnappt werden, werde ich irgendwo anders schmachten müssen als in dem hübschen Zimmer, aus dem ich diesmal so listig verschwunden bin. Man wird verdammt gut bedient, wenn man sich mit einem Gott zusammentut.«

»Ich bin kein Gott«, antwortete Rupert gereizt.

»Tja, ich denke, wir sollten uns beide Mühe geben, das nicht zu vergessen, wie?« Karola und Rupert stiegen während ihres Gesprächs die Treppe hinab und standen plötzlich vor einer kahlen Wand. Obwohl sie das Hindernis abtasteten und Rupert so weit ging, sich mit der Schulter mit aller Kraft dagegenzustemmen, eröffnete sie keinen Ausweg. Karola summte leise mehrere religiös klingende Lieder, ehe ihr einfiel, daß der Hauptzweck des Geheimgangs war, verliebte Stelldicheins zu ermöglichen. Daraufhin stimmte sie eine der Lieblingsballaden ihres Vaters an, von unrechtmäßiger Liebe, gehörnten Ehemännern und geschwätzigen Pferdeknechten, die ein besonders schauerliches Ende fanden. Die Wand schwenkte fast lautlos auf sie zu und hätte sie beide fast plattgedrückt, ehe beide um sie herumhuschen und nach draußen schleichen konnten.

Der Nebel hatte sich verändert. War er in den früheren Abendstunden dicht und von alles verschleierndem Silberweiß gewesen, so umgab er sie nun in einem schillernden Kaleidoskop perlmuttartiger Farben, die von außen erhellt und von gelegentlichen Schatten bewegt wurden. Karola und Rupert gingen vorsichtig hindurch, lauschten auf das Auf- und Abgehen des Wachpostens und das Plätschern des Wassers am Kanalufer. Sie hörten nur ein leises Hintergrundgeräusch, und als sie dann weitergingen, gedämpften Singsang, der mit den Farbstrudeln anschwoll und zu den Docks hin zu fast lautlosem Gemurmel verebbte, daß es nur noch wie das durch Nebel und Ferne gedämpfte Einatmen eines riesigen Ungeheuers zischte.

Karola schlich weiter, und Rupert verlor im Nebel ihren Rockzipfel aus den Augen, bis ihre Hand nach hinten griff und sie ihn mit zuckenden Fingern aufforderte, ihr zu folgen. Er tat wie geheißen, und es bedurfte nicht der mahnenden Geste dieser Finger, die sie stillegebietend auf die Lippen legte. Rupert verhielt sich völlig ruhig, und der Atem stockte ihm, als er die Szene überblickte, die sich vor ihnen ausbreitete.

Das Licht von Mond, Sternen, Fackeln und Kerzen fiel durch die Kristallscheiben der Schreine, die das Ufer säumten. Schillernde Blasen schwebten in der Brise über den Kanal, beleuchteten das

Wasser und sammelten die Widerspiegelungen der hell erleuchteten Schreine, um sie als dunkle, feuchte Abbilder ihrer Erscheinung bei Tageslicht in den Kanal zu werfen. Irgendwo inmitten des Lichts hinter den blendenden Scheiben wankten in die Länge gezogene Schatten und stimmten einen regelmäßigen und monotonen Gesang wie Trommelschlag an. Der Fluß in der Nähe der Anlegestelle des Tempels wurde von dem hohen Gebäude überschattet und lag im Dunkeln. Mit einem vielsagenden Blick zu Rupert zurück ließ Karola sich in den Fluß gleiten. Rupert wartete, bis er seinen Schild so festgegurtet hatte, daß die Wehr seine Bewegungen nicht übermäßig behinderte, zog dann seine Stiefel aus und ließ sie mit Wasser vollaufen und untergehen, ehe er Karola folgte. Das Wasser war warm und duftete nach dem frischen Wind, der Gewitter herantrug.

»Schwimmst du ausdauernd und kräftig genug, um den Hafen zu erreichen?« fragte sie.

»Ich war ja wohl auch kräftig genug, dich zu retten«, erinnerte er Karola.

»Ich weiß, aber das war nur ein kurzes Stück. Das hier ist ziemlich lang.«

»Ja, ich weiß schon, aber ich glaube, daß mir der Kamm im Wasser vielleicht einen gewissen Vorteil verschafft. Beim letzten Mal schien mir das Atmen nicht die geringsten Schwierigkeiten zu bereiten.«

»Schön. Wir können die meiste Zeit über an der Wasseroberfläche schwimmen, damit wir die Amme sehen, falls wir an ihr vorüberkommen, aber möglicherweise müssen wir auch eine Weile untertauchen, um nicht entdeckt zu werden.«

Rupert nickte, und sie schwammen los. Karola kraulte vorneweg, und sie schwammen auf der Seite, die Gesichter den Schreinen zugewandt, die das eine Ufer erhellten.

Bei ihrer Bootsfahrt damals in der Dämmerung hatten sie die rechteckigen Becken nicht bemerkt, die die Schreine an beiden Ufern miteinander verbanden. Doch nun warfen die Teiche die strahlenden Farben zurück, und das Wasser zeichnete helle

Schlangenlinien aus Licht und Schatten über die Gesichter jener, die mit ehrfürchtigem und angsterfülltem, himmelwärts gerichtetem Blick an den Becken sangen. In weiter Ferne rollte Donner. Mond und Sterne brodelten in wolkendurchzogenem Durcheinander.

Karola und Rupert schwammen an drei weiteren Schreinen vorbei. Überall wiederholte sich die gleiche Szene, als kraulten sie unablässig an derselben Stelle vorüber. In weiter Ferne überzogen Blitze erst den ganzen Himmel mit Helligkeit und durchstießen ihn dann in blendendem Zickzackstrahl.

Als die Blitze fauchend näherrückten, wurde der Singsang lauter, und das Wanken der Betenden fand seinen Widerhall im Peitschen der Äste und Schaukeln der Baumstämme um die Schreine und Becken. Karola hörte auf zu schwimmen und legte eine Pause ein; sie hielt sich mit den Händen am Ufer und schwebte reglos, stützte das Kinn auf die Fingerknöchel und beobachtete die Vorgänge. Rupert hatte seinen Blick mehr auf sie als auf die Schreine geheftet, so daß er den ersten Blitzstrahl nicht sah, der in die Spitztürme einschlug. Neben ihm hielt Karola scharf den Atem an und riß die Augen weit auf.

»Wa...«, setzte Rupert an. Karola legte einen Finger auf seine Hand und deutete in die entsprechende Richtung.

In Blutquarz schlug der Blitz nicht nur zweimal in derselben Stelle ein, sondern zuckte immer wieder durch die Spitztürme und in die Becken zwischen den Schreinen, wobei die Zickzackstrahlen mit der Zielsicherheit von Katzenpfoten trafen. In dem Becken vor ihnen stand der Hohepriester in einer Robe mit schwarzer Kapuze und buntem Saum, der sich im Halbkreis um ihn ausbreitete, als er die Arme zum Gebet hob, knöcheltief im Wasser. Auf seiner Brust hing ein langer, prismatischer Stein, der schillernd sein eigenes Licht verströmte. Als der Blitz in die Spitztürme traf, zuckte er durch das Wasser und in den Stein, der das Licht zu einem großen, leuchtenden Stern sammelte und durch den Hohepriester, der von krampfartigen Zuckungen geschüttelt wurde, verströmte. Dann beugte sein erstarrter Körper sich nach hinten, und der Hohepriesterster verschwand völlig: Kapuze, Gewand, Haut, Muskeln, Gewebe und Organe vergingen unter den zuckenden Energiestößen. Nur die Knochen blieben, mit dem gekrümmten Rückgrat und dem Kiefer, der im Rhythmus des Singsangs auf- und zuklappte, während leere Augenhöhlen den Himmel anflehten.

Die Blitze erloschen. Da stand der Priester wieder in seinen Gewändern, die Arme noch zum Himmel erhoben, doch die Gebete waren verstummt. Rupert schauderte, und ihm standen die Nakkenhaare zu Berge. Fasziniert beobachtete er, wie der singende Priester noch zweimal vom Blitz entblößt und dann wieder in Fleisch und Kleidung gehüllt wurde, als die Spitztürme das tödliche Licht sammelten und weiterleiteten. Dann zupfte Karola an Ruperts Hand, und sie schwammen weiter, wobei sie nun sorgsam den Anblick der Spitztürme vermieden.

Sie hatten fast zu lange verweilt. Als die Blitze nachließen, erstarb der Gesang zu leisem Wehklagen. Die Betenden zogen einer nach dem anderen von dannen, vom Fluß zurück in die weltlichen Bereiche der Stadt. Die beiden Schwimmer gelangten just in dem Augenblick ans Schloß, als mehrere prunkvoll gekleidete Leute dort anlangten; Wasser tröpfelte von ihren kunstvollen Kopfbedeckungen, die ihre feinen Gewänder weitgehend vor dem Niederschlag beschützten. Karola und Rupert hasteten über die herabgelassene Zugbrücke ins Schloß. Eine dahinhuschende, graziöse Gestalt ohne Kopfbedeckung mit dunklem, glänzendem Haar zog Ruperts Blick auf sich, und er nickte seiner Cousine wortlos zu.

Karola setzte zu einem leisen Summen an, dessen Tempo sie so gemächlich hielt, daß es eher aussah, als könnte das Mädchen, das da auf sie zutänzelte, sich nicht entscheiden, ob es nun wieder ins Bett gehen oder im Regen herumhüpfen wollte.

Als das Mädchen Rupert – wenngleich auch einen durchnäßten und triefenden Rupert – erblickte, überflutete Sorge ihr Gesicht. »Großer Prismatiker! Vergebt mir, aber ich wurde aufgehalten. Der Mitternachtsregenbogen begann, ehe ich das Schloß erreichte. Da mußte ich einfach bleiben.«

»Das ist schon ganz in Ordnung«, versicherte ihr Rupert. »Wir wollten uns nur überzeugen, daß mit Euch und dem Kind alles in Ordnung ist . . .«
Jushia biß sich auf die Lippen, und ihre Füße wollten wieder auf die Zugbrücke zutänzeln. »Ich weiß es noch nicht, edler Farbenreicher. Aber ich werde mehr wissen, wenn ich bei Morgendämmerung, sobald die Schleusen geöffnet sind, mit der Kleinen zu Euch rudern kann.«
»Nun denn«, meinte Rupert. »Wir werden Euch erwarten.« Und als sie ging, sagte er zu Karola: »Tut mir leid, altes Mädchen, aber es sieht aus, als hätten wir eine feuchte Nacht vor uns.« Doch die von Nixen abstammende Hexe schwamm bereits vor ihm her in die alles verbergende Finsternis und fort vom Fackelschein der Lampen, die man an den Schloßmauern für die rückkehrenden Gläubigen brennen ließ.
Hinter der Flußbiegung ragten die Schleusen empor, umrissen vom Flackern des nachlassenden Wetterleuchtens. Die gewaltigen Tiere standen mit gesenkten Köpfen an beiden Seiten und schwenkten sanft ihre vorderen Schwänze. Über das Wasser klangen gelegentlich prustendes Gelächter oder Fetzen von Streitgesprächen.
»Wir müssen hinüber, durch die Schleusen kommen wir jetzt nicht mehr. Das heißt, falls du sie nicht aufpfeifen kannst.« Ruperts Stimme drückte halb Spott, halb Hoffnung aus.
Karola schüttelte das Wasser aus ihrem Haar und schnaubte die Nase frei. »Vielleicht ist es dir nicht aufgefallen, aber die Schleusen sind aus Eisen. Meine Magie würde sie nicht von der Stelle rühren.«
»Dann also oben drüber. Ich muß zugeben, ich würde mich wohler fühlen, wenn die Burschen da droben bei ihrer Arbeit schlafen würden. Wie kommt es eigentlich, daß man nur in gewaltherrschaftlichen Gesellschaften anständiges Personal bekommt?«
»Vielleicht sind sie mit ihrem eigenen Zeitvertreib zu beschäftigt, um uns zu bemerken. Schließlich sollen sie sich nur um nächtliche Kähne und dergleichen kümmern. Ich kann mir nicht vorstellen,

daß sie gewöhnlich auf irgendwelche *Personen* achten. Aber das werden wir schätzungsweise bald herausfinden.«

Die in den Erdwall der Schleusen eingebetteten Steine waren schlüpfrig von Wasser und Pflanzenbewuchs und eiskalt, aber sie waren auch sehr unregelmäßig geformt und boten damit guten Halt für Hände und Füße. Karola hatte so kleine Füße, daß sie sich mühelos bäuchlings auf die flache Oberkante der Schleuse ziehen konnte, die so breit war wie die Wachhütte. Ruperts weit größerer Fuß rutschte ab, so daß er sich die nackten Zehen und den Spann aufschürfte. Er brüllte vor Schmerz; es war kein verständliches oder menschlich klingendes Brüllen, und auf der Stelle verstummte das Geplauder in der Hütte. Das Weiße von Ruperts Augen schien so groß wie Hühnereier zu werden. Karola schluckte. Das große Tier am Ende der nahen Schleuse schaukelte unruhig hin und her und zerrte an der Kette, die um ein massiges, runzliges Bein geschlungen war, und wandte den Kopf fast ängstlich in Richtung der Neuankömmlinge.

Karola atmete tief ein und summte dem Tier leise, aber in einem unwiderstehlichen, unausweichlich antreibenden Rhythmus vor, der es heftiger schaukeln ließ, so daß die rasselnde Kette sich spannte, bis das Tier den Pflock aus der Erde riß, ehe es im Takt auf die Hütte zuwankte.

Die Schwimmer rannten zur anderen Seite der Schleuse, während die Männer, die in der Hütte gesessen hatten, in entgegengesetzter Richtung davonstürzten. Das Getöse, das sie veranstalteten, als sie wie von Sinnen zum anderen Ende der Schleusenkammer rasten, während das Tier ihre Hütte niedertrampelte und sein Gegenstück am anderen Flußufer sich so darüber freute, daß es mit seinem Vorderschwanz trompetete, genügte, um jedes leise Geräusch zu übertönen, das Karola und Rupert möglicherweise machten, als sie auf der anderen Seite des Walles hinunterkletterten und wieder in den Fluß eintauchten.

Die Fackeln auf der Kammhöhe flackerten im Regen, viele wurden vom Rauch der anderen verdunkelt und halb verdeckt. Die Schwimmer steuerten von den Lichtstreifen, die die Fackeln warfen, fort und hielten sich statt dessen in der Dunkelheit unterhalb der Felswände. Das Schwimmen wurde beschwerlicher, als sich eine von den Resten der Gewitterstürme hochgepeitschte See ihnen entgegenstemmte. Rupert mußte das Seitenkraulen aufgeben und so kräftig wie möglich schwimmen, um nicht von den Wellen in die Tiefe gerissen zu werden. Der Kamm mochte ihn beschützen oder auch nicht, doch das wollte er lieber irgendwann später ausprobieren, wenn er oder der Kamm sich ein Versagen leisten konnten.

Der Götterkopf stand unbewacht, unbeleuchtet und verlassen da und blickte stirnrunzelnd und finster mitten aus dem Hafen. Karola machte plötzlich einen Sprung wie ein Tümmler, klammerte sich mit beiden Händen an die Unterlippe und zog sich auf den Absatz zwischen Lippe und Zähnen. Rupert sprang hinterher, und was ihm an Schwungkraft abging, machte er durch seine zusätzliche Körpergröße wett.

Der Mund stand zu einem höhnischen Schnauben offen, und die Zunge bildete eine breite, gewölbte Plattform, über die man die Opfer in den Tod stürzte. Rupert begriff nicht sogleich, wie das geschah, doch er stützte sich an den Gaumen, um sich vorsichtig bis zum hinteren Teil der Zunge vorzuwagen. Ein versuchsweises Hallo klang endlos die Kehle hinab und hallte schließlich wieder zu ihm zurück.

»Mir gefällt es hier nicht«, sagte er. »Man . . . man hat von hier aus keinen guten Überblick, und es ist der erste Ort, an dem die Priester suchen werden. Hier bringen sie ihre Opfer dar, weißt du das?«

»Ich wußte es nicht«, antwortete Karola. »Und ich wünschte, du hättest es mir nicht gesagt.« Sie beugte sich rückwärts über die Zähne hinaus, stützte sich mit den Händen ab und starrte in die Nasenlöcher hinauf. »Es ist einfach nicht zu glauben, wie fein detailliert dieses Ding ausgearbeitet ist. Sieh dir doch nur einmal diese kleinen Kristallhärchen an! Sie haben sich unglaubliche Mühe gegeben, dieses Götzenbild so wirklichkeitsgetreu wie möglich zu gestalten.«

»Oh, ich bezweifle sehr, daß irgend jemand es irgendwie gestaltet hat«, meinte Rupert etwas abwesend, denn er überprüfte gerade den Abstand zwischen Mundwinkel und Ohrläppchen und fragte sich, ob das Grübchen dazwischen genügend Halt für die Hand böte, bis er einen Fuß auf das Ende der Locke setzen könnte, die am Kinn entlang hervorsprang. »Die Familienähnlichkeit ist mir genügend Beweis, daß sie ihn völlig authentisch belassen haben.«
»Belassen haben? Wovon redest du eigentlich?«
»Von Eberesch dem Elendigen natürlich. Der arme Teufel, in dessen Innern wir uns gerade befinden. Die Große Mutter steh ihm bei, ich hatte schon immer so eine Ahnung, daß die Geschichten nicht stimmten. Feigheit ist einfach keine Eigenschaft unserer Familie. Ich hatte angenommen, sie hätten ihn einfach als Lehrfabel erfunden, aber dem ist offenbar nicht so.« Karola schaute nach wie vor verständnislos und mittlerweile auch ein wenig verärgert drein. »Er war einer meiner Vorfahren – einer der größten Eisriesen, ehe die Ebereschs nach Argonia kamen. Vater hat sie mir alle rückwärts aufgezählt, sobald ich in der Lage war, die Familienfolge zu begreifen. Von ihm hat er natürlich nicht viel erzählt, verstehst du, denn er war eine Schande, hatte Ur-Ur-usw.-Großmutter Adelheid mit einem ganzen Stall voll riesenhafter kleiner Ebereschs sitzenlassen. Aber Herr Cyril entdeckte sein Interesse für ihn und stellte bei anderen Geschichtenerzählern fürs Archiv ein paar Nachforschungen an, um die Chronik der königlichen Familie zu ergänzen. Ich war viel mit Herrn Cyril zusammen, ehe ich nach Wasimarkan geschickt wurde. Ein großartiger Bursche. Es muß die verwandlungsfähige Zauberin gewesen sein, die ihn hereingelegt hat.«
»Herrn Cyril?«
»Eberesch den Elendigen. Es gibt an anderen Stellen der Familienchronik Geschichten über die Zauberin und ein oder zwei Nachkommen später in der Linie, die ihr vermutlich zum Opfer gefallen sind. Sie war sehr mächtig – weit mächtiger als irgend jemand, den wir heutzutage kennen. Man hielt sie für unsterblich, aber da sie sich nicht mehr sehen läßt, wird das wohl nicht stimmen, wie?

Und sie konnte ihre Größe nach Belieben verändern, was sie vermutlich für meine Vorväter so attraktiv gemacht hat. Wahrscheinlich ist ein riesiger Bursche wie er in fremden Ländern nicht so schnell auf eine Dame seiner Statur gestoßen.« Rupert tätschelte mitfühlend die Oberlippe Ebereschs des Elendigen.

»Ich halte es angesichts ihrer Fähigkeit, ihre Gestalt zu wechseln, und in Anbetracht des Reichtums an Kristall dieses Landes nicht für unwahrscheinlich, daß sie auch in der Lage war, ihn in Kristall zu verwandeln. Ausgehend von dem, was man mir bereits erzählt hat, stelle ich mir die Geschichte folgendermaßen vor: Nach seiner ersten Eskapade – die in der Familienchronik vermerkt ist –, bei der er die Zauberin überlistete und mit all den Juwelen aus ihrem Land flüchtete, die er Adelheids Vater brachte, um ihre Hand zu gewinnen, muß Eberesch der Elendige Hintergedanken verfolgt haben. Als sein Schiff das nächste Mal vorübersegelte, beschloß er, noch einmal bei der Zauberin vorbeizuschauen. Vielleicht war das Leben mit Großmutter Adelheid nicht nur eitel Freude und Sonnenschein gewesen. Vielleicht hatte die Zauberin mehr zu bieten als Juwelen. Wer weiß? Aber ganz offensichtlich war sie nicht der Typ Frau, die es sich gefallen läßt, daß ihr Liebhaber sie mit ihrer Arbeit sitzenläßt, während er mit dem Erlös das Weite sucht. Vielleicht waren ihre Nachfahren auch die seinen, ohne daß Großmutter Adelheid davon wußte? Jedenfalls halte ich es für sicher erwiesen, daß er, als er dieses Schiff umleitete, niemals die Absicht hatte, seinem Landesherrn abtrünnig zu werden, sondern lediglich einen Abstecher bei einer alten Freundin machen wollte, die sich ihm als nicht so wohlgesonnen erwies. Er war ganz eindeutig niemals mehr in der Lage, diesen Hafen zu verlassen.«

»Huch!« meinte Karola. »Willst du damit sagen, daß wir *in* ihm stehen?«

»Ja, ist das nicht faszinierend? Ich werde mit Vater und Herrn Cyril reden müssen, wie man seinen Ruf reinwäscht, sobald wir wieder zu Hause sind.«

»Mach das«, empfahl Karola, »ich bin sicher, sie werden sehr erleichtert sein zu hören, daß er sich von einem flegelhaften Feigling

zu einem angebeteten Gott entwickelt hat.« Sie gähnte und schüttelte sich in ihren nassen Kleidern.
»Ja, wahrscheinlich wird es sich in der Sage schon so darstellen. Ich hoffe allerdings, du betonst die Ähnlichkeit nicht so sehr, wenn wir ihnen davon berichten. Ich muß gestehen, ich finde sie ziemlich peinlich.«
»Wenngleich nicht ungelegen.«
Dem konnte Rupert nicht widersprechen, auch wenn er zum Teil ein schlechtes Gewissen hatte, die Situation auszunutzen. Er fragte sich, was er tun würde, wenn ihnen ihre Flucht irgendwie nicht gelänge und er gezwungen wäre, die Rolle weiterzuspielen, in die die Priester ihn gedrängt hatten.
»Rupert?« fragte Karola.
»Ja?« Er widmete sich wieder der Betrachtung des Ohrs.
»Was, glaubst du, bewirkt diese Mitternachtsregenbogenfeier wirklich? Außer daß sie durch die Macht der Priester alle einschüchtert?«
»Wie? Was? Oh, diesbezüglich habe ich nicht die nebelhafteste Vorstellung. Du bist doch die Magierin von uns beiden. Paß auf, ich werde auf Großvaters Locken steigen und Ausschau halten, was meinst du?«
»Du könntest hier im Trockenen bleiben, aber du hast recht damit, daß einer von uns dort hinauf sollte. Auf diese Weise wird Grippeldix uns nicht übersehen, falls sie vorbeikommt. Es wäre großartig, sie hierzuhaben, sobald die Kinderfrau und der Säugling kommen. Aber wir könnten uns ablösen. Bis zur Dämmerung wird es noch eine ganze Weile dauern.«
»Ich weiß«, sagte Rupert. »Aber ich bin so müde, daß ich vermutlich nicht rechtzeitig aufwache, um dich abzulösen, wenn ich hier erst einmal einschlafe. Dort oben wird das Licht mich wecken.«
»Ganz wie du meinst«, antwortete Karola. »Aber ich könnte ebensogut gehen.«
Rupert packte sie freundschaftlich bei der Schulter und schüttelte sie wie eine Hündin ihren Welpen. »Ich bin in dieser Lage besser getarnt als du, Base. Falls man mich sieht, wird mir nichts beson-

ders Schlimmes zustoßen. Was gäbe es Natürlicheres als einen Gott, der auf seinem Abbild hockt? Und ich könnte dich warnen, damit du ins Meer springen kannst. Umgekehrt würde es nicht halb so gut klappen. Warte. Hier . . .« Nach einigem Gefummel und gottlosem Fluchen schlang er den Schild von seinem Rücken und reichte ihn ihr. Wenig später fiel klappernd der Nixenkamm darauf. »Die Taufgeschenke sollten alle zusammen in deiner Obhut bleiben, damit sie sobald als möglich überreicht werden können. Auch wenn wir die Gaben später für sie tragen müssen, bietet der Akt der Schenkung bereits einen gewissen Schutz. Jetzt bleibst du hier und ruhst dich aus, damit deine Magie einsatzbereit ist, wenn wir sie brauchen.«

Mit diesen Worten hakte Rupert seine Finger über die scharfe Kristallkante des berühmten Eberesch-Grübchens und kroch an der Eberesch-Wange entlang, bis er seinen Fuß sicher auf die Spitze der Eberesch-Locke setzen und das Eberesch-Ohrläppchen packen konnte, um sich ins Ohr hinaufzuziehen. Es fiel ihm nicht besonders schwer, sich an der schlüpfrigen Kristalloberfläche festzuhalten – Eberesch der Elendige hatte große Poren. Die steinernen Locken des Riesen waren leicht zu erklimmen. Auf dem Scheitel fand Rupert eine abgeflachte Stelle, vermutlich wo gewöhnlich der Helm des Riesen gesessen hatte, denn über Kahlköpfigkeit hatten die Ebereschs sich niemals sorgen müssen.

Karola machte es sich so gemütlich wie möglich, kauerte sich am Zahnfleisch des Riesen zusammen und stützte den Kopf auf die Wölbung des Schildes. Den Kamm verwahrte sie sicher in ihrem Medizinbeutel. Sie wußte, daß sie bei aller Galanterie Ruperts unter solchen Umständen niemals schlafen könnte, schlief dann aber doch ein.

Rupert ruhte sitzend zwischen den Kristallocken, sein Kopf war ihm auf die Brust gesunken. Als kurz vor Tagesanbruch Holz auf Stein schabte, war das nicht so laut wie das Donnern der Wellen, aber es war ein anderes Geräusch, so daß er sogleich davon erwachte. Es erklang jedoch hinter statt vor ihm, und er spähte über den Hinterkopf des Riesen hinab und sah das Kindermädchen in dem kleinen Boot sitzen und sich die vom Salzwasser geröteten, wunden Hände reiben. Natürlich, so begriff er, wollte sie mit dem Boot an der Hinterseite des Götzenbildes anlegen, wo sie nicht so leicht zu beobachten war. Er benutzte die vielen guten Halte, die die Frisur des Riesen bot, und kletterte zu ihr hinunter.

Obgleich Jushia so reizvoll zart wie immer wirkte und ihr wehendes Haar und die rotgeränderten Augen ihr noch einen Hauch Wildheit verliehen, bemerkte Rupert sogleich, daß deutlich etwas fehlte. »Wo ist das Kind?« fragte er und ließ sich neben sie in das Boot gleiten, während er es mit einem Griff um eine von Eberesch des Elendigen wirren Locken festhielt.

Augenscheinlich fiel ihr an ihm etwa zur gleichen Zeit das gleiche auf. »Ihr wißt es nicht?« fragte sie mit wehklagendem Aufschrei, was nur gut war, denn bei der tosenden Brandung konnte er sie kaum hören.

»Natürlich nicht. Ihr wolltet sie doch bringen. Habt Ihr das vergessen?«

Sie schlug die Hände vors Gesicht, ehe sie wieder hochschaute und ihre Augen feuchter waren als nur vom Meerwasser. »Oh, liebe Güte. Ich hatte geglaubt, Ihr würdet mich auf die Probe stellen und hättet sie auf irgendeine göttliche Weise selbst hierhergeholt.« Ihr Kopf reckte sich ein wenig zur Seite, als könnte er ein Kind hinter seinem Rücken verbergen. »Habt Ihr sie wirklich nicht?« Sie brauchte keine Antwort, um zu begreifen, daß dem nicht so war.

Er umfaßte aufmunternd ihre Schulter. »Vielleicht wachte sie auf und hat geweint, während Ihr fort wart, und eine der anderen Damen hat sie geholt, um sie zu füttern. Habt Ihr Euch erkundigt?«

»Ich habe in den Räumen von Fanya und Aseneth nachgesehen. Beide waren allein und schliefen. Da ich fürchtete, Ihr würdet mich auf die Probe stellen, wollte ich nicht Alarm schlagen, versteht Ihr? Jetzt bleibt mir nichts anderes übrig. Geht milde mit mir um, wenn ich morgen geopfert werde.«

»Ei, nun. Wir wollen nichts überstürzen. Das Kind muß ja irgendwo stecken. Es gibt allerdings sehr viele Möglichkeiten, was ... äh ...« Rupert verstummte, weil er lieber nicht erläutern wollte, was man mit einem hilflosen Kind alles anstellen konnte. »Wir werden ins Schloß zurückkehren und die Kleine suchen, so gut das möglich ist, ohne jemanden aufzuscheuchen, ehe Ihr allgemeinen Alarm schlagt. Ich bin sicher, daß wir den Säugling irgendwo in einer Küchenecke in der Obhut einer freundlichen Magd oder dergleichen finden werden. Ihr werdet sehen.«

Rupert ergriff die Ruder, stieß das Boot mit einem Tritt seines großen, nackten Fußes ab und schnitt sich dabei leicht am scharfkantigen Haar seines Ahnen. Seine Füße waren jedoch von der Kälte so taub, daß er es kaum bemerkte. Ihm fiel ein, daß er vielleicht Karola wecken und von den neuen Entwicklungen unterrichten sollte, aber im Grunde genommen konnte sie wenig tun, bevor sie das Kind aufgespürt hatten. Sie befand sich in entschieden größerer Sicherheit, wo sie nun war und auf die Taufgaben aufpaßte. Und sollten er und Jushia das Kind nicht finden, müßte er durch den Geheimgang zum Tempel zurückkehren. Wenn das Kind als Spielball der in Blutquarz herrschenden Kräfte sich nicht bei König und Königin befand, gab es nur einen anderen logischen Aufenthaltsort für die Kleine: bei den Priestern.

XI

Karola schlief von der tosenden Brandung ein, die die Zähne des Riesen erbeben ließ, die junge Frau durchschüttelte und mit ihrem steten Rhythmus gleichzeitig in den Schlaf wiegte. Sie begriff noch, daß das Geräusch mitten in ihrem Traum verstummt war, und drehte sich von Zeit zu Zeit um, damit ihre andere Wange auf dem geschnitzten Ebereschenblatt des Schildes ruhte. Ihr Körper war so fest verkrampft wie eine Faust. Selbst im Schlaf tat ihr von der Kälte alles weh. Als sie sich immer noch schlafend herumdrehte, hörte sie die vertraute Donnerstimme. Rupert stand über ihr. Seine Stimme schwoll mit den Wellen an und ab, und er blickte mit eigentümlich verändertem Gesicht auf sie herab. Fand sie es nicht verwunderlich, daß er ein eigenes Licht verstrahlte, so fragte sie sich doch, wo er Kleider zum Wechseln aufgetrieben hatte: Sandalen in einer Machart, wie sie sie noch nie gesehen hatte, und eine Art Lendenschurz aus Bärenfell, der eine Decke abgegeben hätte, für die sie äußerst dankbar gewesen wäre. Darüber hinaus war das ganze – Bärenfell, Sandalen, Strahlenkranz und alles – eindeutig durchschimmernd. Ruperts Miene wirkte gequält und auf unbestimmte Weise feindselig, als er auf sie herabblickte.

Sie stützte sich auf einen Ellbogen hoch, um zu fragen, was er wollte, sank dann aber wieder zurück, als wären ihre Gliedmaßen aus Gummi.

»Morag, wo kommst du her?« fragte die Stimme. Sie klang gleichzeitig sanfter und tiefer als Ruperts. Sie hallte eher in ihrem Hinterkopf wider, als daß sie an ihre Ohren drang. Er wandte kein Auge von ihr. Ihr wurde klar, daß er sie mit jemandem verwechselte.

»Komm, Schätzchen, willst du dich über mich lustig machen, in deiner kleinen Größe hier auf dem Ebereschen-Schild herumzuliegen und so unschuldig in die Gegend zu schauen, als hättest du mich nie in diese jämmerliche Lage gebracht?« Er warf die Arme hoch und schüttelte hilflos den Kopf über das Kristallinnere seines eigenen Mundes. Karola war durchaus an Geister gewöhnt. In Argonia wimmelte es nur so von ihnen. Sie war nur einfach auf den hier an diesem Ort nicht vorbereitet gewesen. Sie kam nicht recht zu sich, doch es gelang ihr, ihre Gedanken zu ordnen und sie aus dem verwaschenen Durcheinander der anderen Träume zu lösen, um sich konzentrieren zu können. Einer mußte ja seine fünf Sinne beisammen halten. Der Geist des Riesen hatte sie offenbar für seine frühere Geliebte und Rachegöttin, die gestaltwechselnde Zauberin, gehalten. Sah sie, Karola, denn dieser Morag ähnlich? Vielleicht handelte es sich bei der Frau um eine alte Ahnfrau der Graus? . . . Aber sicher nicht. Der Riese war weit älter als Argonia und die ganze Linie der Graus.

»War dir klar, was du mir antatest, Morag? War es dir wirklich klar? Daß ich hier auf ewig stehen müßte, nichts mit meinem Körper empfinden konnte und es doch empfand? Daß ich jahrelang in der See stände, nach dir Ausschau zu halten, und zusehen mußte, wie du durch die Hände der Neuankömmlinge starbst, und dich ebensowenig retten wie erschlagen konnte?« Er seufzte und betrachtete Karola mit grenzenloser Traurigkeit. »Ach, Mädchen, wenn du schon sterben mußtest, warum kamst du dann nicht zu mir? Ich hätte wenigstens das für dich tun können, was ich für die anderen armen Teufel zu tun gelernt habe, die diese wahnsinnigen religiösen Fanatiker mir in den Schlund stoßen. Ach, Morag, ich wollte dich doch nur wiedersehen. Mußtest du so den Mann behandeln, den du liebtest?«

Er drehte sein Gesicht zur Seite, und Tränen liefen seine Nase hinab, während Schultern und Brust auf- und abwogten wie die Wellen, die gegen seinen steinernen Körper brandeten. Karola tat er leid, aber sie hoffte auch, daß er sie in seiner Verzweiflung nicht träte. Während sie einerseits das Gefühl hatte, er wäre nicht größer als Rupert, empfand sie sich selbst andrerseits als sehr viel kleiner. Die Größenverhältnisse schienen ziemlich durcheinandergeraten. In diesem Augenblick beispielsweise schwebte sein Gesicht hoch über ihr, und seine Tränen stürzten ihr wie Waschzuber voller Wasser entgegen, die sie niemals richtig trafen.

Karola seufzte leise, und irgendwo in ihrem Innern stand eine andere Karola auf, dem Riesen entgegenzutreten. »Reiß dich zusammen«, sagte das Traum-Ich, tätschelte dem Riesen aufmunternd den Fußknöchel, weil sie nicht höher hinaufreichte. »Schau dich doch einmal an. Du bist ein Bild des Jammers. Was für ein Gott greint denn so herum? In deinem Namen werden Hunderte von Menschen geopfert, und du stehst da und bemitleidest dich selbst? Was sollen denn deine Anbeter denken? Sollte man denn nicht erwarten, daß du ein Beispiel gibst?«

»Wie kannst du so mit mir reden, Morag?«

»Ich bin nicht Morag, nur eine einfache Dorfhexe und Priesterin, die sehr wohl die Pflichten einer Gottheit gegenüber ihren Anhängern kennt. Und wenn wir gerade von Anhängern sprechen, was denkst du dir eigentlich dabei, zuzulassen, daß dir Menschen geopfert werden? Das ist der widerwärtigste, tyrannischste Akt der Barbarei, von dem ich jemals gehört habe – selbst bei einem barbarischen Riesen!«

Der Riese wischte sich mit behaartem Arm über die Augen und schnäubte sich ziemlich abstoßend die Nase, doch die Gefahr eines hysterischen Anfalls oder eines Wutstaus, die gegenüber Karolas schlafender Gestalt zu Raserei oder Zerstörung führen würden, schien vorerst, wenn nicht gar endgültig gebannt. Er beugte sich herab, hob Karolas Traum-Ich mit einer Hand empor und beäugte sie mißtrauisch. »Du bist gar nicht Morag, wie? Aber du sprichst wie sie.«

Karola versicherte ihm, daß sie es trotzdem nicht war. »Morag ist längst tot, wie du mir eben selbst erzählt hast. Ich würde allerdings gerne wissen, wie es kommt, daß du es nicht auch bist. Geben die Opfer, die deine Priester herbeischaffen, dir durch ihren Tod neue Lebenskraft?«

Der Riese schnüffelte und brummelte vor sich hin. Sie schaute scharf zu ihm hinauf. Wie ein Kind, das ein schlechtes Gewissen hat, weil es den Milchkübel umgestoßen hat, blickte er aus Augen, groß wie Wagenräder, zu ihr herab und schnell wieder fort. »Ich sagte nein. So ist das nicht. Nicht, wie du denkst. Ich will gar nicht, was diese Fanatiker den Leuten hier in meinem Namen antun. Es war ein Spaß, im Kampfgetümmel zu töten, wenn mir das Blut zu Kopfe stieg, aber hier ewig in Nässe und Kälte einsam herumzustehen und mitzuerleben, wie irgendwelche Narren Leute meine Kehle hinab zu Tode stürzen, bah, nein. Das habe ich nie gewollt. Wenn ich könnte, würde ich nur zu gerne sterben, zerfallen und die See mit meinem durchsichtigen Gebein durchziehen, aber der Stein hält am Leben, was mich einmal ausgemacht hat. Ich beobachte, höre zu und empfinde und bin doch niemals in der Lage, jenen Einhalt zu gebieten, die töten und mich dafür verantwortlich machen wollen. Ich unternehme alles, was mir möglich ist. Wenn die Körper wie zermalmte Nüsse in mir zerschellen, rette ich den Teil, der ihr menschliches Wesen, ihre Persönlichkeit ausmachte, und ehe man den festhalten kann wie mich, speie ich ihn so schnell wie möglich aus; soviel kann ich retten. Die Körperlosen, die nicht wie ich an einen Ort gefesselt sind, haben gewisse Vorteile, weißt du. Ein Körper, der weiß, wie sehr Raum und Zeit täuschen können, kann alles genießen. Wenn ich nur aus diesem Kristallgefängnis freikäme, wäre ich dazu in der Lage.«

»Sei nur vorsichtig, falls du *dieses* Kristallgefängnis jemals verläßt, daß deine getreuen Gläubigen dich nicht wie jene armen Seelen, die du ausspeist, schnappen und dich und deine ganzen wundervollen Vorteile des Jenseits in eine funkelnde, neue Kristallflasche stecken, um dich an jemanden zu verkaufen, der die Vorzüge beider Welten genießen will.«

»Machen sie das? Tatsächlich?« Seine Stimme schwoll an wie die Flut, und seine rechte Faust ballte und löste sich. Plötzlich sah Karola das Traum-Ich fallen, doch sie konnte nicht sagen, ob aus großer oder geringer Höhe, oder ob sie oder der Riese es war, der wuchs oder kleiner wurde. Mitten in ihren Überlegungen zu dieser Frage stellte sie fest, daß es völlig belanglos war, denn letztlich war sie ganz allein.

Als Rupert mit Jushia zur weiteren Durchsuchung des Schlosses nach Bronwyns Tochter an jenem Morgen aufbrach, der später als der Morgen der Göttlichen Einkehr bezeichnet werden sollte, erfuhr er eines, was ihn bislang an Schlössern nicht sonderlich beeindruckt hatte: In einem Schloß lebten ganz wenige Kinder, und jedes mußte lange schreien, ehe irgendein feinfühliger Erwachsener auch nur in Erwägung zog, aufzustehen.

Er und Jushia trennten sich, um Zeit zu sparen; sie übernahm den von der königlichen Familie bewohnten Westflügel und den Mittelteil mit den Schreibstuben, den Versammlungs- und Audienzsälen und die Küche. Rupert nahm den Ostflügel mit den Unterkünften der übrigen Adligen und den zur See hin gelegenen Anbau, in dem die Dienerschaft untergebracht war. Ihm fiel fast sofort auf, daß die Suche umgekehrt besser verlaufen wäre. Bei den Familien und Dienstboten wäre Jushia weit weniger verdächtig gewesen als er, und er wäre in den Verwaltungsräumen des Schlosses entschieden weniger aufgefallen. Er brüstete sich selbst barfuß und mit nassen Hosenbeinen seiner königlichen Erscheinung.

Rupert durchsuchte freilich nicht jeden Raum, sondern nur diejenigen, in denen er Säuglinge weinen hörte. Das war ungefähr jedes zweite Zimmer, und der Prinz zierte sich nicht, den Kopf hineinzustecken und eine der vielen flackernden Fackeln, die er aus den Haltern im Flur genommen hatte, lange genug emporzuhalten, bis er sich vergewissert hatte, daß es sich bei dem Kind in diesem Raum nicht um das gesuchte handelte, was unablässig der Fall war. Wurde das weinende Kind bereits von einer Frau oder einem Mädchen versorgt, lächelte er nur, nickte freundlich, musterte das Kind und schlug den Weg zum nächsten Zimmer ein, aus dem kindliches Krähen tönte. Einige der Frauen folgten ihm mit Kindern auf den Armen zur Tür und die Halle hinab, während andere voller Ehrfurcht und Entsetzen in die Knie sanken. Wieder andere widmeten sich weiter ihren Pflichten und fragten sich, ob der nett aussehende, großgewachsene Bursche wohl jemals den Weg zum Turm mit den Abtritten fände.

Erst als Rupert nach erfolgloser Suche und der Besichtigung von weit mehr Blutquarz-Nachkommenschaft, als ihn interessierte, von dannen zog, besprachen sich die Frauen in der Halle mit den Frauen, die in ihren Zimmern beteten oder in den Türrahmen gafften, und kamen zu dem Schluß, daß sie und ihre Kinder an diesem Morgen durch Gott auf ganz besondere Weise gesegnet worden waren. Dann versuchten sie, zu einem Urteil zu gelangen, wofür, wenn überhaupt, dieser Besuch ein Omen bedeutete. Lautstarke Deutungen übertönten das Geschrei der Kinder.
Jushia befand sich nicht in der Wäschekammer, wo sie ihn hatte wiedertreffen wollen. Während das Schloß allmählich erwachte, machte ihn das Warten nervös, zumal er sich zweimal hatte hinter Stapeln von Laken und Windeln verstecken müssen, um nicht entdeckt zu werden, als die Zofen und andere Kindermädchen kamen, um sich für den Vormittag einzudecken.
Sobald der erste Ansturm vorüber war, spähte Rupert hinaus. Da im Augenblick niemand auf dem Gang zu sehen war, verließ er seine Zuflucht und marschierte wichtigtuerisch zum großen Saal, als gehörte er dorthin. Er hoffte, Jushia mit jemandem im Gespräch über das verschwundene Kind vorzufinden, sofern sie es nicht inzwischen ausfindig gemacht hatte und sich damit aufhielt, es noch zu versorgen. Er glaubte nicht daran, daß irgend etwas ernsthaft schiefgegangen war. Abgesehen vom Raub von Bronwyns Kind war nichts in Ruperts Leben jemals ernsthaft schiefgegangen. Sein Rang und seine persönliche Ausstrahlung hatten ihn zwar nicht übermäßig verwöhnt oder abstumpfen lassen, ihn jedoch vor den schlimmsten Härten des Lebens der weniger reich Begnadeten bewahrt.
Als Rupert die Priester aus dem Audienzsaal des Königs marschieren sah, war er folglich nicht übermäßig besorgt, wohl aber vorsichtig genug, in den Schatten zurückzutreten und die Vorgänge zu beobachten.
Unglücklicherweise hatte eine der Hofdamen die frühen Morgenstunden damit zugebracht, ihr krankes Kind zu pflegen, und erblickte den Gott sogleich, der, wie sie später behauptete, ihr Klei-

nes auf wundersame Weise geheilt hatte, indem er es nur anblickte und eine Hinwendung und Besorgnis demonstrierte, wie man sie bislang nicht mit dem Großen Prismatiker in Verbindung gebracht hatte.

»Da ist er! Der Edle Farbenreiche ist da, herabgestiegen, sich mit uns zu vereinigen!« kreischte sie, und aus allen Räumen des Palastes strömten andere Gläubige herbei, brabbelten Fürbitten und Gebete und einen Haufen anderer Dinge, die man unmöglich verstehen konnte.

Die Priester, denen der Gedanke sehr mißfiel, daß jemand die Bevölkerung mitriß, ohne daß sie die Vorgänge unter Kontrolle hatten, zerstreuten die Gläubigen, indem sie ihre Weihrauchgefäße wie eine Schleuder schwenkten und Drohungen und Verwünschungen ausstießen. Rupert stellte zu seiner Überraschung fest, daß er fast froh war, sie zu sehen, insbesondere als er eine der unterwürfigsten Anbeterinnen als die Königin erkannte, die ihn bat, ihr schnell einen Sohn zu schicken, und sich selbst als Werkzeug für die göttliche Erleuchtung zur Verfügung stellte, falls er das wünschte. Rupert fühlte sich angesichts dessen äußerst unwohl und tätschelte ihren Scheitel, als er zu den Priestern trat.

Der Hohepriester wartete, bis sie sich alle wieder ungestört hinter Tempelmauern befanden, ehe er seinem Gott Vorhaltungen machte. Alireza Mukbar rekelte sich besitzergreifend neben dem Kristallthron, und stämmige Laienbrüder bewachten den Ausgang hinter dem Perlenvorhang.

»Nun denn«, meinte der Hohepriester. »Ich würde vorschlagen, Euer Hoheit, Ihr erklärt uns, was Ihr alleine und ohne unsere Geneh . . . ohne unseren Schutz im Palast zu schaffen hattet.«

»Seit wann benötigt ein Gott Schutz?« fragte Rupert unschuldig.

»Man weiß nie, ob nicht irgendein verwirrter Bilderstürmer, der einen Angehörigen als Gesandten bei der letzten Feier verloren hat, Eure Göttlichkeit nicht auf die Probe stellen will«, antwortete der Hohepriester. »Ein solcher Akt ließe sich sogar vorbereiten.«

Rupert nickte, starrte den anderen an und wartete. Der Hohepriester starrte zurück. Rupert war schon ganz gut im Starren, aber der Hohepriester war besser. Er besaß mehr Übung, außerdem war seine Macht über die Gläubigen durch Zaubermittel leicht gesteigert. Solange Rupert sich im Besitz des Schildes befunden hatte, hatte er die Macht des Hohenpriesters nicht empfunden. Ob nun jene Macht oder seine schlaflose Nacht ein Schwindelgefühl in ihm hervorriefen, hätte der Prinz nicht sagen können. Er wußte aber, daß er höchstwahrscheinlich umkippen würde, wenn er nur noch einen Augenblick länger schweigend und mit steifen Knien stehen bliebe, statt sich zu setzen.
»So«, erklärte er gelassen, »Ihr habt Euch zweifellos gefragt, warum ich mich im Schloß aufhielt. Ich suchte nach meiner Nichte.«
»Eurer Nichte? Der jungen Frau in Eurer Begleitung? Ich dachte, sie wäre Eure Base«, erwiderte Seine Brillanz. »Mir ist wohl etwas Wesentliches in unserer Unterhaltung entgangen.«
»Dann kann Euch vielleicht Mademoiselle Mukbar aufklären. Die Miragenier haben meine Nichte, die Kronprinzessin von Wasimarkan, vorläufig Magda Xenobia Bernsteinwein Ethel Ermintrude I. genannt, Herzogin vom Mühlteich, Gräfin vom Zedernhain, Marquise der drei Hauptliegenschaften in Küniginstadt, Dame vom Einhorn Bayou und Ehrenamtliche Stadtverordnete von Burg Eiswurm in der Nordmark, der Gattin Eures Monarchen geliehen, damit sie es als ihr erstgeborenes Kind ausgeben kann, bis die Zeit gekommen ist, daß sie ein eigenes austragen kann. Die Miragenier sind verpflichtet, das Kind in seinem fünfzehnten Lebensjahr nach den Bestimmungen eines zwischen Königin Bronwyn und ihnen im Jahr des Großen Krieges in Argonia geschlossenen Vertrages den leiblichen Eltern zurückzugeben. Falls Ihr den Säugling vorher opfert, ist das ein ganz eindeutiger Vertragsbruch.«
»Faszinierend«, erklärte Seine Brillanz und stützte nachdenklich die gespreizten Finger gegeneinander. »Wohl denn, wenn dem allem der eine oder andere Vertrag zugrunde liegt, sehe ich nichts

Schlimmes darin, Euch zu Gefallen zu sein, wenngleich ich sagen muß, daß es höchst ungewöhnlich ist. Ein Vertrag ist ...«
»Wir wissen Bescheid«, meinte der Prinz trocken. »Allerdings hatte Mademoiselle Mukbars Unternehmen es etwas eilig, das Kind seinem Heim und seinem Geburtsrecht zu entreißen – und bei der Gelegenheit auch seinem Geburtsritus. Sie holten das Mädchen, bevor es getauft werden konnte. Deshalb möchte ich sie nicht nur sehen, sondern dafür Sorge tragen, daß sie durch meine Base, eine in unserem Glauben rechtmäßig ausgebildete Vertreterin, nach der Religion unseres Heimatlandes getauft wird.«
»Getauft?« fragte Seine Brillanz Rupert, als hätte der »gekocht« gesagt.
»Das ist ein Tag der Namensgebung und weit mehr«, sagte Rupert.
»Nach Eurer Aufzählung erschien es mir, als besäße das Kind bereits ausreichend Namen. Ich kann nicht nachvollziehen, weshalb dazu eine besondere Zeremonie vonnöten sein soll.«
»Die Namen sind erst endgültig die ihren, wenn sie ihr bei der Zeremonie zusammen mit den Taufgaben und Segenswünschen ihrer Angehörigen und ihrer Mutter ...«
»Sind diese Gaben kostbar?« wollte Alireza wissen.
»Nur für das Kind. Insbesondere bei einem Kind von königlichem Geblüt bilden sie die Grundlage für Charakter und Persönlichkeit des zukünftigen Erwachsenen.«
»Ich verstehe. Demnach müssen deine höchst interessant gewesen sein.«
Rupert beachtete das laszive Lächeln nicht, das die letzte Bemerkung der Miragenierin begleitete, und wartete, daß der Hohepriester wieder das Wort ergriff.
Seine Brillanz zuckte mit den Schultern. »Ich kann keinen Grund sehen, warum sie also diese Taufe nicht erhalten sollte, wenn Ihr es so haben wollt. Letztendlich seid Ihr die Reinkarnation Gottes. Aber wir hätten das Kind hierherbringen können. Es war nicht nötig, daß Ihr alleine durch den Palast streiftet und die Überraschung Eures Erscheinens bei der Feier heute abend verdarbt.«

»Ich bitte um Verzeihung«, meinte Rupert. »Aber ich fürchte, es war notwendig. Zufälligerweise konnte ich das Kind nämlich nicht finden. Vielleicht könnt Ihr mir verraten, wo es ist?«
»Ich fürchte, wir werden bedauerlicherweise dazu nicht in der Lage sein; wir könnten allerdings ihre Entführerin dazu befragen. So kurz vor einer religiösen Feier werden alle Verbrecher gewöhnlich für die Opferung vorgesehen, aber ich denke, wir können eine Ausnahme machen, wenn ...«
»Entschuldigt«, fiel Rupert ihm ins Wort. »Was für eine Entführerin?«
»Ihr Kindermädchen wurde heute morgen bei einem Fluchtversuch festgenommen, nachdem sie mit den Entführern des Kindes zusammengearbeitet hat. Wir waren gerade dabei, die Eltern – oder vielleicht sollte ich sagen: Zieheltern – des Kindes zu trösten und zu beraten, als wir auf Euch stießen.«
Der Perlvorhang klimperte, Bruder Bullkuh kam hereingetrabt, hielt schlitternd an und beugte das Knie. »Euer Brillanz, ich bitte um Eure Nachsicht wegen der Störung, aber ich muß Euch melden, daß die fremde Hexe trotz des Wachpostens vor der Tür schon wieder aus ihrer Unterkunft verschwunden ist.«
»Wie betrüblich«, meinte der Hohepriester, und seine kalten, blauen Augen ruhten auf Ruperts Gesicht. »Liebe Güte, wie viele heute verschwinden. Euer Hoheit, wißt Ihr irgend etwas darüber?«
»Nichts. Ich bin sicher, daß es ein Zufall ist, daß zwei Menschen, die Ihr, wie Ihr beiläufig erwähntet, um meinetwillen so mörderisch ehren wolltet, verschwinden, ehe Ihr die Gelegenheit dazu habt.«
»Heldenhafte Worte«, meinte Alireza. Sie stieg von ihrem Platz neben Seiner Brillanz herab, um sich um Ruperts Arm zu winden. Rupert streifte sie nicht ab, doch er veränderte auch seine Haltung nicht, außer daß er sich ein wenig versteifte. »Ich glaube, Euer Brillanz, Ihr solltet Eurem Gott eine Lektion in Sachen Theologie erteilen. Er ist ein Adliger, ein Diplomat. Gewiß wird man ihm begreiflich machen können, welche gegenseitigen Abhängigkeiten

zwischen Staatswirtschaft und Religion bestehen und warum gelegentlich kleinliche persönliche Erwägungen zugunsten des Nutzens der Regierung zurücktreten müssen.«

»Eigentümlich, daß gerade *Ihr* eine solche Erklärung abgebt«, meinte Effluvia, die mit einem großen Auftritt hereinkam und den Vorhang mit einem Hieb ihres Schwanzes beiseite streifte, »denn ich komme, zu melden, daß Ihr, als Ihr Euch zum Narren machtet, indem Ihr den Gott von Miragenia hierher verfolgtet, auch die entfesselten Geisterwesen hierhergeführt habt. Gestern abend fielen sie über die Steinhauer her. Die jämmerlichen Burschen rannten um ihr Leben, die Ochsen, die die Karren ziehen, brachen aus, und die gesamte Kristalladung dieses Tages war verloren.«

»Was für ein schwerer Verlust für Euch«, meinte Alireza in wohlerzogenem Ton.

Der Hohepriester fuhr sich mit der Hand über die Augen, und Rupert fiel zum ersten Mal auf, daß der Mann erschöpft und krank aussah. Seine Haut hatte einen wächsernen Glanz, und das Zahnfleisch um sein Gebiß war fahler als üblich. Seine Stimme verlor das Scherzhafte, Überlegene, als er diesmal das Wort ergriff. »Schluß mit diesem höllischen Gezänk. Mademoiselle Mukbar, Ihr habt törichten Pfusch geleistet, wie Prinzessin Effluvia so klarsichtig bemerkte, und damit jeden Anspruch verwirkt, den Ihr auf mein Mitgefühl für Eure Sache hattet. Ich fürchte, Eure Gesellschaft wird in Zukunft ihre Entscheidungen ohne Euch zu fällen haben.«

»Das ist ja unerhört! Ich verlange ein besseres Angebot! Seine Hoheit gehört mir!«

»Keineswegs. Seine Hoheit ist das Ebenbild unseres Gottes und entschieden wertvoller für uns als Euer gesamtes Unternehmen. Prinzessin Effluvia ist weithin als Tochter des Königs bekannt. Ihre Verehelichung wird Blutquarz ein für allemal unter einer einzigen, heiligen Führungsperson einen, wenngleich ich natürlich bis zu meinem letzten Atemzug die Oberaufsicht beibehalten werde. Bis zu jenem Zeitpunkt wird die Verbindung wohl Nachwuchs hervorgebracht haben: einen Jungen, der geeignet ist, meine Nachfolge anzutreten.«

Rupert war wie gelähmt. Er war kaum damit einverstanden, daß derartig über seine Zukunft verfügt wurde, zügelte sich jedoch und beschränkte sich auf die freundliche Bemerkung, daß ein jugendlich aussehender Mann wie Seine Brillanz gewiß noch lange nicht an Nachfolge denken müßte, sondern vielmehr ohne die Hilfe Ruperts, Effluvias oder eines gemeinsamen Kindes (verflucht sei der Gedanke, fügte Rupert insgeheim hinzu) regieren könnte. Er wand sich bei der Vorstellung einer blonden Tochter mit Grübchen und einem langen, schwarzen Schwanz. Und er wand sich noch mehr bei dem Gedanken, was ihm zu der Zeugung eines solchen Kindes abverlangt würde.

Der Hohepriester seufzte schwer und kniff sich mit Daumen und Zeigefinger in die Nasenspitze. Bei manchen Leuten hätte es vornehm gewirkt. »Ich fürchte, in diesem Punkt täuscht Ihr Euch. Noch ist Euch unsere Mitternachtsregenbogenzeremonie wenig vertraut, doch als Euer Vertreter auf Erden ist es meine Pflicht, die Opfer seelisch vorzubereiten und für die anschließende Spendensammlung zu sorgen. Schaut nach oben und sagt mir, was Ihr seht.«

Rupert schaute hoch. Über der Kristallkuppel ballten sich eisengraue Wolken zusammen, einige davon bereits mit dem flackernden Bronzeton von Blitzen umrahmt.

»Um dem Gott zu opfern und das einzufangen, was wir vom Opfer benötigen, ist es notwendig, zuerst die Energie des Gewitters auf uns zu ziehen. Dazu muß ich den heiligen Anhänger tragen, der den Blitz durch mich hindurchleitet und mich zum würdigen Werkzeug von Gottes Werk macht. Aber Werkzeuge zerbrechen, wenn sie viel benutzt werden, und das gilt bedauerlicherweise auch für mich. Traditionell wird der Hohepriester nicht älter als ein halbes Jahrhundert. Das ist einer der Gründe dafür, daß die Zentralgewalt der Regentschaft einem weltlichen König übertragen wurde. Würden die Ämter von Hohepriester und König von einem Mann erfüllt, der zudem von göttlicher Herkunft wäre, bestünde keine Notwendigkeit, daß er persönlich die Härten der Zeremonie auf sich nimmt, um die Macht zu behalten. Rangniedrigere Geistliche könnten die schwereren Riten ausführen, ohne daß der Herrscher dadurch an Ansehen einbüßte.«

»Ich verstehe durchaus, warum es für Euch von so großem Nutzen ist, meine Pläne zu vereiteln, Euer Brillanz«, erklärte Alireza mit einem selbstbewußten Aufschlag der dichten, dunklen Wimpern, der in keiner Weise verriet, daß sie besorgt war, den Schlund des kristallenen Götzenbildes hinabgestoßen zu werden. »Seine Hoheit ist tatsächlich von großem Wert für Euch. Ich selbst bin jedoch auch nicht gerade wertlos. Falls mir ein Leid zustößt, wird das Unternehmen Mukbar, Maschkent & Mirza nicht ein Stück Ware mehr von Euch kaufen.«

»Madame, genau solche Wahnsinnstaten wie das Handelsabkommen, das Blutquarz verpflichtet, ausschließlich mit Eurer Firma Geschäfte zu treiben, sind es, um derentwillen der gegenwärtige König abgesetzt werden sollte. Unsere Erzeugnisse sind wirklich unbezahlbar. Wir dürften nicht gezwungen sein, sie zu Euren Preisen zu handeln. Und ich bin überzeugt, Ihr werdet von Eurer Flasche aus später beobachten können, daß Eure Onkel ohne Euch nicht weniger eifrig für den Profit arbeiten werden als unter Eurer Leitung.«

»Wenn ich mich mit diesem Plan einverstanden erkläre«, sagte Rupert, »müßt Ihr meine Nichte, meine Base und Mademoiselle Mukbar nach Hause zurückkehren lassen. Ansonsten bin ich nicht bereit, Eure Rolle zu übernehmen.«

»Nein?« Der Hohepriester lächelte ein müdes, fast liebevolles Lächeln und schnippte mit den Fingern. Ehe Rupert noch so recht begriff, was geschah, entzündete Bruder Farbenfroh eine Kerze aus einem Sortiment auf einem Tablett an der Wand und hielt sie Rupert unter die Nase. Rupert begriff plötzlich, daß seine eigene Haltung völlig unvernünftig war. Natürlich hatte der Hohepriester von allen Betroffenen tief im Innern die lebhaftesten Interessen. Da Rupert sein Leben lang das Eschenholzschild getragen hatte, war er selten das Opfer von Zaubereien geworden. Es war eine neue Erfahrung für ihn. Er hatte dem keinen Widerstand entgegenzusetzen. Er betrachtete den Priester mit mehr Vertrauen, als er jemals seinem leiblichen Vater entgegengebracht hatte, und als Effluvia auf ihn zuschwebte, ihn bei der Hand zu nehmen, strahlte er sie an. Alireza stieß erstickte Laute hervor, als die Brüder sie fortschleppten.

XII

Karola erwachte schweißgebadet. Ihre wollene Kleidung dampfte auf ihrer schwitzenden Haut, während das Eschenholzschild unter ihr den Geruch von Reisig verströmte, das gleich in Brand geraten würde. Sie fühlte diese Veränderungen, konnte allerdings nichts von alledem sehen, denn als sie versuchte, die Augen zu öffnen, wurde sie von gleißend hellem Licht geblendet. Karola kniff sie wieder fest zu und hoffte, daß sie nicht bereits erblindet war. Wenn sie still liegenblieb, war das Kristall unter ihr, im Schatten ihres Körpers, erträglich, doch als sie den Arm ausstreckte, verbrannte sie sich. Sie gestattete sich ein bis zwei von der Hitze beschleunigte Herzschläge Zeit, nachzudenken, was geschehen war und was sie unternehmen sollte, ehe sie sich mit dicht zusammengeschobenen Händen und Knien auf den Schild kauerte.

Karola zerrte die Ärmel ihrer Bluse herab, um ihre Knöchel zu schützen, und stieß sich und den Schild dann nach vorne, bis sie über die Zähne des Riesen spähen konnte. Über einer wogenden See brodelte ein heißer Wind durch aufgedunsene Wolken, die in keiner Weise das grelle Licht jener brutalen, orangefarbenen Sonne dämpfen konnten, die ein Drittel des östlichen Himmels beherrschte. Ihr Feuer funkelte auf jeder einzelnen Facette im Gesicht von Eberesch dem Elendigen. Karola dachte, daß der Eisriese an richtig sonnigen Tagen für passierende Schiffe, falls jemals welche passierten, eine ebensogroße Verkehrsgefährdung darstellen mußte wie die Seejungfern.

Sie balancierte den Schild auf des Elendigen linken Backenzahn und schwang sich über Zähne und Lippe hinab in die kühle, blaugrüne See. Das Wasser war warm. Als ihre Hände und Schultern die Oberfläche durchstießen, wirkte das Salzwasser so lindernd wie ein Kräuterbad auf ihre leicht verbrannte Haut. Sie tauchte tief hinab und öffnete ihre Augen weit angesichts einer weit heller erleuchteten Unterwasserlandschaft, als sie sie jemals zuvor in Cordelias oder Loreleys Gesellschaft gesehen hatte. Doch das

grelle Licht wurde durch die Schatten von Fischen, Unterwasserpflanzen und hüpfenden Wellen gedämpft. Lange, grüne Fäden kräuselten sich vom massigen Rumpf des untergetauchten Riesenkörpers. Karola schwamm enge, knappe Kreise, um sich zurechtzufinden und den Stand des Riesen auszumachen, damit sie nicht versehentlich kopfüber gegen seinen ausgestreckten Arm stieße, den er wie zum Schutz halb erhoben hielt. Zu jenen Zeiten mußten die Ebereschs unvorsichtiger gewesen sein, denn gewiß hätte der berühmte Schild den Riesen vor den todbringenden magischen Auswirkungen des Zorns der Zauberin bewahrt.
Der Gedanke an die Ebereschs und zornige Frauen rief Karola ins Gedächtnis, daß Rupert ja noch auf sie wartete. Er mußte immer noch schlafen. Wie schaffte er es, auf dem Kopf seines Vorfahren nicht gebraten zu werden? Sie strampelte sich nach oben, sah Ruperts Schild direkt unterhalb der Kerbe am Kinn des Riesen schaukeln, stieß unter ihm an die Wasseroberfläche und klemmte ihn sich unter den Arm.
Karola beschirmte die Augen mit einer Hand und suchte den großen Kopf nach ihrem Vetter ab. Reine, funkelnde Strahlen flimmernden Lichts betonten Nase und Stirn, während die blicklosen Augen ungläubig auf die Klippen gerichtet blieben; an manchen Stellen war das Licht tief dunkel, an anderen blitzte es in Regenbogenfarben auf dem Wasser und in der Luft und wurde von den Uferklippen zurückgeworfen, die von den streifigen Spiegelungen des eisfunkelnden Gesteins nur so blitzten. Kein Wunder, daß die Stelle als heilig galt und der unglückselige Eberesch der Elendige zum Regenbogen-Gott erklärt worden war. Seine frühere Freundin hatte ihn an der richtigen Stelle aufgebaut.
Das alles konnte Karola deutlich sehen. Was sie nicht sah, war Rupert, der weder auf dem Schädel des Riesen hockte noch darauf zerfloß, und sie sah auch kein Boot, keine Kinderfrau und keinen Säugling. Sie dachte, vielleicht war Rupert schwimmen gegangen, aber sie konnte ihn nirgendwo in der Nähe ausmachen, und außerdem hatte er schließlich Ausschau halten wollen. Gewiß hätte er seinen Posten doch nicht verlassen, ohne ihr Bescheid zu sagen. Es

stellten sich mehrere andere Möglichkeiten. Nachdem sie sie alle erwogen und verworfen hatte, tauchte Karola als nächstes zum Meeresgrund, um sich zu vergewissern, daß ihn nicht das schlimmste Schicksal, das ihr in den Sinn kam, ereilt hatte. Zwar waren ein paar in Algen und Muschelschalen statt in Fleisch gehüllte Knochen vorhanden, aber die waren zu alt. Karola machte sich nicht die Mühe, zwischen ihnen herumzustochern. Statt dessen schwamm sie wieder unter dem Riesenarm hinweg nach oben auf die Klippen zu.

Die Felswand stieg kahl und steil an. Jeder Angreifer von See her würde über gute Sturmleitern und stabile Schiffe verfügen müssen. Da Karola keines von beidem hatte, tauchte sie wieder und musterte den Grund, dessen Topographie weitgehend durch die enormen Füße des Riesen geprägt war, die an beiden Seiten des Hafens an die Felswände stießen. Der rechte Fuß verschwand bis zur Wölbung im Berg. Eberesch der Elendige mußte kräftig ausgetreten haben, dachte sie, um zu versuchen, ein Bein in die Höhe zu bekommen, ehe die Zauberin ihn auf ewig versteinerte. Fische schwammen unter seiner Ferse hinein und heraus, auf die Zehen zu und wieder fort, und diese Beobachtung machte sie neugierig. Sie tauchte etwas tiefer und spähte unter seine Hacke. Unter seinem Zeh war das Gestein heruntergebröckelt und bildete eine kleine Höhle. Sie schlängelte sich näher heran und zog ihre Röcke hoch, um die Beine frei zu haben, und damit sich der Stoff nicht in dem Kristall verfing.

Die Höhle war nicht so dunkel, wie es von außen den Anschein hatte. Karola stieß sich mit den Armen seitlich ab, schnellte empor und suchte nach dem Dach der Höhle. Ihr Kopf durchstieß Wasser, und salzige, feuchte, aber einwandfrei atembare Luft erfüllte ihr Mund und Nase. Sie befand sich in einer Grotte mit Kristallsäulen, die von flackerndem Licht fleckig erhellt wurde. Ein Ufer aus scharfen Kristallen und reinem, weißem Sand umgab die Wasserfläche. Jenseits der Säulen verzweigte sich die Grotte in enge Kammern, und auf eine von diesen hielt sie nun zu.

Da Karola bislang nichts als Tempel, Schreine und Schloß gesehen hatte, hatte sie keine Ahnung, wo sie sich nun im Verhältnis zu den anderen Bezirken von Blutquarz befand. Als sie Stimmengemurmel und das Klingen von Metall auf Stein von irgendwo über und vor sich vernahm, erleichterte sie die Erkenntnis, sich in der Nähe von etwas zu befinden, von dem aus es vermutlich einen Ausgang zum Land hin geben mußte. Die einzige Frage war, wie sie auf dem Weg dorthin an den Leuten vorbeikam, zu denen diese Stimmen gehörten. Ihre nasse Kleidung und die Richtung, aus welcher sie kam, würden ihr zumindest einen etwas außergewöhnlichen Auftritt verschaffen. Der einzige Weg, unbequemen Fragen aus dem Weg zu gehen, wäre, den Leuten aus dem Wege zu gehen, die sie stellen könnten, also ging sie behutsam vor, als sie sich den Weg nach oben ertastete, hielt sich dicht an die Wand, lauschte und versuchte auszumachen, woher die Stimmen kamen.

Was sie hörte, trug letztlich nicht so entscheidend dazu bei wie das, was auf sie herabfiel. Als ein Schauer scharfen, funkelnden Sands ihr über Kopfhaut und Schultern rieselte, begriff sie, daß die Stimmen und die Füße, die für den gelösten Sand verantwortlich waren, sich direkt über ihr befanden. Der Boden des Tunnels sollte dies bald bestätigen, als er so steil anstieg, daß selbst eine Ziege ihre Schwierigkeiten gehabt hätte. Sie hoffte, der Lärm der Arbeiter würde das Rieseln des Sandes und ihren vom Klettern keuchenden Atem übertönen. Sie mußte den Schild auf den Rücken schlingen, um beide Hände frei zu haben. Hier schoben sich die Kristalle kühl, aber scharfkantig aus der Erde, und der Sand klebte jämmerlich auf ihrer feuchten Haut. Sie rutschte immer wieder aus und war bald ganz mit Sandkörnchen verkrustet. Als ihre Hände eine Stelle fanden, die nicht weiter von ihr weg anstieg, zog sie sich ganz hinauf und starrte blind in die Leere vor sich, bis ihr Atem gleichmäßiger und ihr Puls langsamer gingen. Die stecknadelkopfgroßen Lichter in der Düsternis vor ihr erkannte sie zuerst nicht als etwas anderes als das willkürliche Sternenmuster, das ihr vor den Augen tanzte.

Bis ihre Augen sich so weit an die Verhältnisse gewöhnt hatten,

daß sie bemerkte, daß die Lichter sich bewegten, hatten die Männer hinter diesen Lichtern sie bereits ausgemacht.
»Sieh mal! Sieh mal!« keuchte eine aufgeregte Stimme. Ein Finger deutete am Licht vorbei, wirkte gespenstisch körperlos und schwer anklagend. »Ich sagte es dir doch! Ich habe Ohren wie ein Dickhäuter, und ich sagte dir, daß ich dort hinten etwas gehört hatte, aber ...«
»Pst. Wenn du so weiterschreist, stürzt uns noch der ganze Berg auf den Schädel. He, du da, komm heraus.« Er kam mit knirschenden Schritten auf sie zu, und sie sah sein von unten erleuchtetes, weißes, glänzendes Gesicht, in dem sich große Ringe um die Augen abzeichneten, die gleichzeitig ängstlich und im Bewußtsein dieser eigenen Angst streitsüchtig wirkten.
»Oh, Riz, das ist kein Mensch«, hauchte die andere Stimme.
Riz schaute in die Dunkelheit zurück und dann wieder zu Karola. »Doch natürlich. Was sollte es denn sonst sein?«
»*Sie*. Die Alte von damals. Vielleicht ein Standbild von ihr, das hier aufgestellt wurde. Was sollte eine normale in diesen Höhlen suchen?«
»Unfug, sage ich. Und Standbilder bewegen sich nicht.«
»Keiner hat jemals zuvor eine Frau gesehen. Und dieser Teil hier war bis heute früh verschüttet. Hör auf mich. *Sie* wirken hier wieder, die von damals.«
»Du bist verrückt, Ancher. Das ist Aberglaube. Laß das mal nicht die Priester hören.«
Da Karola nicht länger eine Statue darstellen konnte, hob sie langsam einen gespenstisch weißen Arm und schwebte nach vorn, soweit man auf Sand schweben konnte.
Eines der Lichter tat einen Sprung zurück. »Oh, ich sagte es dir doch, ich sagte es dir doch. Nun müssen wir dafür büßen, daß wir von dem Kristall geklaut haben. Die Geister der Alten sind zurückgekehrt. Die bunten Dinger, die über die Nachtschicht hergefallen sind ... Geister, sage ich dir, und das hier ...«
»Das ist Gotteslästerung, Mann. Möchtest du unbedingt selbst in den Rachen des Riesen wandern?«

»He, ihr beiden!« erklang eine Stimme von weiter hinten. »Riz! Ancher! Was ist denn dort unten los?«
»Ancher hat einen Geist gesehen.«
»Was? Schon wieder einen? Welche Farbe?«
»Weiß und glänzend wie wir.«
»Geister sind nicht weiß und glänzend, sie sind ...« Eine dritte Lampe gesellte sich zu den ersten beiden. »Bei meiner lieben, dahingeschiedenen Schwiegermutter, die nun Gott auf den Wecker fällt, wer um des heiligen Donners willen ist das?«
Mehr Lampen nahmen Karola gegenüber Aufstellung und warfen bedrohliche Muster von Licht und Schatten auf die gaffenden Gesichter. Karola hatte sich eher vorgestellt, nun ihrerseits die Rolle der Göttin zu spielen, konnte aber nicht warten, daß sie einander die Idee ein- oder ausredeten. Sie begann, eine Gigue zu pfeifen, damit sie ihr aus dem Weg tanzten.
»Hat jemals einer von einem pfeifenden Geist gehört?« fragte Riz. »Packt sie!«
Sie kämpfte immer noch mit dem Gurt, der den Ebereschenholz-Schild auf ihrem Rücken hielt, als sie sie ergriffen und aus der Mine zerrten.
Der Steiger schien sich keinerlei Täuschungen über ihre existente oder mangelnde Sterblichkeit hinzugeben, freute sich aber aus ganz persönlichen Gründen, sie zu sehen. Mit dem Schild auf dem Rücken könnte sie den ganzen Tag herumpfeifen und -summen, ohne die geringste Wirkung zu zeitigen, also blieb sie nur still stehen, während der Mann sie eingehend betrachtete.
»Weiß irgendeiner, wer sie ist?«
»Ancher und Riz behaupten, ein Geist.«
»Wenn sie's nicht schon ist, wird sie es zumindest bald werden. Ich schätze, der Kerkermeister wird damit einverstanden sein, sie anstelle meiner Mama für die Zeremonie zu nehmen. Mein verdammter, frömmlerischer Schwager glaubte, er könnte sie auf diese Weise loswerden, aber die Priester werden einen Ersatz bekommen. Ihr drei schafft sie fort und haltet sie ruhig. Ich möchte nicht, daß irgendein Ehemann oder Vater sie suchen kommt, ehe

sie sicher hinter Schloß und Riegel sitzt, um sich mit hübschen Blumensträußchen schmücken zu lassen.«
Sie luden sie in eine Erzlore, deren Seitenwand und Räder frisch repariert waren.
»Mann, haben sie nicht feine Arbeit geleistet?« fragte Riz. »Ich habe die Lore gestern abend betrachtet, nachdem die Ochsen sie umgestoßen hatten, und hätte nicht geglaubt, sie noch einmal rollen zu sehen.«
War der Steiger auch nicht so einflußreich bei den Priestern wie sein Schwager, so war seine eigene Bedeutung doch nicht zu unterschätzen, und die Goldstücke, die er dem Kerkermeister zuschob, überzeugten den Beamten schnell, die vermißte Mutter herbeizuholen und Karola an ihrer Stelle anzunehmen. Das ganze ging mit der Selbstverständlichkeit einer alltäglichen Geschäftstransaktion vor sich. Karola begriff, was dahintersteckte. Die Erlasse und Vorschriften des Amtsschimmels bedurften oft gewisser Abwandlungen durch gewöhnliche Menschen und Bürokraten, die für die Ausführung der daraus folgenden Verfahren verantwortlich waren. Was schließlich des einen verabscheute und verzichtbare Schwiegermutter war, war dem anderen die geliebte Mutter. Die Stellung eines Kerkermeisters mußte recht begehrt sein. Der Mann war beleibt und wirkte wohlhabend mit seinem prächtigen Silberbart und einer Anzahl von Gold- und Kristallringen, die seine makellose schwarze Uniform noch weiter aufputzten.
»Nun denn«, meinte er, nachdem die Bergarbeiter und die Mutter des Steigers gegangen waren. »Du brauchst ein Bad. Wir können dich ja nicht so schmutzig zu Gott schicken, wie? Das würde einen schlechten Eindruck machen. Verdirbt die Feier und besudelt die Blumen. Du hast Glück, Mädchen. Wir haben reichlich Wasser hier, und eine deiner Mitgesandten ist eine richtige Kammerzofe, die früher bei der Prinzessin persönlich in Diensten war. Jungs, schafft diese Frau zum Sammelbecken für die Gesandten, ja?« Fleischige Hände schlossen sich um Karolas Arme und führten sie unausweichlich ab, ehe sie sich aus der beschränkenden Wirkung

des Schildes befreien konnte. Hätten sie ihre Arbeit sachkundig verrichtet, anstatt so faul und korrupt zu sein, wären sie schlau genug gewesen, ihr den Schild zumindest so lange abzunehmen, bis sie sich überzeugt hatten, daß sie keine Waffe mit sich führte. Das taten sie jedoch nicht, und als Karola ihn endlich ablegen konnte, sah sie, daß er derartig von Kristallsand verkrustet war, daß sie nicht bemerkt hatten, daß er nicht Teil ihrer Kleidung war.

Das Sammelbecken war keine schmuddelige Zelle, sondern ein Raum mit – wenn auch eisenvergittertem – Blick auf den Schloßgraben, nach Süden hin gelegen und mit bequemen, niedrigen Liegen. Gescheuerte Holzplanken bedeckten den Boden. Die Wände waren mit verherrlichenden Bildern des Tempels und des Götterkopfes bemalt. Drei weitere Leute hielten sich hier auf.

»Das Wasser kommt gleich, Fräulein, und ein Mittagshäppchen ebenfalls«, sagte der Wärter eher im Ton eines Wirts. »Zwei der Damen hatten schon vor ihrer Ankunft gegessen, aber der Küchenmeister des Königs hat für die andere junge Dame, die nicht freiwillig hier ist, ein paar köstliche Leckereien geschickt.« Er deutete auf eine Frau, die sich in einen Umhang kauerte, der sie zu erdrücken schien, und schob Karola fast liebevoll neben sie mit den Worten: »Ich habe das Gespräch da draußen mit angehört und möchte Euch nur sagen, daß wir Gesandtenwärter hier im Kerker Euch nicht geringer achten, weil Ihr eine Ersatzperson seid. Wir wissen Euer Opfer sehr wohl zu schätzen, wie ich für mich und alle anderen behaupten kann, und ich möchte nicht, daß Ihr Euch sorgen müßt, ob Ihr dem Gott gefallen werdet. Ich bin sicher, daß Ihr bestens ausseht, wenn Ihr gewaschen seid.«

Karola starrte einen Augenblick hinter ihm her.

»Schau nicht so fassungslos drein, meine Liebe«, meinte die Matrone ihr gegenüber, die sich ganz wohl zu fühlen schien. »Natürlich ist er dankbar. Wer das höchste Opfer bringt, bereichert unser Land und seine Angehörigen dadurch.«

»Ganz zu schweigen davon, daß unser Opfergang bedeutet, daß es nicht ihn oder einen seiner Angehörigen trifft«, fügte ein magerer, dunkelhäutiger Mann mit wölfischem Grinsen dazu.

Karola schüttelte den Kopf von einer Seite zur anderen und begann sich aus dem Eschenholzschild zu schieben. Der Riemen verfing sich an ihrem Ellbogen. Sie fluchte und kehrte der verhüllten Gestalt neben sich den Rücken zu. »Wärt Ihr wohl so freundlich?« fragte sie. Zitternde Finger kamen ihrer Bitte nach. Als Karola von dem Ding befreit war, drehte sie sich um, sich bei der Frau zu bedanken, und da blickte das Gesicht des Kindermädchens Jushia kläglich zu ihr empor.

»Was machst du denn hier?« wollte Karola wissen. »Wo steckt Rupert?«

»Wie meint Ihr?« sagte das Mädchen und klopfte den Sand ab, den Karola mit jeder Bewegung verstreute.

»Rupert. Wo ist er? Habt ihr euch nicht gesehen?«

In der Zwischenzeit war genügend Sand von ihrem Gesicht gerieselt, und das Mädchen blinzelte, als es Karola erkannte, und ihr stockte kurz der Atem. »Herrin, verzeiht mir. Ich hatte Euch nicht erkannt. Was den Gott angeht, so weiß ich nicht, wo der ist. Als wir uns trennten, wollte er die Säle nach der Prinzessin absuchen.« Sie berichtete vom Verschwinden der Prinzessin und ihrem darauf folgenden Treffen mit Rupert und fügte traurig hinzu: »Er ist nicht einmal leibhaftig erschienen, um seinen Zorn über jene zu verschütten, die mich verfolgten. Glaubt Ihr, ich habe mich als unwürdig erwiesen?«

»Das glaube ich kaum«, meinte Karola und strich das Gröbste des Sandes von sich, wobei sie sorglos Boden und Kinderfrau berieselte. Sie wünschte, sie könnte bis zu dem Bad bleiben, das der Wärter ihr versprochen hatte, aber sie würde sofort mit einem angemessenen Liedchen loslegen müssen, sobald sich die Tür in ihren Eisenscharnieren wieder öffnen würde. »Ich könnte deine Hilfe gebrauchen«, erklärte sie Jushia.

»Was Ihr nur wollt, Herrin. Obgleich Ihr als Zofe des Gottes ...«

»Vergiß das vorläufig mal, ja? Es ist ein Mißverständnis. Rupert – der Gott – kann nichts so ganz nach seinem Gutdünken entscheiden.«

»Er hat mir alles erklärt«, berichtete das Mädchen. »Wie er ohne die seinem Rang entsprechenden Kräfte reinkarniert wurde. Und wie seine bösen Berater ihn auszunutzen versuchen.«

»Gut. Wirst du mir also helfen?«

Das Mädchen nickte, obgleich es aussah, als hätte es vor Karola ebensolche Angst wie vor dem bevorstehenden Tod.

»Es ist ganz einfach. Du hast nicht mehr zu tun, als diesen Schild zu tragen und mir damit zu folgen. Du wirst es als sehr nützlich empfinden, falls die Lage sich komplizieren sollte, außerdem wird er dich gegen Zaubersprüche schützen.«

Obgleich sie sich im Flüsterton unterhielten, beobachteten die anderen Anwesenden sie eingehend. Die Matrone schürzte die Lippen und schnaubte mißbilligend. Der magere, dunkle Mann richtete sich auf, streckte sich und kam zu ihnen herübergeschlendert.

»Ihr wollt also hier ausbrechen, ja?« fragte er Karola. »Ich bin eine nützlichere Hilfe als sie.«

Jushia drückte den Schild des Gottes fest an sich und blickte störrisch zu ihm hinauf.

»Es steht Euch frei, mitzukommen«, sagte Karola. »Aber steht mir nicht im Weg herum.«

»Wer, ich? Im Weg herumstehen? Gnädigste, wenn mich nicht neidische Rivalen verpfiffen hätten, wäre ich jetzt noch der gerissenste Dieb in ganz Blutquarz. Ich tauche wie ein Schatten in der Nacht unter, verlaßt Euch drauf. Öffnet Ihr nur die Tür.«

Das sollte kurz darauf der wohlwollende Gefängniswärter für sie erledigen, der sich zu der akrobatischen Aufgabe gezwungen sah, in einer Reihe von Pirouetten in Höchstgeschwindigkeit von der Tür fortzuwirbeln und dabei das Wasserbecken über seinem Kopf herumsausen zu lassen. Karola pfiff, bis die übrigen säuberlich hinter dem Eschenholzschild aufgestellt in ihrem Gefolge hinausmarschierten. Nur die Matrone blieb zurück.

»Was für ein Wahnwitz, nicht Eure Pflicht erfüllen zu wollen«, erklärte die Frau. »Eure Selbstsüchtigkeit wird Euch teuer zu stehen kommen.« Zu erklären, wie einen etwas teurer zu stehen

kommen sollte, als wenn man einem Kristallgötzenbild geopfert wurde, bekam sie erst gar nicht die Zeit, denn sie ließen sie schnell mit ihrer guten Meinung über sich allein.
Der Kerkermeister hielt bald bei dem Tänzchen seiner Männer mit. Karola hörte zu pfeifen auf, sobald die Flüchtigen den Innenhof erreichten. Die anderen zerstreuten sich, während sie und Jushia dem Dieb folgten. Karola hoffte halbwegs, man hätte in diesem eher abgelegenen Teil der Welt noch nicht von Fallgattern gehört, doch ihre Hoffnungen waren vergeblich. Der Dieb rannte geradewegs auf die Fallgatter zu, blieb stehen, machte kurz ein nachdenkliches Gesicht, schnippte dann mit den Fingern, rannte an den Gittern vorüber, schoß die Stufen hinauf, die zur Schloßmauer führten, und warf sich in den Wassergraben. Die Amme zögerte nur einen Augenblick, ehe sie hinter ihm hersprang, und Karola folgte den beiden.
Bis die beiden Wachen rechts und links der Zugbrücke herbeigelaufen kamen, um zu prüfen, was das für ein Geplansche und Gespritze war, hatte der Dieb die beiden Frauen zu den Kristallschreinen zurückgeleitet und hinein in ein Labyrinth von Häusern und kleinen Zuflüssen zum Hauptkanal. Er schlüpfte wie ein Aal durch die Wege und Gassen und führte sie schließlich zu einer Straße, wo Leute mit ernsten Mienen Blumen zu Girlanden und Ketten flochten, über einen Graben, der wie ein Abwasserkanal roch, und durch einen Spalt in der gegenüberliegenden Mauer zu einer gebrechlichen Leiter, die in einem dunklen Loch verschwand, aus dem Gestank von Urin, Moder und schalem Rauch aufstieg.
Eine Fackel flackerte, als sie hinabkletterten. Ein graues Gesicht musterte sie und befragte den Dieb in scharfem Ton. Die Antwort des Diebes mußte zufriedenstellend gewesen sein. Andere Fackeln loderten auf und beleuchteten eine Gruppe zerlumpter Gestalten, die neben Regalen mit staubigen Flaschen herumhingen. Bis auf drei davon handelte es sich um Männer. In der Ecke weinte ein Kind. Jushia hüpfte die letzte Sprosse hinab, warf den Schild hin und sprang hinzu, ehe der lachende Dieb sie zurückriß.
Aus dem Dunkel hinter einem Flaschenregal trat eine vertraute

Gestalt, die im Mundwinkel eine dünn gedrehte Grasrolle rauchte, und mit gewisser sachkundiger Grazie, die keineswegs unmännlich wirkte, schwenkte sie ein rothaariges Baby über eine Schulter. Der Mann nahm mit der freien Hand das Röllchen aus dem Mund und nickte dem Dieb anerkennend zu. »Hervorragend, mein Freund, ganz hervorragend.«

Der Dieb verbeugte sich weit ausholend und setzte dann ein breites, albernes Grinsen auf. »Wir haben die Sache geschaukelt, Timoteo! Das haben wir, was?« Der Dieb sagte das mit einer Freude, die deutlich bewies, daß nicht all seine Unternehmungen immer so glatt verliefen.

Der Mann, den Karola als Händler kennengelernt hatte, erging sich nicht in einer so offenkundigen Demonstration seiner Freude, gestattete sich aber statt dessen ein knappes, beherrschtes Lächeln, dessen Wirkung nur leicht beeinträchtigt wurde, als er das Kind unterm Kinn kitzelte, ehe er es zu Karola umdrehte. Trotz des Kitzelns bebte das königliche Kinn vor bevorstehendem Gebrüll.

Karola fühlte, wie sie eine Woge mütterlicher Zuneigung für diese kleine Verwandte überkam. Trotz all der Schwierigkeiten, die sie um des kleinen Luders willen durchgestanden hatte, hatte sie es bislang mehr als Ziel denn als Person betrachtet. Der Anblick des kräftigen Kindes mit den runden, nassen Fingerchen und dem unzufriedenen Schmollen, das da vertrauensvoll, wenn nicht gar glücklich in den Armen des zweifelhaften Timoteo lag, gab der Hexe das Gefühl, daß sie diese Mission noch einmal freiwillig antreten würde, auch wenn sie sich in Lindwurmtal nicht zu Tode gelangweilt hätte. Das Kind wurde zwischen den Miragenier, dem Thron von Blutquarz, den Priestern und jetzt auch Timoteo hin- und hergeschleudert, als wäre es ein Ball.

»Priesterin, ich glaube, deine Seite der Familie hat dich beauftragt, das Kind zu taufen. Bitte tu das nun. Unser Zweig der Familie wird es bezeugen. Es ist jammerschade, daß Prinz Rupert hier nicht anwesend sein kann, denn er hält diesen ganzen Streich bestimmt für seinen ureigensten Einfall. Aber er wird, falls er der Gottes-

fürchtigkeit seiner Gläubigen entgeht, auf jeden Fall die Befriedigung haben, zu wissen, daß er eine hervorragende Ablenkung inszeniert hat.«
»Meister Timoteo, entschuldigt, wenn ich etwas verwirrt erscheine. Behauptet Ihr, mit dem Kind verwandt zu sein? Soweit mir bekannt ist, gab es in ihrer Abstammung kein miragenisches Blut.«
Der Händler lächelte Karola süßlich zu. »Reizend«, sagte er, und an die bunt zusammengewürfelte Gruppe hinter sich gewandt: »Ist sie nicht reizend? Ich habe nie gewußt, daß Hexen so reizend sind. Ich dachte immer, das wären gesetzte, herbe Frauen. Wollt Ihr damit sagen, daß Ihr inzwischen, da Ihr uns hier alle zusammen gesehen habt, noch immer nicht begreift, daß wir Zigeuner sind, die Angehörigen von Xenobia und Prinz Jack? Weit entfernte Verwandte, Ihr tut mir weh. Ich bin Timoteo, auch Enkel von Xenobia, die zweifach Königin ist. Sie bedauert, daß sie nicht selbst hier sein kann und daß mein Großvater, Onkel Davie und mein Vetter Jack diesem wichtigen Ereignis nicht persönlich beiwohnen können, aber das würde einen zu offenkundigen Bruch des berühmten Vertrages darstellen, nicht wahr? Dieses so töricht geschlossenen Abkommens durch meinen Vetter, der sich kaum noch Zigeuner nennen darf, und ohne den Konsens der Königin, der Urgroßmutter dieses Kindes. Unglücklicherweise ist sie nicht nur Königin der Zigeuner, sondern ebenso Königin von Wasimarkan, so daß die Angelegenheit mit sehr viel Fingerspitzengefühl gehandhabt werden mußte. Aber ich versichere Euch, daß wir keine Minute, seit diese Hunde von Krämerseelen dieses Kind raubten, die Absicht hatten, es zu dulden. Niemand, absolut niemand wird den Zigeunern ein Kind stehlen. Es war und bleibt immer anders herum. Das ist Ehrensache, versteht Ihr?«
Karola wußte nicht, ob sie jubeln oder ohnmächtig werden sollte. Mit einer Unterredung mit längst gestorbenen Riesengöttern, der Sorge um das Ausbleiben von Prinzen, die keine Götter waren, der eigenen Festnahme und Gefangenschaft für die bevorstehende Opferung und der überstürzten Flucht hatte sie an diesem Tag nun

wahrlich schon genug ausstehen müssen. Das Kind nun sicher in der Obhut der väterlichen Seite der Familie und die Suche als so gut wie beendet zu wissen, war ein bißchen mehr, als sie verkraften konnte. Also nickte sie nur als Vertreterin der mütterlichen Familienlinie. Tatsächlich bekam sie nur noch Bruchstücke dessen mit, was Timoteo erzählte. Der Säugling war nicht so rücksichtsvoll, das Ende der Rede seines Retters abzuwarten, sondern brüllte mittendrin los. Karola wies mit dem Daumen in Richtung der Amme und hielt sich mit der freien Hand ein Ohr zu. Der Zigeuner begriff den Hinweis und drückte das Kind ohne alle Umstände der jungen Frau in den Arm. Sie begab sich in die Ecke, wo zwei der Zigeunerfrauen saßen.

Karola seufzte erleichtert angesichts der folgenden Senkung des Lärmpegels und der glücklichen Wendung der Ereignisse. Sie lächelte Timoteo mit unverhohlen offener Bewunderung zu. »Ich muß sagen, Eure Tarnung war des berühmten Zauberers Himbeere würdig. Ich wäre niemals auf die Idee gekommen, Euch für etwas anderes als einen echten miragenischen Kaufmann zu halten, und ich hätte die ganze Zeit über Stein und Bein geschworen, daß Euch niemals eine Bande Zigeuner begleitet hat.«

»Ach, was das angeht: Ich war zwar immer allein, habe aber immer die Verkleidung getragen, um nicht so sehr wie Euer großgewachsener Vetter, der Prinz, aufzufallen. Auf diese Weise läßt sich mehr erreichen. Tatsächlich konnte ich Euch sogar helfen, noch ehe ich Euch in Miragenia begegnet bin – damals am Ufer bei Frostingdung, wo ich den Miragenier verscheucht habe, der Euch den Nebel auf den Hals gehetzt hat. Die Leute hier hatten mit der Sache nichts zu tun. Sie sind Angehörige eines Stammes, der uns durch Heirat und andere kleine Gefälligkeiten verbunden ist, und sie haben das ganze Land bereist und Blutquarz eingehend, wenn auch sehr vorsichtig, ausgekundschaftet. Wir Zigeuner haben vielfältige Verbindungen. Es war ihre Ehrenpflicht, uns beizustehen, denn kein Zigeuner könnte die Schmach erdulden, daß Außenstehende ein Zigeunerkind rauben.«

Karolas Blick wanderte über die dunkelhäutigen Gesichter. Keiner von ihnen wirkte so wohlhabend wie die Zigeuner, die sie kennengelernt hatte, und schon gar nicht so wohlgenährt, wie Jack das in seiner Jungenzeit gewesen war. Als sie sie beobachtete, wichen sie ihrem Blick aus. Sie trauten ihr nicht, und ihre Anwesenheit war ihnen unsympathisch. Zigeunerehre oder nicht, ihre Mitarbeit bei Timoteos Plan konnte sie teuer zu stehen kommen.

»Wir werden Erde brauchen«, erklärte sie Timoteo, »und ich fürchte, die Erde aus dieser Stadt wird nicht die richtige sein. Sie ist getönt und nicht zu gebrauchen. Ich schätze, es wird nicht möglich sein, gute, bereits geweihte argonische Erde zu bekommen, aber Erde vom Ackerboden hier würde schon einigermaßen gehen.«

Der Dieb spreizte theatralisch die Hände. »Aber das ist doch ganz einfach. Heute morgen wurden die Blumen vom Land in ihrer eigenen Erde herbeigekarrt, damit sie frisch bleiben. Ganz in der Nähe liegen ganze Haufen restlicher Erde. Die Girlandenflechter werden nur überglücklich sein, wenn wir sie wegschaffen. Choomia, geh du«, sagte er zu einer der Frauen. »Miri, hilf ihr. Es ist ehrliche Arbeit. Nicht eines Mannes würdig.«

Die Frauen kehrten kurze Zeit darauf zurück, und die obersten ihrer vielen zerfetzten Röcke waren zwischen den ausgestreckten Armen der Trägerinnen hoch mit fruchtbarer, brauner Erde vollgepackt.

»Und Wasser«, ergänzte Karola mit um Nachsicht bittender Miene. »Flußwasser ist am besten. Das Meerwasser ist für unsere Zwecke zu verdorben, weil es, wenn auch irrtümlicherweise, dem kristallisierten Eisriesen in der Bucht geweiht ist, und für den Kanal gilt dasselbe.«

»Glücklicherweise, Gnädigste, stimmen die Hochgeborenen mit Euch überein, wenn auch aus anderen Beweggründen. Sie lassen Flußwasser zum Waschen und Trinken heranführen«, erklärte der Dieb. »Diese Arbeit ist schon eher nach meinem Geschmack.« Und er schwang sich fröhlich die Leiter hinauf, um kurz darauf mit dem Wasser in einem mit geschliffenen Edelsteinen besetzten Silberkrug zurückzukehren. Keiner hatte behauptet, er dürfte als

einziger in Blutquarz nicht aus einer religiösen Zeremonie seinen Nutzen schlagen.
Sie häuften die Erde zu einem kleinen Hügel auf, den Karola dann auf der Fläche eines geborstenen Stücks einer alten Tür ausstrich. Sie segnete sie, bestreute sie mit reinigenden Kräutern und fügte dazu die Asche der kleinen Pergamentrollen mit den Wünschen von entfernten Gratulanten, Rostie Killgilles und jener frühen Spender, deren Gaben Bronwyn Rupert früher anvertraut und die er seinerseits in Karolas Obhut gegeben hatte, kurz nachdem sie sich bereit erklärt hatte, ihn zu begleiten. Die alle hatte sie, eingerollt in den Schwimmblasen von Fischen, trocken aufbewahren können. Diese Schwimmblasen paßten gerade in ihren Beutel, der zu solchen Zwecken gedacht war – sie gaben auch hervorragende Ballons ab, wenn irgendwelche Gelegenheiten festlichen Charakter annahmen. Eines nach dem anderen verbrannte sie die runenbeschrifteten Pergamentstücke und ließ die Asche sich ungehindert mit der Erde vermischen. Die Runen schenkten Scharfsichtigkeit von ihrer Tante, der Seherin Sybille, gutes Gehör von ihrem eigenen Vater Colin Liedschmied und ein paar weitere Gaben, die sich mehr auf der Ebene guter Wünsche als magischer Talente bewegten. Wasimarkan war zu weit entfernt, um etwas sehr Wirksames zu schenken. Es war ein Glück für dieses Kind, daß auf dem Weg zwischen Zuhause und hier ein paar weitere Sachen hinzugekommen waren.
Sie wandte den besonderen Priesterinnengriff an, den sie auf dem Seminar in Kleinschatzhausen gelernt hatte, um das Kind völlig mit Schlamm zu beschmieren und dabei selbst so gut wie gar nichts abzubekommen. Als das Kind einem Matschkuchen glich, hob Karola die Kleine in die Höhe und sprach getreulich Ruperts Anweisungen: »Im Namen der Großen Mutter verleihen dir die heute hier Versammelten die Namen Magda Xenobia Bernsteinwein Ethel Ermintrude, die . . .«
»Wartet!« fiel Timoteo ihr ins Wort. »So kann sie nicht getauft werden. Es gibt bereits Leute mit diesen Namen in ihrer Familie.«

»Das ist ja auch der Grund«, erklärte Karola. »Als Ehrerbietung gegenüber jenen Leuten ...«
»Das ist kein vernünftiger Grund. Wir können keine zwei Xenobias brauchen. Eine ist mehr als genug. Ihr müßt ihr einen eigenen Namen geben. Einen Namen, wie er zu einem Zigeunermädchen paßt. Nennt sie noch Romanie.«
Die Unterbrechung der Zeremonie und die Ergänzung eines weiteren Namens in letzter Minute war natürlich äußerst regelwidrig, und Karola warf Timoteo einen strengen Blick zu, um ihm mitzuteilen, daß ihr das nicht entging. Andrerseits war die ganze Situation äußerst regelwidrig, und welche Rolle konnte ein Namen mehr oder weniger spielen? »Nun gut«, meinte sie, »Magda Xenobia Bernsteinwein Ethel Ermintrude Romanie also. Damit bist du getauft. So wirst du genannt werden – wenngleich natürlich nicht ständig bei allen Namen.«
Sie benutzte den Rest des Flußwassers, um den Schlamm herunterzuspülen, ehe sie das Kind wieder Jushia reichte.
»Gut«, meinte Timoteo. »Jetzt feiern wir.«
Karola überraschte das ein wenig, aber Timoteo zog einen Dolch heraus und ein anderer einen Laib Brot aus seinem Hemd. Sie hatten sogar ein paar Beeren und eine riesige Menge Wein, der hier in den staubigen Kristallflaschen lagerte.
Die Zigeuner waren durchweg betrunken, als Karola schließlich beschloß, daß sie dem Kind die restlichen Gaben besser jetzt überreichte, solange sie nicht zwei Kinder sahen. Sie nahm Jushia die Kleine ab und drückte ihr den Nixenkamm in die kleine Faust. Sie erklärte den Zigeunern und der Kinderfrau, wozu die Geschenke dienten, denn vielleicht würde sie zu deren Benutzung ihrer Unterstützung bedürfen. Den Kamm band sie mit dem feinen Riemchen einer Sandale um den Hals des Mädchens. Jushia betrachtete ihn mit furchtsamem Blick, legte aber den Kopf aufmerksam zur Seite, als spräche sein Zauber zu ihr.
Den Schild benutzten sie als Wiege, in dessen Mitte sie das Kind legten, und Jushia versetzte ihn mit dem Daumen in eine Schaukelbewegung. Dann traten die Zigeuner einer nach dem anderen

hinzu, um ihre eigenen Geschenke darzubringen: Einen Ring, damit das Kind so leicht wie ein Finger würde, ein Paar Fußkettchen für Leichtfüßigkeit zum Tanzen und Laufen, einen bunten, geblümten Schal, den sie um den Kopf schlingen und damit ihre wahren Gedanken vor ihren Feinden verbergen konnte, eine bestickte Schärpe, die sie um ihre Taille knoten konnte, damit die nicht schmerzte, wenn sie Hunger hätte, ein Paar Ohrringe, die sie befähigten, stets das zu hören, was zu ihrem Vorteil war, und das Versprechen eines Tamburins, immer mit Musik und Geld gefüllt zu sein. Timoteo stattete sie mit dem letzten Geschenk aus: einem Zweig, so sagte er, vom Reiseholz, der ihr stets den sichersten und interessantesten Weg zeigen würde, den sie einschlagen konnte.

Die Zigeuner erhoben, wenn auch nicht nüchtern, so doch feierlich ihr Glas zum Trinkspruch, dann trat Timoteo hinzu und hielt den Schild hoch. »Ich werde diese Dinge für sie aufbewahren, Priesterin. Romanie wird bei uns aufwachsen.«

»Unfug«, erklärte Karola. »Wenn wir sie lebend hier herausbringen, werden wir sie ihren Eltern zurückgeben.«

»Die verdienen sie nicht. Außerdem wären die Miragenier in der Lage, sie Euch wieder zu rauben und zurückzuschicken. Wie wollt Ihr das verhindern, hä? Bei uns wird sie unerkannt und ungefährdet sein. Ich möchte Euer Wort als Priesterin, daß Ihr keinem davon erzählt und nicht versuchen werdet, das Kind zu suchen.«

»Das kann ich nicht versprechen. Rupert und die Eltern des Mädchens werden wie wild hinter ihr her sein. Seid nicht albern. Von einem ›Vertrag‹ kann nun keine Rede mehr sein, denn die Miragenier haben ihn gebrochen, indem sie sie an einen Ort schickten, wo sie hätte ums Leben kommen können. Sie haben keinen Anspruch mehr auf ihre sogenannten Dienste, und wenn sie sie jetzt versuchen zu rauben, können wir Krieg gegen sie führen.«

»Oh, eine sehr gescheite Lösung. Warum können wir Zigeuner nur niemals mit dieser bewundernswerten Klarheit denken? Wie dem auch sei, das Kind kommt mit uns. Euer Wort, Priesterin. Ihr könnt die Eltern wissen lassen, daß es sich in Sicherheit befindet. Wir werden Euch in Euer Land zurückbegleiten.«

»Und das ist alles?«

»Was sollte es sonst noch geben?«

»Und was ist mit Prinz Rupert? Er hat Euer Leben ebensogut wie das meine gerettet. Sollen wir ihn einfach hierlassen?«

»Warum nicht? Hier ist er ein Gott. Ihr könnt ja später den Drachen schicken, ihn abzuholen, aber vielleicht möchte er dann gar nicht mehr fort.«

»Das glaube ich nicht. Wenn die Priester verlangen werden, daß er zuläßt, daß ihm Menschen geopfert werden, wird er sich bald in Gefahr bringen, denke ich mir.«

Der Zigeuner schüttelte traurig den Kopf und legte die Hand auf Karolas Schulter. »Ihr seid eine feine Dame, Hexe, aber Ihr versteht nicht so viel von Edelleuten wie ich. Mein eigener Verwandter hat sich, sobald er in den Adel aufstieg, mit Eurer Verwandten zusammengetan und dieses Kind geopfert, noch ehe es geboren war. Es ist typisch für Adlige, Menschen um ihres eigenen Wohlergehens willen zu opfern, so wie die Reichen die Armen und die Armen einander opfern, um nicht mehr arm zu sein. Es stimmt schon, daß diese Erscheinung hierzulande auf die Spitze getrieben wird, aber ich glaube, die Anpassung wird Eurem Prinzen weniger schwerfallen, als Ihr Euch vorstellt. Kommt mit uns, oder Ihr macht das ganze Ergebnis unserer klugen Vorgehensweise in Eurer Sache zunichte.«

»Das soll klug gewesen sein? Daß Euer Freund umgebracht worden wäre, wenn man mich nicht zufällig gefangengenommen und ich ihn befreit hätte?«

»Wir waren sicher, daß Ihr letztlich im Kerker auftauchen würdet. Euer Führer war ein auf Euch angesetzter Spitzel. Ich kenne Eure wahren Kräfte und wußte auch, daß Ihr ihn befreien würdet, wenn Ihr selbst stiften gingt. Wir hatten natürlich einen Ausweichplan, falls das nicht eingetreten wäre.«

»Und wie war der?«

»Euch gegen ihn auszutauschen, sobald Ihr das Kind getauft hättet. Was sonst?« Er grinste sie unverschämt an. »Aber ich wußte, daß Ihr ihn retten würdet. Ihr seid eine feine Frau.«

»Ich bin gerührt, wieviel Vertrauen Ihr in mich habt«, erwiderte Karola. »Aber wenn ich mir Eure hohe Meinung von mir – von meiner ganz zu schweigen – erhalten will, muß ich einfach einen Weg finden, Prinz Rupert aus seiner Götterrolle zu befreien, damit wir beide von diesem mutterverlassenen Ort verschwinden können. Ich bin sehr froh, wenn Ihr das Kind jetzt mitnehmt. Aber könnte bitte einer noch eine Weile warten, um uns dann zu den anderen zu führen? Ich kenne einen Geheimgang. Ich kann Rupert wahrscheinlich direkt hierherbringen, oder aber wir verabreden uns an einem ungefährlicheren Ort.«

Der Zigeuner schüttelte wieder und diesmal heftig den Kopf, wobei alle Toleranz und aller Humor aus seinem Gesicht gewichen waren. »Zu gefährlich.«

Karola warf ihm einen finsteren Blick zu, machte auf dem Absatz kehrt und ging auf die Leiter zu. »Danke, daß Ihr mir geholfen habt zu entkommen. Viel Glück.«

Ein freundlicher Ausdruck und auch eine Spur unwillkürlicher Beschämtheit kehrten auf seine Miene zurück, als er sagte: »Murdo, Pietro, verbindet ihr die Augen und bringt sie zu der Gasse bei den Schreinen, von wo aus sie den Tempel beobachten kann, ohne die Aufmerksamkeit der Priesterwachen auf sich zu lenken. Ihr kennt den Weg, damit sie nicht wieder hierherfinden kann.« Sie wich zurück und schürzte die Lippen, um zu pfeifen, doch er beugte sich vor, hielt ihr den Mund zu und umfaßte mit der anderen Hand ihren Hinterkopf, während seine Begleiter taten, was er sie geheißen hatte. »Ihr versteht nicht ganz, liebe Dame. Ihr seid keine Zigeunerin, die sich zu uns durchschleichen kann, ohne uns zu verraten. Jeder, den wir schicken würden, sich mit Euch zu treffen, würde vermutlich von den Priestern zu häßlichen kleinen Wölkchen verarbeitet, in Flaschen abgefüllt und den Händlern verkauft werden. Wahrscheinlich zusammen mit uns übrigen. Zigeuner können vieles besser als andere Menschen, aber umgebracht zu werden gehört nicht dazu. Deshalb verstehen wir es auch so gut, uns nicht erwischen zu lassen. Und deshalb trauen wir nur uns selbst. Und macht Euch bitte keine Sorgen, wenn sie Euch eine

Aussage abpressen, wie Ihr hierhergebracht wurdet. Ihr würdet es mit Sicherheit niemals wiederfinden. Falls aber doch, versucht so lange wie möglich einer Wiederfestnahme zu entgehen, ja?«

Er ließ Karola los, und sie widerstand einem kindischen Impuls, ihn anzuspucken, sagte aber dafür, als sie abgeführt wurde: »Adlige sind wohl nicht die einzigen, die andere Menschen ihren Zwekken opfern, wie?«

»Bleibt auf der Stelle stehen.« Er riß die Augenbinde fort und starrte ihr in die Augen. »Priesterin, Hexendame, was habt Ihr vor? Wollt Ihr an die Ritterlichkeit eines Zigeuners appellieren? Wenn ja, meine Verehrteste, kann ich Euch versichern, daß wir dergleichen nicht kennen. Wir können sie uns nicht leisten. Ich will, daß Ihr Euch völlig darüber im klaren seid, daß Ihr dort hinaus und vermutlich in Euren Tod marschiert, weil Ihr Euch so dickköpfig an den Burschen klammert, der es sich gutgehen läßt und vermutlich selbst jetzt nicht einmal einen Gedanken an Euch oder mich verschwendet. Ich weiß zu würdigen, daß er mir das Leben zu einem Zeitpunkt rettete, da er mich für einen nichtsnutzigen Händler hielt. Und ich erspare ihm die schwierige Aufgabe, zu der er aufgebrochen war, und rette das Kind an seiner Stelle, so daß er weiter seinen Spaß haben kann. Ihr könntet durchaus mitkommen, aber Ihr wollt nicht. Also keine unverschämten Reden mehr, klar?«

Ein schwaches Hüsteln durchbrach die Spannung zwischen ihnen. Jushia trat schüchtern nach vorn und reckte das Kinn ein wenig vor, als erwarte sie, geschlagen zu werden. »Verzeiht bitte, aber ich muß es wissen: Ist Rupert, der Prinz, in Wirklichkeit nicht Gott?«

»Was glaubst du wohl, was ich dir darauf antworten werde, nachdem du gerade zugesehen hast, wie ich ein Kind der Mutter aller Schöpfung geweiht habe?« fauchte Karola, die über die Unterbrechung ebenso wütend war wie über den Zigeuner.

»Er ist ein unbedeutender Edelmann mit einem vom Glück begünstigten Gesicht, wodurch er für den Rest seines Lebens ausgesorgt hat«, antwortete Timoteo etwas höflicher.

»Wie lange das auch sein mag«, fügte Karola hinzu.
Jushia sah aus, als wollte sie gleich zu weinen beginnen. Sie streckte die Hand in Timoteos Richtung aus, streichelte die roten Löckchen des Mädchens und hielt den Blick auf das Kind anstatt die beiden gerichtet, als sie sagte: »Wenn er kein Gott ist, so ist er ein sehr guter Mensch, der sich selbst bewußt für meine Kleine in Gefahr begeben hat. Eure Choomia sagt, sie hat ausreichend Milch für zwei Tage, Meister Timoteo, und ich bin sicher, daß Ihr meine Prinzessin hinausschmuggelt, falls überhaupt irgend jemand dazu in der Lage ist. Also verbindet mir auch die Augen. Ich weiß Dinge, die dieser Dame vielleicht helfen können, ihren Verwandten zu retten.«
Timoteo gab Zeichen, und der Amme wurden zusammen mit Karola die Augen verbunden. Dann wurden beide fortgebracht.
Als sie verschwunden waren, drehte er sich mit einem Ruck von der Leiter fort und schwenkte das Kind dabei so heftig, daß es zu weinen begann. »Frauen!« schimpfte er.
Als ihre Führer sie schließlich alleine ließen, nahmen Karola und Jushia ihre Augenbinden ab und lehnten sich erschöpft ans nächste Haus. Es war laut auf den Straßen, und sie wimmelten von schreienden, rufenden Leuten; die Luft war erfüllt vom Klirren von Scherben und vom Duft von Blumen und Mist. Die Zigeuner hatten sie nicht durch die Menschenmassen, sondern über Nebenwege herangeführt. Nichtsdestoweniger waren die Aufregung und der Geruch der Angst so greifbar wie der Regen, der den ganzen Tag unablässig herabnieselte. Die Atmosphäre war spürbar verbissen und gespannt. Die Zigeuner hatten zwei- oder dreimal aufgeregt untereinander geflüstert, waren stehengeblieben und umgekehrt, um einen anderen Weg zu nehmen, und mehrere Male war jemand an ihnen in entgegengesetzter Richtung vorbeigerannt und davongelaufen.
Wie versprochen, hatten ihre Führer die Frauen in unmittelbarer Nähe des Nebels um den Fuß des Tempels zurückgelassen. Das Klatschen der Sandalen der Wächter auf dem Holzsteg auf der gegenüberliegenden Seite des Tempels beruhigte sie, daß sie noch

genügend Zeit hatten, den Geheimgang wiederzufinden. Jushia tastete eine Weile nach der Geheimtür umher, ohne sie entdecken zu können. Karola summte leise ein Spottlied, und die Tür öffnete sich zwei Handbreit von ihr entfernt. Die beiden Frauen huschten rasch hinein und lehnten sich gegen die Mauer, bis die Tür wieder geschlossen war. Karola stellte zu ihrer Überraschung fest, daß das Innere bei Tag nicht so dunkel war, wie sie es sich vorgestellt hatte. Wo die Kristallkuppel auf die Innenmauer stieß, erhellte ein schmaler Streifen Licht den Gang. Jushia führte sie direkt zum Haupttreppenaufgang und begann hinaufzusteigen. Karola folgte ihr zwei gewundene Treppen hinauf bis zu dem Stockwerk, wo der Audienzsaal und jene Räume lagen, wo man sie und Rupert festgehalten hatte.

Karola zögerte, aber Jushia faßte nach ihrem Arm und deutete nach oben. Von weiter hinten aus einem der schmalen Gänge glaubte Karola Ruperts vertraute, tiefe Stimme zu hören, aber Jushia war bereits drei Stufen höher, so daß sie ihr lieber folgte. Sie gelangten ans Ende der Treppe, die an einer kahlen Mauer mündete.

»Was jetzt?« fragte Karola, aber Jushia machte sich bereits an der Wand zu schaffen. Als sie eine Weile ergebnislos herumgefummelt hatte, wurde Karola ungeduldig und summte das Lied, das die Tür unten geöffnet hatte. Nichts geschah.

»Was suchen wir hier?« fragte sie.

»Den Anhänger«, antwortete Jushia. »Den Anhänger vom Mitternachtsregenbogen, der den Priestern die Macht verleiht, Geister in Flaschen zu zwingen. Hier wird er aufbewahrt. Wenn wir ihn mitnehmen, können wir ihn vernichten, und die Priester sind nicht mehr in der Lage, aus den Opfern ihren Profit zu schlagen und Gott Leben zu opfern, nur um sie ihm dann wieder zu rauben.«

»Guter Einfall«, bestätigte Karola und begann alles zu summen, was ihr vom Singsang der Zeremonie noch einfiel. Fast augenblicklich sprang die Tür auf.

Jushia tat keinen Schritt, um hineinzugehen, sondern schaute Ka-

rola erwartungsvoll an. »Glaubt Ihr, Ihr könnt den Wächter des Anhängers ebenso beschwören wie die Tür?« erkundigte sie sich.
»Was für einen Wächter? Du hattest keinen Wächter erwähnt.«
»Dort. Seht mal, unter dem Altar. Das muß er sein. Ich habe viel darüber gehört.« Als Jushia sprach, hob die Form unter dem Altar, der die einzige Einrichtung des kleinen Raums mit seiner Kristallkuppel darstellte, alle ihre sieben Köpfe und zischte sie an. Karola summte dem Ungeheuer leise vor und ging seitwärts um den Altar. Die Köpfe verfolgten ihre Bewegung. Jushia ging mit bleichem Gesicht und zitternden Händen im Bogen zur anderen Seite und riß den Schatz von seinem Sockel. Kurz aufflackernder Sonnenschein, schon war er in Jushias Mund verschwunden, während die Schlange sich nach Karolas Melodie wiegte.
Die Amme schob sich wieder auf den Gang hinaus. Karola folgte ihr, ohne ihr Summen abzusetzen. Sobald sie durch war, stieß sie die Tür mit aller Macht hinter ihnen zu. Die beiden flüchteten wieder die Treppe hinab zu dem Stockwerk, wo Karola ursprünglich hatte halten wollen. Karola rang einen Augenblick um Luft und schaute hinter sich. »Das war ja ganz einfach«, sagte sie. »Man sollte glauben, daß sie eine bessere Bewachung haben.«
»Für jeden anderen wäre diese Schlange ein tödlicher Wächter«, bemerkte Jushia, nachdem sie den Anhänger in ihre Hand gespuckt hatte. »Die Priester sind es nicht gewöhnt, daß hier jemand außer ihnen magische Kräfte besitzt, und haben nur gegen ihre eigene Art Kräfte eine Wache aufgestellt. Ich vermute, sie schützen sich nur vor der üblichen Art Helden und Krieger, wißt Ihr. Zweifelsohne wachsen der Schlange drei Köpfe anstelle jedes abgeschlagenen.«
»Wie finde ich das denn? Da habe ich ja Glück gehabt«, sagte Karola. »Und ohne den Anhänger können die Priester die Zeremonie nicht durchführen?«
»Nicht die vom Mitternachtsregenbogen, die ihnen die Macht verleiht, nach der Opferung die Geister zusammenzutreiben. Unsere können sie jedenfalls nehmen. Aber vielleicht sind wir hiermit in

der Lage, zu handeln. Wenn nicht, bin ich entschlossen, das Ding mit in den Tod zu nehmen, wenn es sein muß.«
»Hoffen wir mal, daß das nicht notwendig wird.«
Eine weitere, dröhnende Frage von Rupert lockte sie den Seitengang hinab. Seine Stimme klang bekümmert. Die Frauen huschten so schnell und lautlos dahin, wie sie konnten. Sie waren jedoch nicht so leise, daß sie nicht das Zischen und den Aufprall eines siebenköpfigen Körpers im Treppenhaus über sich übertönt hätten.

Zwei Kristallkelche standen auf einem Quarztisch zwischen Rupert und dem Hohenpriester. Die Tischplatte bestand aus einer riesigen Scheibe aus unbearbeitetem Gestein an der Außenseite und reinem Kristall mit purpurnen Einschlüssen in der Mitte.
Seine Brillanz hielt einen Kristallkrug, aus dem er jedem von ihnen einen weiteren Schluck honigfarbener Flüssigkeit einschenkte. Er hob einen der Kelche an seinem Stiel und brachte einen Trinkspruch aus. »Auf daß unser Glaube in Euch weiter wachsen möge.«
Rupert lächelte, teils aus Höflichkeit, teils weil er sich in angenehm milder Stimmung befand. »Wie Ihr meint. Aber was ist das für ein Getränk? Es schmeckt hervorragend.«
»Sollen wir es Götterelixier nennen?« Seine Brillanz kicherte wohlwollend. »Kostet es. Genießt es.«
Es war süß, ziemlich ölig und trank sich gut. »Lecker«, sagte Rupert. »Hübsche Kelche. Viele schöne Glasarbeiten hierzulande.«
Er hatte drei Stunden lang unruhig in diesem Raum geschlafen, um auf den Hohenpriester zu warten. Während dieser Zeit hatte Bruder Farbenfroh den Weihrauch neben seiner Liege brennen lassen, der zu seiner Entspannung beitrug, ihm etwas von der Aufregung angesichts der Situation nahm und ihn zugänglicher machte für die Standpunkte seiner Gastgeber. Ihm wurde klar, daß er zuvor ziemlich selbstsüchtig gehandelt hatte, als er darauf bestand, daß alles nach seinem Kopf ging. Wenn es diesen Leuten half, ihn anzubeten, wie sollte er da das Recht haben, es ihnen zu verwei-

gern? Andrerseits war ein Teil von ihm auch nicht zu solchen Zugeständnissen bereit und wollte nur fragen: »Wen genau und wie viele Eurer Gläubigen soll ich mir opfern lassen?«

»Kristall«, verbesserte Seine Brillanz. »Wir stellen kein Glas her. Wir bauen Kristall ab und schleifen es. Es ist nützlich, um . . . verschiedene Dinge aufzubewahren. Und sie zu vergrößern.«

»Sie vergrößern?« erkundigte sich Rupert und nippte an seinem Glas.

Der Hohepriester rückte sich ein wenig in seinem Sessel zurecht, und sein vages Lächeln wuchs zu väterlicher Befriedigung über seine Position als derjenige, der das Wissen innehatte und verbreiten konnte. »Wieviel Zauberei habt Ihr jemals ausgeübt, mein Sohn?« Es stellte keine Beschuldigung dar, aber auch keinen Ausdruck von Ehrfurcht, Zweifel oder Furcht. Die Frage war eher in dem Ton gestellt, in dem ein Gasthauswirt sich bei einem anderen erkundigen würde, wieviel Gäste er bewirtet hat.

»Sehr wenig«, gestand Rupert. »Meine Familie hat, zumindest von meines Vaters Seite her, keine Zauberer hervorgebracht.«

Das ließ das Lächeln des Hohenpriesters noch breiter werden, und das gefiel Rupert, der immer größere Stücke auf den Mann hielt und zu einer immer besseren Meinung gelangte, was für ein anziehender Mensch jener doch war und wie behaglich sein Zimmer und sein Tempel. All die kleinen Spitzbogenfenster mit dem Lüftchen vom Fluß her, das Klingeln der Glöckchen, die Kühle des nackten Steinbodens, die Quarztische – alles sehr geschmackvoll und vornehm.

»Ihr braucht Euch nicht zu entschuldigen«, sprach Seine Brillanz. Rupert war nicht aufgefallen, daß er schuldbewußt geklungen hatte. Es war nicht seine Absicht gewesen. »Ich habe nur gefragt, um darauf hinzuweisen, daß Ihr Euch keineswegs verändern müßt, um alle Magie zu betreiben, die der Sache wert ist. Nun, Ihr könntet einen Bann über dieses schlampige Mädchen verhängen, das Ihr mitgebracht habt, wenn Ihr nur die richtigen Beschwörungsformeln, Mordanzien und Agenzien anwendet.«

Rupert brummte der Schädel. Er nahm einen weiteren Schluck,

um seine Gedanken zu klären. »Wartet einmal. Von Beschwörungsformeln habe ich schon gehört. Aber Mordanzien und Agenzien?«

»Den Agenzien seid Ihr auch schon begegnet. Es sind die Wesenheiten, die wir bei der Feier heute abend zur Ausfuhr einfangen. Doch zuerst saugen wir mit anderen Flaschen die Energie der Menge ab: die Angst, den Zorn, die Blutgier, alle diese köstlichen, starken Empfindungen, die – in Flaschen abgefüllt – jeder Beschwörungsformel, jedem Zauberspruch zusätzliche Kraft verleihen und selbst den Kläglichsten zu wahrhaft starker Magie befähigen. Ja, es sind wahrhaftig die Mordanzien und Agenzien, die uns von dem Gott, den Ihr verkörpert, bereitgestellt werden, die uns den Wohlstand und die Fülle bringen, derer wir uns hier in Blutquarz um den sehr bescheidenen Preis ein paar weniger Übeltäter und Querulanten erfreuen.«

»Aha, Wohlstand und Fülle. Deshalb duldet das Volk das wohl auch, wie?« Rupert rutschte in seinem Sessel tiefer, war weitgehend zufrieden und wollte jenen Teil seines Innern, der gegen die Trägheit seines Körpers und die Lethargie seines Geistes aufbegehrte, die ihn so widerspruchslos zuhören ließen, mit Schläfrigkeit ersticken.

»Nun, zu sagen, daß sie es dulden, wäre entschieden zu wenig, mein Sohn. Sie sind begeistert! Meine Kinder lieben ihren Regenbogengott, seine großzügigen Gaben an Regen und Sonne, die die Nahrungsmittel wachsen lassen, den Bergbau erleichtern und von der Ferne das Gold heranströmen lassen. Die Opferungen verleihen dem Leben zusätzlichen Reiz. Genieße es, solange du kannst, vielleicht bist du der nächste – versteht Ihr? Und unser Auswahlsystem entledigt uns aller Hausdrachen und Aufrührer, des diensteifrigen, aber unfähigen Amtsträgers, der überflüssigen Tochter und des unerwünschten Verwandten. Welches andere System könnte soviel leisten? Unsere Vorfahren mit ihrer zahlenmäßig geringen Bevölkerung konnten die rückständigen Einwohner, die sie in diesem Gebiet überwältigten, verwenden. Könnt Ihr Euch ein derartig dummes Volk vorstellen, das den Gott in der

Bucht unbeachtet ließ und sich ihm nicht nähern wollte? Statt dessen beteten sie irgendeine schäbige Waldgöttin an, eine Gottheit, die Klima und Bodenbeschaffenheit völlig unangemessen ist und der sie das Kristall zu verdanken glaubten. Die Narren brachten Regenbogen und Kristall nicht einmal mit dem Gott in Verbindung, der doch schließlich aus diesem Stoff *geschaffen* war.
Doch wir, die wir seit Jahrhunderten unserem Kriegsgott Utur geopfert hatten, erkannten ihn sogleich in jenem Kopf im Hafen und nahmen ihn an. Wir schmückten ihn mit Blumen und nährten ihn mit unseren Feinden. Er belohnte uns, nachdem wir das Geheimnis des von der Heidehexe erbeuteten Anhängers entdeckten, nicht nur mit Sieg, wie das unser alter Kriegsgott getan hätte, sondern mit anhaltenden Möglichkeiten zur Errichtung einer soliden und blühenden Wirtschaft, was entschieden seltener der Fall ist. Nein, nein, mein Sohn, diese Menschen sind nicht geneigt, wegen eines oder zweier unerwünschter Angehöriger wieder die Wege von Finsternis und Abweichlertum zu beschreiten. Und die Zeremonien selbst sind so wunderhübsche Feiern. Eure Anwesenheit wird sie noch weiter verschönern. Nun, und durch unser erhabenes Verfahren, jene wunderlichen Kräfte zu sammeln, die nur von jenen zu erhalten sind, die nicht ehrenvoll in der Schlacht oder an Altersschwäche sterben, sondern bewußt und hilflos durch die Hand ihrer Anführer und unter den Augen ihrer Mitmenschen, werden unsere Feierlichkeiten in einem Maß ergreifend wie nie zuvor. Sie waren nicht so interessant, ehe wir den Gebrauch des Anhängers herausfanden und seine Nutzung, um Macht in der Person des Priesters zu sammeln. Der Anhänger leitet die Kraft des Gewitters in ihn, und durch sie kann er die Flaschen in die richtige Schwingung versetzen, daß sie die Geister aus der Luft einsaugen und er die Flaschen verschließen und versiegeln kann, daß die Geister an ihre Dienstpflicht gebunden sind.
Nun können wir die Schreie, das nackte, ureigenste Entsetzen der Opfergesandten speichern und nutzbringend einsetzen, um alle Arten von Verwünschungen, Zaubersprüchen und Verhexungen zu vereinfachen, ihnen mehr Macht und Gewicht zu verleihen, als

dies in früheren Zeiten möglich war. Ich verwandte ein solches Mordans, um den Zauber auf meine liebe Effluvia zu verstärken. Und ich werde ein ähnliches Mordans verwenden, ihn von ihr zu nehmen und ihre frühere Schönheit und Grazie wiederherzustellen. Aber Ihr werdet begreifen, daß es ein Prozeß ist, auf den man stolz sein kann, und jeder darf sich als bevorzugt erachten, der daran teilhat. Tja, die Hinterbliebenen der Gesandten haben mir oft erklärt, was für ein Trost es bedeutet, die Gewißheit zu haben, daß nicht der winzigste Teil der Höchsten Ekstase ihres beteiligten Angehörigen vergeudet wird.«

Über ihnen waren schwarze Wolken aufgezogen, und plötzlich schlug ein Blitzstrahl gegen die Kuppel und zuckte mit blendender Grelligkeit durch den Raum, ehe der Regen wolkenbruchartig auf das Dach prasselte. Jener kleine Teil von Rupert, der nicht verbildet und nicht verhext, nicht berauscht und nicht von der Gewalt des Bösen um ihn her verblendet war, richtete sich für diesen kurzen Augenblick aus seiner geduckten Haltung auf, schrie seine Empörung hinaus, kippte den Tisch um und ließ Rupert zur Tür hetzen. In diesem Augenblick rief jemand seinen Namen, und ein Teil der Wand schwenkte auf.

Der Hohepriester sprang vor Rupert zur Tür, doch die öffnete sich, ehe er dort anlangte, und drei Laienbrüder purzelten herein. »Vergebung, Euer Brillanz, aber wir müssen Euch Meldung machen, daß . . .«

Karola und Jushia drängten sich in die Maueröffnung und winkten Rupert heftig zu, der versuchte, seine Laufrichtung zu ändern und auf sie zuzuwanken.

»Wir müssen Meldung machen, daß ein Trupp Palastwachen bei dem Versuch, einen Ausbruch der plündernden Wesenheiten unter Kontrolle zu bekommen, eine Diebesbande festgenommen hat, in deren Gewalt sich die Prinzessin befand. Man hat sie zum Sammelbecken für . . .«

Karola lief in den Raum, packte Ruperts Arm und zerrte ihn zu dem Geheimausgang, während sie den Wachen und dem Hohepriester ein Tänzchen vorflötete. Jushia hüpfte im Eingang herum, weil sie dem Lied nicht widerstehen konnte. Sie wagte nicht, das Zimmer zu betreten, weil sie sonst ganz dem Zauber verfallen wäre, aber sie konnte versuchen, sich so weit umzudrehen, um ihre Füße in die Richtung tanzen zu lassen, die sie einschlagen wollten, damit sie Karola und Rupert nicht im Weg stand... Plötzlich schrie sie auf, der Anhänger fiel aus ihrem Mund und glitt in den klaffenden Ausschnitt ihres Kleides.

Karola und Rupert gelangten gerade rechtzeitig zum Ausgang, daß Karola ihr Pfeifen in die Melodie übergehen lassen konnte, die das Ungeheuer beim ersten Mal besänftigt hatte. Langsam ringelte es sich ab, schwankte und glitt wieder den Gang hinab. Doch zu spät. Der Hohepriester und die Laienbrüder hatten sich aus dem Bann befreit. Es bedurfte nur zweier Brüder, den in seinem Rausch benommenen Rupert zu überwältigen, während der Hohepriester Karola eine Hand auf den Mund preßte, und der letzte Bruder hielt Jushia mit dem Arm um ihren Hals fest.

XIII

Der Hohepriester strahlte vor Zufriedenheit, weil der Tag hervorragend gelaufen war. Trotz der durch das Eingreifen der entfesselten Geisterwesen schlampig ausgeführten Ausschmückung der Boote würde die heutige Opferfeier gewiß eine der glanzvollsten werden, die er jemals zelebriert hatte. Sicher, er würde keine so herausragende Rolle wie gewöhnlich spielen, doch er war überzeugt, daß der Glanz des Augenblicks nicht nur dem jungen Tölpel zu verdanken war, der dem Gott so sehr ähnelte. Effluvia gab eine großartig ehrfurchteinflößende Figur ab, da ein schwarzer Umhang ihr Haar und ihren Schwanz verhüllte und blutrote Rosen ihren Scheitel schmückten, während sie neben der in Weiß und Gold gekleideten Gestalt des lebendigen Gottes stand, den man mit Hilfe eines Ruders in seinem Kreuz in entsprechend aufrechter Haltung aufgebaut hatte.

Boten diese beiden auch einen aufsehenerregenden Anblick, stellten sie doch bei weitem nicht den spektakulärsten Teil der Feier dar. Was die Menschen, die sich am regennassen Gestein der Felswände drängten, zu sehen gekommen waren, war der Aufmarsch der Gesandten, denn es waren mehr, als jemals seit uralten Zeiten, da Blutquarz erobert worden war, zu Gott geschickt wurden. Die Bucht wimmelte von Booten und Kähnen, die schon fast bedrohlich mit jenen Privilegierten überladen waren, die für die Ehre, zur Mordanziengewinnung beizutragen, bezahlten. Vier Kähne waren außer jenem, auf dem der Hohepriester, Effluvia, der Gott und die drei weiblichen Gefangenen sich befanden, mit Priestern besetzt. In drei weiteren Booten drängten sich die Gesandten. Die festgenommenen Diebe füllten allein zwei davon. Der König und die Königin fuhren in einem weiteren, das Kind lag in die feisten Arme der Königin geschmiegt. Oben am Himmel waren die bedrohlichen Wolken – wie der Hohepriester es bewirkt hatte, als er mit seiner magischen Aufladung zwischen den Spitztürmen und Becken der Schreine hindurchfuhr – tiefstem Dunkelblau, dem

Strahlen einer wenn auch verblassenden Sonne und einem in seiner Kraft und Klarheit unübertroffenen Regenbogen gewichen. In der Bucht krönte der Regenbogen den Kristallkopf mit einem bunten Strahlenkranz, der sich in jeder Facette des riesigen, ernsten Gesichtes spiegelte. Einen Widerhall der Schönheit des Regenbogens bildete der Kahn mit den Kristallflaschen, die das üppige Mordans auffingen, das die Zeremonie hervorbrächte, wozu die Diebesbande entscheidend beitrüge, die den Gewinn aus jedem Tod durch vielfache Trauer erheblich steigern sollte. Eine weitere Barke enthielt die Flaschen, in denen die Agenzien, die der Gott wieder ausspeien würde, aufgefangen würden.
Die Menge schwatzte aufgeregt und furchtsam, denn die entflohenen Geisterwesen hatten schwer gewütet, systematisch Haus um Haus zerstört und sich nur auf die vornehmsten Gebäude konzentriert. Dem Kristall vermochten sie freilich nichts anzuhaben, doch viele edle, aus anderen Materialien gefertigte Gegenstände waren für immer dahin. Der Hohepriester befürchtete kaum, die Geister könnten die Zeremonie selbst stören, wenngleich das Mukbar-Flittchen mit einem Feixen beobachtete, wie gelegentlich Farbausbrüche in Spiralen über die Häuserdächer zogen, und ihn aus triumphierend zusammengekniffenen Augen ansah, wenn er in ihre Richtung blickte. In Wirklichkeit wünschte er, es gäbe eine Möglichkeit, die Erscheinungen nahe genug heranzulocken. Er wußte, daß sie wieder einzufangen wären, wenn sie nur nicht solche Angst hätten, noch einmal von dem Gott verschlungen zu werden.
Während die Laienbrüder in ihren goldenen Festroben in ihrem Kahn voller Mordansflaschen weiterruderten und sich daranmachten, sie auf dreien der unteren Zähne des Gottes und in seinem Mund zwischen Zähnen und Zunge aufzustellen, erwog Seine Brillanz die Reihenfolge der Opferungen. In seiner entscheidungsfreudigen Art beschloß er nach nur kurzen Überlegungen, daß die Hexe die erste sein sollte. Zum einen wäre ihr Beitrag zur Mordanssammlung gering, da sie geknebelt war, und der einzige Mensch, dem sie vermutlich etwas bedeutete, war fast völlig weg-

getreten. Abgesehen davon, wer kannte das volle Ausmaß ihrer Kräfte? Am besten entledigte man sich ihrer schnell, ehe sie weitere Schwierigkeiten machen könnte.
Und obwohl es sonst Brauch war, die Männer zuerst zu nehmen, weil sie gewöhnlich weniger spektakulär starben und ohne jene köstliche Aufwallung der Wollust, die dem Mordans einen besonderen Pfiff verlieh, wollte er die Mukbar als nächste schicken. Denn es wäre unangenehm, wenn ihre Verwandten auf Teppichen herangeschwebt kämen, sie zu retten, und damit die ganze Geschichte verderben würden, die er sich ausgedacht hatte, nämlich daß sie Blutquarz niemals erreicht hätte. Und nach ihr dann die männlichen Diebe. Irgendwann in der Zwischenzeit würde die Königin dann an dem Köder anbeißen, den er mit der Eröffnungsrede auslegen würde, indem sie das Kind opferte, und er würde sie bloßstellen und die langweilige lange Reihe der Männer auflockern, indem er diesen besonders fetten und köstlichen Bissen zu Gott schickte. Anschließend vielleicht die Amme und das Kind. Wenn die Opferung vorüber wäre, könnte der Prinz noch eine kleine Rede halten und allen im Namen Gottes danken. Wohlan, Hauptsache, er wirkte eindrucksvoll genug, wenn Seine Brillanz ihn zusammen mit Effluvia der staunenden Bevölkerung präsentierte, um die Leute an den Anblick des Paares zu gewöhnen, dann sollte Blutquarz eine Feier bekommen, wie es sie nie zuvor erlebt hatte.
Rupert wurde entsetzlich übel. Was in der Großen Mutter rechter Brustwarze Namen hatten die ihm eigentlich zu trinken gegeben? Was immer es war, seine Wirkung ließ nun genau im falschen Augenblick nach, daß ihm von dem Geschaukel mitten in der Bucht schlecht wurde. Zweifellos hatte die Wirkung länger vorhalten sollen, aber Seine Brillanz hatte nicht mit Ruperts bloßer Größe gerechnet – oder vielleicht hatte der Hohepriester auch einfach nur nicht lange genug Zeit gehabt, ihm das ganze Zeug einzuflößen, ehe es zu den verschiedenen Störungen gekommen war. In der Regel bedurfte es etwas mehr, einen Eberesch zu fällen.
Während Rupert sich verzweifelt bemühte, sich nicht peinlicher-

weise vor ganz Blutquarz zu übergeben, stellte seine halbe Ernüchterung einen zwiespältigen Segen dar. Was konnte er ohne Schwert, Schild oder magische Begabung schon anfangen, um inmitten dieser feindseligen Menschenmenge jemandem zu helfen? Er war nicht einmal sicher, daß er gerade stehen konnte. Und doch wußte er, daß er es versuchen mußte, und wenn es ihn das Leben kostete. Das flehentliche Bitten in Jushias dunklen Augen entnervte ihn völlig, ebenso wie die absolute Niedergeschlagenheit in Karolas Blick, als er sah, wie sie ihn über den vom Knebel aufgedunsenen Wangen hinweg beobachtete und die Blumengirlande ihr in die wütend dreinblickenden Augen rutschte. In dem Kahn neben dem ihren saß der totgeglaubte Kaufmann, und der Bursche sah ihn fast giftig an.

Im versteinerten Körper seines Ahnherrn hatten die Priester die Flaschen fertig aufgestellt, und Karola wurde vom Boot gezerrt, in den riesigen Mund hinaufgehievt und zum Zungenboden geführt. Der Hohepriester nickte. Er und Effluvia stützten Rupert rechts und links und halfen ihm, die breite Leiter zu erklimmen, die vom Bug des Kahns zur Hälfte des kristallenen Kinns hinaufführte. Rupert schwankte mehr als notwendig, denn er dachte, daß es nichts schaden konnte, sie glauben zu machen, er stünde noch unter der Wirkung des drogendurchsetzten Getränks.

Als er vor die Menge trat, schwoll der Gesang, der im Hintergrund begonnen hatte, zum Crescendo an, in das sich aufgeregtes Keuchen und ein gelegentlicher Jubelruf mischten. Er fühlte ihre Angst und ihren Zorn, ihre pulsierende Erregung, als wären es seine eigenen Empfindungen. Sie durchfluteten ihn, vergingen und lösten eine heftige Reaktion in ihm aus, auf die er gerade in jenem Augenblick gut hätte verzichten können. Er fühlte sich nackt ohne seinen Schild. Wo war er jetzt? Jedenfalls würde er dem Kind nichts nützen, soviel stand fest. Das arme, kleine Würmchen wand sich in den Armen seiner falschen Mutter. Doch den Schild konnte er nirgendwo entdecken.

Der Anblick der Menge verschwamm ihm vor den Augen. Er schaute sich nach Karola um. Sie lag auf den Knien und blickte den

Schlund des Riesen hinab. Er fühlte bereits, wie ihre Furcht auf ihn zuströmte, durch ihn und den Hohepriester hindurch und auf die Flaschen zuflutete. Seltsam. Er hatte nicht den Eindruck, als wären diese ätzenden Gefühle so greifbar, und doch empfand er jedes einzelne so deutlich wie seinen eigenen Puls. Das von Karola nun am stärksten. Angst, ja, und Grauen, aber auch Unzufriedenheit und Bedauern über ihr Versagen, irgend etwas zu retten, auch nur das Kind am Leben zu halten, und ihre Verzweiflung, nach so gewaltiger Anstrengung so sinnlos zu sterben. Rings umher brodelte die Menge, und die Bucht quoll über von sich rhythmisch zum Singsang wiegenden Leibern.

Der Hohepriester reckte die Hand senkrecht in die Höhe, und Ruhe senkte sich über die Menge. »Meine Kinder, Gott ist wieder unter uns. Widersacher und Übelgesinnte stellten sich ihm in den Weg, und sie alle hat er zu seinem Ruhm niedergerungen. Lügner scharten sich um ihn und Betrüger, die in ihrer Frevelhaftigkeit lügen, noch ehe sie den Mund auftun, Frauen, die verworfen genug sind, anderer Leibesfrucht für die eigenen königlichen Kinder auszugeben. Hexen und Diebe, doch sie alle sollen geläutert werden und in seinem Namen zum größeren Wohlstand seines Volkes beitragen.«

Obgleich das nur eine Vorschau der kommenden Ereignisse sein sollte, verdarb der König, der vor Nervosität aschfahl war, den Auftritt, indem er die Königin und das Kind nach vorne schob, wo sie von einem zum anderen bis zum Fuß der Leiter weitergereicht wurden, als wären sie nur ein Spielball. »Hör mich an, Großer Prismatiker!« rief der König. »Die treulose Frau war mein Weib, das Balg nicht von meinem Geblüt. Nehmt sie alle beide und macht sie Euch zunutze, denn für mich sind sie wertlos, so wie sie sind.«

Die Königin kreischte, als sie in die Luft gehoben wurde, und ließ fast das Kind fallen. »Die widerliche Amme war schuld! Ich bin unschuldig! Sie raubte mir meinen Sohn, weil ich ihren Liebsten zu Gott schickte, und schob mir statt dessen ihr eigenes Mädchen unter. Ich bin unschuldig!«

Nun hatte die Menge neuen Stoff für ihren Singsang, und Jushia wurde ebenfalls nach vorne gestoßen. Rupert stöhnte, als man sie grob die Leiter hinaufzerrte und neben Karola in die Knie zwang. Der Hohepriester stöhnte ebenfalls. Seine geplante Reihenfolge wurde durch die unbeherrschten Begierden der Menge auseinandergerissen. Und doch brachten sie auch die Art von Erregung zustande, die zur richtigen Mordansgewinnung notwendig war. Er fuchtelte und hob die Arme, um Ruhe zu gebieten. Die Oberflächen der Riesenzähne und die Furche zwischen Zähnen und Zunge, wo die erste Flaschenreihe stand, waren mit Wasser angefüllt. Er trat mit bloßen Füßen in die Mundhöhle. Einer der Priester fesselte die Königin an Händen und Füßen und schleuderte das Kind in Effluvias Arme, die es von sich weghielt, als wäre es eine Schlange.

Der Hohepriester wollte sogleich mit der Mordansübertragung beginnen, wodurch die Menge wieder seinem Willen unterworfen wäre. Er stand im Wasser, hob beide Hände und sang und fühlte, wie die Energie, der er gesammelt hatte, sich mit jener vermischte, die noch von dem Ritual am vorangegangenen Abend durch seine Adern strömte. Dann verschwamm sein Blick zu einem strahlenden Prisma aus Farben und Licht, und seine Ohren waren von einem einzigen Rauschen erfüllt, bis alles von ihm in die Flasche abgesaugt war. Aber wo war der Rest? Die Gesandten müßten mehr ätzendes Gefühl verströmen, mehr von der Menge müßte ihn erfüllen, aber dem war nicht so. Er schlug die Augen auf und sah, daß der Regenbogen über ihm fast nicht mehr zu sehen war, weil neue Gewitterwolken wieder brodelnd am Himmel aufzogen. Die Menge wurde unruhig, und Gemurmel kam auf, als die Blitze näherzuckten.

Der König war der erste, der die Störung auszunutzen wußte. »Stimmt etwas nicht, Euer Brillanz? Waren Eure Beschwörungen nicht erfolgreich? Oder haben sie vielleicht dem lebendigen Gott mißfallen?«

»Euer Brillanz!« schrie der Laienbruder auf, dessen Aufgabe darin bestand, die Gesandten ihrem Schicksal zuzuführen. »Euer Brillanz! Die königliche Amme – sie hat den Anhänger zwischen den Zähnen.«

Darauf sprang der Priester auf, daß das Wasser um ihn her nur so spritzte. Effluvia und Rupert waren schneller; Effluvia hielt das Kind mit der einen Hand weiter fest, mit der anderen packte sie den Stein. Die Amme hing bedrohlich weit über den Zungenboden hinaus, biß auf die Kette des Anhängers, während der lange Stein bei jeder Bewegung funkelte, und jammerte leise. Der Hohepriester fühlte, wie seine eigene Erregung ihn verließ und in den Stein floß. Das Gesicht der Kinderfrau zeigte wilde Entschlossenheit, sie hielt die Zähne fest zusammengebissen und die Augen geschlossen, und Schweiß trat ihr auf die Stirn, als der Anhänger über dem finsteren Abgrund vor- und zurückbaumelte.

»Böses, rachsüchtiges Weib!« brüllte Seine Brillanz mit einer Stimme, die von der Hinterwand der Kehle des Riesen widerhallte. »Es wird dir nichts nützen, den heiligen Stein zu zerstören. Du bist mit allen deinen Gefährten dem Untergang geweiht.« Doch der Zeitpunkt für Drohungen oder Verhandlungen war vorüber. Effluvia wollte nach dem Stein greifen. Rupert faßte mit einem Arm nach dem Kind, mit dem anderen nach Jushias Fuß. Jushia ließ den Anhänger fallen.

Er flog im weiten Bogen und zerschellte an der gegenüberliegenden Wand des Riesenschlundes, daß die Splitter wie Sternschnuppen umherstoben. Das Kind wand sich in Ruperts Armbeuge und stieß einen gellenden Schrei aus, als sein Blut auf Ruperts Hand schoß. Er sah, daß einer der Splitter die Stirn der Kleinen getroffen hatte und über ihrer Nase saß, doch vor seinen Augen schloß sich die Wunde und hörte zu bluten auf. Er fühlte, wie die Menge hinter ihm herandrängte und sich durch das Meer und über die Boote heranschob zum Mund des Riesen. Bald würde sie sie alle in das geöffnete Maul stoßen.

Doch die Aufregung war zuviel für Effluvia. So lange Jahre hatte sie auf Bedrohungen aller Art nur eine Entgegnung gekannt, daß die nun unwillkürlich einsetzte. Ihr Schwanz schoß empor, und ihr Duftsekret traf Seine Brillanz direkt am Bauch seiner regenbogenfarbenen Robe, erfüllte den Mund des Riesen mit einer Wolke ekelhaften Giftes, trieb die Menge ins Meer und seine Brillanz, die Priester und Rupert – der immer noch Jushia und das weinende Kind hielt – zurück zu den Zähnen des Riesen, wo sie keuchend nach Luft rangen.

Die Mordansflaschen kippten um, und viele zerbrachen. In der Bucht wurden die Menschen von krampfartigen Hustenanfällen geschüttelt, manche klammerten sich an die Bootsränder, über die sie bei dem Gedränge hinabgestoßen worden waren. Seine Brillanz, die selbst noch von heftigem Husten gequält wurde, gab Zeichen, daß man die Mordansflaschen wegbrachte.

Die für diesen Arbeitsgang eingeteilten Priester zögerten ein wenig und ließen sich beim Einsammeln der Flaschen Zeit in der Hoffnung, der frische Wind, der aufgekommen war, würde etwas vom Gestank im Rachen des Riesen vertreiben.

»LOS DOCH!« brüllte Seine Brillanz, und die Flaschen wurden so rasch im Mund des Riesen aufgebaut, daß keiner der Priester noch einmal Atem schöpfen mußte, ehe er sich wieder sicher in der leeren Barke befand.

»Reißt diese Metze von Amme von unserem Gott los und schleudert sie in das Loch hinab!« befahl der Hohepriester und kehrte der Meute der Gläubigen den Rücken zu. Die Worte waren noch nicht über seine Lippen, als aus der Bucht ein Schrei aufstieg. Auf weitere Schreie folgten Gespritze, Getöse und das Splittern von Holz, als Boote in ihrer Hast, den herabschießenden Farbstreifen zu entkommen, die sich rachgierig auf die Menge stürzten, zusammenstießen.

»Das ist mein Besitz!« kreischte Alireza, daß ihr Gebrüll das Toben der Menge übertönte. Sie begriff fast augenblicklich, daß sie einen Fehler begangen hatte, als die Lichtstreifen zu einer einzigen wirbelnden Masse gebündelt auf sie niederstießen. Sie sprang über Bord.

Überall folgten Menschen ihrem Beispiel. Rupert schleuderte das Kind in Jushias Arme, zerrte Karola von dem Loch fort und machte sich daran, die Fesseln an ihren Handgelenken zu lösen.

In der Bucht sprang Timoteo mit dem Schild in der einen Hand und dem Messer in der anderen von Boot zu Boot, durchtrennte die Fesseln seiner Zigeunerbrüder und hieß sie ins Meer springen. Irgendwie gelang es ihm, sich an den umherschießenden Geisterwesen vorbeizumogeln. Er erklomm die Leiter zur Unterlippe, als der Hohepriester seine Fassung wiederfand, die Arme hob und mit wankendem Körper laut zu singen begann, als die Regenbogenstreifen von ihrem Angriff auf Alireza Mukbar abließen und sich wütend auf den Mund des Riesen zuschlängelten. Der Hohepriester jubilierte, als die Geister auf ihn zuflogen, doch seine Begeisterung ließ nach und erstarb: Er lockte sie nicht herbei, sondern sie griffen ihn an. Er stürzte auf die Flaschen in der Furche im Munde des Riesen und war sogleich in einen sirrenden Wirbelsturm von Farben gehüllt. Eine zweite Sturmbö schleuderte Effluvia gegen die Zähne. Weitere Geister fielen über die rangniederen Priester und die Gefangenen her.
Karola riß sich den Knebel aus dem Mund und stieß einen durchdringenden Pfiff aus, der zu einem wilden, schwindelerregenden Lied anschwoll. Timoteo landete vor dem ersten Ton vor Jushia und dem Kind und schützte sie hinter dem Schild. Die Wesen ballten sich zu einer bedrohlichen Wolke, ließen die am Boden ausgestreckten erschöpften Priester und Effluvia liegen und tanzten hinaus auf See, wo sie just außerhalb des Wirkungsbereichs des Pfiffes wie ein wütender Wespenschwarm herumsausten und warteten. Der Hohepriester rappelte sich unversehrt und zornerfüllt in die Höhe. Die Priester schwärmten mit gezückten Lanzen von den Booten die Leiter herauf. Timoteo kämpfte mit dem ersten, doch das Messer wurde ihm von einem Lanzenheft aus der Hand geschlagen.
Der Hohepriester entriß Jushia wieder das Kind und hielt es in die Höhe. Zu Karola sprach er: »Du sollst am Leben bleiben, wenn du uns die entfesselten Geister hältst. Aber die Opferung muß weitergehen. Die Kleine hat großen Aufruhr verursacht. Sie soll die erste sein.«
Karola hörte gar nicht zu. Ihr Pfiff war erstorben, noch ehe die

Geister davongezogen waren. Sie drehte sich um und schaute Rupert an. Obgleich er keinen Schild trug, tanzte er nicht. Vielmehr stand er hinten in der Mundhöhle, wo er hingerannt war, sie zu retten. Er blieb als einziger inmitten des Durcheinanders ruhig stehen. Sein Körper verströmte ein Strahlen. Je länger er dort stand, um so heller wurde es.

Zuerst dachte Karola, einer der Geister hätte ihm irgendwie etwas getan, doch als dann der Hohepriester die kleine Romanie in den hinteren Teil der Höhle trug, breitete Rupert die Arme aus, trat noch vorn und trieb den Hohepriester vor sich her.

»Was machst du mit mir, Mann?« fragte Rupert mit so gewaltiger Stimme, als stammte sie tatsächlich von dem Kristallkopf, dem sein gelassenes Antlitz so sehr ähnelte. »Hinweg. Schick diese Leute nach Hause. Gib das Kind seiner Mutter zurück. Glaubst du, ich wollte, daß du kleine Kinder in meinem Namen ermordest? Pah! Du hältst mich nicht für einen Gott, sondern für ein Ungeheuer. So geh und hebe dich hinfort für immer. Mir springt bei deinem Anblick der Schädel!«

»Der große Prismatiker hat gesprochen!« schrie die Menge. Doch solange er sprach, hatte Karola nicht gepfiffen, und die gestreiften Wesenheiten griffen wieder an und flogen diesmal auf die Nasenlöcher des Riesen zu. Karola wollte den Mund spitzen, doch die Zunge des Riesen rutschte unter ihr weg, und sie stürzte.

Der Kristallkopf erbebte, als litte er Schmerzen, und ein langer Riß tat sich auf der einen Wange auf.

»Schnell, geht!« sagte Timoteo, half Jushia zu Murdo hinab, der in einem Boot wartete, dessen frühere Insassen inzwischen das Meer bevölkerten.

»Die Prinzessin!« schrie sie, doch die bunten Streifen schossen auf sie zu, schleuderten sie aufs Deck und Timoteo ins Wasser. Karola wollte ihn packen, doch der Kopf bebte erneut, und ein Spalt teilte ihn vom Kinn bis zu den Nasenlöchern; Karola rollte sich zur Seite, um auszuweichen. Rupert entriß dem Hohenpriester das Kind just in dem Augenblick, als die Geister ihn zum Zungenboden zurückstießen, wo er schreiend in den Kropf des Riesen stürzte.

Noch ein Riß, und der Schädel brach entzwei. Die Geister vollzogen in der Luft eine Kehrtwendung und stießen auf Rupert hinab. Er ließ das Kind in Karolas Arme fallen. »Spring!« brüllte er.
Sie blieb noch einen Augenblick stehen und versuchte, sie wieder mit ihrem Pfeifen zu verscheuchen, doch inzwischen war das Getöse zu laut, als daß man sie noch hätte hören können. Vor dem Krachen, das den Kristallkopf von einem Ohr zum anderen spaltete und sie ins Meer schleuderte, sah sie den in die Stirn des Kindes eingebetteten Edelstein, der so harmlos wirkte wie ein aufgeklebter Schmuck. Sie führte den Perlmuttkamm hoch und konnte damit zweimal kurz durch die roten Locken fahren, ehe sie endgültig nicht länger warten konnte und ins Wasser sprang.
Sie mußten tief hinabtauchen, weil es überall von Trümmern und Leibern wimmelte, doch schließlich fand Karola eine Stelle, wo sie an die Oberfläche aufsteigen konnten: in der Nähe des Bootes mit Timoteo, Jushia, Murdo und einigen anderen durchnäßten Zigeunern. Sie wollte das Kind Jushia hinaufreichen, doch die Kleine peitschte mit ihrem Fischschwanz und sprang wie ein Delphin aus Karolas Händen. Jushia schrie gellend auf und versuchte, sie herauszufischen. Romanie sprang in ihren Schoß. Karola sah noch einmal den Kristall über der Nase des Babys funkeln, ehe sie wieder untertauchte.
Der Riese stieß Eisstücke ab wie ein Gletscher, Teile seiner Kristallschale brachen in die See und schleuderten Tonnen von Wasser auf den Rest seiner unglückseligen Anbeter. Auf einem Bruchstück des Unterkiefers kämpfte Rupert gegen die Geister und drosch auf sie ein, daß seine kräftigen Hiebe, die durchs Nichts stießen, ihn aus dem Gleichgewicht zu bringen drohten.
Verdammt, dachte Karola. Sie hätte Timoteo den Eschenholzschild abnehmen sollen. Sie versuchte, gleichzeitig zu schwimmen und zu pfeifen, aber das Wasser brodelte nun. Der Rest des Riesen begann zu zerfallen. Der Teil unter Rupert bebte. Die bunten Regenbogen formierten sich neu zu einem letzten Angriff.
Eine Welle schleuderte Karola zurück und peitschte über sie hinweg. Als sie hochschaute, war der Himmel schwarz, und etwas

stieß von ihm herab. Erst glaubte sie, es wäre ein neuer Blitzstrahl, doch dann hörte sie das Brüllen des Drachen, das alles andere übertönte, und sah, daß es Grippeldix war, die die Geister vertrieb.
»Fort hier, widerliches Pack!« schrie sie. »Ich habe euch gesagt, ihr sollt ihn suchen, nicht umbringen. Habt ihr denn nicht die geringsten Manieren? Nun haut ab, ehe ich euch alle in Dampf verwandle!« Und mit diesen Worten schoß sie herab, Rupert aufzulesen, der sich dankbar in ihren Nacken schwang, als gerade das letzte Stück von Eberesch dem Elendigen unter ihm brach.
Im Gefolge des Drachens erhob sich ein breiter Streifen weißen Lichts vom Meer, um sich den verstreuten Geisterwesen anzuschließen. Er wand sich wie ein Band um sie, bündelte sie zusammen und stieg mit ihnen den Wolken entgegen. Das Gewitter trieb eine schwarze Wolke über sie hinweg, und als der nächste Blitz zuckte, waren sie verschwunden.
Das Unwetter verzog sich erstaunlich schnell. Von Grippeldix' Rücken aus suchten Rupert und Karola zwischen den in der Bucht Verbliebenen nach irgendwelchen Anzeichen der Zigeuner, Jushias und ihrer kleinen Schutzbefohlenen. Über ihnen schmückte ein strahlender Regenbogen den Himmel, als hätte sich unter seiner Wölbung nicht gerade eine Katastrophe abgespielt.
Karola tauchte mehrmals, konnte sich aber der Mitte der Bucht nicht nähern, da das Wasser vom Zerfall des Riesen viel zu aufgewühlt war.
Bis Karola sich zum letzten Mal auf den Rücken der dahinsegelnden Drachin schwang, war der Regenbogen verschwunden. Rupert griff hinab und zerrte sie endgültig hoch. Karola ließ sich mit dem Rücken gegen seine Brust sacken, und er brach fast unter ihrem Gewicht zusammen. Der Prinz war nicht in merklich besserer Verfassung als Karola. Beide waren erschöpft, niedergeschlagen und bitter enttäuscht, um des Kindes willen so weit gereist zu sein und so viel durchgemacht zu haben, um es schließlich doch wieder zu verlieren. Nur Grippeldix war gut gelaunt. Die Drachin brummte ihnen auf tröstlich gemeinte Weise zu und stieg dann auf, um wieder ihre Kreise über der Bucht zu ziehen.

Von dem felsigen Abhang, wo Hunderte von Zuschauern gestanden hatten, winkte langsam ein einzelner Arm vor und zurück. Grippeldix stürzte darauf zu.
Timoteo genoß den Dämmerschein, als handelte es sich um die Mittagssonne, und lächelte sie an. »Willkommen, Freunde. Ich nehme an, ihr hattet ein angenehmes Bad.«
»Wo ist das Kind?« fragte Karola. »Wo ist Romanie?«
»In Sicherheit«, sagte er. »An der Brust ihrer Amme und fern von diesem verdammten Land unter dem Schutz vieler netter Burschen, die fast so großartig sind wie ich.« Rupert schnaubte höchst undiplomatisch. »Prinz!« Timoteo klang gekränkt. »Das war aber nicht nett von Euch. Ihr bezweifelt, daß ich ein großartiger Kerl bin? Ich bin so ein großartiger Kerl, daß ich nur zurückkam, um Euch und der Hexe Bescheid zu sagen, daß die kleine Romanie wohlauf ist, damit Ihr Euch keine Sorgen macht und ihre Mama sich auch keine Sorgen macht. Und das ist der Dank dafür?«
»Timoteo, Eure Gefühle sind uns im Augenblick wirklich herzlich gleichgültig, wenn Ihr mir diese Bemerkung verzeihen wollt«, erklärte Karola. »Das Kind hatte einen Fischschwanz und eine Kopfwunde, als ich es Euch anvertraute. Da fällt es mir schon ein bißchen schwer, Eurer Versicherung, es wäre wohlauf, Glauben zu schenken.«
»Ihr werdet uns zu ihm führen«, verlangte Rupert ohne alle Umschweife, »oder ich gebe diesem Drachen den Befehl, aus Euch einen Rostbraten zu machen.«
Timoteo wackelte mit dem Kopf und kratzte nachdenklich seine Bartstoppeln. »Ja, daran hatte ich auch schon gedacht. Ich sagte mir: Timoteo, wenn du ein netter Kerl bist und zurückgehst, ist dieser adlige Herr in der Lage und hetzt seinen Drachen auf dich. Aber andrerseits wieder verliert er einen guten Freund, wenn er das tut, und den einzigen unter allen Sippen, der ihm von Zeit zu Zeit eine Nachricht über das Kind zukommen lassen kann. Es täte mir verdammt leid für Euch, wenn es so käme, Prinz. Außerdem bin ich ziemlich tapfer, wißt Ihr, also beschloß ich, das Risiko mit Eurem Drachen einzugehen.«

»Ihr habt ja wohl nicht die Absicht, es zu behalten«, sagte Karola rund heraus. »Sie ist eine Prinzessin mit einem Anrecht auf gute Erziehung, ein sicheres Zuhause und gute Ernährung ...«

»Ach, Gnädigste, es gibt keine bessere Erziehung als die Straße. Nichts schärft den Geist so sehr wie gelegentlicher Mangel an guter Nahrung. Und was das sichere Zuhause angeht – sagte ich Euch nicht, daß Reisen bildet?«

»Sie war verletzt«, wiederholte Karola starrsinnig. »Und ein halber Fisch.«

»Gnädigste, Ihr sagtet selber, der Kamm machte sie nur so lange zum Fisch, wie sie sich im Wasser aufhält. Sobald sie trocken war, zack, schon hatte sie wieder zwei rosige Kinderbeinchen, einfach so. Was den Kristallsplitter in ihrem Kopf angeht, so scheint er ihr nicht wehzutun. Und es sieht ganz hübsch aus. Zigeunermädchen lieben Schmuck.«

»Jenes besondere Schmuckstück benutzten aber die Priester, um die Blitze auf sich zu ziehen, und machten sich seine Macht zunutze, um Seelen einzufangen«, sagte sie. »Es fällt mir nicht leicht zu glauben, daß er sie nicht irgendwie verletzt haben soll.«

Rupert knetete Karolas Schulter, um sie zu besänftigen, und sagte: »Auf jeden Fall wird man bei Gewittern besonders auf sie achten müssen. Der Splitter, der sie traf, ist nur ein Bruchstück des ursprünglichen Kristalls, aber wer weiß, wieviel Kraft noch darinstecken mag oder wie er sich verändert hat? Man sollte sie wirklich in den Schoß ihrer Familie zurückgeben, wo das untersucht und sie richtig beschützt werden kann.«

»So beschützt wie damals, als die miragenischen Seelenverkäufer sie Euch geradewegs vor der Nase wegschnappten, Prinz? Sie befindet sich jetzt sicher im Schoß ihrer Familie, bei dem Zweig der Familie, der sie gerettet hat. Und diesen Splitter in ihrem Kopf soll sie in Gesellschaft von adligen Herrschaften lieber unter einem Kopftuch verbergen, als ihn untersuchen und abklopfen lassen. Eure Vornehmheit, Prinz, würde ihr das Gefühl verleihen, eine Mißgeburt zu sein oder ein Bär, der von Hunden gehetzt werden soll. Bei uns wird sie als eine der Unsrigen aufwachsen, und ihr kleines zusätzliches Auge wird nicht mehr Aufmerksamkeit erregen als ein Blumenkohlohr oder ein Goldzahn.«

»Timoteo«, sagte Karola, und ihre Stimme krächzte von der unwillig vorgetragenen Drohung. »Ich möchte Euch keinen Tanzunterricht geben müssen. Sagt uns, wo das Kind ist.«

»Hexe, ich tanze leidenschaftlich gerne, insbesondere wenn eine so hübsche Dame den Ton angibt. Ich will es Euch nicht sagen. Wenn ich es verraten würde, benutzt Ihr Eure Tanzerei und den Drachen, um uns die Kleine wegzunehmen. Das wäre nicht gut für sie und für uns wahrscheinlich auch nicht so sehr. Euch werde ich überhaupt nichts sagen, denn Ihr werdet immer den unrechten Vorteil Eurer Zauberkraft haben und könntet sie uns stehlen, daß wir dabei noch ganz dumme Figuren abgeben würden. Aber der Prinz hier und ich, wir könnten vielleicht ein Abkommen schließen.«

»Was für ein Abkommen?« fragte Rupert. »Das Recht ist eindeutig auf unserer Seite. Das Kind gehört zu seiner Mutter. Seine Mutter möchte es zurückhaben.«

»Seine Mutter hat sich einverstanden erklärt, es fünfzehn Jahre in die Obhut von Leuten zu geben, mit denen es nicht einmal verwandt ist. Ihr solltet sie ja gar nicht zurückholen, sondern nur taufen. Sie ist getauft und befindet sich in der Obhut ihrer Familie. Ihre Mutter kann sich ja einbilden, sie wäre bei Zieheltern. Sie wird zumindest die Gewißheit haben, daß die kleine Romanie keine Sklavin ist.«

»Und woher soll sie die nehmen?« erkundigte sich Karola. »Wir haben nichts als Euer Wort, und Ihr werdet schon entschuldigen, aber ...«

»Seid nicht beleidigend, gute Frau. Mein Wort gilt. Aber ich kenne Mütter. Ich weiß, wie schwierig verheiratete Schwestern sind. Ich weiß, daß Ihr und der Prinz einige Zeit benötigen werdet, alles zu erklären, und daß Ihr vielleicht auch einigen Ärger bekommen werdet. Und Ihr seid anständige Menschen. Also werde ich Euch einen Vorschlag machen. Ihr werdet nicht mehr drohen, mich von einem Drachen verbrennen oder tanzen zu lassen, bis ich tot umfalle, und ich verspreche Euch, Prinz, daß Ihr die Kleine einmal im Jahr, an ihrem Geburtstag, sehen dürft. Ihr könnt sie besuchen und Euch überzeugen, daß es ihr gutgeht, und könnt es ihrer Mutter berichten. Aber Ihr müßt abwarten, daß wir Euch abholen kommen. Und Ihr kommt mit verbundenen Augen und dürft nicht versuchen, uns aufzuspüren. Und Ihr werdet das Mädchen nicht verwirren, indem Ihr ihr von ihrer Mama und ihrem Papa erzählt oder ihr sagt, sie wäre in Wirklichkeit eine Prinzessin. Wenn sie fünfzehn Jahre und damit alt genug ist, ihre eigene Entscheidung zu treffen, dann soll sie es erfahren und entscheiden, was sie will. Ist das kein guter Vorschlag?«

»Ich habe kein größeres Recht, diese Art Abkommen mit Euch zu treffen, als Bronwyn und Jack es Eurer Ansicht nach hatten, als sie den ursprünglichen Vertrag mit den Mirageniern abschlossen.«

»Aber Ihr habt auch keine Wahl. Es ist das beste Angebot, was Euch bislang unterbreitet wurde. Was sagt Ihr dazu?«

»Bronwyn wird Heere und Spitzel losschicken.«

»So töricht wäre sie. Aber Xenobia wird es ihr erklären. Sie kann natürlich tun und lassen, was sie will. Das Abkommen besteht zwischen Euch und mir. Ihr könnt als ihr Abgesandter gegenüber der Kleinen auftreten, solange Ihr Euch nicht einmischt und Euch an meine Bedingungen haltet. Antwortet mir jetzt, gebt mir Euer Wort, sonst bekommt sie niemand zu sehen und zu hören, bis wir Lust und Laune haben. Und es könnte sehr gut sein, daß wir niemals Lust und Laune haben. Sie ist ein süßes, kleines Mädchen.«

Rupert überlegte einen Augenblick. Wenn die Zigeuner überzeugt waren, daß sie das Kind unauffindbar für seine Mutter und die vereinigten Königshäuser von Wasimarkan und Argonia verstekken konnten, dann wäre es bei ihnen vielleicht wirklich sicherer vor den Mirageniern. Er blickte in die klugen, braunen Augen des Zigeuners, die seinem Blick offen standhielten. Und langsam begriff er. Der Mann sprach die Wahrheit. Er wuchs tatsächlich über sich selbst hinaus, verließ die Grenzen dessen, was die Sippe woll-

te, setzte bei all seinem lässigen Auftreten sein eigenes Ansehen aufs Spiel, um abzusichern, daß das Mädchen seine Erbschaft antreten könnte, wenn das erst einmal gefahrlos möglich wäre. Der Prinz stellte auch mit gewissem Erstaunen fest, daß der Zigeuner, wie sehr er auch spötteln mochte, Rupert eher bewunderte als ihn beneidete und voller Überraschung als einen Adligen erlebte, der kein Gott sein wollte, und daß Timoteo deshalb der Ansicht war, einem solchen Mann könnte sogar ein Zigeuner vertrauen.
»Nun denn. Ich nehme Eure Bedingungen an«, sagte Rupert.
»Gut. Dann nehmt mich auf Eurem Drachen bis zum Wald der Stinktierfrau mit, und ich werde mich in einem Jahr bei Euch melden.«

Wenn Bronwyns Reaktion auf ihre Neuigkeiten vielleicht auch weniger heftig war, als man hätte erwarten können, war sie doch auch alles andere als gelassen. Sie war noch immer bettlägrig, wurde bleicher als die Knöchel ihrer geballten Fäuste, um dann so rot wie ihr Haar anzulaufen, und ihre blauen Augen traten hervor, als wollten sie ihr aus dem Gesicht quellen. Zu der Zofe, die neben ihrem Bett herumzappelte, sagte sie: »Schick mir sofort den Hauptmann der Wache, den Oberbefehlshaber des Heeres und Ihre Majestät Königin Xenobia.«
Das Mädchen stolperte über seinen Knicks und floh, so schnell es nur konnte, um Karola und Rupert allein den Zorn ihrer Herrin erdulden zu lassen.
»Also«, sagte Bronwyn, »damit wir uns richtig verstehen. Ihr habt mein Kind gefunden, es getauft, von mörderischen Priestern errettet, an die die Miragenier es verkauft und damit unser Abkommen gebrochen hatten ...«
»Um genau zu sein, haben die Zigeuner die Kleine gerettet«, verbesserte sie Karola etwas eingeschüchtert angesichts Bronwyns Zorn. »Ich habe sie nur getauft, wie du es gewünscht hattest.«
»Und dann habt ihr sie bei ihnen gelassen? Und zugestimmt, daß Rupert sie einmal im Jahr besuchen darf, ich dagegen nicht? Was ist das denn für ein Abkommen? Wer gab euch das Recht ...«

»Es sind gute Menschen, Bronwyn, ehrlich. Sie werden sich gut um sie kümmern«, meine Karola besänftigend.
»Ich weiß, daß es gute Menschen sind, du hinterhältige Hexe! Schließlich habe ich einen von ihnen geheiratet, wie? Aber sie ist *meine* Tochter, und da die Miragenier ihr Wort gebrochen haben...«
Rupert schwieg zu ihren Worten, hielt aber fest ihre Hand und fühlte ihr Schuldbewußtsein dahinter ebenso wie den Zorn, die Furcht, die Sorge und die Enttäuschung. Bronwyn versuchte sich von ihm loszumachen und schlug nach ihm, doch seine Arme waren lang genug. Der Prinz hielt sie sich leicht vom Leibe, ohne dabei ihre Hand loszulassen. Schließlich atmete Bronwyn tief aus, lehnte sich in ihr Kissen zurück und sah die beiden aus großen Augen an. Eine vereinzelte, verlorene Träne stahl sich unbemerkt zwischen den Sommersprossen auf ihrer Wange hinab.
»Sie hatte einen Fischschwanz, als ihr sie das letzte Mal saht«, fuhr Bronwyn bitter fort. »Und einen Glassplitter im Kopf. Wie unversehrt kann sie da sein?«
»Ich weiß, daß du keine Nixen magst, Bronwyn, aber die Fähigkeit, sich in eine Seejungfrau zu verwandeln, wenn es der Augenblick verlangt, ist in jedem Fall ein sehr praktisches Geschenk. Timoteo sagte, sie war völlig normal, sobald sie wieder trocken war«, berichtete Karola.
»Timoteo! Timoteo! Der bekommt meine Klinge zu spüren, falls ich ihn jemals finde, dieser Timoteo! Er hat mein kleines Mädchen geraubt. Romanie ist verletzt. Dieser Glassplitter...«
Rupert streichelte mit dem Daumen ihre Hand und sagte nach einer kleinen Weile: »Es war Kristall, Bronwyn. Magischer Kristall. Und ich habe den Eindruck, daß es kein Unfall war, daß er das Kind traf. Der Riese – unser Ahnherr –, ich glaube, es sollte seine Taufgabe sein. Der Kristall besitzt Kräfte, die sie beschützen können. Er war so bekümmert über all das Schreckliche, was in seinem Namen vollbracht wurde, so angewidert. Ich glaube, daß der Kristallsplitter, der sich in ihre Stirn grub, keineswegs eine zufällige Verletzung war, sondern ein absichtlicher Segensspruch, ein Zei-

chen der Gunst, um sie zu beschützen. Und sie wird Schutz gebrauchen können, Bronwyn. In diesem Punkt haben die Zigeuner ganz recht.«

»Und ob wir da recht haben«, erklärte Xenobia, die majestätisch in den Raum rauschte und der Frau ihres Enkels mit der gleichen herrischen Miene gegenübertrat, mit der sie allen begegnete. »Du glaubst, du könntest ihre Sicherheit gewährleisten? Wie erfolgreich warst du denn bislang damit, wie?«

»Ihr hattet kein Recht...«, hob Bronwyn an und versuchte, aus dem Bett zu klettern. Rupert setzte seine ganze Kraft so sanft wie möglich ein, sie zurückzuhalten.

»Und du hattest kein Recht, sie überhaupt erst in Gefahr zu bringen, als du sie an Fremde weggabst wie einen Straßenköter.«

Rupert trat der Zigeunerin wütend entgegen. »Habt Ihr als Königin nichts gelernt? Glaubt Ihr tatsächlich, sie wollte den Mirageniern ihr Kind geben? Ich war dabei. Wir hatten keine andere Wahl. Sie verfügten über starke magische Kräfte. Die Miragenier hätten das Kind jederzeit rauben können, selbst wenn sie keine Absprache mit Bronwyn getroffen hätten.«

Xenobia schaute ihn lange an. Dann senkte sie überraschenderweise den Kopf. Ihre Ellbogen, die sie angriffslustig vom Körper abgespreizt hatte, sackten herab. »Ich weiß. Ich weiß. Deshalb habe ich Timoteo losgeschickt. Deshalb darf das Kind auch nicht hierher zurückkehren.« Ihr Augen suchten Bronwyn und blickten sie fest an. »Verzeih mir. Ich habe dich für das Schicksal des Kindes verantwortlich gemacht. Ich habe noch nicht in die Kristallkugel geschaut, aber ich glaube, daß dieses Kind kein gewöhnlicher Säugling, keine gewöhnliche Prinzessin ist. Meine Leute verstehen sich aufs Verstecken, aufs Lügen und darauf, die Betrügereien der anderen zu überleben. Nicht daß einige Leute königlichen Geblüts sich auf solche Dinge nicht ebenso gut verstünden, aber du nicht, Bronwyn. Du, die du die größte Lügnerin in ganz Argonia warst, bist zu aufrichtig für die Leute, die deinem Kind Schaden zufügen würden. Laß dir von uns helfen, ja?«

Bronwyn sträubte sich, ihr Rücken wurde ganz steif. Rupert fuhr

fort, ihre Hand zu streicheln. Plötzlich warf sie sich herum und grub den bebenden Kopf ins Kissen. Ebenso schnell drehte sie sich wieder um.
»Und warum darf Rupert sie besuchen und ich nicht?«
»Weil du ihre Feinde zu ihr führen würdest. Und weil du, um es noch einmal zu sagen, keine gute Lügnerin mehr bist. Verstehst du?«
Bronwyn blickte sie finster an, nickte aber deutlich. Xenobia ging mit bekümmertem Blick hinaus und wirkte nicht mehr so selbstsicher und nicht mehr so selbstgefällig wie in dem Augenblick, als sie den Raum betreten hatte.
Sie wurden noch einmal gestört, als der Hauptmann der Wache und der Oberbefehlshaber des Heeres erschienen, aber Bronwyn entschuldigte sich knapp und bat sie, draußen zu warten, ehe sie ihre Aufmerksamkeit wieder Karola und Rupert widmete.
»Und was ist mit unseren Feinden? Den Priestern, diesem Stinktier und der Mukbar?« wollte Bronwyn wissen.
»Wir sollten natürlich sofort die Handelsbeziehungen abbrechen«, riet Rupert. »Miragenia hat Frostingdung von dem Augenblick an wirtschaftlich im Würgegriff gehalten, da sie begannen, mit ihnen Geschäfte zu machen. Vielleicht wird es ein paar Schwierigkeiten geben, aber ich denke, Mukbar, Maschkent & Mirza werden genügend Probleme durch den Verlust ihrer Aufsichtsratsvorsitzenden und des Handels mit Blutquarz haben, daß sie Vernunftgründen zugänglicher sind als zuvor.«
»Demnach ist die Mukbar tot?« fragte Bronwyn.
Rupert zuckte mit den Schultern. Karola meinte vorsichtig: »Ich kann nur sagen, daß ich sie niemals wieder auftauchen gesehen habe.«
»Und das Stinktier?«
Karola schüttelte den Kopf.
»Dann werden wir sie suchen lassen. Und alle verbliebenen Priester. Wenn es für meine Tochter gefährlich ist, daß ich nach ihr suche, dann werde ich statt dessen ihre Feinde aufspüren und mich mit denen befassen. Es tut mir leid, daß ich mich im Augenblick

nicht angemessen für eure Mühe bedanken kann, Rupert und Karola. Ich weiß, ihr habt eine Menge getan und ... aber versteht ihr, ich *muß* etwas unternehmen, sonst verliere ich den Verstand. Bittet Hauptmann Eisenbogen und General Knorpelbein herein, wenn ihr geht, ja?«

Grippeldix erwartete sie im Burghof. Ihre Schuppen glänzten in sorgfältig zusammengestellten, sparsamen Farben, die auf Karola und Rupert beruhigend wirkten.
Rupert war überglücklich, das Gespräch hinter sich zu haben, das zudem noch besser ausgegangen war, als er vermutet hatte. Der Sonnenschein wärmte ihn durch und durch. »Würdest du meiner Drachin sagen, daß sie schöner aussieht als je zuvor?« bat er.
Karola erfüllte die Bitte und begrüßte Grippeldix auch glücklich mit ihren eigenen Worten. »Es ist so angenehm, sich mit dir zu unterhalten, wenn man dich wieder sehen kann.«
»Was nicht gerade dein Verdienst ist«, meinte die Drachin. »Du hast mich mit deiner verfluchten Pastille beinahe in eines dieser Tarntäuschlerdinger verwandelt. Ich mußte den ganzen Weg zurück nach Argonia zum Schloß des Zauberers Himbeere fliegen, um das elende Ding loszuwerden. Deshalb habe ich auch so lange gebraucht. Ich dachte mir, wenn mein Prinz sich mit diesem Stinktier einlassen will, läßt es ihn auch kalt, wenn ich unsichtbar bin. Sobald ich den Zauber los war, stieß ich auf diese fliegenden Flüchtlinge, die aussahen, als stammten sie aus einem Farbtopf. Da sie nichts gegen Drachen hatten, erklärten sie sich einverstanden, sich nach euch umzusehen. Ich hatte ja keine Ahnung, daß der Anblick des lieblichen Gesichts meines Prinzen sie derartig in Rage versetzen würde. Ich flog ein paarmal über die Stadt, konnte aber nicht die geringste Spur entdecken. Ich konnte euch nicht finden, weil ihr nirgendwo zu sehen wart. Diese Dinger brachen einfach in Häuser ein, angeblich um zu suchen, aber inzwischen ist mir klar, daß sie ihr eigenes Süppchen am Kochen hatten. Gestern mußte ich zum Fressen eine Pause einlegen und fand in den Wäldern ein gemütliches Plätzchen, doch als ich meinen Prinzen mit

dieser gewaltigen, dröhnenden Stimme reden hörte, bin ich geradewegs losgezischt. Wie steht es nun? Frag ihn, ob er mich gelegentlich in meiner Höhle besuchen kommt.«

Sie setzte die beiden im Schloßhof von Königinstadt ab, wo sie damit kaum Aufsehen erregten. In Königinstadt war man längst an Drachen gewöhnt.

Rupert verbeugte sich tief vor Grippeldix, sobald ihm die Frage vorgetragen wurde. »Sag ihr, ich werde mit Freuden kommen, wann immer meine Pflichten es zulassen. Jetzt muß ich zuerst zu den königlichen Archiven und Herrn Cyril einen Besuch abstatten. Doch da ist noch eine Kleinigkeit, was den Ruf eines gewissen Eberesch angeht, die einer Richtigstellung bedarf.«

»Ich kann noch etwas hinzufügen, das dich vielleicht interessieren wird«, sagte Karola und erzählte ihm von der Traumunterhaltung mit Eberesch dem Elendigen.

Rupert blieb einen Augenblick stehen und kratzte sich am Kopf, wobei sein Stirnrunzeln ebenso unheimlich wirkte wie das seines stark vergrößerten Ahnherrn. »Merkwürdigerweise scheine ich das schon gewußt zu haben, Karola, ich glaube, ich werde mir keinen neuen Schild anfertigen. Wenn ich ihn getragen hätte, als der arme alte Eberesch der Elendige durch mich sprechen wollte, hätte es vermutlich nicht geklappt. Verstehst du, ich *wußte*, was er zu sagen hatte. Deshalb meine ich auch, daß der Kristall ein Geschenk ist. Und es kommt mir vor, als wüßte ich jetzt auch viele andere Dinge von Menschen meiner Umgebung – beispielsweise von Timoteo und Bronwyn und Xenobia. Verstehst du, was ich sagen will? Als du damals in Blutquarz geopfert werden solltest, hatte ich das Gefühl, du zu sein, so als könnte ich fast mit deiner Stimme sprechen und sagen, was du durchmachtest, weil ich es wußte. Du bist eine Hexe, eine Priesterin. Nun verrate mir eins: Ist das Magie?«

Sie überlegte einen Augenblick und nickte dann. »Das Erlebnis mit Eberesch dem Elendigen auf jeden Fall. Das mit den anderen möglicherweise auch, denke ich.«

»Dann steht die Sache für mich fest. Wir Ebereschs waren nie als besonders magieempfängliche Burschen bekannt, aber ich frage mich doch unwillkürlich, ob das nicht daran liegt, daß wir immer dagegen abgeschirmt waren. Ich denke, ich werde als erster mal mein Glück ohne Schild versuchen, vielleicht stoße ich dann noch auf andere, die normalerweise nicht in der Lage wären zu sprechen, es durch mich aber können.«

Karola drückte seinen Arm und sagte: »Dann komm mit und berichte Herrn Cyril die Geschichte, wie der Elendige sie erlebt hat. Ich werde dich begleiten. Ich muß eine Taufe zu den Akten geben.«

Grippeldix stieß eine warme, kleine Dampfwolke aus. Rupert drehte sich um und kraulte sie zwischen den Augen. Dabei fühlte er, wie ihn eine Woge herzlicher Zuneigung und Bewunderung für sie durchflutete. Er starrte Grippeldix einen Augenblick lang an, grinste und schlang dann die Arme um ihren schuppigen Hals.

Bibliothek der phantastischen Abenteuer

Eine Auswahl

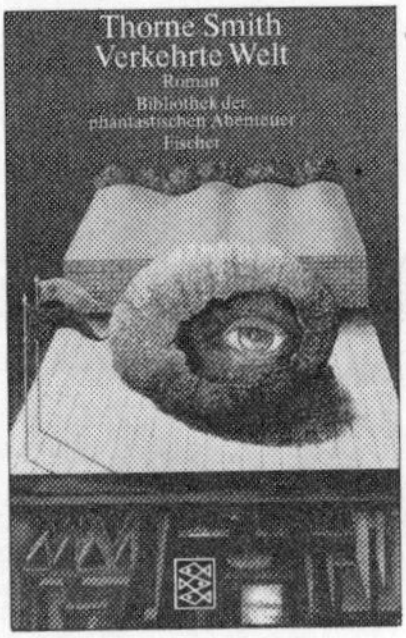

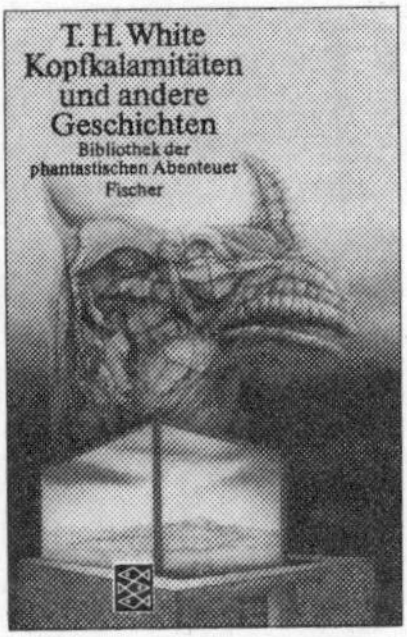

Elizabeth Scarborough
Aman Akbars Harem
Roman. Band 2706
Bronwyns Fluch
Band 2726
Einhornkodex
Band 2725
Die seltsamen Taufgäste
Roman. Band 2734
Zauberlied
Band 2721

Sigfridur Skaldaspillir
Die Hexe von Orkney
Roman. Band 2708

Thorne Smith
Der Jungbrunnen
Band 2729
Das Nachtleben der Götter
Roman. Band 2710
Topper
Roman. Band 2714
Topper geht auf Reisen
Roman. Band 2715
Verkehrte Welt
Roman. Band 2732

Mary Stewart
Wolfswald
Roman. Band 2712

Peter Tremayne
SIE rächt sich
Roman. Band 2733

Frédérick Tristan
Asche und Blitz
Band 2728

T. H. White
Kopfkalamitäten und andere Geschichten
Band 2730
Schloß Malplaquet oder Lilliput im Exil
Roman. Band 2702

Patricia C. Wrede
Schattenzauber
Roman. Band 2716

Marion Zimmer Bradley (Hg.)
Schwertschwester
Magische Geschichten I. Band 2701
Wolfsschwester
Magische Geschichten II Band 2718
Windschwester
Magische Geschichten III Band 2731

Fischer Taschenbuch Verlag

fi 517/1b

fi 1049/1

fi 1050/1

fi 458/1

CUM GRANO SALIS